醉太平

朱苏进 著

江苏凤凰文艺出版社

图书在版编目（CIP）数据

醉太平 / 朱苏进著. — 南京：江苏凤凰文艺出版社，2019.1（2022.3重印）
 ISBN 978-7-5594-3023-6

Ⅰ.①醉… Ⅱ.①朱… Ⅲ.①长篇小说－中国－当代 Ⅳ.①I247.5

中国版本图书馆CIP数据核字(2018)第228986号

书　　名	醉太平
著　　者	朱苏进
责任编辑	孙建兵
出版发行	江苏凤凰文艺出版社
出版社地址	南京市中央路165号，邮编：210009
出版社网址	http://www.jswenyi.com
印　　刷	江苏凤凰新华印务集团有限公司
开　　本	880毫米×1230毫米 1/32
印　　张	10.75
字　　数	285千字
版　　次	2019年1月第1版　2022年3月第2次印刷
标准书号	ISBN 978-7-5594-3023-6
定　　价	45.00元

（江苏凤凰文艺版图书凡印刷、装订错误可随时向承印厂调换）

目 录

第一章 韵　味……………………………………………001
第二章 月斜斜……………………………………………061
第三章 天意浓……………………………………………104
第四章 大院儿，人团儿…………………………………179
第五章 醉太平……………………………………………276

第一章 韵　味

1

干部干事端着碗儿坐到夏谷身边，脸上的表情极像个来接头的地下党。他的目光研究着碗中的四喜丸子，低声对夏谷说："哎，某同志马上要提拔了。"

夏谷惶惑地看他一眼，想追问，又怕显出轻薄来，便默然不语。

"简直！"干部干事气道。

这叫什么嘛，倒弄得自己像在献媚。本来就不该将如此要紧的消息告诉他本人的，不知怎地就露出来了，可见自己还是太善良啦。即使如此善良，人家还不信任，人家还净好事视作谣言，跟你老谋深算地从容着，反显出你太多情。干部干事摇头叹息："老李我见多了见多了。人哪，一说到当官问题上就免不了作态！大头兵也罢，将军也罢，一样的无聊……"

夏谷涨红个脸，柔柔地检讨说："小李你还不了解我吗？刚才我是给你吓趴下了。你想嘛，青天白日的，忽然闹鬼似的讲提拔，我还以为你小子调戏我呐。其实啊，咱俩谁跟谁呀，我还不了解你么？你一向原则得要命。对此我嘴上有点损，心里还是敬佩的……"夏谷嗖地收口，埋头默默吃饭，等身后那闲人端着饭碗走开了，才含着半口饭道，"小李你不是要我吧？这种事千万不能开玩笑。哎，你是从哪儿听说的？是哪儿要提拔我？"

干部干事不语，任凭夏谷追问，半晌，才淡淡笑着："麻烦你沉住气好不好？"

一旦叫他沉住气，夏谷反而越发显示出焦急，他以为急出个样来才能讨小李欢喜："您老人家就别逼咱们了，快给个底，给个底呀。别开玩笑。"

"嘿，叫你说对了，我就是在开玩笑。凭什么我就不能开个混账玩笑，就因为我在要害部门工作就不许开个玩笑了么？你们这种人，表面上尊敬我，实际上拿我当克格勃。我算看透了，克格勃就克格勃吧，克格勃也是党内一项分工。你能咬掉克格勃的鸟去？"

"哎呀呀，首长息怒。夜里我把党办那台大彩电偷你家去。要不，你不是有点肾衰竭吗？我把我的肾移植一个去！还不够么……那好，眼球要不要？睾丸缺不缺？凡是我身上有一对的，你都可以割一个去。我豁出去废掉自己，让你永远健康还不行吗？"

干部干事用筷子点着夏谷："你小夏，别跟我油！其实你内心深处不是个油嘴滑舌的人。几个老机关油甩甩的，我还可以理解。你要油甩甩的，我看着就十分可笑。就好像，"干部干事咽下一块肉，"就好像人为了和猴子打成一片，就去模仿猴子！"

夏谷伤感地低下头去。叫人这一骂，他觉得又痛苦又舒服，人家骂得透彻，很少被人这么透彻骂了。所以，骂上一下反而有

第一章 韵 味

点甜滋滋的感受:"小李哟,真没想到你有这么深刻。实话说吧,自从你进了干部部门以后,我就躲你远远的了。每次想和你聊聊,又想,何必朝油锅上贴呐?也就算了。刚才你说人模仿猴子,真是入木三分。不,简直他妈的入骨三分!我这一向,闷得厉害。瞧外头,什么草包窝囊废都比我活得自在。孙自强——我手下一个班副,居然进了团的班子,中校;孙亦逊——当新兵时穷得偷我钱,一退伍成了大老板,昨天接到这小子信又离婚了,光赡养费就摔给那女的八十万。我想这小子就是为了叫我大吃一惊才写信告诉我的。他们凭什么牛皮?还不凭着调戏党和国家的那一套下贱功夫呗,我想我穷也该穷得潇洒点,上不去咱们就做出不想上的样子。唉,不是潇洒人硬充潇洒劲头,结果,油了!这大概是属于穷追猛逮精神时髦,叫你明眼人见了好笑是不?潇洒和'油',像得不行。我想我是他妈的欠骂。你要不是好朋友,还懒得骂我呐。"

干部干事默默点头,思索夏谷话中苦楚,颇受感动的样儿。有一阵子,两人都不说话,旁边人看了以为他们闹别扭呢,其实正是两人最亲密的时候。只不过,由于好久没那么亲密了,一不当心亲密起来,反而发涩。

夏谷瞟一眼小李,知道自己成功了。

李干事沉默好一会儿,开始一句句沉吟着说话。他这种说话方式,也显得十分沉重有力:全然文件式的,听话人都能听出标点符号,句句都是主题,一个字也掭不掉。

"军区政治部下来个处长,姓季,看上去有四十多岁了,但我估计最多三十岁。为什么?因为他身上那种年龄感是贴上去的,是责任和权力使他变老成了。一聊,果然,和我同年兵。我和陈副主任专门接待他的。光是陪他走一走,我们就动用了三个工作日,他看现场看得特别细。现在,季处长正住小招待所。你别看他只是个处长,听说在军区政治部备受领导信任,是智囊一类的人物。呃,就像我在师里的地位。此次他来,明着是调查基层,实际上是挑选干部——第三梯队,送高级指挥学院深造一年,然后提拔起来全军区分配。你小夏,年龄、职务、军龄、表现……方方面面都合适,我跟陈副主任说了,力保你入学。在咱们这个减编师里,场面太小,待什么待,再待下去,还不把人搁馊掉啦。你去,天高任鸟飞,上!"

夏谷略微有点失望:"入学,可不等于提拔。"

"的确。有时候哇,要处理走的干部才叫他入学呢,但这次不一样。"

"有什么差别?"

"一、推荐的干部要经军区干部部审查,以往有过吗?二、一旦入学,三大关系立刻迁走,从此在编制上就算军区干部表上的人了,以往有那么干脆吗?三、此次入学干部,均报总政备案,第三梯队么。以往有这个规格么?懂了吧。"

"懂了,我愿意去。我并不指望他们提拔我,我只期望毕业以后能留在大军区工作。"

"我了解你,你呀,总把环境的提拔看得比人的提拔还要重要。"

"不错,我重视环境。因为,我个人质量够了!就缺环境。"

"妈的,"李干事赞叹,"就算你连环境也没有,只守着这么大的自信,到头来也什么都会有的。你小子的自信心啊,看了叫人替你害怕。"

第一章　韵　味

"精神原子弹么。"夏谷笑笑,"我手里掐半个露半个——就比一整个还多。"

"狼子野心!下回整党有内容了。"

"哎,小李子,既然入学这么好,你怎么就不去呀?"夏谷关切地道,"你的年龄、军龄、职务诸条件样样比我优越,你干吗不自荐一下?"

"看看看!……五分钟不到,又不信任我了不是。人哪。"李干事费劲地咽下一口饭,从腹内挤出词来,"良心只有一颗,而疑心往往有三四颗。"

"常规嘛,要不人哪有这么累?还往往累及他人。哎呀小李,这些话你别朝深处想,想多了没意思,只会害了你自个儿。刚才那问题,你还没回答我哩。别绕,绕也绕不过去。是你告诉我答案还是我自己猜?"

"自己猜。"

"猜错了赔你两包烟。"

"猜对了我出一条!"

"小李啊,我要是猜对了,只有一个条件。"夏谷微笑着看他。

"别张牙舞爪的,有话只管说。"

"在下若是不幸猜对了,只希望你承认我猜对。"夏谷这话的意思是,"我还不了解你小子吗?你嘛,经常是别人说对了,你也死不认账。"

李干事脸色难看了一刹那,随即愈发从容,点头道:"这个自然。"

"我猜啊,真要被提拔的人,不是别个,就是你自己。你看你今天有多快活,你小子心里要没鬼,敢这么快活吗?"

李干事用筷子直点夏谷，灿烂地笑着："污蔑，污蔑。"已然是一副认罪的表情。

"诈出来了不是？"夏谷没有任何快活，只慢慢地朝口里扒饭。至于小李将提拔到何处任职，他什么也不问，给小李一个机会，让他自己交代。假如小李什么都不肯说的话，夏谷不会逼他。他俩仍会亲切地，甚至俏皮地分手，仿佛什么事也没发生过。但是，以后他们之间便只剩俏皮，各色各样的俏皮，却再不会有什么信任了。

李干事沉默片刻，道："正式通知你一下，今天下午三点钟，你要去见季处长。我想，你该有个准备。你今后的前途，恐怕就在那儿决定了。"

"我的天！听起来真怕人，我担心我受不了那考验。你给点建议吧。"

"唉……你呀，卖嘴皮子行，关键时刻就阳痿。就我对季处长的观察来看，你记着：第一、见了他别和他握手，敬礼就行了，他好像不愿意和人握手；第二、别给他递烟倒茶的，虽然他是抽烟的人，但是不喜欢别人给他敬烟。我给他敬过两次烟，他虽然接下了，但是放在边上不抽，只抽自己的。"

"有特点，我喜欢这种性格的人。一句话，这种人你永远跟他亲切不起来。"

"第三点你知道的，和我们管干部的人说话，最好少开口。问你什么就说什么，没问你的事，你就别卖弄聪明。言语越简明越好，这是常规。"

"这个我懂。我在这上面跌过不止一次跟头。"夏谷眼中流露着感激的目光。现在，他有点后悔，刚才不该对小李那么尖刻，

第一章 韵 味

小李到底是朋友。

后来，夏谷又反复想过这个问题。这人和那人都不缺真诚的时候，缺的就是，谁先把真诚亮出来。唉，出示真诚需要点胆子，真诚可不是你想掏就掏得出来的东西。真正真诚的人，并不需要费心保持真诚，真诚在于他完全是种习惯。大多数人还没这个习惯，大多数人是你掏多少我也掏多少，就跟掏票子一样。生怕掏多了吃亏，甚至不安全。比如自己。

李干事眼望四周，轻轻地说："这儿乱，不好讲什么。吃过饭，到我家喝茶去吧。"

夏谷悲壮地呼应着："喝！不喝白不喝。"

2

下午上班的钟点过了许久，夏谷才从李干事宿舍出来。

他们痛聊了整一个中午，因激动，人都少许精瘦了点，又因这精瘦而通身发亮。夏谷步履轻快地朝师部小招待所走去，觐见大军区的季处长。他知道，这次会见对自己十分关键，因为它断然是化装成见面的考察。假如自己不能让季处长满意，那么自己今后大块儿人生就荒在这儿了，甚至连这种性质的"觐见"也不会再有了。他觉得好笑：如此重要的考察通知上只说叫他去"随便谈谈"，用词轻淡得不行。这里头透着居高临下者的做作，透着老谋深算般的成熟，透着不凡的气度。夏谷决定，预先不做任何准备，以免把自己框住了，到时候全看临场发挥。日后前途远大且复杂着哪，你无法事事准备定了才干，全靠素质。比什么都不如比素质管用。今天偏就了无牵挂地上场去，以自己的素质与季处长一赌前程。

小李子终于说出实话,他很快就要被提拔,不是别人,正是大军区的季处长看中他了,要把他调到军区某部当干事。季处长话虽然没有明说,但意思绝对错不了。依照惯例,季处长不过是个处长,处长么,讲细点是部长候选人,讲粗点不过是个大干事,手中没有半分人事大权,那权全归部长把守。可是,季处长绝非一般的处长,处长在于他只是个过渡。他的言语方式中已经提前透出部长味了。小李判断,季处长当部长必然是近期的事,他正预先为"自己的部"选拔人才呢。小李说:"也就是今年明年吧,咱俩争取都到大军区去工作!那儿要是再没发展,咱们就不发展了,转业。总之,走到高处再看路子,反正绝不屈在这儿。而剩下的这几天里,你要把它作为最后的日子来过,再难过也没多少了,珍惜着吧。"

听小李那意思,好像他已经是军区干部,并决定将夏谷也调到自己身边去。夏谷想:"他不过是把自己多出来的快活,朝我身上抹一点罢了。"

师部执行所有一幢大楼一幢小楼。大楼前头只站着两株半死的小柏树,而小楼前头不仅站着两行罗汉松,还站着一个荷枪实弹的卫兵。常规是:小干部来住大楼,大干部来住小楼。季处长官不大,但规格高哇,所以夏谷径直朝小楼走去,对哨兵回个礼,径直上楼。顶头有个套间,军区来人,都在那儿下榻。夏谷很怕碰着闲人,尤其是别碰到师里的干事参谋,他们嘴太碎。此外,他也很讨厌自己这种"怕碰到人"的心理,腹腔子里窝了块火炭似的。走路都不舍得走出声音来。

走到套间门口,夏谷听见里头轰隆一响,是抽水马桶。他站

第一章 韵 味

住脚,这时进屋绝对不合适。马上,他又意识到站在门边上也不合适。万一叫人看见了,会以为他想见某领导又不敢进门,怯场。于是他抽身朝楼梯走,爽快地下楼了。这样,再叫人看见,只能以为他已办完了事正赶着回去到了楼下,他在拐角旮旯处略站一站,再重新从楼梯上来。回到套间门口,正欲敲门,又听见盥洗室里水龙头哗哗响,夹杂着很有气魄的唾痰声。估计季处长还没有方便完,他转身又下楼了,又在旮旯处缩着。第三次上楼时,他恨恨地想:要是他还没有揩完屁股,老子就再不上这鬼地方来了,情愿在山沟里干一辈子!"妈的,一辈子也不见得有这楼梯口这么长吧。"

夏谷走到套间门口,凝神一听,里头正洗淋浴呢。他心中怒喊:"去他妈的蛋!我走人……"但是,他非但没掉头,反而下意识地伸手抓住门把,嘣地推开套间的门,居然昂首挺胸闯进去了。他不晓得自己是怎么搞的。一霎时感到,自己的一生就这么决定了。

"季处长在吗?"夏谷发现自己的声音十分镇静。

"哦哦,哪位呀?……我一会就好……稍等。"

盥洗室里的声音倒有点惶然,起码夏谷觉得是这样。他暗中长吁一口气,在沙发上松松地坐下。"不忙,处长您慢慢来,我等着。"

季处长从盥洗室里出来,用毛巾擦着湿漉漉的脖子。夏谷从容地站起身,敬礼,报告自己姓名。季处长亲热地把他按回沙发里,给他泡茶递烟……多大了?什么地方人?做过些什么工作?……都是些常规问题。不过这些问题从季处长口里出来,就显得那么的新鲜、精妙,丝毫不枯燥。夏谷在回答着这些问题时,仿佛自己也被这些问题更新了，从心里往外舒服出来。他暗想，大机关的人，就是有水平，不承认不行。

散淡地聊了几句，双方都知道是过渡。也就是说：这种谈话意味着还没有正式开始谈话。

"哦，'天然'是你的笔名？"季处长侧首盯着夏谷，目光一下子锐利了，"你就是'天然'？等一下，上个月我在军报上看到一篇文章，讲个人英雄素质问题的，署名天然，是你吧。文章写得不错，观点很有力，篇幅也不小，议论文章在军报可是不容易发的。当时我还以为是一个什么写作班子，想不到是你一个人。你有点很特别的才气。当然，要不是军委26号文件把这一条放开了，你有才气也没有用。才气离不开机遇。"

"是的，叫我碰上了。那天，主任说文章发出来了，我还不敢相信。"

"对了，我恍惚记得，几年前，有人谈过这个问题，文章发表在军区小报上，批这种英雄主义观点，批得也透彻有力，给我印象很深。题目怪有味道的，叫个叫个……"

"是不是《大英雄和小英雄的界限在哪里》？"夏谷问。

"对了，主题是界限。捅得很深！看来有所指，不知道是何人手笔。"

夏谷脸红了，轻声说："也是我写的。"

"哦，"季处长久久地看他，"肯定与否定都叫你一个人说了，左派和右派都叫你一个人当了，雄辩和诡辩都叫你一个人占上了……你怎么看待这问题？批判一个东西时批得精彩，赞扬同一个东西时也同样精彩。你有自己的思想原则性吗？"

"写那篇文章时，我还年轻，还在部队当战士。想出名，想

第一章 韵 味

提干。"夏谷啜嚅着。

"不止这些。"季处长站起身,在屋里来回踱步。

"当时团里有规定,上一个头版要闻,记一个三等功。我就使劲抠观点,力求有所震动。"夏谷竭力说得朴实些。

"三等功记上了吗?"

"记上了。"

"最近这篇呢,也是为了记功?"

"这篇是我想写的,是我的真实想法。我对这篇文章负责。"

夏谷忐忑不安地看季处长。他踱了足有十几个来回,沉重的思索已铺满了这屋了,使夏谷感到窒息。终于,季处长停住脚,却不看夏谷,冷冰冰地说:"夏谷同志,我看你不需要进什么学院了。你的才华够了!非常实用,谋生谋职都不愁的。"

完蛋啦,夏谷暗想。他尽量不露出沮丧神情,静静地坐着,听季处长谈一些读书学习之类的空话。直到季处长伸手向他送客,他才站起身来。季处长已经恢复了最初那种笑容,陪着他出门,竟然送他到楼下。

这是怜悯,夏谷看出来了。他显示出不需要怜悯的样子,矜持有礼地告别。回到单身宿舍,他反复回想经过。一幕幕再经受过来,肯定自己不能做得更好了。于是,他死心了。唯一可供宽慰的是,他说的都是实话。所得的结果也都是说实话的结果。

晚上,夏谷告诉李干事:"他们不要我了,学院事告吹。"他将经过复述一遍。李干事听罢道:"其实,情况我都知道了。我只是想听一听,你说的跟季处长说的一样不一样。唔,大体上还是一样的,你没隐瞒什么。当初我怎么交代你的?"李干事斜着脸儿训道,"对待这种类型的谈话,永远只回答对方问到的问题,没问的事一概不要多嘴。你呐，肯定炫耀自己了！炫耀不一定在语言上，神态举止方面有没有忘形呀？"

夏谷承认当时是有点那该死的意思，没掐住自个儿。

"这下叫我怎办，你毁了，我们还得找一个来顶替你。大家都想去，而你是最没争议的人选，剩下的都有争议。这下苦了我啦，已经不是叫谁去不叫谁去的问题了，而是如何安抚一大片，是一个面上问题了。"

夏谷暗叹：瞧，人家这苦恼多棒！苦恼到这份上，才不愧是苦恼。

"你这人，重才轻德，对形势很敏感，善于捕捉机遇，有两套笔墨。说好听点，是聪明过人，说难听点，是投机取巧。暂时用用很好用，但是早晚要跌大跟头，累及旁人。"

"是季处长的话吧？"

李干事不讲这是谁的话，只顾自己叹息连连。叹罢，掉头便走。走出几步，又想起什么事似的，回过身补充——拍拍夏谷肩："算啦算啦……哎，叫你算了你就算了呗！天下哪里不容人？在哪儿干都是干，你给我想开点。"沉痛地走开。即使从背影上，也可以看出他还在叹息。

大半个月以后，军区给师里下了一道使人震惊的调令：任命夏谷为军区某部副营职干事，并电催其迅速上任报到。而李干事调动的事荒掉了，师里的入学名额也给取消了。

夏谷所要去的处，正是季处长所在的处。他很想向小李子解释一下自己的茫然，还有：无辜。但李干事根本不屑理他。周围人也十分同情被伤害的小李子，对夏谷则集体保持一种世故的笑容，仿佛很理解他，又原谅他。

第一章 韵 味

夏谷陷入莫名其妙的尴尬。他执拗地想：我没有做过任何手脚，没有伤害过任何人，我自始至终听天由命。所以，我不必向任何人解释什么。

一件好事弄得像一场灾难。整个机关都为此大加兴奋。

小李更加尴尬。他已将自己提拔到大军区的消息，神秘地告诉过好几个人，每个人都以为只有自己知道此事，并用同样口吻传递给下一个人。所以，师机关老早都知道李干事要高升，人们紧忙着跟他密切感情。小李自己，也已将心态呀、思维方式呀、言行举止呀……统统调整到大军区那个档次上去了。别人的送行礼物与离情别绪他全都收下，作为回报，他热情地邀请别人到大军区来玩，许诺下一顿顿酒菜。这下子，他陷入绝境。他被迫做出傲然的、对成败荣辱不屑一顾的样儿，以为这样才显得不屈，才仿佛是崇高。小李也知道，夏谷那人不会在季处长面前谋害自己。但是，如果不认为是夏谷谋害自己的话，那就要承认还痛苦的事实：夏谷比咱们优秀，季处长一眼就看上他了，一脚踢掉自己……这个事实比"谁谋害谁"更叫他难以忍受。所以，他必须显示受害者的形象，听任外界沸腾着"夏谷谋掉小李位置"等等传言，不去辟谣。久之，连他自己也相信这些传言了。

最后几天里，夏谷只在吃饭时才露面。他一个人坐在一张方桌前，四周干事参谋们喧闹不止，却无人坐到他跟前来。他安慰自己：再吃三顿饭我就走了。下次吃饭时又想：再有两顿饭我就走了……忽然发现，师里的杜政委也是一人坐一张方桌，面前象征性地隔着一扇屏风，将他隔在另一个世界，他默默地吃着，一边吃一边思考问题，不朝这里看。其实，杜政委一直是单独一人进餐，只在今天，夏谷才发现他实际上很孤独，干部们囿于级别差异，不往政委跟前凑。政委习惯于众人离他远远的，不会唤谁进去共进午餐。夏谷想，也许小干部们都想过去，只是怕人说巴结领导，才裹足不前。而政委也暗中希望有人嘻嘻哈哈地坐到他身边来——纯粹是为了吃饭才坐过来，不是为了别的目的。因为久久没有人来，他也只好做出思索的样儿来掩饰孤独。

发现了这点，夏谷觉得舒服多了。他猛地站起来，端着菜盘子走到政委方桌前，挨着他坐下，笑着："政委也和我们吃一样的菜呀？"

杜政委立刻笑了："你以为我有什么特殊么？真要有，我也不会当着你们的面大吃大喝呀，你说是不是？"

蓦地，夏谷感觉到外头鸦雀无声，似乎所有人都在倾听屏风里面的动静。他又解恨又快乐，有意低低地跟政委说话，让外头人嫉妒这里头伪装出的密切。

杜政委开着玩笑："小夏呀，我是从大军区下来的，对那地方不要抱太多幻想噢。"

夏谷想起，杜政委调师里工作前就是大军区的部长，听说他是被排挤下来的，今年已五十四岁了，再有一年就该退休，看来，前程到此结束。

3

因为听进了杜政委那句"不要抱太多幻想"的临别赠言，夏谷负着他那小小行囊，独自进入军区正南方那伫立着三个门卫和一个调整哨的、宛如长江入海口那么壮阔的正门时，他觉得十分孤独。

当时，他并没有意识到那巨大的正门所展示的，是一个军人的巨大前景，他只怯怯地想：反正我已经没有退路啦。

哨兵喝住了夏谷，要查他证件。他没有证件，只好掏出调令给哨兵看。哨兵没见过调令，只认证件不认别的。夏谷只好到传达室登记姓名，再把临时通行证交给哨兵才得以入内。他顺着宽阔的水泥路往大院里走，想走得从容不迫。但是他做不到，别人一眼就可以看出他是外来人。更多的人，则看也不看他就擦身而过。他一边走一边观察景物，发现：在师里叫作食堂的地方，在这儿则叫作第几"餐厅"；在师里叫作小卖部的地方，在这儿则叫作"服务中心"；几个纠察正扣住一个军容不整的军官，显然，在师里是官管着兵，这里由于官太多，则是兵们管着官儿；一辆奔驰轿车驶过，轻盈得简直不足半斤重，辙印儿极直，像是从尺子上开过去的……

在大院办公区门口，夏谷又给哨兵拦住，再次查证。他说，证件留在大门岗了。哨兵说，不可能，门岗只在出大门时才会收你的临时证。夏谷说，确实交给大门岗了。哨兵说，那就是你的问题了，你不该交给大门岗。哨兵开始挂电话，挂给夏谷要去的部，让部里出来个干部领人。

夏谷觉得，他此行报到，就像个失物招领的包裹。

4

夏谷醒了一半，另一半仍泡在残梦里。

蒙眬这东西要多舒服有多舒服，身子骨仿佛化尽，就剩大腿根那块昂奋不已。他长长吐出一口隔夜的气息，两颗宿泪顺面颊流下。哦，这绝不是难受，仅仅是太舒服了，舒服得溢出来了。

　　床前地砖上有只菱形金属盘，盘上搁着未燃尽的蚊香片。它白得谦虚，白得轻薄，白得像一片叹息，甚至像一片疼痛搁在那儿。最后的烟缕正扶摇直上，跟通条似的直戳天花板。这气质太像她了，就是那个那个那个……他终于想起他对象的名字：古虹。这说明，他确实成功地遗忘了她。当他避开旁人，只和自己的心思待在一块时，从不叫她古虹，只叫她"烦人"！以此代替了她的名字。

　　夏谷喜欢"烦人"笑着笑着突然胆怯下去的样儿，就这点样儿钻在他心里咬他，替她受疼，疼罢了，才稍许有点怜爱。也就是说，那"烦人"要不是因为胆怯，夏谷就不会有半点爱。干吗女人们一动起爱心来就怯生生呐？好像谁害了她们似的。在我跟前她整个人都缩没了！其实这种胆怯对我十分危险，她离了我没法活。这可不就是股要人命的执着吗：仗着有点爱就可以要人命吗？就跟这烟缕似的，本是飘渺无形之物，可它这会儿直直地像根通条，差不多能弹出响来。一股烟儿敢硬成这模样，你说还不怕人吗？

　　哦，要是"烦人"爱上别人该多好。要是她被别人冷不丁地劫走了该多好。要是我能够给她勇气让她抛弃我该多好！那样，咱俩便断。一断，说不定我反而有点想头了，既然她是女人是弱者，我就应把抛弃人的权利给她，让她抛弃我而不是我抛弃她。这对于她的自尊心恐怕相当重要。我是男的我不在乎给谁谁抛弃一回。她应该以为她比我高级，我不值得她叼着不放，我得拿别的什么塞她嘴里，这样她才会松口让我掉地上。坦率说给她抛弃的权利就是给她件告别礼物，只有我这样的男人才敢给。你叫别人试试？

　　"烦人"快一年没信啦，拖延不决只能说明：她仍在坚守自

第一章 韵 味

己的情感。隔几千里地，拿眼盯我，在心里拧我，拿一个个念头砸我！我样样感觉得到。

夏谷忽然一阵灼痒，想起"烦人"喷着香皂味儿的白脖子，她那软极了的发梢被他的呼吸扑开，露出晶莹嫩肤，一颗小黑痣蹲在脖根处，朝他呐喊、诱他嘬进嘴里，其实是那痣主动蹦进他嘴里去的。那女的哼唧着，整个人化成股乱动的浪头，要死过去……"看我看我，"夏谷自责道，"一想她就尽往这些地方想，脖子大腿什么的，别处我全没感觉嘛。我这是在偷着污辱她，唔，但也是叫她逼的。这太不像我了，我再不能这么不像我了。"

夏谷伸手到枕头底下摸表，还没有摸到就已经厌烦了。反正不吹起床号了，惦着时间干什么？老以为是在部队呢。于是，夏谷又进入似睡非睡状态中。

……那女少校走道多有味儿，呢裙儿包着玲珑的臀，犹如橘子皮包着橘子，竟益发透出玲珑来，哪个部长见了她不笑嘻嘻地打招呼。她跟我一样，也只是个副营职干事，但她在大院里，想办什么事办不成啊——凭着那份玲珑。

还有她，洗衣店的李主任。总共三两个娘们的小店，居然还设个主任！所以只能倒过来理解：是为了主任才设立个店。瞧这颗"李子"把腰束得多紧啊，就连列兵也不能把腰束那么紧！绝对是颗性感炸弹。她的丰满全是给那条嵌金腰带束出来的，一走道，全身无处不动。人过去了，香水味半天不散，不是逼着人回味么？军区政治部李尔之中将是个主任，洗衣店"李子"也是个主任。一个权力大，一个魅力大。扯平了看，一般大。

还有卫生所的小刘，弄不明白她是谁家媳妇。她也瞒着背景不说，这使得她的美貌尚未落实出处。她的一言一笑又似唤你又似拒你，动人得一塌糊涂。她有竟把自己弄得云启蒙遮雾罩的，好让男人们望不到边儿，自己便有点仙女的味儿了。

服务中心的"菜花"就不必说她了，完全是大院工杂人员的班头，其能耐不下于一个管理处长。振臂一呼，应者云集。据说她一心想嫁个三十岁以下的少校，公平地说，这野心不大。假如她想要，完全可以使一个在职部长离了婚再娶下自己。之所以没这么做，我想她是指望：那三十岁的少校以后能当部长吧。瞧她往菜板前一站，阳光把那一对嫩膀子打得多白呵，菜堆的油绿全是叫她膀子衬出来的。她的生命力，又简单又旺盛。

……

军区的大院本是男人世界，只几个女人往当间一戳，这世界就叫她们撑起来了！不要多，几个就够得了！几个就显得满地都是了。这儿啊，男人反而不值钱。随便朝大院内扔个石子，就能砸着一个上校，从上校身上掉下来还能打着一个中校。甚至呢，砸着了，被砸的他才被人注意到了，没砸着还不被人注意……

"她们怎么看我呢？"夏谷骤然兴奋起来，睁眼看天花板。

夏谷已经习惯于：每每接触一个重要人物，司令员、参谋长、部长、主任……即使只有几分钟，他也要琢磨一下自己给别人留下什么印象，也就是把人家和自己掉个个儿，站到人家立场上看自己。估计自己在人家心目中的位置，毫不客气地拿人家的目光一遍遍审视自己。他仿佛窝藏在人家心眼里瞄着另一个夏谷，瞧得透透的人家还不知道。这事既深刻又有趣，还附带着练素质，减少盲目性。下次再见这位首长或某人，他先把"印象"掏出来对接上，剩下的事就是往下发展印象了。久之，这习惯化成夏谷的一种生理功能。首长们只消见他两次就喜欢他了，他们觉得自己心目中的小夏就是这样的，觉得自己眼光不错，小夏是块好料子，年轻、老成、善于思索、不说废话。尤其是后一条，聪明的青年满地都是，而不说废话的青年可不好找。好些人是以废话来卖弄聪明，从而把自己卖掉的。

夏谷将那几位女士从心里过了一遍。发现：她们对自己没什么印象。因为，她们根本不曾正眼看过他。这就是说：虽然首长们不曾小瞧他，但她们个个都小瞧他。

"总有一天，叫她们认得我！"夏谷叹罢，就回收掉悲怆。觉得自己境界挺高。仿佛刚才已经壮烈牺牲过一回。

夏谷忽然又想到自己对象，一下子呆掉了，幽幽地道："你古虹呵，要么就添点人家那玲珑味儿，要么就给我爱上别人去。求你！"

5

一阵床架的嘎吱吱响从隔壁屋里传来……

真刺激，夏谷彻底醒了。他很想把自己按进梦中，以求没听见。

床架一响，准是夏令时五点半老罗就爬到他老婆身上去了，准极了。即使两人昨夜开骂，翌晨也不误点。他俩真棒，能使各种情感并行不悖，生活效率倍高。哪像西方人那么自尊，一生气就碰不得，听说还有丈夫强奸老婆这一罪款。纯粹卖弄文明。

老罗是群工部秘书，老婆叫个杨什么。夏谷和老罗夫妇俩合住一套营职单元房。夏谷住小间，九平方米，老罗两口子住大间，十四平方米。此外，还有一间十平方米的客厅，名义上是两家合用，实际上于茫茫然中叫老罗两口子占了去。他俩把客厅布置得那么漂亮，摆上拐角沙发、转盘茶几、地毯什么的。从这门口至那门口几步远的地方，他们还得两头换鞋。细绒拖鞋是卧室专用的，草编拖鞋是在卫生间进出时用的，闹得两边门口都是鞋。老罗时常很爽气地邀请："小夏，进来坐坐，需要什么东西，只管拿。我的就是你的。"

夏谷哪里敢真进去了。再说，他怕换鞋，他脚臭。在人家软地毯上赤个脚，他浑身不自在，跟暴露身体隐私差不多。可是，他若老不进那屋，老罗两口子就觉得他肚里有意见，肯定是嫌他俩把整套屋子都占去了。因此，夫妇俩邀请得愈发逼人。所以呀，夏谷每隔几天就到客厅门口站站，两脚踩在门外，上半截身子探入门内，聊上一阵，就算进去过了。回自己小屋后，他总觉得腰腿酸累。而精神气儿，还卡在那门框里，要过一会才逃回来。

厨房和卫生间，也是两家合用。夏谷是单身汉，严格讲只抵半口人——不用自己开伙，自然让出厨房，长年累月地吃食堂。但是，卫生间他得保留一半权利，要不夜里上哪落实屎尿去。老罗老婆把抽水马桶收拾得像一只面盆那么白净，瞧着叫人不敢用。夏谷每回小解都胆怯：因她就在隔壁沙发上歪着哪！他不敢尿出一点动静，赶紧完事出来。更多的时候，他能憋就憋着，将屎尿带到办公楼里去放松。老罗人不错的，既厚道又热情，就是老婆霸气点。卫生间里放了台双缸洗衣机，占去整一半面积。空中还扯上一根铁丝，晾着不能在外头晾的亵衣，害得夏谷每次进去都差点撞上它……有一回老罗出差，夏谷午睡起来进卫生间，瞧见里头晾满了半透明的小东西，花哨的织物跟一头头小兽似的，精神得要命！地上水渍渍的，满屋是老罗老婆的大宝浴液味儿，暖烘烘地呛人。这时，老罗老婆就在隔壁跟着录音机哼曲呢，一边

第一章　韵　味

哼一边拍着大腿儿伴奏,她可真勇敢。她知道夏谷在家。

夏谷以无比的从容看了那一串花哨小兽,再以无比的镇定踱回来。

现在,他知道老罗老婆是什么东西了,甚至比老罗知道的还多。接着,他开始思索:如果老罗老婆过来拉扯他,他该怎么办。如果暂时不拉扯,而只是怩怩着请他过去坐坐,他又该怎么办……夏谷把一切都想妥了,将尊严地说:"不!"然后,他将以怜悯的话语使她清醒。最后,他还将宽慰她,消除她的悔恨,并保证不和任何人说……夏谷很亢奋,内心已把自己的音容举止模拟了好几遍。他以类似临战前的激动,等候老罗老婆过来调戏他。可是,老罗老婆竟没有过来——不是暂时没过来,而是始终没过来。这下,夏谷反而有点惆怅了。那天上班很没劲,心儿老在肚里踢他:这个杨杨杨杨什么呀,除了脸蛋之外样样都好看,尤其是从背后看,比正面还耐看些。胖腿啦足踝啦,没事总露着,白生生的。一走路,连红通通的脚底板也露出来。要是光从背后看的话,会以为她脸蛋也美得不行。其实那只是个错觉……唉,假如那不是老罗老婆的腰腿而是古虹的腰腿该多好。老罗老婆把脸蛋自己留下,把身子换给古虹。古虹就是缺点女人味儿。对对,她百分之百是个好女人,但就缺味儿。

床架继续呻吟。嘎吱——嘣,嘎吱——嘣!后头那声"嘣",是床架撞墙的声音。今天干吗这么冲动?!老罗他们有个特点:无论整出多大动静,口里可绝不出声,一味哑干,似乎这样比较严谨。

夏谷想起来,自己昨天夜里出差归来,大约两点进屋,老罗他们肯定以为自己还在部队调查。否则,他们多少要抑制点,不会骚动成肉搏仗一般。夏谷发现,通往小过道的屋门没碰死,敞着哪。便猫似的起来,轻轻把门关死。在关死前一瞬间,他看见老罗他们的门彻底敞开着,只扯上了半截门帘。

热死人啊!这天。

夏谷回到床上,稍一动,草席就粘在身体上,吱啦吱啦响。他不再动了,把身体直成一根通条,抗拒隔壁的声音。这种住房安排污辱人哪!就这么点空间,不要说搁人,连人格也搁不开啊。霉豆腐就是这么闷出来的。唉,大机关小住房,逼得人活得小点,再小点。慢慢地回缩自己,最后,把人炼得只有一粒仁丹那么大,却收藏无数滋味。

夏谷拿过他心爱的稿子,借着朦胧的晨光偷偷地看——就像旁边有人盯着。它是一份草稿,夏谷得意之作。昨夜临睡前,满脑子还都是材料,他是带着三四个观点入梦的。怎么一觉醒来,脑子里却塞满女人呢?像给谁偷换了脑子。这次下部队,就是为了补充修定它。五稿已经用传真机发给部长了,他手里拿的是第六稿。《沿海某部在改革开放中大力锤炼军人气节》,主题平实含蓄,内情人一眼能品出好几个味道。部长说:"争取上总政文件,下发全军。"夏谷再度浏览文稿,虽已无数遍了,仍有如歌的感受。他呢喃着每个文字,竭力再注入些深意。右手指虽空着,却已像夹着一支钢笔那样翘翘的了。他忽然逮住一个新用语,登时紧张万分,全身凝固,在心里把这个新用语抚摸了一遍又一遍,再捺入文稿。接着,脑内跳了一下,又从很遥远的一篇文章里摘下个新提法,轻轻将这提法糅开喽,糅成两三个不同的提法,像滴醋似的,一滴滴将它滴入文稿某段。并且,他能感觉到这一段的意思正在丰润起来……现在,他丝毫听不见床架的声音,文稿铿锵作响,击打着他的精神。他和他的创造物在一起,卧在一张单人床上。

第一章　韵　味

出操号响了。夏谷迅速穿衣，跑出门外。新鲜空气跟个榔头一样狠敲了他一下，真痛快！虽然夏谷已到大机关一年有余，仍然喜爱连队般的出操。太阳刚有点太阳的意思，风儿清凉得要命，天空亲切极了——要接他上天似的。东方那一片红光像一团辉煌念头，仿佛是夏谷掏出来搁在那的。是的，每天早上他都年轻了，其余时间他老下去。但是，第二天早上他又会年轻！

在这个大院里，几乎所有人的军衔、职务都比他高，所有人的历史渊源、生存关系都比他丰富。他唯一胜过他们的，就是：年轻。

6

在通往操场的路上，夏谷控制自己不跑。到大机关那么久了，还跑什么跑？天大的事都该稳稳地走着去办。这体现成熟，体现风度，体现出自己和老机关们摆平了。你拥有什么——是一回事；能否将你拥有的东西体现出来——则是另一回事。虽然夏谷心里一再想跑，但他也一再掐死那跑的愿望。

老罗——罗子建从另一道门里出来，着夏季短袖军装，军帽戴得骄冲无比，皮带把腰杆勒得很细，连一根手指头也插不进去。其实他今年不到三十五岁，副团职。人们叫他一声"老罗"是因为他方方面面的味道足够老了，而年龄不过是个参照。组织部谢处长没结婚前，人家就喊他老谢了。宁副部长给首长当秘书时只有二十七岁，可是，连比他大十几岁的各部部长都叫他"老宁"。老宁老谢老罗……他们这些人的能力，都跑到年龄前头，叫声老，是附加一个尊重，是一个境界呼唤另一个境界。

夏谷猛见老罗，先自害臊起来，半遮半掩地站在那儿，直怕羞到人家。

老罗高叫一声"啊哟"，奔到夏谷面前，一串"啊哟哟哟……"捉住夏谷手，以长辈的口吻道："什么时候回来的？你看你你看你，瘦了嘛！唉，晚上来我家吃饺子。顺便，跟你聊聊机关见闻，也听你谈谈下面部队事儿。哈哈哈……不过小夏你，可是越瘦越精神。"

夏谷觉得老罗那手粘乎乎的，一分开，便吱啦啦响。

老罗握罢手，又朝夏谷肩上拍两拍，顺便替他拈过了一条草席茎儿。小声叮嘱："饺子。"此刻，正有人从身边走过，恰恰是他不想邀请的人。

老罗因为是群工部秘书，须督促本部人员参加跑操。他站在铁灰色宿舍楼前，朝不同位置的窗户发出不同硬度的喊声："小邵！……老刘……大熊唉，咱们别老落后啊。"他的声音前头狠，中间平和，末尾那声"大熊唉……"则暖和透了。他这一声喊有三截韵味，很像对敌我友三方面的政策。老罗单单留下中间门窗没叫，因为里头住着宋处长。可是，中间门嗒地开了，宋处长反而比小邵老刘大熊出来得快。老罗感慨地道："处长哎，年轻人就是比不上你。不晓得你年轻的时候更利索成啥样了。"

宋处长道："我如果不跑操，别人岂不以为我超过四十五了么？还是照规定办吧。"

"虽然规定四十五岁以下的人都得跑一跑，其实，靠近四十五的人不跑也行。没那么认真。"

"我才四十二，周岁四十。这年龄容易叫外界误会……嗯哼，八年了，整整一个抗战。"后一句话笑着说的，意思是讲他已经

第一章 韵 味

当了八年处长，至今没被提拔，像一场抗战那么久。

夏谷笑说："宋处长，你发牢骚的时候最亲切了。"

老罗道："瞧小夏多锋利。叫我说，有点牢骚才是朝气蓬勃的表现。没有牢骚的人总是假里假气的，关键要看牢骚的质量如何。有了高质量的牢骚，还有个敢不敢发出来的问题。"

夏谷道："有点牢骚还是有才气的表现，越有才的人牢骚越大，比如柳亚子先生。"

宋处长摇晃双手："行啦行啦，两位干脆把操场挪这来吧，慢慢斗。我先走了。"说完，便不失风度地、把逃跑意思裹得很好地走了。

夏谷和老罗并肩去操场。夏谷说："老罗，你经常像总部首长那样说话。刚才那个牢骚的质量问题，含义十分老辣。没受过长年压抑的人，绝对说不出来。"

"你可别陷害我。大清早的……"

"不。我确实觉得你挺了不起。比如说，什么样的人都喜欢你，甚至，连你讨厌的人也喜欢你。你是怎么弄的？"夏谷真诚地说。

"又来又来！不就是个牢骚么。告诉你，发牢骚是机关干部的一项业余生活，跟下棋打乒乓球一样。一天有三两个牢骚发发，日子过得轻松愉快。"

"我不行，真佩服你们什么话都敢说的人。你在部里，绝对是个人物。"

"秘书有大有小。"老罗看夏谷反应，见他点头明白了，才接着说，"我一调进机关就干秘书，从正排职秘书干起，干到现在中校了，还是个秘书。他八年处长算什么？我干秘书干了十八年，小半辈子撂上去了。我什么没经历过？你说，我对职务问题牢骚过没有？"

夏谷心想，我怎么知道你牢骚过没有？口中道："肯定没有。"

老罗微笑地，字斟句酌地问："为什么没有？"

夏谷骇然："为什么？……老罗你这问题问得怕人。"

"吓不着你，别跟我假装纯洁。我说的成立不成立？从来没人关心过我为什么不发大牢骚。"

"那么，究竟为什么呢？"

"因为时候不到！到了关键时刻，我会发的，而且一发就必有反响。上上下下，都得认真对待我的牢骚。"罗子建眼里竟有湿润的光。

"呀！老罗你，你把牢骚存在银行里生利息呢！"

"哈哈哈，其实我纯属逗你开心。你看你那呆样，哈哈哈……"老罗突然又变得轻薄起来，"告诉你吧，我不发大牢骚的原因是：发了没用，白伤神，没人因为你牢骚厉害就提拔你，所以我只发些皮毛牢骚，供大伙快活。"他见夏谷不笑，便严肃地批评他，"我要真是那种斤斤计较的小人，能随随便便把心里话说出来吗？既然我说出来了，就不会是那种人。对不对？"

因老罗问得热烈，夏谷才被迫点头。刚才，老罗眼里那泪光虽然一闪即逝，却深深地感动了他。他有点后悔，呆呆地想：要是当时我就把感动心情告诉他，也许他就不会把自己换掉了。都怪我随嘴开他玩笑，使他对自己的动情也感到害臊，赶紧把自己包装起来。人和人的心思只要错过了一丝，就再也接不上了，反而比以前飘得更远。

老罗的精神已光滑如初，目视前方："你看，宋处长在望谁呢？"

夏谷已无心望去——纯粹是为了尊重老罗才勉强一望。他看见,宋处长正边走边朝前面敬礼,姿态颇为兴奋。而被他敬礼的那人,叫一溜罗汉松挡住了,夏谷和老罗看不见。

老罗猜道:"怕是冯部长。"

"冯部长在京开会,要一周以后才回来呢。"

夏谷盯着罗汉松尽头处看,也觉得那是个悬念。宋处长究竟望谁?片刻,一位中年首长缓缓地踱出来,仿佛很在意自己的仪表步履,其实他正在思考什么,他正是冯部长。因思考得专心,冯部长没看见正朝自己敬礼的宋处长。

夏谷说:"佩服佩服。"

"我不是有意卖弄本事。确实随嘴说说,碰巧说中了。"老罗话里有些悔意。

两人有一阵子没说话。突然,夏谷激动地低语:"这座大院,藏龙卧虎!深不可测!"

老罗感激地瞥了夏谷一眼——他将自己列入龙虎一类,又复归于默然。快到操场时,老罗悠悠道:"我明白了。老宋他今天为何发那等牢骚?以前他可不这样。我才想明白了。原因么,是当时我在门外说你年轻,那些话叫他听见了,感发愁肠喽。肯定是这样。"

夏谷真没想到:一个小小不然的片断,居然能在老罗肚里搁那么久,非酿出味来才罢休。他呆了半天,说:"我把我换给他!真像毛泽东说的,年轻也惹人生气。"

"废话不说,倒是站到他位置上去试试?该同情他嘛。"

"前天看报,联合国教科文组织对人生有新划分,说:二十岁到四十四岁都算青年,四十五岁到六十岁算中年,六十岁以上才算老年。所以,他宋处长只能算是大龄青年。"

"不是瞎编?"

"党报登的!当今人类都长寿,青年的概念放宽啦。按这个框框朝前套,十三四岁的人大概只算婴儿。朝后套呢,六十岁的人会想:我还卡着中年边呢,下什么下!"

"哎,应该把这个消息告诉老宋,他肯定爱听。"老罗沉吟片刻,又道,"一会就说,但不能正面跟他说,否则他会多心的。我们应该趁他在场的时候,我和你聊这个话题,你随便聊似的,声音叫他听见……"

夏谷忍不住吱吱笑,说:"老罗你——既然是一个善意,也要靠摆弄阴谋去实现它。"

老罗快意道:"一到操场咱们就说,趁人多!"

7

机关干部聚集在一条宽阔的林阴道上,等候集合号令。

这条林阴道,几乎有飞机跑道那么宽。两旁耸立巨灵似的法国梧桐树,树冠如同墨绿的云朵,在天空相接,再沉沉地压下来。路面上满溢树脂的浓香,那味儿是从厚厚树皮下面透出来,简直像泼出来的!使这道上如同搁了条香汁大河。

梧桐树是军区大院里的帝王。

明朝起大院就成了兵营,四周散布着马标、炮标、营口、卫桥、南北校场……一代代人征杀过来,至今仍弥漫骁勇之气。到了民国定都开国时,大院被辟为国防部,占地极广,遍植梧桐。而今大半个世纪过去了,无数将帅俱已作古,只剩这梧桐愈发峥嵘。由于拥挤,它们便朝高处冲,其势头直扑天外。其实呵,它的精神已经抵达天庭了,只是由于自尊,它们才不再向前一步。梧桐树身白天是淡青色的,而晚上则是暖白色。夜里走近它,很像夜色中有个裸体妇人,婀娜地站着,含蓄风情万种。梧桐树们沿着大道站成两行,夜色中影影绰绰的,极像一位裸妇人后头还立着个裸妇人,一个风情万种后头还站着一个风情万种……夏谷喜爱大院,梧桐树是一个重要原因。烦恼时,树下走走便有换了心肺的感觉。偶尔踩着一片落叶,脚下扑出个细嫩声响,连心也牵得一歪,舒服透了。大凡有灵气的树木,最怕人多。那次军区开大会,林阴道两头搁上了哨兵,路面上画上白线,停放了上百辆军车。每株树下都成了停车场,气味撩人。梧桐的境界全给破坏了。直到夜里,路面还是热乎乎的,汽油味仍然沾在树身上。梧桐们在那天中都畏缩着,偷偷地老下去。

林阴大道,草坪广场,大礼堂,大会堂,大校场……在军区大院,甚至在这座城市里,有多处这种气势磅礴的场所,每处都可以容纳成千上万人,而人的住房却老是那么狭小。夏谷想:大概是为了便于把人群召集到一块,让所有人听一个人说话。

机关干部淋淋漓漓地流淌到操场,松松地站着。阵容十分庞大,活像五百号人的加强营;其实把操场上的人全部拢到一块,也不足五十人。只因为,他们都是高级机关的干部,他们随便朝哪儿一站,身心气势就要溢出来,每个人都得站去足够搁几个人的地方。谁都不肯挨着谁。在这儿,即使一个小中尉,也习惯于用全局性语言和人说话:"82军怎么搞的?一个事交代下去三天了,还没回音……"

"福建方向动作要再快点,不然我们就派工作组了,某某部队就是没野战军的样子!"

"我陪刘副司令八天时间,跑了三个军七个师四个守备区,还剩五个军级单位没跑呢……"

久之,这种语言方式就把人心眼垫高了,二十几岁的小青年,拿眼瞧全军区几十万部队,也不过跟瞧只大沙盘似的。

但是,年龄稍大一点的干部聚到一块,却周身都是小心翼翼的气氛。他们的眼神都那么谦和,举止带点老头味儿。这人要和那人说点什么,走去的步子不出声。直到听见吃吃的悄笑,才晓得两人之间确曾说过话。接着,凡是听见笑的人都跟着笑开来,然后才问:"笑什么哪?"也有几个粗声大气蹦舌头的中年干部,不过就几个,且永远是他们几个。大多数人极少说话,有几个人则永远是生动地沉默着。老罗说:未来的部长、主任、将军,一般都是从很少说话的那堆人里头产生。顶有可能从根本不开口的那几人中产生。

掉在末尾的几个干部,正从宿舍区朝这赶。到了,便把牛奶瓶子或菜篮子,摆到路边那块大黑板底下。大黑板是机关告示牌,上头带个小屋顶。此刻,黑板下头已放满各种菜篮子和奶瓶子,待下操后,干部们便提着它们去服务中心换奶买菜。这传统不知是从何时形成的,大致是很久以前,某干部顺手在那儿搁个奶瓶子,于是第二第三第四人都在那搁瓶子,相沿成习,传统便诞生了。奶瓶子们不需要号令也站得很整齐,机关干部富于摹拟能力,干什么都能摹拟得一溜齐的。告示板上已挤满方方面面的告示:

供应本月鸡蛋……十岁以下儿童打防疫针……草坪放映电影《海霞》,遇雨停映……今日卖在职干部的肉,明日卖来队家属的肉……

大院是个小社会,里头行行具备,生老病死有依靠。干部们

第一章 韵 味

把工作和生活捏在一块，彼此难分。

一个干部放下奶瓶儿，一抬头看见了告示牌，叫着："啊哟！又毙掉两个。"

告示牌上贴着一张军事法院的布告。上面打着两尺多长大红钩，勾掉了两个青年罪犯的性命。众干部不禁围观起军事法院王庭长，他名叫王焰，正在僻静处踱步，因晓得众人都在看自己，越发显得神情沉重。按习惯，大家都把他名字倒过来叫。

"阎王，这案子是你亲自审的吧？"

老王仰天叹道："开春以来，全军这类罪犯已经毙了五个，"他举起手，又开五指在头旁摇着，"五个加起来还不满一百岁！唉，真是舍不得毙呵。可是不毙不行啊，犯了死罪不杀头还叫什么部队？我可是一再挽救的，你们不知道就是了。如今，光印这布告就得几千块钱，你以为我愿意审案啊？杀一次人——今年业务费就用光了。如今，没钱杀不了人……"

阎王一番宏论，把干部们闷了一会。少顷，大家都激昂地议论起钱来。

夏谷后背上忽然给人拍了一掌，差点把他心脏拍掉下去！

"小夏，夜里回来的？昨天，部长找了你两次。"

夏谷两眼豁然生辉，然后，若无其事地低下头。心中刚出现点小激动他就立刻把它掐灭喽。哦，部长找我。而且，连着找了我两次！我料到他会找我的。

8

夏谷随着上班的人流，从生活区大院进入办公区大院。

门卫持一杆步枪，笔挺地伫立着，机关干部们唰唰敬礼通过。办公区下面，是一条宽阔的花园式大道，两旁是草坪、花圃、藤萝架、假山流水……一眼望去，能看出它们都很有年头了，一草一木都具备很深的资历。水泥路面上画着白色停车线，楼房后面则是低矮的自行车棚。几行翠柏站得一溜齐，当年都是拉皮尺量着栽的，自然横直竖齐、精神无比。办公院分为东区西区，总共有十七八个部级单位，各叫作：部、局、室、院、社……名目虽然不一，但都属于政治部下头的二级部单位，相当于师、厅一级。刚来时，夏谷费了两天时间才搞清各部的位置。又花了十天工夫，才把部长以上领导的姓名与面孔都对上号。过了一个半月，他才勉强弄清大部分处长们谁是谁。至于干事、参谋、助理员、管理员……他只有暂时混沌着，用着谁了再熟悉谁。须知，就连在这干了三十年的老机关，也不能把每个人头弄清楚。很多公众场合，他们见人就连连颔首微笑，显示出熟极了的表情，甚至呱呱地聊上一阵，但是，他也许只认识对方这张脸，却不知对方是谁。当然喽，他们敢于放开表情、快人快语的，也因为他们确信：虽然自己不认识人家，但人家肯定认识自己。

还有更重要的是：弄清楚玻璃板下头压着的，那张日报那么大的军区常用电话号码表。要背熟、理顺，弄清每个号码意味着什么，号码的户头是谁，各个号码之间的复杂关系。比如：一份文件递上去，从哪间办公室到哪间办公室，再到哪间办公室，最后应当从哪扇门里出来，才能回到自己手里。文件上批语是谁的，怎么批的，画圈还是署名……此外，还有首长的车牌号，众多领导的住房位置等等，能记多少记多少。还有：上级机关即总政治部一大摊呢，总部有着比这儿大几倍的部、局、院、室、社……

第一章 韵 味

与本部有关的部门都要弄懂弄通弄亲热喽。还有：全军区几十万部队，约莫有几百个师级单位，上千个团级单位，其番号与代号分布在东南五省一市。还有密密麻麻的厂矿企业宾馆及预备役部队架子，这些，也要大致做到心里有数。让它们熟悉自己，建立联系。

把上下友邻粗粗摸索一遍之后，假如你没在迷宫里弄丢自己，那么，你就可以开始工作了。夏谷进入本部办公楼，再进入本处办公室，坐入他本人办公桌前，立刻融进厚厚实实的办公气氛。八点整，远处的、近处的以及隔壁的电话铃陆续响起来。巨大的军区在动！片刻，夏谷面前的电话也响起来。他拿过电话，里面传出一句低低的话："你来一下。"

只这一句，电话便挂断了。

夏谷快步上楼。部长的声音永远是这么低，而且短。这也就迫使部下凝神倾听，禁绝废话，用全部身心去兜住部长的每一句话。在这幢楼里，每个人，每件办公用品，每项工作的处理方式上，无不透着部长的痕迹、部长的精神、部长的气息……

部长像阳光按倒一片草叶那样，牢牢地按着夏谷和夏谷们，并且非常自然。

部长的办公室在三楼。三楼除部长外，还有一间宽大的部会议室和公务员小屋。部内的所有决策都在三楼酿成，对于部里的夏谷们即干事们来讲，三楼就是碰着天了。

夏谷在门外喊："报告！"力度正合适。部长在屋里将听得很清楚，又不至于被惊扰。隔了一会，里面传出声音："请进。"

夏谷推门进去，部长正在打电话，他依照部长眼神的意思，坐在几米外的一张沙发上。这儿，不可能听见电话里的声音。他把材料放在茶几上，轻轻翻动它，像在继续斟酌。

大校部长季墨阳，也就是不久前考察过夏谷的季处长。那次考察之后，他全力以赴将夏谷调入自己处内。而他自己，先是升任副部长，继之又成为部长。夏谷凭直感，认定部长在军内会有远大前景，他为这样的领导看中自己而暗暗欣喜，他固执地把部长视为知己。可是出乎意料，部长从来没对他有过什么恩宠，甚至从来没有过亲密的表示。在部长眼里，夏谷似乎和其他干事们完全一样。为此，夏谷曾失望过。稍后，他反而更佩服部长了，也更彻底地把自己交给部长了。

这通电话显然是下级打来的，部长只是听，隔一会才"哦"一声。同时，他还在翻阅面前的材料。夏谷知道，部长翻阅的正是自己手上这份材料，区别只在于：部长手上是第五稿，而自己手上是第六稿。看来，自己所料不错，部长要亲自和自己讨论这份重要文件。

夏谷情不自禁地，已在心里把"材料"一词换成"文件"了。

于是，他开始舒适地、泰然地默视部长。

部长办公桌宽阔之极，面积抵得上一张双人床，比夏谷们所使用的桌子大两倍。桌面上是一整块茶色玻璃，跟一汪湖水似的，倒映着部长面孔。桌上的电话、笔架、台灯、文件夹……如同浮在水面上，样样都显得幽深。隔着这张桌子，已不能和部长握手，只能谈话。夏谷在某本闲书上看到过一篇文章，对人与人之间的距离有一番精妙议论：两米是最佳社交距离，在这个距离上交谈，不易坠入亲昵，也不会有窃窃私语；经理与下属一般都在这个距离交谈，再近就难以保持权威了。此外，在这个距离上，眼神与表情都能最充分发挥作用……一米以内，则是私交距离，情人们都在这距离以内交流感情。三至六米是公众距离,这能够彻底杜绝窃窃私语。这个距离最适宜体态和动作,演员们深明其理,他们的演技就是从这个距离开始的。领袖们对人群演说和作报告,也以这距离最为理想。

部长那张办公桌,恰好两米。因此部长与夏谷的距离正是经理与下属的距离。在政治部小礼堂听报告时,夏谷与台上主任们的距离,也恰好是六米开外。因此又正是演员与公众的距离。夏谷想,部长和主任们肯定都没看过那本书,但无意识中都照此办理。

部长放下电话,绕过办公桌朝夏谷走来,笑着握手。然后,拉着他坐进距自己最近的沙发。夏谷竟有些兴奋,部长许久没对他如此亲热了。现在,他俩之间的距离,甚至还不到一米!这是情人距离。

"怎样啊,小夏,都好哇?"部长望着夏谷,眼睛里面仿佛还有一双眼睛。一句普普通通的问话,从部长口里出来,就显得含蓄动人。

"到316师去了八天,调查了两个团;到338师去了五天,调查了一个团含两个营。总的看,我们的观点是立得住的,事例是丰富而扎实的,对部队当前指导性是相当有力的……"夏谷侃侃地汇报起来,他有意不看小本子,而把人头、番号、时间、各个事例的细节都说得异常清楚。这并不完全是为了给部长以深刻印象,也确实是他素质好,早已将材料吃得透透的了。稍一运气,那话语就从腹中顶着出来。他正胀着哪。

夏谷大约汇报了二十分钟——比他预计的时间还短了几分钟,为此他对自己满意。假如放开来说,半上午都不够。而他把一个重要问题精炼到只有二十分钟的长度,仅此,已可以证明自己对问题的驾驭能力了。不精炼则罢，一精炼就精炼得骇人。

部长在听汇报时，一言不发，但眼睛始终盯着夏谷。夏谷知道，部长其实不是看他，是透过他盯着自己的思绪。换言之，是夏谷把部长的思绪搅动了！待会儿，部长肯定有精当的议论要发表。

部长在听汇报时，间或轻微地点一下头，或搁进一个眼神，或叹出一缕忧虑，或在膝头上弹动一根手指……这些，都恰恰出现在夏谷汇报中最得意的部位。也就是文件的关节或穴位。在这些地方叫部长动容了，夏谷才觉得，自己的汇报丝毫没有损耗，全部渗入部长心里。部长已将自己尽览无遗。这种无言，才是最棒的无言，也才配叫作无言。

部长在听汇报时，其专注比一万个听众加起来还要多。这时他不像部长，而像学者。他的神情对汇报人是个考验，逼着你拿出更多更扎实的观点、材料。部长只在静听，他从来不记什么，边上的小本子只是摆摆而已，他的"听"可比"记"深刻得多！夏谷觉得，他与部长堪为相映生辉：两人都无需什么小本子，就营造出如此出色的交流。

……

夏谷汇报完毕，部长凝思不动。然后，他默默地朝夏谷伸过手来，取走那份材料，一页页翻阅。阅毕，又凝思不动。

"这几句不错。"部长不看稿子，就一字不错地念出材料上的几句话，"哦，神来之笔嘛。"

夏谷脸发热，那正是他最欣赏的几行文字。却是他在今天凌晨时……那情境下写的，化腐朽为神奇。部长竟一眼就瞧出异样。

夏谷说："这几句话，我是下了功夫的。"

"的确是神来之笔呀。有气势，想得又狠又深，把问题连根拔了出来。小夏你很有潜力。"部长手指头隔着几页稿纸,按着文中那神来之笔的部位。"不过,这几句话翘得太高,把其他文字都盖下去了,过于冒尖,所以,删掉它。"部长断然道。

先痛赞几句,再一刀砍去。夏谷愕然,继之奋然道:"删!"

季墨阳部长在办公室内来回踱了几遭,随即轻轻跺足道:"我们写文章、说话,宁可领导不通过,也要争取几年之后再看它时不后悔。啊,对于你我这样的普通干部而言,这要求可能高了,啊?得罪得罪……小夏啊,这份文件虽然是以部里名义写的,其实是为军区弄的,你立足点就起码要在军区以上,彻底取消个人色彩。再一个,分析时要大胆,而下结论时要含蓄。含蓄可不是吞吞吐吐,含蓄是充满自信的节制。一个问题,你看到根上了,却不说到根上,只是让人往根上想。这容易么?不容易。好些人按捺不住要表现自己的欲望呀……昨天我又读了一本闲书,宗教方面的。呃,闲书不闲哪。里头有一句话我印象很深。书上说:上帝让人长一张嘴,却让人长两只耳朵,意味着人听的应该比说的多一倍。哈哈嗬……现在的书啊,动不动就上帝上帝的。好卖钱。"

部长笑得那么灿烂,致使夏谷无比舒坦。部长东扯一句西扯一句,貌似离题万里,其实句句都在文件精神上挂着。尽管部长对夏谷一句直接夸奖的话也没有说,但这才是一种无需评价的评价。假如部长泛泛地表扬几句,夏谷觉得那反而俗了。

"立刻报主任。"季墨阳部长掏出笔,在呈阅单上唰唰地签上自己名字,和材料一起交给夏谷,夏谷双手取过,敬礼。离去。

"哦,小夏。"部长喊住已走到门口的夏谷,"你看我,差点忘了,有个个人问题想顺便和你谈谈。"

夏谷又回到座位上,不禁敏感到,恐怕不是"顺便"谈谈。

也许现在才开始是部长真正要谈的问题……他心儿又吊吊的了。精神气膨胀开来。

部长亲切地笑着。部长笑的时候最见威望。

"小夏呀，有没有女朋友？"

"女朋友……"

"哦，就是对象。"

"没有。"夏谷信口回答，同时脑中闪过古虹，便加重语气道，"没有。"

后一声"没有"，是夏谷用来强化自己的。说完他有点心虚，暗想：说一声"没有"就够了嘛，老是"没有没有"的，反而假了。

"有人托我给你介绍女朋友，"部长停片刻，注意观察夏谷的反应，"我本不愿意做这类事，把工作和私情搅在一起，公不公私不私的。唉……翻过来又一想，我这么谨小慎微的，不就是顾忌自己这个部长形象么？难道部长不是人么？在一个大军区里。区区部长算个什么，别自己把自己物化了，搞得没点人情味。哈哈哈。"

夏谷也追随着笑起来，心里却十分纳罕：如此小事，部长竟也翻过来掉过去地想？

"所以，我给你介绍个女朋友，你不必因为是部长介绍的就应承下来，你只当是一个朋友在介绍另外一个朋友。接受与否，全在你。"

"当然。"夏谷忍不住了，"她究竟是谁？"

部长又笑开来，因看见夏谷难捱了："对方是刘司令的小女儿刘亦冰。"

"哪个刘司令？"

第一章 韵 味

"你看你!"部长摇头,"大军区刘司令员,中央委员。你怎会不知道?"

"知道的。"夏谷惶然道,"但我绝没想到就是他的女儿。"

"怎么,豪门玉女,高处不胜寒?"部长用目光将夏谷剖开。

"绝对不是。刘达是刘达,她是她。"

"看样子……你好像听说过她什么传言?"

夏谷摇头不语。

"说说看。"

"听说,她精神有点不正常。"

部长一怔,随即哈哈大笑:"说别的,我也许信。要说精神有毛病,我拿党性替她做保,绝对没有。首长家的人嘛,外面不了解情况,越说越玄乎。小刘此人,我认识有十年了,是一个出色的姑娘,非常有个性。而且漂亮。要我说,唯一有点子小障碍的,是她离过一次婚……"

"关键是人怎么样。处女不处女的,不是决定性问题。"

部长击掌:"我同意你的看法,关键在于人本身!来,我给你说说小刘。"部长沉吟片刻,微微动容。忽又一击掌,"这样吧,我什么都不说,以免你先入为主。等你见过小刘以后,如果愿意继续认识,我就把我知道的情况统统说出来。如果不必继续认识了,那我也什么都不必说了。好不好?"

夏谷不知该如何回答。而在这种问题上沉默,也就意味着默认了。

"我二十郎当岁的时候,也跟你一样风光。三天两头有人给我找对象,首长家的、省委家的、总医院的、歌舞团的,多啦!搞得老部长提醒我注意影响。我说,你们领导叫我去见谁谁,我

039 /

敢不见么？我还觉得自己跟二斤猪肉似的，叫人提过来提过去，我成你们的礼品啦！……瞧，我年轻时多冲。"部长面容灿烂，他想起了他的当年，眼内溢满神往之情。呼吸声音连夏谷也听见了。"年轻时真好哇。"

夏谷陪衬地笑笑："部长，拿年轻换你这个部长位置，你换不换？"

部长瞟他一眼，似乎没听见。

夏谷立刻意识到，他问过头了。两人谈兴再浓，感情再密切，他也是部长呵。夏谷窘迫地起身，明知现在走太不自然，还是硬着头皮说："部长，我走啦。"

部长用商量的口吻说："我看，你今天上午就到刘司令家去一下。正好，我这有一包东西要交给首长，你就说是我派你来送东西的。也许，你能在那儿见到小刘。哦，你放心，小刘和她家里人都蒙在鼓里，完全不知道此事！只有你是知情人。所以你不必有任何负担，我是让你有个机会审阅她一下，不是让她审阅你，明白么？哈哈哈，你毕竟是我的人，我不能不偏心眼。送完东西后，立刻回来。告诉我你的第一感觉。"

"部长，这份材料我要送交主任。"

"叫你们处陈处长送吧。你到首长家给我送东西去。"

"部长，陈处长是我领导，由我向他交代任务……"夏谷迟疑着。已经有好几次了，他从三楼下来向处长转达部长指示，好像是夏谷在领导处长似的，弄得处长不高兴。当然，夏谷深知部长信任自己已超出信任处长，他偷偷地为此兴奋。

"叫你说你就说。"

这是部长的领导艺术之一。夏谷遵命离去。

回到一楼,夏谷见陈处长不在自己办公室,而在夏谷的办公室里坐着,好像正等夏谷。然而见到夏谷,他又什么都不说,专注地读一份"内参"。夏谷道:"陈处长,季部长请你把这份材料上报给李主任。挺急的,你亲自送比较合适的。"后一句是夏谷自己的话。除此以外,他想不出什么语辞能说得更柔和了。

陈处长竟没有丝毫不悦,他拿上文件就去自己办公室了。他本能地、不会放过任何一个能觐见主任的机会,虽然只是送一份材料,但这也能加强主任对他的熟悉程度。一个机关干部,在首长面前的出场率是相当重要的。

9

季墨阳部长拿过电话,刚拨出军区一号台号码,就听见"笃笃"两下敲门声。他意识到,门外是陈方龙处长。因为干事们见他,都会喊"报告";副部长见他,一声不吭推门就进来了;只有陈方龙既不喊报告也不推门,而是不大不小地敲门示意。这种方式,恰好把他和别人区别开来。

季墨阳放下电话,等了一会,才回答:"哪一位?请进。"

陈处长昂然地进门,点点头,再柔柔地道:"部长哇,忙?"

"哦,老陈。"季墨阳放下只字未动的笔,并没有起身。

"没有什么大事。"陈处长双手朝下按着,示意坐在藤椅内的部长不要起身,"我是来请示一下,这份材料立刻上报李主任么?"他举起夏谷刚交给他的那份材料。现在,材料已经装入一只大信封袋中,外面恭楷大书:

李主任亲启

每个字都有乒乓球大，极是油亮。大信封袋的口子敞着，材料露出半截来，以便让部长过目。季墨阳略瞟一眼，忍住笑，竭力像陈处长一样认真："是的，辛苦你一趟，直接送到主任办公室去。通过部门秘书转，太慢！"

"我立刻就去，立刻就去。正好，我还有别的事要找主任请求一下。"陈处长在手掌上一磕，材料整个落入信封。

季墨阳从办公桌后起身，略做出相送的样子，目视陈处长出门，门扉无声无息地合拢。季墨阳哼一声，又坐下来拨电话。话筒里传出柔和女声："您好。"

"一号台？我是某某部季部长，请接军区刘司令。"

"稍等……请讲。"

话筒里传出中年女人的声音："哪一位呀？"

季墨阳急忙亲热地喊："吴阿姨吗，我是小季呀。某某部小季……"季墨阳部长声音虽亲昵，却依然不失一个部长该有的气概。

"墨阳，都好吧？"

"好。首长好。吴姨呀，有个事要跟你汇报一下，对。上次说过的，我们部里不是有个小夏吗，不是没对象吗？……夏天的夏稻谷的谷，夏谷同志，人是相当不错的。我已经叫他上您那儿去了，您见一见吧……哦，考虑到了。此事他完全不知情，我什么也没有告诉他。我是让他给首长送药去的，就是亚欣出访带回来的那些药。对对，您别客气。所以，阿姨您不必有任何顾虑，好好从侧面观察他一下。如果您和亦冰觉得可以，我再跟夏谷谈开来。如果你们觉得他不合适，就以正常工作方式了结掉，我也不跟他谈了。这样处理，是不是比较慎重？……对对，刘司令提到我?……哈哈哈,首长太客气了。好好,我等阿姨的电话。再见。"

季墨阳放下电话,在办公室里缓缓踱步。末了,喟叹一声:"果然高处不胜寒哪……"叹罢,他又继续踱步,但已是另一种境界的步子。

电话铃响,季墨阳拿过话筒:"喂?"对方却不说话,他又催促几声,仍无回答。不知怎的,季墨阳确信这不是错线,而是对方沉默着。果然,他听到极细微的呼吸声了。并且,他从这呼吸声里听出是谁了。季墨阳沉声道:"你答应过我,永远不打电话来的。"

对方仍然不说话,也不挂机,听筒里只有呼吸声……

季墨阳挂断电话,软软地落座。他想:她为什么打电话来?为什么?……蓦然,他猛醒悟,今天是自己的生日,是自己四十岁生日!他已忘了,而对方替他牢牢地记着。对方无言地问候他,无声地想念他……季墨阳心头火热,泪珠潸然而下。他迅速拭尽,长吁着一口气,直至倒空自己的心胸。

10

夏谷徒步行走。虽然是公事——为首长家送东西,在他的职务上也不能派车。他又不愿意骑自行车,情愿走着去。这样可以拉长时间,适应即将来临的情况。以往,他觐见首长,大都是呈送某份文件供首长审阅。

从军区大院北大门出去,穿过寂静的古林路,便是著名的甲-9号大院,因它北踞卧龙山,世人们便称之为卧龙山大院,军区内部简称"北院"。整条古林路两边,既无1、2、3、4……门牌号,也无10、11、12……门牌号,它只有一个门牌:甲-9号。古林路北侧那一溜长长的、园林般的青墙,实际上只是卧龙山大院的院墙。它的高度,恰好使乘坐大轿车的人望不见墙里面,又没有高到使路人压抑的程度。青墙顶部,耸立电网,它并不带电,造型上也不是直通通地戳人眼目,而是浪头般向外弯曲,这样看上去就优美多了。电网从来不曾通电,假如不是那些白生生的瓷瓶,谁也不会把它视作电网。此外,古林路两侧植有这个城市最出色的樱花树,路边还有漂亮的花圃。它们用叶片、用芬芳、用活脱脱的妖娆劲头,闹啊闹的,直抢行人眼神儿,谁还会注意围墙后面有什么呢?

　　古林路甲-9号大院,在外面看不出什么气派来。墨绿色门牌嵌在大理石立柱上,大门外只伫立一个哨兵,门的宽度仅可容一辆车出入。进了院门不远,是一堵阔大的影壁,上面嵌着以毛主席手书拓大的金色大字:提高警惕,保卫祖国。每个字都如同卧着的豹子那么大那么精神!于是,路人打大院门外经过,便看不见大院里的内容,只看见这影壁和八个大字。据说,这是从北京中南海大院学来的设计,让外人不太容易看见里头的人物,省得惊惊吓吓的。不过,甲-9号的院门与影壁,比中南海要小一号,气韵上也要乖巧些。绕过了影壁,视野便豁然大开,面前秀岭迭起,矮山迴异,小溪淙淙,林木茂盛。一幢幢色彩不同的小楼,掩映在花丛里。别说住,眼瞧着都舒服。它们分别是:9-1、9-2、9-3……这才是"甲-9"的真正意义。军区副职以上的首长基本都住在这里,不是五十年代授衔的将军,就是九十年代授衔的将军,期间四十多年过去了,除了几位调北京工作后葬在八宝山外,剩下的都还

第一章 韵 味

生猛地活着——无论在职或离休,都生猛。

军区刘达司令员在一次党委会上,不知为什么事,把这院儿叫作"将军窝子",得罪了一批老头身边的子女、老伴。当时,批评的内容没传出来,"将军窝子"这词却传得到处都是,几近于成为甲-9号的代名词,再也没法往回收了,连刘达本人也因此声名远播。他很窝火:我说的问题你们不传,一个词儿闹得漫天乱飞!……他又就这个词儿消除影响,严令不许那么叫了。但是没用,"将军窝子"这词已成为韭菜,割割它还长。不仅如此,连"割韭菜"也成为一个词了,和"将军窝子"一道成了干部们酒后茶余的谈资。

夏谷佩服刘达司令员,身为将军,却敢于扔出"将军窝子"这么一个火烫的提法,说明他比泛泛将军们高出一大截,颇有超级将军之概。他不相信甩出这提法的人还会愚蠢地消除它,肯定是无聊编造。他更讨厌将这词儿叨来叨去的机关干部们,他们呵,真要见到一个将军反而乖巧甜蜜,他们的勇气只表现在背后甩动舌头,将舌头甩得跟尾巴一样噼啪响,只消任何一个将军给他们点小激动——比如:在呈批件上写上一条赞语,当着众人面拉他进小轿车里坐坐,他们就比谁都喘得厉害……这些想法,夏谷都收在心里,说出去会烫着别人。唉,在大院生存,四周人挤人的,而拥挤得更厉害的是人的各种念头。谁没个精深看法?越是笨蛋,看法就越多。你有个精深看法固然重要,但要能够把这些看法收得住,则更加重要!甚至比你那精深看法、比你那人还重要!刚才,季部长谈材料的寥寥数语中,不正卧着这意思吗?平平淡淡地就把要害拈出来了。

夏谷暗笑,不禁有点欣赏自己。因他觉得自己把卧在深处的季部长给拈出来了。回回都这样,和部长谈一次话,肚里会骚动许久。而部长的话,就这么经得住他骚动!宛如吃千层糕:一层层吃,有味,搛一块儿一口咬下几层去,也有味儿……那么,什么时候才不怕烫坏别人而想说就说呢?夏谷想,须在被你烫的人拿你无可奈何时,你就只管烫吧,人家反会说你讲得深刻。夏谷在念头们的簇拥下,来到"将军窝子"。

在卧龙山大院南小门,夏谷被哨兵拦住。他掏出军官身份证,道:"某某部夏干事,去刘达司令家。"哨兵却不接,一挥白手套,让他进旁边传达室登记去。

就这"一挥",夏谷便有点受不了,暗想你这小兵起码也得给我敬个礼呀。条例观念搁到哪儿去了?

这时,夏谷的袖子被某物刮了一下。回头看,一位保姆样的女人提个菜篮子,昂然直入甲-9号大门,全不在意哨兵的存在。首长家的保姆,其气概也顶个师职干部,那么大的门竟不够她走的,偏要把夏谷刮一下。还不是用篮子边刮的,竟是从篮中翘起的鱼尾巴刮的,那条鱼尾几如一柄小蒲扇大。夏谷面容纹丝不动,像没看见,被刮过的那只膀子硬在身上,半静地走进传达室。这一瞬间,他觉得自己饱受磨炼,已是宠辱不惊了。值班员在给首长家打电话,他将话筒夹在下颏,眼睛瞄向证件,歪着脸道:"是叫复谷,重复的复,某某部的……"

"夏谷!不是复古。"

"对不起,我说怎么有这个姓呢?"值班员把证件还给他,"请进吧。"顺势注意看他几眼。夏谷默默越过门卫,还是原先那个哨兵,此时朝他敬礼了。他心里才略微好受些,心想:妈的,偏做一个这院里的驸马叫你看看!……待在院内走开去几步,他

第一章 韵 味

又心想：妈的，偏不要这里面的女人，我只是来当面审查她一下，随后就拒绝她。这后一念头比前面那个念头带给他更多的愉快。他分析着：她是一个离过婚的女人，精神也不正常，我跟这样的女人谈恋爱，暴露出去，机关小人们还不把我砍翻了？卖身投靠一类的词儿少不了。他始终没想过：要是那女的拒绝他怎么办。

院子里面大极了，数十幢小楼散布很远。夏谷忘了问门岗刘司令家是几号楼，其实他在传达室不想开这个口，怪丢人的，不知道地方跑来干吗？军区的干部谁人不知司令员小楼？没来过也会听说过。只有他这样的家伙才确实不知道。他开始发急，晓得在这种地方乱窜可不好，会令人生疑。万一走错了门，则更加不好。他开始寻找刘达的奔驰车：01-00101。车停在哪幢楼前，哪幢楼就是首长家。这个办法够聪明的。只是那车别入库。

夏谷没有找到奔驰车。阳光轰轰烈烈地倒下来，他站在一条小径上，觉得自己十分暴露。

一位俊秀的小兵走来："首长，请问您姓夏吗？"

夏谷一呆，迅速理解到，"首长"这词儿是卧龙山大院里的通用语，决非人家真把他当首长看了："是的是的，我是叫夏谷。某某部的。"

"吴主任叫我来接您一下。"

"啊，谢谢你。吴主任是？……"

"就是吴姨，省妇联老主任。我们都叫她吴姨。"

首长夫人。夏谷心想：夫人心细。

警卫员带夏谷从斜里插入一条小径，然后沿台阶拾级而上，进入一幢并不豪华的小楼。警卫员站在楼外头，替夏谷揭开纱门，很有礼貌地说："请进吧。"夏谷颔首致谢，默然而入。纱门内是一间大客厅，面积足以容纳一个部党委，空调正开着，温度清凉适中。夏谷打量靠墙一大排沙发，从中估摸出自己该待的位置，拣一张偏僻些的坐了。警卫员又进来，替他泡茶，动作轻盈，一杯龙井，只注入半下子水，待片刻，又注入半下子水。看得出，有讲究的，警卫员泡好茶，正欲离去，忽然朝门外看了一眼。夏谷并没有看见警卫员看的是啥，已条件反射般起身立正。果然，一位头发花白的夫人走进客厅。她先在几米外站了站，将夏谷瞅一阵子。又走到他面前，仰起面孔，再瞅一阵子。道："是夏谷同志吧？欢迎欢迎，我叫吴紫华呀。"

"吴主任，您好！"夏谷敬礼，再同她握手，不免有点紧张。

"你就叫我吴姨吧。"

"吴姨！"夏谷朗声叫道。很干脆。

吴主任顿时笑了，这小伙子挺痛快，不像有些机关干部那么拘谨。

吴主任慢慢地坐下来，没等她说请坐，夏谷也跟着坐下了。吴主任便又笑了。她摸过茶几上的烟盒，抠出一支"大中华"烟来，掐掉上头的过滤嘴，在茶几玻璃面上笃笃敲几下，衔进口中。接着在身边摸索，老没摸出头绪来。她站起身乱看，顿时，一个大号火柴盒"啪嗒"一声从腰间落地。她"唔"了一声，拾起它来，从中抠出一根擦火点烟。火柴盒里面每根火柴都几乎有筷子般粗，点燃的火焰雄壮硕大。在她做这些事时，夏谷抑制着想帮她一下的愿望。因为，他那七十多岁的半残废姨妈就讨厌别人帮助自己，而吴姨显然也是这种老人。她们有个共同特点：大半生都在帮助天下百姓们，不习惯接受别人的帮助，她们认为自己干什么都成。

第一章 韵 味

吴姨仿佛不知道情况似的，问："季墨阳叫你来干什么呀？"

夏谷打开皮包拉链，取出一个包裹："部长让我把这交给首长。"

吴姨接过搁在茶几上，没怎么看它，兀自满足地道："墨阳就是多事！……走，小季呀，我们上楼，随我到人堆里坐坐去。"

"吴姨，我姓夏。"夏谷说道。

"哦，对对。夏谷。看我，老得跟什么似的。"吴姨晃晃头，"家里一堆孙子孙女，我也老把名叫错。后来呀，是女的我就一概叫丫头，是男的我就一概管他们叫小子，再没错的。"她自顾朝外走，不回头，口里仍道，"小夏同志，到了楼上，我要再把你名叫错了，你拿脚踹我！"

夏谷"咕叽"一声笑了，才笑到半截处赶紧掐住。随吴姨上二楼，心里又惧怕楼上的人堆儿，又惦记着客厅那杯一口未沾的茶。二楼走廊明亮阔大，两边约有十楼间房门。吴姨在一扇门前站下了，提脚咚咚踹几下："在不在啊？"

门开了，一位年轻漂亮的女人出来道："妈，什么事？"

"一会儿，叫她们几个都过来一下。小夏来了。"吴姨强调着。

年轻女人注意看夏谷几眼，点头笑道："咱们就来。"

吴姨又在另一扇门前站下，提脚咚咚踹几下："在不在啊？"屋里似有人应了一声，门却未开。吴姨对夏谷说，"你替我把门拧开，我手不得动。"

夏谷这才明白吴姨为什么老爱说"拿脚踹"，他上前拧动门柄，轻轻一推，门无声地开了。夏谷朝里望去，惊得身体一缩。他看见，军区刘达司令员正坐在写字桌前，离他只几步。他还从来没到过距一个少将这么近的地方，从来没有。

"老刘啊，见见小夏同志。"吴姨拽着夏谷臂膀来到桌前，夏谷赶紧敬礼。

刘达坐着不动，略抬头，从花镜上方瞟夏谷："你哪个单位的？"

"某某部的，季墨阳部长派我送东西来。"

"东西呢？"

夏谷双手将包裹托出，放到写字台上。

"别放这，拿走！我知道了。你去吧。"刘达又低头阅读文件。

吴姨说："人——你可是见过喽，别回头又说你不知道……老东西越活越呆。踹上门！"吴姨领着夏谷出来，夏谷轻轻关上门，两人进入另一客厅。

客厅里，两个青年男子正在摆弄一支猎枪。夏谷认识其中一个满脸青春痘的，是军区宁副司令的小儿子。另一个，胸前吊着一副高级墨镜的，夏谷不认识，但从他摆弄枪械的熟练动作判断，估计当过兵。此外，还有一位姑娘在边上看他们玩枪。因为背光，夏谷看不清她面目，身材蛮好的。那支枪是英国名牌双筒猎枪，姑娘正在用英语念说明书，再翻译成汉语。夏谷间或能听懂几个单词，是介绍某个部件功能。那支猎枪已被两个小伙子分解开，零部件摊在三张白布单上。吴姨朝两个男的说："你们两个出去，这屋我们用了。"

吊墨镜的男子说："妈，徐伯送给爸一支猎枪，爸叫我把枪拆出来。现在我们绝对不能挪地方，一动就全乱了。妈你放心，你们只管说你们的，我们什么都听不见。"

"不成，快走，省得我踹你们！"

"好好，就走就走。"两个小伙子做出要走的样儿，过一会，

第一章 韵 味

见吴姨似乎忘记自己说的话,便又在原处忙碌开了。

吴姨在客厅中央一张面向电视机的大沙发上坐下,招呼夏谷坐在她身边另一张大沙发上。除了这两张大沙发外,其余沙发都靠边放置,尺寸也小些。显然这两张是首长和夫人的专座。吴姨说:"小夏,咱俩看电视,《四世同堂》,看过没有?"

夏谷很想说自己没看过,好让吴姨高兴。可惜他看过,但只看过一半,剩下一半因为看不下去而没看。他毫不踌躇地用兴奋的口吻道:"听说过。"

电视机打开,片头音乐一响,吴姨便舒服地叹息:"瞧这老北平味儿……"

后来夏谷知道,吴姨年轻时是北平女中学生,1938年奔赴延安参加抗日。《四世同堂》在中央电视台播出时她已看过,但一天一集的,害得她老没瞧够,季墨阳就从文化站给她搞来全套录像,让她爱怎么看就怎么看。吴姨拿手指远远戳着屏幕:"瞧这胡同口,打哪儿找出来的,多幽静!……咳,墙根那块要是搁株枣树就更像当年啦……那拉洋车的人,烟杆位置戳得不对,应该别在腰这边……哦,豆汁出来了。糖葫芦、剃头挑子、大栅栏……"吴姨把屏幕上每样东西都说给夏谷听。夏谷不断地点头,后来脖梗有点酸,便每听几句才点一下头。

一缕淡雅的"旁氏"化妆品味飘来,夏谷察觉自己身边已挨近一人。一位二十几岁的姑娘,正偏着头梳理未干的头发,两眼趁势直朝他身上瞟。夏谷警醒自己:就是她。

姑娘脸上毫无笑容,只有那过份明亮的目光:"喂,夏干事,你觉得这部片子好看吗?"说话口吻像老熟人。

"不错。"夏谷口吻简练。

"我觉得反面人物演得特棒！浑身是戏，连鼻子眼里都是戏，又丑恶又亲切。我总觉得啊，能够把坏蛋演透的人，在生活中往往是一个大好人。你觉得对不对？"

"对不对我不知道，我只敢肯定你讲得太深刻了。"

"这些话不是我说的，是她。"姑娘指着窗前那位背光的女士。又道，"我认得几个搞戏的人，他们个个小有名气，在戏里专演好汉，打家劫舍，怜香惜玉，害得观众暗崇拜。等他们下了妆，呸……一堆臭屎！"姑娘恨恨的。

吊墨镜的小伙子喷嘴："听，士华又怎么得罪你了？瞧你把人家砍的。"

"不要你管，"姑娘朝他斥道，转脸又向夏谷轻妙地一笑，"士华那小子才不会得罪我呢。问题是，那小子对待其他人不善。我从他待其他人的表现上，就能看出他有几根烂肠子。轮到坏到我头上，还不是早晚的事吗？"

夏谷极想点头称是。他暗想：没想到你刘亦冰这么有气质。

吴姨朝两个小伙子道："哎，你们怎么还在这？等踹哪。"

"就走就走。"接着是一阵枪械拼装声，听着很急促。

这时，又一位年轻姑娘走来，对夏谷审视般地闪来一眼，随即又是美丽地笑了。夏谷有点惶惑：屋里有三位女士了，究竟谁是刘亦冰？也许这几个都不是，她们只是刘亦冰的铺垫，是替她看人来的，她自己缩在这幢楼的某间屋里，不肯出来见面。于是，夏谷觉得受到了轻慢。她们分明什么都知道，而部长却说她们什么都不知道。这里有股子神秘气氛。夏谷独自身陷重围，仿佛受着围剿。

第一章 韵 味

11

夏谷脸上始终有一片微笑,暗中却总使自己放松。他老在想:我横着竖着都是夏谷,一条男子汉,既然闯到这来了,就绝对不能栽在这儿。他已决定拒绝跟刘亦冰女士谈恋爱,只是想弄清楚这儿谁是刘亦冰,可能的话,希望她先看上自己,然后自己再拒绝她。

"哎,小夏干事,"身边的姑娘道,"你是哪儿人呀,怎么我从你口音里听不出来。"

嗬,问户口了,接下来该查家庭历史了吧?夏谷故作风趣地笑道:"我啊,祖籍青岛。不过从小到大一直生活在这里。就是说,北方种南方苗,一个杂种。"

姑娘吱吱笑:"不错,我看出来了,你是有点杂交优势。"

夏谷脸略变,另一个姑娘赶紧说:"小夏你别听她恶劣!她那张狗嘴里专门出口象牙。刚才,她是非常曲折地称赞你长得英俊,说你像混血儿那样漂亮。"

对于自己的相貌,夏谷历来自信。成年后,好些人说他长得有古希腊人味道,大卫、宙斯、斯巴达克什么的。又是由于英俊,并由于英俊者对外界的挑剔,他老没看上合适的对象。但是在这里,面对着这群漂亮姑娘刻薄的"赞美",他不能反驳,他故作痛苦地叹着:"我知道自己是什么东西,我在这儿每分钟都给人弄得蜕化了,以便制造效果,提供开心。"

身边姑娘扭头朝背光的姑娘叫着:"冰姐,你干吗呀你呀!快来,我们叫这颗开心果闹得招架不住了。该你来抵挡一下了。"

夏谷心中一阵剧动,原来她才是刘亦冰。她一直在暗中站着不出声,她能够看清自己,自己却始终看不清她……

吴姨也朝那儿唤道:"冰儿,撂下那支破枪。"

刘亦冰仿佛没听见,站在那儿不动。众人无奈,尴尬一阵。身旁的姑娘只好又跟夏谷说话:"季墨阳现在怎么样,当官当得呼呼叫吧?在他同一拨人里头,他升得最快了。别人还是处长,他部长都干上了。你在他手下混,可得当点心,他杀人从来不见血,光给你说上一个故事,骗你感动一下,就要了你的命!他最善于收拾人心,四面八方的关系……"

"丫头你又恶劣了!"另一个姑娘赶紧噤住她,"没事就侃人取乐。"

"放心,我们小夏绝不会回去汇报的。对吧小夏?"

夏谷道:"那么,你们跟我们部长这么熟。你们可以把我们部长放到案板上乱剁,这表示出何等的亲热,我们敢么?我们是下属。"

"是啊是啊,我们跟他太熟了,熟得跟大仇人似的。我问你,今天是不是他叫你来的?要是他不叫你来,你会不会来?"

这时,窗前的刘亦冰低低地发出一声异样叱咤。夏谷和姑娘们朝她望去时,她已经抓起桌上的猎枪,对着窗外放出一声巨响:哐!

客厅大玻璃乒乒乓乓响。淡蓝色硝烟在客厅内慢慢散开,呛得人呼吸困难。大丫头、三丫头、吴姨、两个小伙子……全呆掉了。少顷,像听到号令,一齐朝走廊对面刘达处望去。刘达的房门仍然闭着。司令员似乎根本没听见枪声。此外,还有一个人跟刘达一样沉着:夏谷。他端坐未动,只是没有人注意到他。也许,在人们心目中,这里根本没他。

第一章　韵　味

刘亦冰扔下猎枪，回转身来。这一瞬间，夏谷发现她美得寒气逼人！她仍然不望夏谷，仍然不望客厅中任何人，目光从他们头上掠过，脸色由青变红，整个人硬朗朗地站着，跟一个炸弹一样硬朗朗地站着，像是在等待甚至是期待着别人的斥骂。客厅内一片沉寂。在沉寂中，刘亦冰顿时柔和下来，变得委顿了，好似用全部身心道歉。她走出客厅，经过夏谷身边时，低语了一句："够了么？！……"

众人俱无声息，只听吴姨沙哑地道："散了吧……"

门外传来脚步声，刘达踱进客厅，儿女们见到他，又默默缩回原处待着。原以为他那么久没动静，该不会来了，谁知他竟然还是来了。常规是：来得晚更不妙。刘达一言不发，把头凑到窗前细看一阵，窗户被炸开脸盆那么大个洞，铝合金窗框也被炸弯曲了。他小心地把头从破洞里伸出去，朝外头望，又缩回来，拿起桌上的猎枪抚摸着，似骂似赞："他妈的，像门小炮！谁干的？"

吊墨镜的小伙子抢着说："爸，我们几个擦枪，不小心走了火。都怪我……"

刘达端起猎枪，掂着掂着，将枪举到颏下，枪口对向窗外瞄着什么。忽然，哐！他又放了一枪，霰弹从窗洞中飞出去，客厅里人大吃一惊，接着吱吱笑。刘达快意道："好枪好枪！从今以后，你们谁也不许再动它。它是我的东西。"

电话铃骤响，三丫头抓过话机，听了一会回答："没事没事，是小孙子砸了杯子，首长也在这呢，一切都好，你们放心。谢谢啦！都别来。"放下电话后，她朝刘达说，"爸，警卫排问了，他们听到枪响，紧张死了。嘻嘻，我叫他们别来。添乱。"

"你就说枪走火嘛！"刘达忽然大发雷霆，"干吗讲假话？

你不说原因，光叫他们别来，哼！你看他们来不来。要是真不来，还叫个兵吗？"

片刻，楼下传来跑动声，忽忽隆隆一大片。警卫员显然拦不住，一个大个子军人率领几个战士冲上楼来，直闯客厅。见到刘达，唰地全体立正，没一个再动。

刘达说："枪走火。没事啦。去吧。"

大个子军人敬礼，礼毕，一言不发，转身离去，率战士们退走了。

刘达提着猎枪往外走，半道上见着夏谷，停住脚，奇怪地看他一会，道："你怎么还在这儿？现在是上班时间。"

吴姨道："是我留他的，你不用管。"

夏谷一言不发地敬礼，礼毕，转身离去，动作和刚才的警卫们一样。

刘达待客厅内人都走尽后，问："姓夏？……到底何许人？"

吴姨仍坐在沙发里，淡淡道："我托墨阳给冰儿介绍朋友。是我的事。"

刘达顿足："凡是季墨阳介绍的人，一个也不能要！"

"墨阳又怎么了你？我们看着他长大的……我还记着，是你把他放到部队去锻炼，也是你把他调回机关，还是你提他当部长。如今你又要怎么样？"

"我不信任他！劝你也别信任他。"

刘达一言既罢，甩手回自己屋去了。而吴姨仍以先前的姿势偎在沙发里头，半睡半醒地看《四世同堂》。风儿从窗玻璃破洞吹进来。是热风，客厅内渐渐闷热了。

第一章 韵 味

12

夏谷离开卧龙山大院，胸中郁闷之气仍然难除。那两声枪响，给他以极大震动。他痛苦地明白了，和卧龙山大院内那些人的气势与任性相比，他简直就是一小份儿琐屑！他的聪明呀英俊呀，在那些人眼中只是一颗开心果儿。是的，虽然谁也没有轻视他（要是真轻视了反而好办了，将碰到他猛烈的个性上），他们只是把他搁在那儿品尝他。

夏谷走到古林路背阴的一侧，忽然听到一声轻轻的"哎哎——"像是一缕耳语。

刘亦冰从樱花树后面走出来，站在他面前，不自然地问："要回去了么？"

夏谷掩饰着惊愕，默默点头。

刘亦冰小声道："刚才的事，很对不起。我不是冲你发作的……"

夏谷笑一下，仍然不语，心中浮起薄薄一层酸楚。

"我讨厌别人给我介绍对象。你们部长瞎帮忙，实际他是为自己……噢，我确实不知道你来我家干什么，直到她们喊我过去，直到她们提到季墨阳名字，我才猜到点名堂。你知道他们派你来干吗吗？"

"我知道的，来接受你们审阅，但我装着不知道罢了。"

"既然知道，那你还来？你觉得这种闹剧有趣？"

"我不能不来，我和你不一样。"

刘亦冰沉默一会，问："真是姓季的捣鬼？……"

"你们损我不要紧。你们当我面损我们部长，当时我非常愤怒。你别吃惊,我讲的是心里话,你们太过分了!第一,你们是在背后;第二,你们凭着军区首长子女身份,才那么放肆。你想一想,一个部长在你们口里已经那么悲惨了,叫我们小干事听了做何感想?我们还会有什么下场呢?……你不用解释,我知道当时你们是开玩笑,瞧你们开得多么轻松多少愉快,甚至有点幽默。这种玩笑,档次太高了!"

刘亦冰低语着:"我一句玩笑没开。"

"所以我才跟你说这些。"

"当时你为什么不说?"

"不敢。"夏谷点一下头,"再见。"自顾走开。出乎他意料,刘亦冰竟然跟了上来,和他一同走着。夏谷不禁暗生悲怆,想着:何必呐……

刘亦冰低语:"我讨厌那种介绍对象的方式,不讨厌你。"

夏谷脱口而出:"我也一样。"

于是,两人默默走了一阵,都感到这样不出声地走,很舒服。进入军区大院了,走上那条宽敞的主干道了。夏谷提醒她:"他们在看你。"

"爱看就看呗。"大院干部里认识刘亦冰的人不少,但刘亦冰并不认识他们。所以他们也只是有一眼没一眼地看她,并不主动招呼。这是一种含蓄的渴望相认。

夏谷道:"你惹得我也被人注意啦。要不是你在边上,他们肯定注意不到我。"

刘亦冰噗嗤一笑,道:"你要上班吗?……已经快下班了。"

"去也行,不去也行。你哪?"

"我没处去,"刘亦冰摇头,"原准备四处瞎走,走累了就

第一章 韵 味

在墙根下坐会，读两句外语，再四处瞎走。我不想回家，那不是我的家，是刘司令的家。"

夏谷声音发涩："要么，到我宿舍坐会儿？"

"你别误解。"

"随便说说，去不去在你。"

"你那儿有CD音响吗？"

"只有一台索尼录音机，档次不太高。音乐磁带倒是不少。"

"住哪儿？"

"85号楼105单元……"

没等夏谷说完，刘亦冰已经道："我去。"然后才想起似的，询问般的，"不麻烦你吧？"

"看你说的。我们走小路吧，近点儿。"夏谷不想招人注目，欲拐入一条偏僻小径。然而，没等他领路，刘亦冰已经率先走上那条小径了，似乎认识它。他们沿着叫莲花池的小水塘行走，越过两座假山。又到该拐弯处，夏谷正欲提醒，刘亦冰又已经拐上石阶，在头里走出小径，穿过林带，到达宿舍区。这时，她站下了，稍微有点激动，目光直视前方。夏谷循她目光望去，惊愕地看到，刘亦冰目光准确地、直怔怔地望着他的105单元房门。

夏谷什么也没说，上前掏出钥匙，打开房门，侧身让刘亦冰进去。

刘亦冰轻轻跺足，把鞋底的灰跺掉，进入屋子后，目光缓缓环视着四面。片刻，在一张旧藤椅上坐下，俏笑着："一看就知道，你屋里没什么女士光顾。"

屋里很乱。夏谷敛然嗫嚅："喏，一个窝罢了……刚才忘了跟你说，隔壁是群工部罗秘书住，我和他合用一套单元房。现在他不在家,你可以随便。"

"能过去看看吗?"

"当然可以。"夏谷带她走进名义上是两家合用,实际上专属老罗的小客厅。在客厅门口,在那整整齐齐摆放了几双花绒拖鞋的门槛边,她踌躇了一下脚步,看着夏谷。这里明显是个分界线,里屋锃亮而外屋粗乱。她说:"如果要换鞋的话,我们就不进了吧。一换鞋,就有要上床的感觉。"说这话时,她面容平静。

夏谷惶惶地:"没事,老罗待我兄弟一样。"率先进入。刘亦冰跟着进来了。两人脚下踩出几个灰蒙蒙的足印。刘亦冰低头一看,吱吱地笑:"和干净人在一起,才知道自个儿是多么的脏……"

"老罗会过哎,你瞧他的书橱、茶几、沙发,都是照香港画报上仿着打的,据他讲是国际流行款式。但是经他修改后,又和流行款式不同了。他说在这种气氛里坐坐,心里念头都花里胡哨了。"

刘亦冰微笑,细声道:"俗透了,俗得透透的!"

夏谷略怔,他一直以为这客厅挺雅致的。此刻再看看,橱中高低错落地站着各色高级洋酒:人头马、XO、路易什么的……瓶子珠光宝气,很有宫廷特别是后宫的味儿,但老罗从不喝它——只有一回,不知为什么事高兴,他开了一瓶马爹利,倒出眼药水那么一点,与夏谷分享。没等夏谷尝出味来,老罗倒说它味不正,擦脸油似的,夏谷只好也跟着说难喝。老罗又把瓶口封烫好,使它跟没开过口一样,放回橱中去了。这些洋酒,老罗拿它们当室内装饰品用。橱中另一边,整齐地搁着十几部大厚本世界名著,统统是精装本,每本书的书脊都有寸把厚。烫着金边儿,汉字书名的旁边带外文。老罗也从不读它们。

第二章　月斜斜

13

刘亦冰听到季墨阳在电话里说："你答应过我，永远不打电话……"顿时头晕目眩。虽然她拨了他的电话号码，但是她拿着话筒一声没吭呀，就这样他也感受到她的气息了！莫非越是伤痛者越是敏感。越是孤寂的人，那灵气越大。刘亦冰晓得自己是一根扎在季墨阳心上的刺，碰碰便痛，所以他才那样提防自己。如同一只藏在林间的小兽能够觉察到视野以外非常遥远的天敌，没别的原因，只因为那是它的天敌。唉，她和季墨阳，也因为爱，而彼此成了天敌。她爱着他，但他不许她爱，就连无声无息的爱也不许。因为无声无息的东西比轰轰烈烈的东西更可怕。他是站在政治疆场上并且以利害原则看待爱情的。

这一切，就因为他是个部长。特别是，他不甘心于仅仅是一个部长。他还要往上爬。当时，刘亦冰差点说："我答应过你那么多话，你怎么只记住这一句呢？……"季墨阳已经挂机了。她听着耳机里发出嘟嘟嘟的蜂鸣声，心上刮过一阵痛楚。她厌恶这声音，她是医生，整日浸泡在嘟嘟嘟的鸣响中，救护车、心脏起搏器、超声波脉冲、病房警铃、供血供氧装置……统统在嘟嘟嘟敲击着人，此起彼伏，永无止境。这种声音一出现，她的感情立刻被剥尽，只剩下理性和四肢在忙碌。于是，人也变成了一只嘟嘟嘟的器皿。总要等救治完毕之后，她的感情活力才重归体内。而她又恰恰是一个感情丰富的人，由于老是把心儿拿来拿去的，因此她经常很累很累。

这种累从外表上一点也看不出来，都在体内积着，非要等来场大病才一块冲出泛滥。平日里，她只是笑不动而已。季墨阳竟然也这样嘟嘟嘟，登时把她心摘去似的，逼人呆掉。她想打这个电话已经想了好多天，所以好多天以前就偷偷激动着了。她想听他的声音，想感受他的气息，想把他的一部分偷到自己怀里来……呵，享受着这种想象，甚至比实现它还要快活。情人就是贼！难道不对么？偷情的贼。小情人是小贼，大情人是大贼。

今天是季墨阳四十岁生日，从这一天起，他将结束青年而开始中年。她隐约觉得，对男人来讲，大多数婚外恋都发生在中年。这时，因为生命浓缩了而散发出新的味道他们开始怀念以前抛弃掉的东西，发动第二次恋情。这一次，往往比青年时的那次来得更含蓄更执拗。此外，一个中年男人，有时会感到自己比青年时具有更大魅力，向女士抛出结结实实的欲望。

他会么？刘亦冰拿不准。

但是有一条刘亦冰可以肯定：季墨阳要么不拿，要拿就会把自己全拿走。他这人贪着哪，从来瞧不起蝇头小利和琐屑情趣，要来就来大的。几年前他同一个朋友喝酒，说过这么一句话："妈的我是一个君子，但我保留做小人的权利……"

第二章 月斜斜

这一切，也因为他是部长么？

假如这小子没当上官，他不找点感情补充才怪呐。男人总在失败时拿爱情充饥，其他时候，比如被各种各样的成功撑饱了的时候，便对女人不屑了，只是乐于同她们周旋而已——床上床下的周旋。"部长"不仅是一个权位，更多时候还是一种限制。季墨阳还想往上爬，就得在原有的限制上再给自己添点限制。他太懂这一套了，炼丹儿似的炼自己。他落魄的时候，那眼里还有点柔情。一到扔给他一个官儿，那双眼立刻含蓄了，深不可测了，完全成为一双通览全局的眼睛。他已将大部分自己交给了部长，刘亦冰只想要他剩下的一点儿自己。同时，刘亦冰总这么看：他为了抵挡剩下的那一点儿自己，才把大部分自己交给部长。

刘亦冰放下电话，暗想，我这辈子再也不会给他挂电话了，我没那么贱！这是最后一次，跟死似的，好歹就一次……她从公务员小屋里出来，重新回到客厅。每当身边充满了人，她自己就好像已经消失。她走到二弟跟大眼那儿，帮他们整枪。

妈妈带一个年轻干部进入客厅，一说要看电视，她就挺同情那干部，心想你们没事朝我们家跑什么？自找腻歪……渐渐地，听出他是季墨阳部里的人，心内一动，注意看他，发现他很英俊。这么英俊的家伙不会自来，八成是二妹或小妹的对象。于是她又可惜他，那两个妹妹找对象都找了快一个排，眼下还挂好几个呐，周五周末地花插着会面，被挂住的小子们居然也愿意……后来，她听出不对，这人是冲自己来的，全家都串通好的，只瞒下她一个，就像她患了癌病。她暗中发笑，预备着人一走，就告诉家人："别再酸唧唧的好吧，我自己的事自己来。你们老这样，其实是把我和人家都践踏了一回……"然后，听她们如何否认，当然她们会坚决否认的，但从此以后她们不会那么做了。妹妹的毛病就是错了死不认账，偷着纠正。

突然，她害怕了：也许他是季墨阳介绍来的人呵。

一念至此，她登时呆了，随之她整个人被这个念头劈开。恨道，无论你干什么也不能这么干！你明知我喜欢你却推别人来送死，这是人干的事吗？好像我是条狗咬住你不放，你拿根骨头把你自个儿从我口里换下来。你不理我不算污辱，但是干这种事真算把我污辱死了。你一旦小人起来，比谁都更小人。你恶起来真是恶绝了！……

刘亦冰听着他们说话，眼睛望着窗外。白桦林里，几只鸡正在追逐，一片兴奋的"咯咯咯"。那只金黄色大种鸡，气势汹汹地爬到母鸡身上，毛翅那样可怕地张开，简直成了一堆匍匐乱动的鸡毛掸子。她感到恐怖，感到恶心。这"鸡"居然当她面爬到另一只鸡背上，疯成那样。

"冰姐，你快来，我们抵挡不住啦……"小妹咯咯咯地疯叫着，快活得像那只鸡。

刘亦冰恨得猛抓起猎枪，冲着窗外扣动扳机。哐！她被震得好舒服呵……霰弹破窗而出，准确地将那两只叠在一块的鸡打成血肉一团。她直怔怔地看着它们，胸腹顿时乱翻。她丢下猎枪，走出客厅，路过他们身边时，说了一句："够了么？……"

当时，客厅里的人先是惊愕不止，然后都看刘达所在房间。谁也没有注意到，窗外地面上还躺着两只死鸡。

刘亦冰茫然地、下意识地，一头撞开刘达房门，闯了进去。刘达正全神贯注于电文，凝定在思考中，一动不动。不知怎地，一看见父亲这样子，她就感到一片安宁。她关上门，一言不发，缩进一只巨大的沙发里，像朵小蘑菇卧在沙发角上。爸爸肯定听到了枪响，仍然干他自己的活儿，天塌地裂也乱不了他。在这个家里，只爸爸没参与她们的预谋。在这个家，也只有她能随意出没爸爸的办公屋子。其他人都不行，连妈妈也要敲敲门才进来，这是她和父亲之间的默契。

刘达瞟女儿一眼，不作声，继续批阅电文。那声枪响他当然听到了，枪响之后一片寂静，说明没人受伤。还说明那一枪把一屋子人都吓住了，几十年不打仗，枪响都怕。

刘达轻斥道："看你那副样子，不小了，还故作娃娃状！"

刘亦冰听了这斥责反而很舒服，娇哼一下。

刘达已将意思写进批文，落到纸面上的具体文字是："避重就轻，消极抗命，我看他是故作天真状！……"他正在一位省军区副司令员的检讨报告上作批示，此语此意，再痛切不过。

刘亦冰在父亲长吁一气，投笔一搓手时，道："爸，你给我把那姓夏的家伙赶走！"

刘达看一眼女儿寒气逼人的面孔，一言不发地起身，遵命而去。出门时还顺手带上门，这动作表明，他很快会回来。

刘达走过女儿身边，带起一股男人的气味。刘亦冰从父亲的步态里，再次感到父亲像季墨阳。哦——不，墨阳像父亲，他们俩竟是用一种姿态走路呐。虽然父亲和墨阳是两代人——男人，刘亦冰看他们，总觉得仪态方面那么相像：站在窗前时的姿势、愤怒时紧闭的口型、兴奋时眼内窜动的目光，还有……气味！都像。所以，她喜欢待在父亲身边瞎想一气，喜欢在默视父亲的同时透过父亲的躯体直视季墨阳，也就是将两人捏作一团搁心里含着，品味那极深的甜美，把他俩统统塞进自己的隐私中去。刘亦冰学过医学心理学，完全知道自己有浓浓的恋父心理，并且移情到季墨阳身上。要是她的身心不靠着他们之间的一个，她这些年简直就无法度过。她懂点心理学，因此不担心自己的精神状态。相反，她非常珍惜心理隐私，牢牢守着它，既不告诉父亲，也不告诉季墨阳。她总得有点儿自己。而一个人真想有点儿自己时，就得把自己钉在自己的隐私上。

在父亲办公屋里，在四面文件和地图之中，刘亦冰反而能展开最大胆、最动情的想象，偷窃热辣辣的情思。她蜷曲在沙发里想：要是爸爸跟季墨阳那样年轻多好，我嫁给爸爸！或者想：要是季墨阳跟爸爸一样年老多好。我当他女儿……这时，她会像只小白鼠般吱吱笑叫出声。刘达听见女儿的笑声，会抬头看她一眼，目光非常温存，两人相视无言，片刻之后，各自回到自己的境界中去。

刘亦冰印象很深，有一次，她和父亲都沉默着，忽然窗外一声老鸦叫，两人蓦然抬头，不是看窗外，都是急匆匆看对方，像怕对方丢了似的。然后，爸爸笑一下，继续工作了。

听说，母女之间有一辈子说不完的话，而父女之间只有目光……这话说得太好了！可惜，又是季墨阳说的。他有一个漂亮透顶的小女儿，他待她像待一只气泡儿。不碰，只用目光托着它，用一个个的念头亲抚它。

14

刘亦冰在古林路的路口等候夏谷，那儿有一棵巨大的樟树，亭亭如伞盖。树身在院墙里头，树冠却伸到院墙外面来了，香樟味儿飘开很远，常惹得路人举首叹羡：大院里尽是好东西！以至

第二章 月斜斜

于人们从香樟下经过时,步子都要慢些,且走且看。刘亦冰少女时曾有个梦想,幻想在这香樟树上搭个窝儿,她就住在上头……她在树下等候,感觉上就不是一个人,而是和一个朋友待在一块。

稍过片刻,她看见夏谷故作严肃地走出门岗,直到越过马路中间,他才明显地松了口气,浑身灵活多了,因为那已是公众场合。刘亦冰暗笑,这家伙不适应卧龙山大院里的气氛,他在她家的潇洒劲头,全是硬撑出来的。啊,那一定挺累。

刘亦冰唤他一声,见他一震,连脸都红了。她想:糟糕,这家伙不至于以为我看上他了,跑来粘乎他的吧?他要真这么想了,我也无可奈何,本来我这副傻样儿就像。反正他过一会就不会这么想了,再说这全是叫季墨阳害的。

刘亦冰对夏谷有一种奇怪的感情,觉得他和自己命运相似,都是叫别人推上台的。因此,她和他面对面时,心里又厌烦又怜悯。她到这儿拦截他,是想从他那里了解点季墨阳的近况。他不是季墨阳的部下吗,既然推荐他做首长女婿,肯定深得季墨阳信任,八成是他的心腹。她和夏谷边走边聊,几番开口,说出去的都不是自己想说的话。而想说的话老吊在嗓子眼里,因吐它不出便在体内乱踢她。

两人相随着走去,拿喋喋的话语掩饰情感上的生涩,彼此都已发现对方暗中紧张。且在正紧张得没治的时候,蓦地两人相视一笑,真怪,这下子两人都不紧张了。

刘亦冰想把手伸进夏谷腹中,掏出有关于季墨阳的事,任何事都行。但她不能直接问,她克制着,几年来她已经习惯于克制了,并且从克制中饱尝人生百味。唉,任何事,只要你一旦死按住它,它的味儿就浓郁了许多。今天上午她爆发过一次,一枪把季墨阳给毙喽!现在,她有点懊悔自己的失态。因那一枪的受伤者,与其说是季墨阳,不如说是面前无辜的夏谷。

夏谷邀请道:"到我宿舍坐会儿。"

听得出来,这是干干净净的邀请。刘亦冰不打算去,出于礼貌问他住在哪里,好像是要留着下次再去似的。

"85号楼105单元……"

啊,那不是季墨阳以前的宿舍吗?"去。"她下意识地挪动脚步,向那熟悉的地方走去。她忘了,在夏谷面前她本不应该知道那幢楼的位置,可她竟然走到夏谷前头去了。

小径还是以前的小径,走上去后才觉出它被人踩薄了踩旧了。两旁的瘦草们依然想往路中间爬,想在路当中会合。但人们总是踩断它们的念头,所以它们永远不可能会合。再朝前走,苗圃啊,假山啊,篱笆墙啊,都相互牵着站立起朝她拥来,她一下子被它们感动了,恍惚觉得自己有负于谁。几年前与季墨阳在此徜徉时,眼内只有季墨阳并无它们,而如今它们都在季墨阳却不在。可见草木有情而人是多么的靠不住呵。池塘边上那几株棕榈,树身依然深深地朝湖面弯曲,像要扑到水中搂自己的身影。

当时她说:"那影儿在水底拽它们呢。"

季墨阳说:"看上去像要投河自尽。"

真是的,这两种意境融到一块便再也分不开,爱得太狠就如同去赴死一样。再往前走,细弱的小樟树、扁柏,它们也朝湖水那里探头探脑,想把自个儿连根拔去似的。它们小小年纪,也这样神往了。苦命的小可怜们。

季墨阳从来不知道与女士同行时应该等候女士,他总是自顾甩大步子,把她丢到后头。还有,他不愿意和她偎着走路,怕人

第二章　月斜斜

看见。即使没人，这些草木们也像人，起码像窝藏着人。直到她"哎哟"一声，他才站下。她嗔道："你逃个什么劲啊，你？"他才挨近她……

当年情韵都散落在这里，一点没少，和草木一块繁衍，堆得到处都是。

刘亦冰猛然想起父亲。真奇怪，在这种地方想起了父亲！这本不是父亲的地方。

父亲曾经跟她说过一坛老酒的故事。父亲他们在贵州剿匪的时候，从匪巢中救出一位前清举人。这位举人老爷为了谢他们，便从自家房基地底下挖出了一坛老酒。坛底刻着酿酒的年月，距今已埋藏二百多年了。举人老爷敲去泥盖头，拔去塞子，"扑"的一声，坛内轰响，一股异香从坛口溢出来，黄澄澄的气雾飘摇在坛口上空，把周围的空气也带动了。父亲他们嗅到那味儿差点要晕眩，都扑到坛口朝里看。而那老酒因年深日久，浓缩得只剩三分之一坛，根本倒不出来。举人老爷拿过一双事先准备好的竹筷，是刚从林中撅下的两截嫩竹。拿它探入坛内，挑起一团乌亮的酒膏儿，迎风一扬，在空中划出二尺多长的一截酒丝，像珠丝藕丝那般柔软明亮。风来了，眼见那酒丝经风一扬，变成一根金丝闪闪发光。举人老爷将这条金丝绕成鸽蛋大小的团儿——竟无一处断裂，他再把这团儿搁进父亲酒盅的清水里，那水瞬即化作醇酒了。父亲尝一口，冰凉醇香之气直冲入体内，一直抵达脚跟。少顷，又在体内化作热浪，从口鼻处直扑出来。举人老爷道，这酒内浸了多少山参、鹿茸、熊胆……二百多年啦。

父亲从不说他在剿匪时中弹差点死去，只说："那酒差点醉死我！"

刘亦冰面对着窝藏在此的湖泊，就像面对父亲说过的那坛老酒。

一进夏谷宿舍，刘亦冰就四处打量。啊，都变了，剩下的只是不能变的，门窗、墙壁、窄小的过道，她呆呆地看。夏谷奉上了咖啡和喜多郎，为她能来到寒舍而兴奋不已。她却赶他离开，她想独自呆在这里，她受不了：在同一个男人私语时想着另外一个男人。当夏谷答应离开，并且什么都不问时，她十分感动。

剩下她一个人了，现在她可以在此静坐着释放自己了，可以随心所欲地想这想那，不担心别人窥视，她看见墙上有一小块纸屑痕迹，立刻认出，那是她贴上去的吉祥物：一只小兔。贴它本是为了遮住墙上一处污迹，使整面墙活跃起来。那时，她还没现在这样爱他，只喜欢同他随便相处。小兔是自己的生肖属相，不知道他后来猜到没有。这么多年过去了，墙上的她居然只剩下这点痕迹，还不如什么都不剩的好。更难受的是，由于撕掉了小兔，墙上那片污迹却跳了出来，它只不过是给遮盖了几年，却从来没有消失。现在看上去，小兔留下的纸屑反倒成了污迹……她在这里坐了很久，没碰任何东西。《飞天》以无限广阔的悲怆浸没了她，她思绪如水，也浸入《飞天》里去了。碎碎地想着，一个日本浪人，只身跑到中国来，跑到谁也不去的大西北荒漠，整年整年地在那里流浪，倾听着流沙、风啸和驼铃的声响，倾听着大风刮过远古雕像的声响，倾听地下草根与骸骨相互摩擦的声响，倾听逐渐崛起的世界屋脊的声响……终于他听到了天籁！从此他不再创作什么了，他终于只在转述所听到的音响。于是，她汲取到了一个安慰。

客厅里的洋酒、精装名著、半裸的影星挂历、塑料瓶花……她认出许多熟悉的琐屑情趣。但是，这往往也就是普通的善良人家，他们靠奋斗加逢迎博得今天，实在是不易。虽然她看不起这家主人，可是拿她和这家主人相比，很难说谁过得更好。人家平庸着但人家幸福着，她不平庸但她破碎不堪。于是，她又失去了刚得到的那个安慰，心绪混乱了。

她看到茶几上有电话，心一动，抓起话筒给一个朋友拨号。那位朋友在电台工作。电话通了。她抖擞精神，用在人前常用的那种快活语气道："小宋，我就知道你在。我是亦冰。"电话里传来惊喜叫声，夸张得可爱："啊哟……亦冰呀，想死我了！老不来电话，忙出国还是忙离婚哪？眼下呀，三个月不照面的人，不是出国了就是离婚了，跑不出这两档事去……"刘亦冰惊异她朋友猜得这般准确，说："真叫你讲对了。我又出国了，又离婚了。累得我跟朋友打招呼的劲都没有。"宋朋友又夸张地惊叫，然后将声音降低至耳语程度，意味着她要长谈了。刘亦冰赶紧切断她的热情，说："听众点歌节目还在吗？我要点支歌。""有有，你拨433589，或者……""那两个号码永远占线，我想让你帮忙。"宋朋友吱吱笑着："亦冰你犯什么病哪，小女人才点那些歌呐。怎么连你也要挤进她们堆里？"刘亦冰道："行啦行啦。你帮还是不帮吧？"宋朋友让她别挂机，她将马上帮她插入点歌台。

……门外响起重浊的脚步声，听起来是一个胖子，在台阶下面跺了跺脚，到门边又跺了跺脚。这几脚把刘亦冰跺得好紧张，急忙看自己是否把客厅踩脏了。接着锁头扭动，门开了，一位中年干部进来，并不太胖但厚敦敦的，脸上是机关人特有的白净。刘亦冰赶紧笑着站起身，他盯着刘亦冰，眼睛睁老大，惊道："咦，你不是那个刘刘刘……"

刘亦冰赶紧点头，证明自己是刘刘刘。她熟悉他这种语调，他们并不知道她叫刘什么,但是都知道她是刘达的女儿。刘亦冰没向他介绍自己名字,她叫什么并不重要:"打搅你了,夏谷是我的朋友,让我在这等他。你是罗子建吗?"

罗子建为她能脱口叫出自己名字而大喜,痛快地喊:"啊哟,小刘你是小夏的朋友,怎么我都不知道!啊哟,快坐快坐。小刘我见过你几次,我跟首长也很熟悉。"

"我已经坐好久了。现在该走啦。"

"小夏简直昏头昏脑,怎么能这样待客呐,回头我骂他。你坐……"

夏谷陪刘亦冰走向食堂,脸上是办公事的表情,两人之间的间隔里还可再塞进一个人来。刘亦冰看到陆续而至的机关干部,盼望着能碰到季墨阳。果然,他出现了,迈着父亲那样的步态朝这里走来,只有把走路当享受的人才会有这种步子。刘亦冰决定一言不发,看他如何反应,跟不跟自己打招呼。此外,她还要看看他如何掩盖惊愕,看看他挺拔的鼻梁,看看他帽檐下闪烁的目光……总之,她要拿自己的心狠狠地撞他一下!

季墨阳突然转弯,在斜径上消失了。她的所有欲望都落空了。她心中怒喊着:

"你逃什么劲啊?你!"

夏谷不解:"你们不是认识吗?"

"当然。"

"那他没看见我们……"

"当然没看见!"

机关大喇叭正在播放经济台的"听众点歌"节目。刘亦冰平生第一次从扩音喇叭中听到自己的声音,那声音因紧张而发抖,她觉得不像是自己的声音。

"我有一个朋友，今天是他的四十岁生日。我想为今天所有年满四十岁的人献上一支歌，祝贺他们的生日。从今天开始他们将步入中年，我祝愿他们开始新的生活……"

夏谷听出大喇叭中是刘亦冰的声音，斜眼看她一下。她面如冰霜。

刘亦冰点的歌开始播放了。歌名竟是《我知道你在说谎》：

我知道你在说谎

因为你不安的眼光

我知道你在说谎

因为你莫名的紧张

我记得你说过的每句话

也一直痛苦地改变自己……

15

刘达"吱"的一声扯开拉链，从黑皮套中抽出一只网球拍。

那只网球拍抓在手里，感觉上就如同抓着了一轮带把的月亮。它浑身上下闪闪发光，沉默地溢动着高贵气势。它还像花蓓蕾似的放出一股又清嫩、又香甜的味儿，惹得刘达轻抽鼻端，不错，是有股新鲜味道，这拍子简直是刚从花园里摘来的嘛。而且，它轻灵结实，手感极棒！抓上了就恨不能即刻挥它劈开去。刘达左手一松，黑皮套落到地上，那套儿顿时跟个小手绢似的缩成一团。刘达不认识皮套外面的外文字母，但他认出这套子可是真皮，并且是真正的麂皮，所以它才能柔软到这种程度。他不知道这网球拍值多少钱,只暗暗估计,光是这副装球拍的皮套,怕就要值他两月工资。

刘达左掌轻轻拍打着网球拍,朝球场对面的一个老头说:"我这辈子还没见过这么好的拍子。老许,你真舍得给我?"

老头一直在既担心又得意地注视刘达。担心——是怕他不识货;得意——是欣赏他惊愕表情。此时闻言哈哈大笑:"刘达呀刘达,再好的东西还不就是个东西么?既然是东西,生来就是给人用的嘛。你留下,我只一个愿望,咱俩都健康长寿。你看主席和小平同志,在咱们这年纪多好的身体。游泳!"

刘达笑道:"怎么谢法?我怕我谢你不起哟!"

"我儿子都给你家了,还讲这些。"老头顿一顿,仰首大笑,"可惜叫你家冰儿踢出来了。不管这些啦,儿女是儿女,我们是我们。"

刘达点头赞许。脱口问:"小二子还在美国吧,混得怎么样?"

"不打工了,房子和汽车都有了,房子是带游泳池的。一边读书,一边顺带开个小公司。此外,也不过春节了,过圣诞。"老头的口吻似乎很不满意。

"嗬,没听说读书和开公司能兼着干的。"

"能啊,在美国什么不能?那地方只有不能干的人,没有不能干的事。"

"结婚了?"

老头以论证态度道:"女人肯定有,但是没结婚。"

刘达举起拍子说:"这东西是小二送的吧?"

"是呀,在伦敦买的。大拍面'威尔逊',世界名牌。听说,里根给戈尔巴乔夫送过一对,我听了不信!这东西不成了国家级礼品了吗?管他。反正拍子是好,连不打球的人也欢喜收藏它一两只。我拿到它，第一个就想到你。"

刘达把玩着，喟然叹道："还是当年那句话，美械装备就是好。"悲喜不明的样子。

一位中年夫人朝网球场走来，隔着一段路，便清朗朗地嚷："威尔逊是世界名牌，老刘你可不能随便送人噢。什么北京来人呐，军委来人呐，总部首长呐，老战友呐……你心软，人家赞上一句你就叫人家拿去了。其实他们懂什么呀？还不就看上你东西了。他们想要，你叫他们跟我们老许来要！老许再跟我来要哇。我哩，倒有几句话搁在东西上，要拿叫他们一并拿走……"她说话不疾不缓，但一句牵着一句出来，宛如一个浪头顶着一个浪头，那股声韵使人感觉她早年是歌唱家，如今岁数大了，嗓子还在。尤其是，对自己嗓子的信任还在。半道上，她被塑胶场地上的一块什么东西硌了一下，才住口站下。她朝地上望着，场地上平坦如水，并无任何物件，她只是感觉自己被硌了一下，要不然，她还会如歌般说下去。

刘达客客气气地向她招呼，只两个字："来啦。"

老头连声道："忘了忘了。"迎上前，从夫人手里拿过一只棕色药瓶，倒出几粒金黄色胶囊，小心翼翼地托在手上，仔细看了看，再一仰脖子吞下去，连水都不要。刘达看看他红润面孔，疑心道："老许，身体不行？"

"一般化，老年病，小小不然。"

夫人却训斥老头："有病就讲有病，在刘司令面前你惭愧什么？我们老许呀，类风湿，静脉炎，心脏也不好。退下来了么，还没个退休人的样子，整天不是读书就是看报。上个星期五，到步兵学院作报告，一说就是四小时，逞什么能呢。此外呀，还爱帮人喊个冤告个状的。刘司令你还不知道么，那是把人家的委屈拿来自家受着！保健医疗方面，也不如从前呐，想吃个什么药，先得找人磕头。我们都理解，从位子上退下来了么，有点差别也是正常的，要正确对待……"

老头轻轻推她膀子，示意场地边上的藤椅，让她赶紧坐过去。

刘达说："打球。"

他走到场地另一边，自顾脱衣服。他见到这夫人就烦，但又拿她没办法，不由地想起冰儿的话：许淼焱钻进共产党还可以理解，但他夫人最好还是留在国民党那边当太太，要不太委屈她了……想着，窃窃一笑，这夫人，叫冰儿对付最合适，我绝对不行。

许淼焱老头又叫"许老"，是军区前副参谋长，1955年授少将衔。若是再往前考究，便是前国民党军航空学院上校战术教官。许淼焱三十年代留德留法，学习现代军事。四十年代参加过滇缅空战，很能打仗，击落过两架日本战机。蒋夫人宋美龄曾亲手在他胸前别上过一颗梅花勋章。那颗勋章，军事博物馆曾跟他要过，想留作资料。许夫人却不给，说："你们又来要啦，'文革'期间你们就要过，当罪证。那时不行，现在还是不行！"横得很。1949年秋天，刘达所在的部队将许淼焱解放过来。当时，许淼焱胸前正别着那颗亮晶晶的勋章，中正剑插在一个吃尽的罐头盒里，手握一把勃朗宁手枪，慢慢对准头颅——要自杀！我军的一个排长冲上前去，一把将枪拧了下来。他嘶喊着："不让我开枪，那么你开枪吧。我要见蒋夫人去，不成仁则无颜见她………"那种场合下，他依然字正腔圆地喊出了那个"则"字，全句与全身纹丝不乱。后来有人问他，当年你是不是爱上宋美龄了。他说：坦率说吧，我们这些少壮军官没一个不爱她的，也没一个敢爱她的。

说得既坦率又高深莫测。华东野战军首长喜欢他那份才干，况且他履历中又无甚血债，便让他加入解放军，为部队储存下一个空地战术方面的人才，留着解放台湾用。顺带着，也给我们那些土八路出身的指挥员讲讲军事学术。于是，他成了解放军的教官。

许淼焱虽然是败军之将，但讲起如何打仗来，特别是讲授取胜之道时，却每每讲得满室生辉，叫我们的指挥员听得服服帖帖，出了门才敢骂他"狗娘养的卖嘴皮"。最叫指挥员们难受的是，他们见了许淼焱得主动敬礼。而他的回礼又和我们解放军不一样：挺胸，昂首，靠足，大臂带动小臂，巴掌在身侧画一个美妙的幅度才叭地戳到额头，神韵极佳。一看就知道，是从人家美式敬礼中化出来的，比咱们解放军放牛娃敬礼敬得帅！野战军首长又宠他，指挥员们只有认命。大军才进城，供给没接上，旱烟抽完了而洋烟又买不起，指挥员闹起烟瘾来脸都绿了。有天野战军首长来讲课，边讲边吸哈德门，烟头扔一地。下了课，几个连营干部上前抢烟头，揉开末来用报纸卷着抽。这行径叫许教官看见了，惊讶得说不出话，一跺脚，掉头便走。他径直跑到陈毅那里，陈老总还剩一条哈德门，他上前撅下半截来，裹在棉袄里，带到教室散给他的学员抽……这事闹得比个战功还大，他一下子进了老八路们的感情圈子，吃喝拉撒睡都混一堆了。他还跟着学了不少老八路的俚语粗话，讲课讲到半截猛不丁丢几句出来，炸出一片效果，竟比老八路自己说还有味道。他还跟着他们啃生辣椒，扎绑腿，扳腕子，无事便混闹。最招人欢喜的是，他能津津有味地讲述宋美龄种种轶闻：老蒋如何向她求爱，她最漂亮的空军副官是谁，美龄号专机上的厕所什么样儿，她是不是每天用牛奶洗澡，丝绸内衣从英国定制的……放牛娃出身的土八路们哪听过这个哇，个个都听呆了！然而一转脸，他又能恢复严谨高深的教官面目，提些极深邃的军事题目叫他们回答，让周围人刚醒过神来便再呆掉一回。许淼焱这段业余性质的军事教学，完整地写进了他的履历，入档备案，日后授衔竟管大用。国民党给他上校，而共产党给他少将。他感动极了。

但是很快，许淼焱也明白自己在军内的真实地位并不高，上级关心他，同级忍让他，下级干脆瞧不起他，缘由都在于他是解放过来的。那个少将，不过是个政治军衔罢了，挂给台湾那边的人看——还不知他们看到看不到。所以，授了少将衔之后，他已经知道这辈子到头了。果然如他所料，直到他六十岁退下来，仍是少将军职，而且是一个从未当过师长团长以及任何正职指挥员的军职。刘达当大军区司令后，费许多周折给他下了道"调整"命令，终于让他享受上了兵团级待遇。这意味着：专车、特护、一个警卫员、半个保姆、四分之一个秘书，还有许多如水银泻地般、无处不有的快意。他和别的兵团职老干部不同，他没料到自己竟也能挂上这个档次，所以使用权益时格外小心，不该用的绝对不用，该用的也只用个八成，那二成让出去了。就是说，他只求有份理解有个公道，这就足够了，待遇不待遇的，不值什么。

成为兵团职那天，许淼焱专门找刘达汇报了一次自己的激动心情，末了说："日后呀，我的悼词上只要有这一句话就死而无憾了：许淼焱同志跟他的名字一样，火里来水里去，最终仍是党的忠诚战士。"

刘达笑道："一方面要感谢党，一方面是你的贡献之所得，好好养老吧。"

许淼焱说："党也是一个个具体人组成的，比如主席，比如

第二章 月斜斜

小平同志,比如陈老总和叶帅,再比如你!没有你们这些人,就没有我许某的今天。"见刘达要制止他,他反而说得更坚定了,"领袖和老帅离我太远,你可是一直在我身边,是你看着我成长的,是你手把着手把我拉扯过来的,在政治上多次起过关键性作用。不管你承认不承认,我说的都是事实!我们共产党人最讲事实,不感谢你,我感谢谁?"他当时肯定没考虑到,他比刘达大十岁。刘达绝不可能"看着他成长,手把手拉扯过来"。

许淼焱看上去一派教授风采,雪白头发,红润面颊,眼中精光内敛,迎风那么一站,便飘然若仙。"文革"期间,众多老干部吃尽了苦,而他是"统战对象",便跟珍稀动物一般保护起来了,没受什么罪,只受一场虚惊而已。虽然是"许老",但一点也不显老。他喜欢以一种沉吟的姿态说话,就是对公务员下指示——也像和你商量什么事似的。此外,他还和其他老干部截然不同。其他老干部经常穿半截军装——或是上半身着军服,或是下半截着军裤,以为两下里一凑,就算是套便衣了。他可从来都是一身潇洒、考究的西服,且善于将名贵服装随随便便穿着。初见他的人都能惊异地拍大腿:呀,这老头真漂亮!……确实,他看上去竟比年轻人还有魅力,人见人爱,到底是宋美龄亲手别过勋章的人。

许老的夫人兰柏艾,坐在场边一圈半月形矮沙发里,看丈夫同刘达打网球。实际上,她的"看"并非真看,是似看非看。她只要置身于这种很高级的气氛里就足够惬意了。她坐在那儿,默默地练一套叫作"养心术"的气功,身心俱已交予天意,听任一股气韵在体内漫动,直至最后把自己洗换一遍。过程中,许老他们如有什么坎坷,她立刻会睁眼加入进去或嗔或笑,或敲击他们,或搓揉他们,或像少妇那样"哎哟"几声……无论发生何等严重的言语与事态，她都能拿捏得丝毫不差，到最后必定是一片欢喜。要是，刘达和许淼焱为一个球引起的争执太小，她还扔几句妙语，将那坎坷弄大点，让两个老头动真火，然后她才轻斥薄嗔，收拢气氛，轻妙地化干戈为玉帛。总之，她要弄得他们愉愉快快。都是打一辈子仗的人了，到老还身处百忙之中，她做女人的，该想法让他们健康长寿。此外，作为首长夫人，老头若不在了，她这夫人也就只剩个壳壳了。别的不说，仅待遇上也要降两级。文件上称"遗孀"！这听起来多骇人。

兰柏艾年轻时是教会学校的女学生，却不大信基督，笃信民主与自由。柏艾这名儿，也是从"博爱"中化出来的。抗战前，她爱一个地下党的青年干部，几乎跟到苏区去。不幸，那恋人被蓝衣社杀害了。后来，她相识了许淼焱，一下子便爱上这位国民党的抗战英雄，并很快的定情成婚。再后来，这位国民党军人竟又成为共产党干部，兰柏艾始知命里有天意，她爱来爱去，没爱出共产党的圈子，她到底是爱对了。她这辈子，早早地就嫁给共产党了。

在军区大院的夫人群落里，兰柏艾知道自己和其他首长夫人不一样。她们大多数是"妇救会"出身，小半辈子浴血奋战，长相粗糙不说了，看上去也比实际年龄大一打岁数。几乎家家都有一两个孩子散失在乡村，至今找不回，痛苦使她们提前老了下去。所以，对于任何类型的残酷，她们都适应得了。她们艰苦朴素，不畏任何政治风浪。假如暂时没有风浪，她们则不畏惧任何貌似风平浪静的东西……这些本钱，她统统没有，因而她也就没有血缘上的伴儿。很长一段时间里，她自卑着，活得很小心，在一些人际缝隙里找欢乐。她不能到丈夫的下级眷属中去打牌——人家拿她当首长夫人看；也不能到丈夫上级眷属中去走动——人家拿

第二章　月斜斜

她当"统战对象"看。在那些地方，她只能进去一个身子，精神气儿老给卡在外面，那感觉就好像把自个儿折叠起来。她的时间多得用不完，才气也差不多荒芜掉了。无所事事中，她就把自己完全倒给丈夫和孩子。许家三个子女，个个俊逸超群，钢琴与外语，六十年代就十分娴熟了。不像别的高干子弟，要傻到八十年代、思想解放之后才急火火地赶考场。再后来碰上"文革"，她虽然没受罪，也自以为和其他首长夫人一样受了大罪。苦难竟使人水乳交融，苦难竟使水变得如血一样浓，一下子把她和她们给拉平了，而兰柏艾一旦和人拉平了，马上就显得远比别人出色！她见多识广，且见与识都还是最新鲜的；她能言善辩，却又含才不露，经常是她说到你心坎上了，你才觉得自个儿心坎上果然有事，她要不说，你则只有个空空荡荡的心坎。她懂一点北伐，懂一点莫扎特，懂一点"三大战役"，还懂一点气功与中草药……好就好在她所懂的刚够用，那么听上去就仿佛她胸中所藏的要比她说出来的多得多。在军区大院，兰柏艾是第一个在客厅当中挂孙中山像的人，她一挂，人们登时想起许老是国民党的抗战英雄，这资格可比好些军区首长还老！她言语中也时常说到"总理如何如何"。其他夫人还以为她说"恩来同志"呢，也跟着动感情。要过好一会才明白不是周恩来总理，是孙中山总理！她们才一脚踏空似的给闪了一下。后来，孙中山像在中山陵风景区随便卖，大的小的丝的铜的都有。此外，还有"天下为公""博爱"等等蓝底白字的纪念章，一毛钱一个……她气坏了："是人不是人都挂一个，总理陵前能这么放肆吗？还敢卖！不讲感情，只讲钱。"于是，她把客厅当中的孙中山像拿下来，收藏到心里去了，另换了一只金碧辉煌的十字架挂上去，上面钉着基督受难像。而且，每年都是先过圣诞，再过春节，完了还有复活节……人们又想起来：她原先是教会学校的，大半辈子一直在笃信宗教啊，行善积德，听说还不沾荤腥。而此时，又正是人们对政治不感兴趣的时候，忙于出国与赚钱的时候，笃信宗教比那些死赚钱又要圣洁得多了。

半个世纪以来，兰柏艾和许淼焱相濡以沫，恩爱全化在一堆。别的首长家时常吵架，他们从来没有。如今老了，更加形影不离。兰柏艾看上去比实际年龄小近二十岁，面容依然红润，身材依然玲珑，两人傍晚漫步小径，谁瞧了都赞这一对璧人。

兰柏艾收了气功，脱口叫出一声："哎哟！"她叫的正是地方，刘达刚使出一记漂亮的扣杀。她夸道："老刘啊，我们淼焱说了，整个华东地区老干部里，没你那么地道的球感，我还不信。才看了，可是被你那记扣球动作吓一跳。我不懂网球，可你那气势啊！……啊！……"她找不到合适的语言，脸上已涨满惊叹。

刘达微喘，摇摇头，以示听见了她的话，却不作回答。因为，许淼焱比分领先。他有些累。兰柏艾又朝远处"哎"了一声："冰儿，是你么，快到姨这来坐！哎哟，想死我了。"兰柏艾坐着没动地方，但上半身已朝某处弯过去，两臂长长地伸展开。这姿态搁她身上，就比别人起身相迎还要动人。

刘达望去，发现女儿刘亦冰正站在一丛冬青树后头，偷着朝这里观看。那冬青叶儿雾似的裹着她，她似乎已经站了许久，身体已经依偎在枝茎上了。

16

刘亦冰沉浸在自己的温存心境中，那种柔柔的感觉如同一只媚眼似的张开。她独自偷偷看父亲打球，原想看一会就离去，不料看看就痴在那儿了。在父亲惘然无觉时偷看父亲，别有一番情韵，别有一番爱意。有一刻儿，她就像看自己孩儿似的看父亲（虽然她没有生育），而自己成了母亲。她看着看着，没来由的深深感动……兰柏艾一声喊，像根针戳到眉眼上，戳破了她的美好心境。球场上那三个人，她唯独没看见兰柏艾，偏偏给兰柏艾捉住。那一瞬间，她觉得兰柏艾把自己变成了贼。她逃不脱了。"到姨这来，快来哟！"她朝她走去，感觉是走向一只笼子。她内心对她恨得要死，脸上无一丝流露，克制着自己，硬让自己坐到兰柏艾旁边。当兰柏艾伸手抚摸她时，她颤得像抚摸自己的伤口，木然轻叫："兰姨……"

"哦，乖。姨想你……"兰柏艾宛如搂着一个可怜的幼女。

两年前，兰柏艾会叫"到妈这来"。自从刘亦冰和许尔强离异之后，她就改称姨了，改得十分自然。对待刘亦冰，她反而比以前更加亲切。做儿子的对不起媳妇，她做母亲的要替儿子补回来。她紧紧搂住刘亦冰的胳膊，温存絮语，从旁边看去，也像刘亦冰正紧紧搂着她胳膊。

刘亦冰朝场上一看，父亲怎么使用那样花哨的拍子呀？球鞋也白得太死气了，运动衫也没塞进腰里……刘亦冰突然间看什么都不顺眼，包括父亲！兰柏艾搂着她胳膊搂得那么紧，那么缠绵。她极慢极慢地抽出胳膊，不让兰柏艾觉察。直到完全将胳膊收归己有，才舒服多了。只片刻，兰柏艾又一把捉住她胳膊，并且按到自己肥嘟嘟的胸前，朝球场上努嘴："看到没？你爸拿的是威尔逊！从英国买回来的美国货。冰儿你看哪，那拍子多衬他，人一下子就年轻了好多不是？……"

刘亦冰暗暗感谢她只提"拍子"没提"许尔强",说明她心里正捏着分寸。刘亦冰没看场上,她侧眼看兰柏艾,发现她的眼睛简直太像她儿子许尔强了,兴奋时则更像。

兰柏艾悄声道:"有朋友了吧?上次8号楼那口子还和我说呢,三局有个小伙不错,三十五岁中校,没结婚,心思全用在事业上。我说不可能吧,如今还会有三十五岁的中校单身汉?一了解,真有!姓张,北京人,军委海军副司令的养子。说是养子,其实跟亲生的差不多!身高一米八二,会两国外语……"

"兰姨,麻烦你放开我胳膊好吗?"刘亦冰正视她。

兰柏艾脸一下子刷白,冷冷地看她,把手抽回去,不说话了。过一会,她脸上又恢复亲切表情。旁人看她俩,会以为是一对母女在惬意地欣赏网球,因为心心相印才沉默不语,刘达和许淼焱两个老头,在女儿及夫人的目光注视下,一着一着打得更起劲了。

刘亦冰忽然担心,她发现父亲表现异常:他的脸色从来没有这么阴狠,步态阔大而过分,每一记击球,都似将自己扔了出去,同时低低地哼一声。他已不是在打球,而是不引人觉察地、偷偷地拼命了。这种情况,只在父亲内心愤怒时才出现。他正在恨什么?……

五年了,许多事情都已变质。

"唉!"刘亦冰暗叹,我们一家人到今天都不会做人。

17

刘亦冰从军医大学毕业归来,分配在军区总院内三科。有一天,记不清为了什么事,大概是通知许老来做年度体检吧,刘亦

第二章 月斜斜

冰给许家挂了电话,接电话的是个男子。刘亦冰从听筒里听见,对方屋里正开着收音机,一家外台以西方播音员的说话速度播送新闻。当时刘亦冰正在嘈杂的值班室里,所以听到这声音颇觉亲切。不禁问接电话的男子:"外语速度那么快,你也能听懂?"那男子似乎怔一会,才明白她说的是收音机,忙道:"对不起。"关掉收音机后,在电话里说,"只是想造成外语环境,吵着你听不清电话了吧?对不起。"他在一句话里夹杂了两个"对不起",这使刘亦冰好笑,她断然道:"我问你听得懂还是听不懂外语!"那时,她并没有从高干子女特有的任性与傲气中摆脱出来,况且,她还瞧不起死啃外语的呆子。也许她的语气使对方受到污辱,听筒里沉默片刻,那男子开始以英语复叙刚才的新闻,速度竟比收音机里还快些。最后他用汉语问:"你听得懂还是听不懂?"咔地挂掉电话……

刘亦冰不知道那男子是谁,反正她一天心里不痛快。她学过四年外语,但在他的速度下只勉强能听出几句。他所复叙的新闻中有一句话,翻译成汉语便是:"该报发言人评价,当你跟傻瓜认真时,就比傻瓜还要傻。但是傻瓜往往迫使别人同他认真……"他顺手撷取了来,一语双关掷给她,真妙,真狠。

然而夜里她又想起此话,发现味道还不尽于此。谁是傻瓜呢?他还是她?开始是她跟他认真,后来则是他跟她认真。所以两人都是傻瓜,那一句话把双方都挖苦到了,充满嘲讽与自嘲。她暗中笑个不停,心中反复玩味着那不知名的男子。后来,把想象也搁进去了,竟然塑造他的形象来。天明之后,她又将这一切忘个干净。

每星期四是首长看电影的日子,刘亦冰随父亲来到军区梅岭宾馆顶楼多功能大厅，观看两部内部片。作为首长家属，她也享有若干特权，而看内部片，是她逮住不放的特权之一，这能使她获得比寻常百姓更多的见识，是拿钱买不到的快活。

多功能大厅的入口处放了双岗，这场合下的值勤卫兵总是警卫营里最棒的小伙，他们站得罕见的精神。军区文化部的一位副部长守在电梯口，忙不迭地向首长们打招呼，并交代一位干事引进入座。遇见最重要的首长，也就是军区党委的七大常委：司令员、政委、一个副司令和一个副政委、参谋长、主任、后勤部长，他则亲自引路，或是陪进场，或是陪进休息室。待他们坐好，他再回到电梯口那里去守着。

多功能大厅的前半部分，摆着十数排软沙发。首长和夫人一般都坐在沙发上，子女们则自觉地在后半部分软椅里找位置，谁和谁是朋友，就凑一堆去。因此，后半部分永远是唧唧喳喳的。警卫员、秘书、驾驶员，以及一些机灵的机关干部，此刻还都在宾馆角落内转悠。按理说他们没有在此看电影的资格，但只要大厅灯一关，他们都能摸进去。所以，每次看电影，开场前，场内很松散，而终场时总是人满为患。为了使首长尽快离去，宾馆四部电梯在终场前十分钟全部停用，专门保障首长。一旦电影终场，四部电梯从顶层直达底层大厅。驾驶员们则从楼梯口飞也似的跑下去了，一口气能跑十几层楼梯。待首长们步出底层大厅，所有的车辆都已发动，按顺序停靠在遮蔽式车道上，随着一片咚咚的车门关闭声，那些轿车保持一定的距离开走，车灯把方圆几里照得通亮。在宾馆大门外的T形路口，一个增设的调整哨已经伫立了四个小时。这时，他双手举起红绿旗，纹丝不动地保持造型，让车流通过，尽管大道上除首长车队以外并无其他车辆，无需调

第二章 月斜斜

整交通,他仍然忠于职守。首长轿车经过这位哨兵时,大都会低鸣一下双音喇叭,以示敬意。此情此景,也颇为动人。

看电影这一天,首长们往往到得很齐,在职的与离职的都来。许多人在一周当中,也只这天能彼此见见,交流情况,密切感情。由于家眷们都在,感情迂回的幅度能更大些,周旋的余地也更广阔。这种场合,电影已不是重要的东西,而借这个电影场子,立体地、多层面地、伸缩自如地交流感情,才是最重要的内容。假如某位首长因病或因公务离开太久,那么他返城后必定会在第一个星期四晚上来到这里。宾馆多功能大厅,久已是军区高层领导活动中心。机关干部简称之"十楼"。假如有人说"十楼来电话",或"叫某部长速去十楼",或"此事十楼已经定了"……都意味着是首长"指示",谁都不会再把这话看成是什么宾馆的语言了。

刘亦冰进入厅内,从许多首长子女中,一眼就叮出他来。尽管她不认识他,但他一头撞在她感觉上了。刘亦冰笑盈盈地朝他走去,边走边下意识地抚弄鬓发,"哎!"她说。

那男子诧异地看她,不语。眼内又有"对不起"似的神情,因为认不出她是谁。

"你是许老家的吧?"刘亦冰问。她用的是"圈子"里的口头语。

男子点头承认。问:"对不起,你是?"

"我们通过电话。"

男子仍然想不起来。刘亦冰不高兴。虽然她也忘记过人家,但不愿意人家忘记她。她低声提醒:"傻瓜。双料傻瓜……"

男子立即伸出手,低声笑了:"那天,真对不起。我叫许尔强。"

刘亦冰和他握了手,道:"你能不能别老对不起对不起的!……我叫刘亦冰。"

许尔强脸红了,目光可是极迅速地朝刘达方向瞟了一下,刘达此刻正处于厅内人群中心。刘亦冰从许尔强眼中看出:他已经知道自己是谁家女儿。

他们先是站在那儿聊着,接着厅内灯光渐暗,他们谁也没有邀请谁,不约而同地在两张空椅上坐下,一齐看电影。那晚的影片是原版片,由一位蹩脚的情报部参谋作同声翻译,错漏之处极多,老头们照样看得认真。许尔强小声地给刘亦冰介绍剧情,翻译对话,连人物语气也模拟出来。很快,旁边人朝这边凑身子听。许尔强怕"造成影响",就不再开口。刘亦冰遇有看不懂之处,便碰他一下,他就再译给她听。之后形成默契:每次刘亦冰碰他时,他就译几句,不碰就不译。他们的交流既有耳语成分,身体又若即若离。而身体的接触比窃窃私语更易使人亲昵。他们就在全然无意识中亲昵起来。

那晚的影片中有一段场景:

北非某处大沙漠里,每年雨季到来,这里都形成湖泊,草木在一夜中葱茏而出,无数鸟类到这里产卵,觅食,哺育雏儿。这一年,雨季迟到了,而鸟儿仍然在此聚集。沙漠里竟然卧着一眼望不到边的水鸟——鹈鹕,大鹈鹕身下,则是刚刚睁眼的小鹈鹕。烈日炙烤它们,发出此起彼伏的痛苦嘶鸣。每天夜里,乌云都在天空聚集,而太阳一出现就烟消雾散。成年鹈鹕完全能够飞走,但它们舍不得自己的雏儿,它们张开翅膀覆盖着雏儿那半透明的躯体,宁死不去。而只要雌的不飞,雄的也不离开。它们老老少少的,统统陷卧在大沙漠上,日复一日……终于有一刻,一只鹈鹕从已经死去的雏儿身边站起来,尖鸣一声,独自飞上天空。顿时,大沙漠混乱了,所有的成年鹈鹕都跟随它飞上天空,呼呼地扑打翅膀，像一大片滚动的云，朝远方的水源飞去。它们为死亡所迫，在最后一瞬间统统背叛了自己的雏儿，去逃生了。

沙漠里还剩数千小鹈鹕，它们朝天空哀哀地叫着，再趔趄着靠拢，最后又挤成一堆。这时，有一只小鹈鹕独自走出群体，歪歪倒倒地向父母们飞离的方向走去，其余小鹈鹕们都在朝它哀叫，但没有一只跟随它前去。直到它在天边消失，还是没有。

镜头暗转，再亮时，大沙漠上已布满鹈鹕们的骸骨，细小细小的，像一片撒落的火柴杆儿。镜头移向极远处，在一座沙丘边，有那只最勇敢的小鹈鹕的骸骨。它独自远去，也独自死去！……雨季终于来了，大水冲卷鹈鹕们的骸骨，眨眼间就无影无踪。

刘亦冰发现许尔强身体挪远了，脸上竟然滚动泪水，却一丝声息也不出。她深深地感动——为鹈鹕们，也为他。她没想到他这么容易动感情。她轻轻说："走吧！"

许尔强不作声，刘亦冰以为他没听见。过了好久，才听见他平静地说："好。"原来在这段沉默中他一直在设法使自己平静，他不愿意让刘亦冰看出他哭过。他们两人并肩走出大厅，刘亦冰甚至忘了同家人打招呼。

在宾馆外面，两人在夜色里漫步。许尔强忧伤地说："刚才，我以为大鹈鹕们绝不会离去，它们肯定和自己的雏儿死在一起，它们肯定将比咱们人类更忠诚。突然见它们飞走，我好难受呵。我恨这个摄影，为什么要拍得这么绝情。即使真是这样的也别拍出来……后来，我又以为那只鹈鹕肯定能找到水源，它那蹒跚的步子太伟大了！它肯定能找到水源，再回来带走所有的小鹈鹕。它是鸟类的耶稣呵。我万没想到，连它也孤零零地死在天边。我……想……"他举头望月，停会儿才说，"生灵们也会被迫背叛，许多背叛原本就是被迫的。为了活下去,为了延续后代,就连人也不得不抛弃骨肉。唉,我从来没见过这么动人的背叛。"

对于那天夜晚,刘亦冰已记不得自己讲了些什么,她只牢牢地记住了许尔强的话。

忽然一道手电光照来,一旦发现是刘亦冰,电光立刻灭了。她听见文化部副部长的声音:"是小刘呀,我还以为……怎么,片子不好?"

刘亦冰知道他把他们两人当恋人了,马上声明似的道:"朱叔叔,我们透透气就上去。你呀,楼上楼下的,也太辛苦了。"许尔强闻言偷偷笑。

"你知道辛苦就好。外头凉,多当心呵,有事喊哨兵。我先上去了。"

刘亦冰待他走后,说:"我们也上去吧?"

许尔强又轻笑一下:"朱副部长那句'有事喊哨兵',说得好有意思。"

"怎么?"

"他怕我对你非礼,提醒我哨兵在边上呢。在他眼里,你是司令员的千金,我是什么……"许尔强语气里隐含愤意。刘亦冰对他的敏感大吃一惊,默然无语。

两人重新上到十楼,进入大厅后,在黑暗中站立一会,相互看看,都不语,只有瞳仁里幽光闪动。然后,刘亦冰向左走去,许尔强向右走去,各自归入家人的位置。他们没有任何约定就告别了。

这种告别方式从容而温馨,以至于刘亦冰觉得跟呼吸那么自然。

18

刘亦冰还觉得，许尔强只是貌似懦弱，其实他骨头缝里隐藏一股子极硬极傲的精神气儿都溢到躯壳外头来了。她同他说话时，只是冲着一具身躯说话。而听他说话，则是听那股子精神气儿在说话。因此在听他说话时，刘亦冰感到自己也被举高了。

闲谈中不免谈到对爱情的看法，两人谁也没有将此误解为：他（她）爱上我了……能够这么干净地谈爱情，才称得上是真朋友。

许尔强对刘亦冰未来的婚姻，坦率地提供自己的见解："你作为一个高干子女，要特别注意克服生存局限。我认为，在中国社会，最佳的家庭组合是一个高干子女与一个高知子女结合。这种家庭既有权位，又有科学，两种品质也能相互改造，综合，升华出更大魅力，也更有力量了。就跟两只脚各踩一座山头似的，这头靠不住了，还有那头。我们国家有一点不好：当官的香时，知识分子就臭；知识分子香时，当官的就臭，老是均衡不了。得过"诺贝尔奖"的杨振宁、丁肇中，他们的家庭背景你知道吗？还有台湾著名作家白先勇，他们的出身与家庭组合，就有权贵与高知相结合的成分在里头。当然啦，这都是泛泛而谈，无论哪一种组合，都不能脱离爱情，这是谁都知道的东西。就因为谁都知道，我才不谈。亦冰，跟你开句玩笑，我真不希望你是刘达将军的女儿，倒希望你是胡适、林语堂他们的女儿……"

刘亦冰被这种赤裸裸的精辟见解弄得愕然，半晌才愤怒地反驳："不，我爱我爸爸。要是有下一辈子，我还当他的女儿！"

她的反驳带点撒娇，许尔强不跟她辩。刘亦冰虽气，但她回回在许尔强身上都有新的发现。而且越往深处走，她越发迷醉。

身心如水化掉了。

最让刘亦冰感动的，恰恰是许尔强对自己父母的无情批判：

"我妈太虚荣，特喜欢显示自己如何如何善良。你知道她在卧龙山大院最好的朋友是谁吗？'四大寡妇'！就是尚副司令家的、吴副政委家的和徐老王老家的，都是遗孀。她知道自个儿在她们那儿能获得看重，就老往那跑。人家老头在世时，她可从来不去。人死了，她贴上了，寡妇人家重感情呵。一份感情拿到你们司令政委家，只是一份。拿到寡妇跟前，就是三份！不过，我们老家来了穷亲戚，要治病，要买农药，要求人调动……这些事大院里谁家没有？我妈从不给他们办，讲原则，连家也不叫他们住，都住招待所去，说招待所比家条件好，说穿了还不是叫管理局掏钱。但老家带来的土特产她都收下了，送人。不是送'四大寡妇'，是送在职的首长夫人。寡妇那头，用她话说，人去就行了，东西不必去。你说我妈刁不刁？唉……我爸一辈子战战兢兢过来的，他最怕的兼着最爱的，有两样：一是党；二是我妈。嘿嘿嘿，这才真叫'我把党来比母亲'呐。我爸简直被我妈拿药喂了几十年，保重得不得了。寡妇楼的那种生活，她真是看在眼里怕在心里。我爸知道，自己一辈子不会得到上头彻底信任——这一点我挺欣赏他，有自知之明嘛。所以，我爸也没下劲工作过。他把自己搁在珍稀动物的地位，遇有风浪来，上级总会保护他，他毕竟是一方面遗老嘛。同一件事，搁在老八路身上非打板子不可，搁他身上，抚摸一下就过去了。他呀，也把这方面的潜力挖得干干净净的，战略上叫扬长避短，突出自己当过'国民党'的这点子优势，充分享受共产党的福利，现身说法体现党的伟大。你看我爸像七十岁的人吗，那么健康，满面红光，军区老头群里谁有他那气色？……

想得开嘛，心胸豁达嘛。说实话，我不大喜欢没有深刻忧虑的人。我爱爸妈，但我不敬重他们。我想敬重，实在敬重不起来。在家里，我常常几天不说一句话。啊，沉默有时真令人舒服，跟靠住一座大山似的……"许尔强像一个倒下的浪头，让自己松松地倚着树干。

刘亦冰温情地凝视他，发现他烦恼时最好看。一旦发现这点，心儿便突突乱动。

"我不大同意你的看法。"刘亦冰说，看见他惊异的目光，暗中很高兴，她还很少让他惊异呐。"在卧龙山大院，谁家儿女最出色？还不是你们家。你哥不到三十岁就是生物学博士了，你姐和你妹妹长得那么漂亮，"刘亦冰说到这儿生气似的，脸发热，"钢琴和外语还拿奖！连我姐的琴都是跟她们学的。你刚才那番话，我哥他们就说不出来，境界不到。当然喽，其他小楼里也有个把拔尖的儿女，但是从整体上看，还是你们家的孩子像样。你说，这和你父母的教导没关系？有时候哇我真觉得怪，好像你们憋着一股劲，上一代败了，下一代非要把我们比下去似的。"

许尔强笑了："这些你们都看出来啦。嘿嘿嘿，我爸妈最担心别人这么说，怕叫流言伤着了。但是，我断定他们心里头挺乐意听这些话的……"

"你们究竟有什么家教秘方？能泄露点吗？"

"大概，因为我们天生胆怯。"

"你们胆怯？"刘亦冰叫道，"个个傲得跟小公鸡似的，还胆怯！"

"那是硬撑出来的，就因为胆怯才故作清高。此外，跟性格内向、敏感、脆弱等等也有关系。你看出来没，我们家子女相互关系极深厚，从来不吵架。我们家是个港湾，我们都怕外头的风浪。

你看其他小楼里的孩子，有几个能在家待得住的？我们习惯了待家里。"

"跟你爸是我们俘虏有没有关系？"刘亦冰被自己的话吓一跳，既然说了，索性求个干净。"嗯？比如，许老有没有这念头：你们虽然得了天下，但你们没文化。"

"这话是你爸说的吗？"许尔强声音发颤。

"绝对不是！"

"不像你的话呀！……"

"从一本书上看来的，一本大参考。埃及萨达特总统撵走苏联军事代表团时说的话。他承认苏联人强大，但他从根本上看不起他们。说他们打下了大半个欧洲，但没文化，早晚会丢掉欧洲。"

"我看不到这些材料。"许尔强柔声道。随之就沉默了。

刘亦冰不禁伸手抚摸他的头发，柔软如丝。她暗自惆怅：唉，我比他大两岁……

许尔强眼睛里溢满泪水，和那天看电影一样，两眼成两口小井。突然，他用力拥抱刘亦冰。刘亦冰脸涨得火球似的，怨艾着："你干吗不去爬胡适、林语堂家的门槛？"

许尔强胸腹发出一声轻叹，动情地道："你看，多好的月亮，斜斜地飘上来。"

他们举首望天，不觉如痴如醉。刘亦冰想起一首台湾歌曲：天上一个月亮，水里一个月亮。天上的月亮在水里，水里的月亮在天上……

刘亦冰告诉父亲，她和许尔强"定了"。

刘达立刻垂下目光，沉声道："许小二什么时候追求你的？"

"是我追求他。"刘亦冰不满意父亲的问法。

刘达眼望吴紫华，她默默摇头，表示不知道此事。刘达哼一声："看我们这父母当的！"刘亦冰叫着说："妈——"吴紫华慢慢说："冰儿不会知道。她兰柏艾太聪明了……"刘达说："许淼焱傻么？……"刘亦冰气道："你们说什么呀，好像谁在搞阴谋似的。"她完全听不懂父母在说什么。这时，刘达和吴紫华一齐看着她，目光里都有责备刚才她那句话的意思。刘达说："冰儿，你是定了，才来通知我们一下的吧？"刘亦冰说："爸，你这话讲得我好难过。"她眼睛开始潮湿。刘达扭过头，停了一会说："让我们考虑考虑再答复你，行吗？哦，冰儿，爸也知道此事大局已定，我们糊涂！如今我们说什么都太晚了，但我还是想考虑考虑再说话。"

那一瞬间，刘亦冰有个感觉：好像她突然之间不再是爸妈的女儿了，他们跟她说什么话都要先"考虑考虑"。再说，他们再不会跟她随便说话了。刘亦冰出门，独自伤感。

后来的几天里，姐妹兄弟都很热闹，商量着送她什么礼物，别送重复喽。爸与妈愁眉不展，他们少有地在草坪上并肩散步。似乎冰儿的事使他们老夫妇俩更加恩爱了。刘亦冰隔窗瞧着爸妈的身影，暗想，到我老时，能像他们这样就好了。

这天，刘达踱到刘亦冰房里，说："那件事，你妈和我都考虑过了。我们赞同你们的决定。我们只有一个条件：你们结婚以后，不要住许家，搬出来自己住。独立生活。"

刘亦冰没想到事情这么容易就解决了。格格笑道："那当然啦，过自己的小日子嘛。不过，刚结婚时不会有房子。爸给总院下道命令，叫他们分套房子给我。"

"没有房子也不要住许家！你们来家住，直住到有自己房子时为止。"刘达郑重说。

刘亦冰答应了但没有做到，因为许家不同意，非要儿媳住过去不可，兰柏艾把新房布置得无可挑剔，刘亦冰也站在许家那边帮着说话。刘达只好又让步了。仅仅一年，刘亦冰就和许尔强离异，她甚至没来得及从许家搬出来独立生活。许尔强去了美国，现在拥有两个国家的国籍。刘亦冰仍然回到父母身边，仍然在总院工作。和过去相比，她的身份有一点改变：由"未婚"变成"已婚"或"曾婚"，此外，她还得以一辈子来消化那一年的余痛。她曾经问过爸妈，当时你们就料到今天了吗？

刘达说没有。说假如料到了，我们会更难受的。

哦，就是说：他们原本就难受。压着罢了。

刘亦冰无数次回忆她和许尔强相爱的经过，想从中找出他的虚伪，以证明自己被欺骗了。她从最初那次通电话开始搜寻，一直到结婚为止。她让自己保持公正，总没有找到痕迹。但这不可能啊，假如他不虚伪，那她不就是个傻瓜吗？假如他不虚伪，那婚后的一切岂不是噩梦！终于，她找到一点儿，自从她首次见面时说了句"别老对不起对不起的……"之后，许尔强就再也没说过"对不起"了，在婚前近两年里，他竟一次也没说过！这表明，他一开始就把她放在心上了，否则，他不会因她一句唝言而改掉痼习。但同时，他在她面前又始终是淡淡的，清雅的，从不俯身相许的，仿佛有她无她都一样……啊，他可真了不起。

刘亦冰终于发现他一丝虚伪。与虚伪同时被发现的，仍然是他的了不起。

……

刘达仍然在奋力拼杀，喉咙里发出的气息连刘亦冰这儿都听

第二章　月斜斜

见了,他击出的球软软地飘过去,再被许淼焱猛击回来。刘亦冰心疼,爸要输了,她看出他不想输,在他一生中任何输赢都是很重要的事。现在,他竟输给一个比他大十岁的老国民党。许老的身体真不错,仿佛活到这把年纪才真正开始活。兰柏艾在边上如歌般叹着:"他们到底是男人呵。冰儿,我们女人就是不如男人活得自在,只能跟着他们受罪。他们倒好,想干啥就干啥。"刘亦冰下意识地唔一声,未置可否。过了一会,兰柏艾又以相同节奏自语些什么,刘亦冰似听非听,间或唔一声而已。神情有如听到一颗石子在地上滚动。

爸以前不知网球为何物,唯一的运动就是散散步,偶尔也打猎。谈起球类,他只会说,主席喜欢乒乓球,朱老总篮球也不错……刘亦冰诱惑他打打网球,除了使他加强锻炼外,也是借机让他多接触新事物。假如接触了而不喜欢,则是另外一回事。许淼焱竟很快将这用心接过去,因他是个网球迷,在国民党时就和美军顾问打过。他把爸对网球的一点小喜欢弄得大大的,不久,军区就建立了这个高质量网球馆。坦率说,这跟刘达打过几次网球颇有关系。而最后呢,常来此打球的却并不是刘达,是许淼焱。还有呢,军区大院谁人没这种印象:许老是刘司令的密友,他们老在一块打球。这里说的"打球",意思可就丰富多了。

兰柏艾突然扬首,朝场上朗声叫道:"淼焱啊,你硬撑什么呀,当心血压!"

许淼焱回头道:"有数有数。"

兰柏艾对刘亦冰解释:"他要倒下了,还不是我倒霉,茶水汤药都得我忙。"

许淼焱动作开始迟缓,几个该接住的球也没接住。看上去真是累了。刘达趁势追赶，接连放出几个精彩球，终于拿下这一局。一算总分，他还赢了。许淼焱羡慕他：到底年轻十岁！……刘达不承认赢在年轻上，硬说自己的球技好。两老头且走且议，摇摇晃晃下场来。兰柏艾衣袖一抖，甩出条白绸手绢，迎上前去替刘达揩汗。刘达正要躲，兰柏艾的手绢儿已经按在他额上了，她踮着脚儿，一只雪白的手扳住他肩头，极细腻地抹去他眉间汗珠。心疼地："哎哟，看你都累成啥样了……"刘达不知所措，闭住呼吸，忍受着她身上的香水味儿。刘亦冰在边上看了，气得面色铁青，竟木木地发怔。兰柏艾替刘达揩完汗，才把那手绢塞到自己丈夫怀里，却并不替他揩。许淼焱也不觉得什么，拿着那手绢沾沾额头，算是揩过了汗。

倒是体育馆工作人员看了不安，急忙用瓷碟子端来两盘热毛巾，毛巾都是洒过香水的，冒着腾腾热气，请首长们揩脸。刘达一把抓过毛巾，将脸上上下下重揩了一遍，朝碟子上一摔。工作人员接着送上茶和水果。再接着，司令部管理局副局长在一位处长陪同下也走了出来，副局长陪刘达略聊几句，便请他们到内厅洗澡休息。处长报告说，健身房里的电动按摩椅已经开上了，请两位首长躺上去放松放松。那套装备是从日本进口的，首长你还没试过呐，也该了解一下它的功能状况……副局长与处长看上去都很质朴，很小心，言语中也没有一点逢迎的气息。他俩虽然管刘达和许老都叫首长，但精神头显然全搁在刘达身上，不看许淼焱。刘达吃了一根香蕉，小啜几口茶，看下表道："来不及了，还有个会。老许，得罪喽。"他这话有两个意思：一是我今天把你赢了；二是我不能陪你了。他从处长手里接过军装，准备告辞。

许淼焱惬意道："我说老刘哇，迟退不如早退。退下来了才算解放自己。呃?"

副局长和处长闻言色变,紧张地看刘达,而兰柏艾简直是要吃了许淼焱似的瞪着他。

刘达说:"你是福将啊,我没福气。"摆摆手走了。副局长和处长送出一程。

兰柏艾训许淼焱:"你又惹祸,那话能随便说吗?"

"哪里哪里。有时候哇,人也得小小锋芒一下,别叫人看扁了。军区那么多领导,谁敢像我这样跟老刘随便说话?"许淼焱慢慢剥一根香蕉。

这倒也是,当着机关干部面开刘达一个玩笑,反而会让机关干部敬畏自己哩。

兰柏艾看着刘亦冰挽着刘达走远,细细笑道:"在机关大院里,还这么搂着走路,跟搂小老婆似的。嘻嘻嘻,也不怕招人骂。"

许淼焱叹道:"柏艾,你说话也太恶心了!女人哟……"

刘亦冰随父亲一同走,警卫员远远地跟在他们后头。待走入一条花径,刘亦冰尖声叫骂:"臭娘们演什么戏,你怎么不把她手绢打掉!这家人玩弄感情就跟玩弄那条小手绢一样。"

刘达对女儿的失态一愣,白了她一眼。少顷,沉声道:"那婆姨一声喊,许福将就开始让我赢球了,真讨嫌!说实话,这场球我输给他的,但是他们弄得我比输球还气人。"

"我也看出来了。"

"兰柏艾她跟你讲什么?"

"讲一个三十五岁的单身中校……除此以外,她还能讲什么。"

"讨嫌。这等关心,唔,我看是嫁祸于人。"

刘亦冰不禁笑了。父亲话里包含的尖锐深刻含义她完全明白,兰柏艾无非想表示一种胸怀：是你家冰儿把我们家尔强甩了，而我们许家一直待冰儿亲人似的。你们冰儿看不上我们家，我们再给她找其他人家。只因她嫁过我们一回，我们对她一辈子就有责任，我们不在意她对我们做过些什么，我们只管盼望大家都好……我们这胸怀也许你刘家不认账，但是外界呐？大院呐？……天下那么多双眼睛！你刘家不能一手遮天吧。

刘亦冰把肩上的球拍套取下来，拎手里，语气不安地："爸，你真要他的东西？"

刘达停步，看着女儿面容："你替我把它砸了吧。"

"不！人家是给你的，我不砸。"刘亦冰将球拍递给父亲。

刘达接过来，朝石阶上猛扣下去，嘣地，威尔逊跳起老高，竟不碎裂，果然是名牌。刘达被激怒了，挥臂又一记重扣，仍不碎裂。他长叹一声，将拍子扔地上，扭头望警卫员。小战士见状已经跑来，刘达示意地上的拍子："砸了！"转身离去。面色冷漠如灰。

刘若冰与父亲并肩，把手臂慢慢插入父亲臂弯，紧紧搂住，偎着他走。刘达说："还好，我没有当着许福将面砸，要不然，一下两下砸不碎，人丢大啦。"

"当时他送你时，你就想砸吗？"

"有一点那意思，但控制住了。"

身后传来迸裂声，两人回头看：警卫员果然身强力壮，几下已将网球拍砸碎，威尔逊从皮套里刺穿出来，残骸落得满地都是。警卫员蹲地上，将碎片一块块拾起来，地面上一点痕迹不留。并将皮套和碎片，统统埋进垃圾箱里去了。警卫员做这些事时，始终不问为什么。

刘亦冰怜爱地："这孩子心真细。"

刘达噗地笑了："瞧你那口气，你比他大多少？……哎，你看他办事像谁？"

"像谁？"

刘亦冰心头突突乱动，登时不语。只听父亲仍在说：

"墨阳当年也跟过我几个月，后来老政委看上他，我就把墨阳让给他当警卫了……"

刘亦冰打断他："爸，当年你们冲下金鞍镇时，是谁把许淼焱自杀的枪夺下来的？是你，还是老政委？"

"没什么，我只是瞎想，当年要是你们不夺他枪，天下不就没这家人了吗？"

"哈哈哈……冰儿，真没想到，你对许家这么恨。"刘达担心地看她。

"不错。我恨！"刘亦冰直认了。同时心想，谁叫你提到季墨阳了呢？……

父女俩沉默地走着。过一会，刘亦冰"咦"了一声："爸，你还没告诉我呢，到底是谁救了姓许的命？"此时，她已是用十分认真的口气说话了。

刘达沉吟道："不是我，也不是老政委。"

"真实情况是，我们冲进去时，许淼焱已经换上了伙夫的衣服，蹲地草窝里。我过去，命令他站起来，他抖索着站起来了。我命令他把手放头上，到外头集中。他磨蹭半天手才离开裤腰，'哗拉'一下子，金条全从裤腿里掉出来，一直掉到脚背上。他吓软了，我这才知道他是个官，不是伙夫。乖乖，我从来没见过金子，一块足有麻将牌那么大，真沉！裤裆里怎能挂得住呢？原来他是想带着金银逃跑啊！……"

刘亦冰开始吃惊，后来几乎笑岔了气。跺足道："那么，那些传说故事，自杀不成，叫我们战士开枪杀他，不死则无颜见蒋夫人等等，都是胡编的？"

刘达笑着："你们只知道流言可畏，哪里还知道流言也可喜呐！那些话，当然是编的，原本连影都没有的事。不过，我相信它不是许淼焱自己编的，我还健在嘛，他不至于那么愚蠢。大概，是一些不了解历史的后生们以讹传讹，越说越圆了。许淼焱肯定也听到过这些传言，他所做的，只是不辟谣罢了。这种谣传，对他有益无害，多多益善嘛。还有一点我们也要注意：就是这流言诞生的时机问题。也就是前几年吧，一股风吹来，浙江溪口给蒋母修坟啦，国民党故旧返乡省亲啦，第三次国共合作啦……差不多也就在这时候，许淼焱得时势捧场，一下子香起来了。四十年前裹金条要跑的人，成了一条企图杀身成仁的好汉。所以呵，任何事都是有利有弊。对于许淼焱，我只有两个字的评价：福将！"

刘亦冰沉思不语，真没想到历史这样有趣。她也没有想到，父亲能从一片流言中思考出那么多东西，而且从来不说。即使对许淼焱那样令人不堪的老底，父亲也像遗忘似的保持平静，听任许淼焱从中受益。她对父亲更敬重了。

刘达道："冰儿，我跟你说了这些事后，你对许家还有那么多恨吗？"

刘亦冰升出一股寒意，爸可真厉害！她敛然道："现在没有了……"

"绝对不要外传！"

"放心吧，爸！下次和他家人在一块时，我就轻松多了，我会微笑着跟他们说话，从容地和许家交往。真的。"现在，她深深地得知：他们曾经多么丑陋，而自己比他们干净得多了勇敢得多了，这使她立刻心平气和。她搂紧父亲胳膊，嗅着父亲身上的特有气息，很舒服。"爸，许淼焱有一句话我还是蛮同意的。你退下来吧。"

"你又听到什么了？"

"有人说，你要调中央军委工作。又有人说，你要到总参当总长。说的可细了，连中央什么时候定的，几月几号开的会，副总长是哪几个，从人头到位置，他们都知道。我听了，有点怕。"

"呃，怕什么？"

"流言太多，总不是好事。"

"我们冰儿成熟了！"刘达满意地说。

"爸，退吧。年纪也到了，当官当到你这个程度，应当没有什么遗憾了。"

"这不是我能决定的事。我只知道一点，那些流言都是莫须有。我和你妈结婚前，就有人说我攻城时被打死了，部队都给我开了追悼会，没想到我又回来了。再早一次，在江北苏区，有人说我叛党，项英差点把我给毙了。哈哈哈，我命大，既没死在敌人手里，也没死在自己人手里，很不容易哎。现在的官啊命啊，看开些说，我都是赚来的。"

刘亦冰动情地："爸，你死以后，别进八宝山，咱们不跟他们挤。我要留着你的骨灰盒，一辈子和你在一起。除非……"她停片刻，心里刀割似地闪过季墨阳，"除非我死在你前头。"

刘达无言，女儿的话使他异常感动。同时，也使他异常担心：她为何说得如此凄凉？

第三章　天意浓

19

八年前，刘达任军区副司令。当时，军区有六个副司令，七个副政委，八个顾问。加上军区司令员和政委，快满一个排的大军区领导人。开一次党委会，白花花一片老头儿。公务员为首长们泡茶续水，提着壶儿从头泡到尾也得十几分钟。发起言来，一人说上半小时，一个会就得开三天。而且，谁都不肯缺席。刘达在军区领导人当中，年龄倒数第三，快六十岁了仍算个年轻干部；能力嘛，分管作战——这可是第一副司令的责任。所以，怎么讲他也是气势昂然的。按常规，老司令员一退就该他当司令，偏偏老司令迟迟不退。挨到后来军队搞整编消肿了，八大军区司令员对调，一大批大军区领导人退居二线。刘达在退下来的人员名单上却排在头一个！于是舆论大哗，莫衷一是。上面对此反复强调：刘达同志不是退，是"待分配"。当时他远不到离休年龄，但报纸和文件上却只能暂称他"刘达同志"了，排名在所有在职领导人的后头，"同志"后头虽无其他称谓，却加一个括号（兵团职）。

第三章 天意浓

也就是在名字后头挂了个拖车,说明他是兵团职的"同志"。这通常就是高级领导人离职后,在公共场合时的惯常地位。

六十岁生日那天,刘达大醉一场,他毕生没醉得这么惨。总院的医务人员都跑到家中来急救了,两天之后他才酒醒。一旦醒来,他立刻赶走医生,一壶浓茶下腹,问坐在身边的妻子:"吴主任,我说胡话没有?"

刘达多年来已形成习惯,即使呼唤妻子,他也是称其姓加职务,同其他机关干部称呼吴紫华的口吻一样。

吴紫华道:"还好,你只骂了林彪、黄永胜他们。"

"有没有涉及别人?"

"有,你还骂了两件事。头一件,你说:'为了打鬼,借助钟馗,军委13号文件就是钟馗。'第二件,你说:'我刘达一辈子什么风浪都经历过,就是没学会怎么对付战友,没学会反戈一击那一套!'……"吴紫华回忆着,逐字逐句地复述刘达的醉话,末了叹道,"这些话还像醉话吗?平时你不敢这么深刻嘛。虽然你没指名道姓,但傻子也能听出来你在骂谁。我就觉得你比指名道姓还阴险。刘蛮子,我看你这个兵当到头了,回家种地吧。"

刘达脸不变色,翻身坐起来,腰骨发出一阵咯吱响,重又躺倒,注视着天花板:"这次总算跟他翻脸了。他有什么表示哇?"

"脸上不好看,但没说什么,很沉着。"

"别的老兄呢?"

"由你领头了,别人就跟着趁火打劫,3号楼的唱红脸。7号楼的唱白脸,徐胖子夺你酒杯子,叫你少喝点,阴阳怪气地冲场子,造气氛。全跟他过不去。哦,只有许淼焱正正规规的,批评你说话不注意,替你向他做检讨。"

刘达冷笑道:"许福将是向他卖乖,但是在众人面前做得像在帮我似的,真是可爱。可爱之至啊!我让在座的老兄们难堪了,给这些同志添麻烦了。我请人来喝酒,却给人罪受。他看了,可能还以为是我们约好来一次预谋呐。唔,不是可能,他肯定会那么想。"

"你跟他解释一下?"

"不解释。一解释更糟!我没必要借酒跟他翻脸,我应该清清醒醒的、在党委会上跟他干。问他几个为什么,然后回家等他上门找我谈。他要不来,我到北京告他。"

刘达与吴紫华说的"他",就是刘达几十年的老战友、大军区现任政委、党委书记江志。他俩半辈子一同出生入死,感情上倒一直是淡淡的。刘达退职令一下,两人就公开破裂了,因为江志在这里面起了关键性作用。前天是刘达六十寿辰,军区几位领导,提前半个月就说要到他家来喝酒。刘达原本不想请,因为,请谁不请谁——是个太敏感的问题。吴紫华说,你退都退了,还不敢有个"退"的样子吗?刘达以为吴主任讲得透彻。在位时的某些忌讳,现在应该不再是忌讳了,可以给自己松绑了,你要再谨小慎微的,人家瞧了反而会联想,你是不是想韬晦养志,东山再起呀?……一旦悟到这层意思,刘达便无限爽快起来,高处不胜寒,无官一身轻,他联想起战争年代那种快活时刻,一仗下来,喝个酒猜个拳,痛痛快快开个会,然后再战。那种快活似乎已隔膜许久,一念及它心头便馋得乱动。而且,那确实是一种野火般的快活:酒里头既有胜利喜悦又饱含丧失战友的哀痛,于是愈喝便愈撩拨起战斗渴望与复仇冲动。这些情绪全在酒里头,杯中斟满结结实实的痛楚与锋芒毕露的杀气。一饮而尽,无与伦比的痛

第三章 天意浓

快！哦，那时一壶酒多有味道！到了后来，进了城住上楼，不缺酒反而不大喝酒了。进入高层领导之后，更少沾酒了。或者说，注重的不是酒，而是酒以外的意思。酒成了点缀，成了效果，成了防护垫或润滑油那样一种讨厌的东西。渐渐地，刘达虽有美酒但再无醉意了。再后来，即使在酒席上，他也不是在喝酒而只是使用酒了。退职令一下，刘达莫名地悲凉，忽然生出中了流弹般的窝囊，不晓得从哪儿飞来的子弹。老想：该退的不退，不该退的退！整人么。这么搞，党还有希望么，军队还有希望么？……

他把"退啦"二字念在口里，犹如含一颗千斤重的老橄榄，弄得脸模样儿看上去很深刻。

刘达放出声势，说要在家里"摆酒做寿"，说"刘蛮子活到六十没活腻"，说"房门大开，从皇爷到小卒儿，谁爱来谁来……"

好些已退下的军区老人，听说刘达摆宴，预感到有一场老大的热闹。又听说军区司令员和政委都要去，便纷纷提出也要来祝寿。于是，刘达在家里请了三大桌客，卧龙山大院里的首长们，几乎一半聚在9号楼刘家这里了。后来，刘达才听说，当老政委江志知道有那么多老家伙要来喝酒时，他已经不想来了。只是因为有言在先，不能怯阵，才不得不来的。

那次酒宴前半截棒极了，老头们不约而同地，谁也没有带夫人来，一见面便为此相互抚掌称快。甩了夫人就等于松绑，甩掉夫人的老头就个个是顽童，甩了夫人才能够放胆把盏，甩了夫人还可以索性说荤话儿下酒……总之，活到这份上有几回甩开夫人的机会？逮上一回是一回。因此老头们几乎将今日错当成自己的生日了。他们竟相回忆起了战争岁月，在席间一个个都横刀立马，兴高采烈地大谈当年自己经历过的战斗，说到死去的战友，便声泪俱下。说到动情处，便拿盘、碗、碟、杯，摆出一幅战场简图，还不够，就把手按在当中，权且充作碉堡或山头，彼此面对面大吵！他们所谈的几乎件件都是史不见载的轶闻，偏偏这些东西才格外有趣。任何一件事儿，在研究军史的人看来都是至宝，可叹这些事儿都上不了史册。老头们虽然都曾握有过老大的兵权，指挥过师团级战役战斗，但最令他们骄傲的话题，总是自己当战士时的恶战，尤其是才入伍时第一次恶战。自己如何叫班长逼得非拼不可了，如何打死第一个敌人，就连自己首战怕死失措，现在也拿来嘻嘻哈哈地说。老头们都是首批授衔的将军，渐入老境后最为怀念的，都是十七八岁时的事，也即：作为一个普通士兵度过的岁月。那时真是赤裸裸的军人。

渐渐喝到极境，酒变成了火。他们开始骂林彪，既有恨恨的骂，也有赞佩的骂。娘的——林总毕竟能打仗！骂着骂着，火势蔓延开，逼近在座人头。须知在林彪主持军委工作时期，作为大军区领导人，谁能不和他发生关系？谁敢不向他靠拢？……对这些只有靠自省与遗忘才能解决的问题，酒把最深沉的隐藏冲刷出来了。先是爱打猎的胡老站起身，摇摇晃晃地指着刘达说："刘啊，明天我进山……我、我非打打打一头豹子……送你！"胡老转过身，又摇摇晃晃地指着军区司令员道，"麻秆你呐，我打一只兔子送你。"众人大笑，因军区司令员当年是胡老手下一个连长，绰号麻秆。胡老醉眼再朝军区政委江志翻动着，不认得他似的，"你呀老江，送一只乌鸦都嫌沉……"

老头们于呵呵大笑中乱叫着：叫他老婆来打嘴！……司令员不语，老政委脸色阴沉。

接着是王顾问——其资历在座者无人可比，他那根黄杨木拐

第三章 天意浓

杖就是一位老帅送给他的。他扬起拐杖指指天,指指地,再敲敲桌面,口里咕噜噜说了些什么,众人没听清他意思,猜他是对司令员政委不满意,便再度呵呵大笑。这一阵乱笑,就把王老的意思固定下来了:是对现任领导不满意。后来,还是王老的公务员替他把意思说清楚了。王老是说:"主席讲要多读《红楼梦》,我读了九遍,头一个三遍像看天,第二个三遍像看地,第三个三遍才是看人间……"老头们听了纷纷点头称是。他们虽不甚懂,但是王老的话,已经深刻到了你怎么理解都行的程度。老头们均是按照自己理解的意思点头的。

卢老忽然垂泪,颤颤地将手伸向司令员,说不出话来,表情甚为哀恸。

老头们都曾经是兵团级的领导,对现任班子来讲,他们可称得上是老领导班子。他们对现在当权的人尽过"扶上马,送一程"的贡献,如今个个都退位好几年,看问题的角度大异于从前。今天这席成了他们的宣泄口子,且相互刺激着鼓励着,酒把舌头泡大了。司令员和政委听其自然,不解释,也不反驳,其实早把他们看得透透的。

这时候,刘达开始说话了,他一开口,席间都静下来。因为,他的水平确实比在座老头们高一截。再者,他向来只有醉意而不说醉话,在这次整编中又蒙冤最甚。他说:"我刘达革命四十年,一共被罢过三次官,第一次是1942年整风;第二次是'文革'当中;第三次是去年整编……"

江志打断他的话,道:"刘达同志,你现在是等待分配,不是罢官。"

"那是唬鬼子的说法!你为了打鬼,借助钟馗。军委来征求意见时,你怎么说的?……告诉你,老子六十啦!还有几年活头!咱们今天非说清楚不可。你在背后搞了我什么鬼?"

王老宋老刘顾问李顾问,也跟着提问题,就像今天是开组织生活会。

司令部办公室打来电话:军委发来传真电报,请司令员和政委立刻去处理。

酒宴就此中止,司令员和政委趁机走了。打电话的是司办二处秘书季墨阳,刘达一听就来气,这小子耳朵忒长,我这里酒还没喝完,事已经传到外边去了,他在替首长解围。你解围我不怪你,可事情经你手一过就会起变化,我这寿席不就成了"鸿门宴"了么?我不成肇事者了么?他再一细想,党办秘书那么些人,都没来电话,就他季墨阳多情。这么说他早在此之前,就觉得我的酒席对司令员、政委不利,他先将我一件喜庆事歪曲了!

刘达寿辰第二天,有关部门就把众老头的意见整理出二十条,交党委讨论了。又还没等讨论出问题性质,胡老就猝发中风,在当日中午死在总院。人一死,问题就大了。有人说是在刘达家里喝酒,一高兴多喝几杯喝死的。有人说是骂司令员、政委,一激动就激动死的。刘达的酒宴虽没定性,却给定名为"四·二六"事件,当夜,事件经过附上那二十条一道上报军委了。

刘达问吴紫华:"我回家种地,你跟不跟我去?"不等她回答便气哼哼道,"你不是农村丫头,你是天津卫的洋学生。你带孩子们留城里吧,我自己回乡。"

吴紫华点燃一支香烟,抽着道:"说对了,我才不会跟你去。自己想法善后吧。"

刘达叹道:"讲点唯心主义给你听,好不好?"

第三章 天意浓

"讲吧。咱们宁可唯心,也别违心。"

"我发现我这辈子有一个规律:凡是本命年,我都有大难临头。十二岁,母亲死了;二十四岁,一枪打在后背,把我打个对穿;三十六岁,你跟我闹离婚;四十八岁,'文革'开始;六十岁,惹出这么个事件来……你别不耐烦,听我继续说。而本命年一过,事情立刻朝好的方面发展。十三岁,我参加了红军;二十五岁,认识了你;三十七岁,我跃级当了军长……"

吴紫华打断他:"得了得了,自豪个屁!我只想听你有什么结论。"

"没有结论。只是想起来奇怪,为什么它会有这么准?要说结论,我有个预感,七十二岁那年我革命到底了,这样才合乎规律。看来我还有十二年好活。"刘达阴沉着脸。

"老都老了,我才搞明白:原来大家都怕死哪!……"吴紫华起身要走开。

刘达气得朝她身后喊:"你又正确了!你又来半个马列主义了!延安整风时怎么就把你漏掉了,你一辈子最多只配五五开,红的白的各一半。"吴紫华在门口停住,指间的香烟已危险地悬结出寸把长烟蒂,少顷,烟蒂无声地掉落地毯上。吴紫华微微偏转脸来看他,刘达赶紧住口。吴紫华恨恨地低语:"刘蛮子你个老混蛋!我告诉你,你要再胡说八道,你死的时候我绝不参加你的追悼会。让你丢人现眼。我做得出来的,哎!"

刘达只摇摇头,任她发火,再不开口。

隔壁的电话一直在响,声音轻柔而又固执。刘达的小楼里一共装有三台电话机:一台是拨号电话,装在楼下客厅,公务员屋里再加装一部分机;第二台是直线电话,属于军区一号台系统;

第三台是混频式保密电话，装在刘达办公屋里。一般来讲，除了保密电话响铃之外，其他电话他都不直接取机。此刻在响铃的，是客厅里的直线电话。

刘达问吴紫华："怎么，家里没人？"

"没人。"吴紫华不动。

刘达只好自己走去取机。他拿起话筒："哦？"

只这一声"哦"，娴熟的一号台女兵已经听出他是谁了。话筒里传来悦耳的嗓音："首长好，二处季秘书请您听电话。"

刘达哼一声。少顷，季墨阳在电话里报告："首长好，我是季墨阳。司令员和政委请首长立刻到办公室来一下。"

"什么事？"

"不清楚。"

来了不是，两个一把手联合找我谈话了！刘达愤然道："到谁的办公室？我的还是他们的？……"季墨阳一时竟答不上来，因为此语纯粹是拿情绪砸他。刘达说，"下次你给我搞明白点，知道不？告诉他们，我就去。"

刘达放下电话，一边穿军装一边对吴紫华说："车呢？"

吴紫华已看出不祥，默默走到窗畔，朝外望了望车库，回来道："在。"

刘达说："你休息去吧，一夜没睡了。"

吴紫华站着不动，两眼还是那么平淡。她将刘达望了一阵，直望到他把军装全部穿好，见刘达什么都不说，她也一句没问，默然回到自己卧室里，关上门。她在屋里呆坐了一会，拿起搁在床头柜小瓷碟里的两片安定，递进嘴里，饮口水送下去了。想一想，又打开床头柜，摸出药瓶，另外倒出几片安定。一看，多了，

第三章 天意浓

便把其中一片递进嘴里,剩下两片,又放回床头柜上的小瓷碟里。假如家人进来,会以为她不用服药就睡了——她那么想。之后,她把药瓶搁好了,慢慢在大床上躺下,谛听着肚里药片的动静,目光灼灼。

刘达正欲下楼,电话又响了。他拿过话机,还是季墨阳。报告姓名之后他说:"首长不必来办公室了。司令员和政委已经到首长家去了。五分钟以后到,请首长在家等候。"

刘达惊异:啊,事情会有那么严重?亲自上门来谈。看来军委发话了……他背着手在屋里来回踱步,罕见地紧张起来,愈想愈觉得不对头。末了一跺足,内心狠狠地道:"是福不是祸,是祸躲不过,我一个人承当下便是。"

他气昂昂地下楼,站在楼外车道上等候军、政一把手们。

两辆"奔驰"280黑色轿车驶近,进入楼前车道停住。司令员和江政委相继从车内出来。司令员哈哈大笑,用力拍他肩膀:"刘达,叫人备酒吧,我昨天没喝够。"江志则站在边上叹气:"刘娃儿,要是你今天过生日,我保证你不敢骂娘了。上楼,泡茶!"

司令员和政委把刘达夹在当中,三人几乎是纠缠着臂膀上了楼。刘达顿时感到有点惶恐,不知道发生了什么事。上楼的时候,左脚竟被自己的右脚绊了一下。

司令员和江志告诉他:南方国境正在筹备一个大的战役,总指挥是他们的老首长——某某军区老司令员。老首长听说刘达还在等待分配,便向军委指名要他,前去协助自己指挥战役。刘达在抗战后期和整个解放战争中,都在这位老首长部下任参谋长,协助他立下不少战功。今天,他又要刘达跟随他重上战场,这可是莫大殊荣,甚至可以说,由于老首长的临战点将,刘达一瞬间便成为全军瞩目的人物。连外国情报机构也会纷纷索取他的资料，研究中国军队里这个已经退休的将军。

江志轻轻击打着沙发扶手，道："军委同意了调你。你人先去前线，命令随后下达。刘娃，现在你小子何等神气！何等福气！"说罢连连摇头。

司令员则赤裸裸地表示羡慕："好好干，大干一场！我们这些人里，就你赶上这趟车了。妈的，军事科学院和军事学院里一帮后生，说我们老家伙不适应现代战争了，说传统经验应该大加淘汰。妈的，我们也可以学习新的东西么，果真到了危亡之秋，还得靠我们。呃，廉颇老矣，尚……呃，后一句怎么说的？总之你是我们当中的年轻人，你打几个漂亮仗让国内外看看。我们百年以后，也落下一口英雄气。"

刘达则是惊喜交集，一个劲地点头一个劲地笑。万万想不到，他能有今日。昨天喝气酒，说酸话，发牢骚，愤愤不平……为什么？还不就是想有个作为。要论职务，当官当到他这个份上，已经顶着皇上台阶了，动也只能小动动，不可能有大情况了。而眼前，从天上呼啦啦掉下十数万部队和一大片战场，归他指挥。他娘的比什么还都痛快！

刘达起身，对司令员和政委道："请两位领导放心，我刘达保证完成任务，将功补过！"一言罢了，他已经感到无话可说，愧得抬不起头来。

三人又大谈一阵子临战心情，其实这战役与司令员、政委无干，谈谈过瘾，末了，还是江志拦住司令员："好了好了，叫他静一静，刘达有好多事呢，我俩走人。"

司令员问刘达："有什么要求？你提。我办。"

第二章 天意浓

刘达说："要架飞机，我坐它上前线。"

"行，什么时候要？"

"今晚有，我就今晚走。下午有，我就下午走。马上有。我就马上走。越快越好。"

"我给你调值班机。"

刘达送走司令员和政委，兴奋地直搓手。跑到餐厅，给自己斟了一杯酒，一口饮尽。猛地想起昨天的事，又是一阵发呆：其实谁不知道哇，即使得胜而返，依然功是功过是过，两不相抵的。那事他们替我挂在账上，一旦我把仗打坏了，那将会数罪俱罚，死无葬身之地……

刘达走进办公室，拿过电话，要了司令部分管情报与作战的副参谋长，指示他："一、要一份战区大比例军用地图；二、要敌我双方参战部队全部序列和番号；三、要我方部队团以上指挥员简况；四、要五年以来敌国军方的情报；五、以上四项，求快不求全，能找到多少算多少，但是一定要在正午12时前送来。"

放下电话，刘达发现自己有条不紊，头脑清醒，心里很是高兴。多年不打仗，并没有让自己的作战思维衰退掉。他知道自己要的这些材料，前线战区司令部都会有，一下飞机就会有人送到他手头，而且比军区这里详尽得多。但是他想立刻进入情况，想带在路上看。特别是，一到目的地，马上就能以战场口吻和老首长对上话，马上就能进入他的意图，就好像几十年来从未离开过他身边似的。这样，老首长会很高兴很高兴。

刘达用保密机和几千公里以外的战区通话，他听到耳机里传来老首长那熟悉的嗓音，激动地叫了起来："首长，我是刘蛮子呀！……"霎时间，他几乎掉泪。

"哦，刘娃儿。接到命令没有？你能动不能动呀？"

"能动能动！通知刚到。今天日落以前，我保证赶到你跟前。"

"哈哈哈……不必那么急，我一周以内，还不会有大动作。"老首长声音甚为满意。

"首长，你等着，今晚我到你桌上吃晚饭。"

"好！到玉江机场后，找'前指'要直升机。"

两人一共只讲了几句，就结束通话。然而在感觉上，刘达已将自己彻底交出去了。

刘达在屋里走来走去，总是觉得丢了某样东西，猛地想起吴主任，他夫人。刘达兀自仰天大笑。笑罢，他走去推开吴紫华卧室门，见吴主任睡得深沉，面容上仍有着永不褪去的、淡淡的忧郁。他好可怜她，也知道她累狠了，准备着一觉醒来，和自己一起对付极不愉快的事件。所以她才睡得那么死。刘达没有唤醒她，走到外面客厅，抓过一张便笺，用铅笔写下几个粗硬的大字：

紫华同志：

今天我开始了六十一岁，也就是本命年之后的第一个年头。详情，晚上我从'前指'给你挂电话。

刘达匆及

写完，刘达浏览一遍，想象着吴紫华吃惊的样子，很是得意。他将便笺压在吴紫华药碟下头，揣上自己的老花镜下楼去了，除此之外，他什么也没有带。他双手空空，只身一人去了机场。对此，他又是轻松又他妈的自豪！他就是不想要任何人跟着。

季墨阳在机场休息室等候，手里提个文件箱。看见刘达，他上前敬礼。刘达笑微微地，问："我要的东西呢？"

"带上了。"

第三章 天意浓

"谢谢,回去吧。"

"参谋长指示我护送首长到前线。"季墨阳一脸喜色。

刘达端详他片刻,凛然道:"我不是文件,不要人护送。你立刻返回。"

季墨阳恳求着:"首长,按照规定,您出发应该有秘书随行……"

"我撤销这个规定。你回去!"

刘达接过文件箱,断然一挥手,独自登机。飞机滑行时,他又有些不忍。他很明白,季墨阳其实不是冲着他刘达去的,他是想去看看战场,可能的话甚至想介入一下。哪个年轻人不那么想呢?刘达虽然不喜欢这个人,但对这个欲望他还是蛮喜欢的。不过,这个欲望要是放在别个年轻人身上,他会更加喜欢。或者说,他想单留下这个欲望,掐掉这个人。

两小时空中航行,飞机抵达南方玉江机场。刘达刚走到舱门口,便看到季墨阳。

季墨阳一脸惶恐地——肯定是伪装惶恐,而内心有点小得意——欠身朝刘达道:"我有登机证,在飞机厕所里多待了一会儿……"刘达哼一声,什么也没说,把文件箱交给他提着,头里走了。

刘达在前线十六个月零八天,协助老首长打了两个精彩战役,使老首长威名轰然而起。

实际上,这两个战役从构思到组织,刘达都起了决定性作用。只是,他隐没在老首长巨大的身影后面。所以,光辉自然落在老首长身上。他自己对此从不声张。战事告一段落,他就离开指挥位置,连总结、庆功、授奖都没有参加。结果呢,熟悉战场内情的人们不但看见了他的战功,还看见了他的沉默,以及沉默中所含蓄着的品格。这就比战场功勋大多了。

从战区归来之后,刘达仍旧处于无职状态,继续等待分配工作。但这次,他已经是平心静气地等待了。果然,三个月后,他就被召到北京,两位军委领导联合同他谈了三小时话,明确告知:在秋季大军区班子调整中,他将担任军区司令员兼党委书记。这是罕见的任命,历来军区党委书记一职,都是由军区政委兼任。而这一次,刘达成为超级一把手了。

临离北京前,刘达到解放军总医院看望了江志,他患淋巴腺癌已经到了晚期。那天刘达沿着阔大的病房走廊走去,心里晃动着一些隐晦念头,老了,老了,什么都挡不住老……走廊光线很暗,墙壁上是果青色涂料,脚下是便于轮车运行的胶质地毯。两旁有一个个套间式高干病房,门边嵌着信号灯、温度计之类的东西。金属镍的光、玻璃器皿的光,从门窗间掉出来,很硌人。空调气味和药品气味混在一块,嗅多了身子便变得沉重而混浊。两小时前他还在军委领导人办公室里,听人宣布新的任命。这里的气氛和那里简直——天地悬殊。因此他一下子有了种被挤扁的感觉。拐角口推出一副软榻,上面的人体用白布蒙着,一群人环绕着遗体,默默扶榻而行。也许是早有准备,他们和她们并没有哭乱过去。但那种肃穆给旁观者的力度,已不下于一个兵团。刘达在人群后面,看到一位上午刚和自己谈过话的军委领导,登时明白死者的规格。那位领导朝他摆摆手,意即:不要过来。刘达不知死者是谁,反正明天会见报的。遗体将先送去供人告别。

刘达见到了老政委,霎时有大团感受拽在心里。江志已奄奄一息,断续道:"刘娃儿,我提着一口气不走……就是等你哪!……"

刘达告诉江志:军委谈话了,他将要任军区司令员。

第三章 天意浓

老政委笑了,告诉他:他上前线那一刻儿,他就已料到今天了……刘达略述战场情况,二十分钟后,他被医务人员"请"走。

季墨阳送刘达下楼,他是军区派驻老政委身边的干部。刘达以新任司令员的气概交代他两条:一、好好照顾首长,不计一切代价挽救其生命,要钱要物打电话给他;二、老政委所说的一切话,包括昏迷中的呓语,都要一字字记下来,不得有漏误,回来直接向他汇报。季墨阳答应了,眼睛可是惊异地看刘达,只不敢说出口。他并不知道刘达即将成为司令,按道理老政委的一切情况该向军区党委汇报的,而不是向他个人汇报。刘达看出了他的疑问,并不多说,只是轻妙地一笑。

刘达乘坐一架三叉戟军用飞机,返回军区所在地——南方的一个大城市。同机返回的还有军区韩副政委,他也被谈话了,确定为下一届军区政委。飞机徐徐滑行至停机坪,停定了。韩副政委朝窗外看了看,笑眯眯地站起来:"老刘,你先下。"

刘达毫无谦让,大步朝舱门走去,韩副政委跟随他后头,矜持地保持一小段距离。跨出舱门,刘达一震:军区所有领导人,司政后三大部领导人,驻地海空军领导人,甚至还有几位省里领导,俱已等候在停机坪上,人群里一片星衔灿烂,笑颜飞扬。刘达虽然预料会有几个知情者前来欢迎,万没想到会有这么多人来了。显然,他们都知道飞机上的刘与韩,就是下届司令员与政委。尽管军委命令还没有下,但消息早已传开。刘达感动了,兴奋了,自豪了!这辈子他还没拥有过这么大的欢迎场面。他扬臂挺胸,呵呵大笑地步下舷梯。在舷梯当中小平台上,他有意无意地伫立了片刻,再次从高处将场面看了看,才又呵呵大笑地往下走。韩副政委也是大笑着跟在他身后,不过总保持一步之差。从地面角度往上看,银白色机身正衬托刘达魁梧躯体,猛烈的光彩照耀着他。飞机引擎仍在低鸣,烘托出磅礴的气氛。刘达红光满面,步履极富力度,他向最前面的人伸出手来,给他,随后是给他们握……

20

在刘达处于巅峰的日子里,只有一件事使他深感悲痛:老政委江志去世了。

季墨阳奉命送来了老政委临终前的一切情况记录,在厚厚的文件夹里,刘达看见江志吐露了一百五十四条回忆片段、只言片语和昏迷中的呓语。它们涉及军区数十年来许多混沌不清的往事。有些事刘达清楚,有些事他完全不解并深感骇然。他开始怀疑,自己交代季墨阳做的这件事,是否竟是一件蠢事!

"四·二六"事件也在老政委呓语中出现了。第十八条:"什么钟馗啊?……我看你不是钟馗打鬼,而是鬼打钟馗!……你们抱成一团整我,我不怕。刘达你忘恩负义,心胸狭隘,上头不用你是完全正确的……1966年夏天,你和陈某某干了什么?……1970年战备期间,你欺骗军区党委……"

还有,第二十七条:"宋子然老实巴交的……我对不住他……他有良心可没骨头,蒙冤而死的……你们放他出来!我向他赔罪。"

第五十五条:"我找朱老总去,也是一条罪状么?……等我拿一条批文下来,砍你的头。"

第九十四条:"胡麻子你跟我少装糊涂……1937年败退沙城是你不是?1942年断送五团二百人是你不是?1945年高唱国共合作是你不是?……你凭什么当中将……"

第三章 天意浓

第一百零一条:"湖州事变有鬼,三大疑点一个也没弄清楚……1968年大桥下头都有谁?我替你们几个包着呢。再不交代……看我什么?我又不在场。查查案发记录……少三页。"

只有第八十八条叫刘达破颜一笑。"小黄鸣你别怪我,我是党员……犯过一次,绝不再沾第二次了。你逼死我也没用,我不会离婚的,你瞎掉那心思吧。"黄鸣是军区俱乐部副主任,当年风流漂亮,和不少领导缠绵。如今她还在位不下,工作上尚可,人又乖巧玲珑,完全是一个五十来岁的少女,恶心!看来她这娘们擒龙有术,有恃无恐哇。

其余有一半以上,是江志身临战场时的嘶喊,冲啊杀啊,保卫党中央!拿刀来我上。日落之前提头来见。不许退,退一步我毙掉你。打好渡江一仗,进南京吃盐水鸭,进上海抽哈德门。等等。另有数十条是江志呼唤亲人,念叨身后事宜,以及意义不明的零碎言语。

刘达读着这些记录,惊怕不已。他本以为江志早已忘了他六十岁寿宴的事,因为他自己早忘了便以为人家也会忘,起码不会真当个事吧?不料江志全记着,不但记着"四·二六"还记着其他无数的事。这些事情如果公开出去,许多人将夜不能寐,又岂止夜不能寐!……他为自己的蠢举后悔。唉,一个垂危者的呓语,被他弄得不是呓语,而是珍贵的、可怕的、活火山般的地火了,它随时可能铺天盖地降临军区,唤醒一个又一个的老事件,造成一个又一个的新事件。老政委江志死去了,但是他的种种呓语却会永远活着,它给后人带来一万种理解法与使用法,就看怎么理解怎么使用了,甚至要看谁先理解它先使用它。

刘达已经不能私自封存这份文件,只好召开常委会。会前将党委秘书逐出，意味着今天这个会不要记录。他简略地介绍一下这份笔录文件的来龙去脉，然后让七位常委传阅。

常委们在听刘达介绍时，面色就已不对，一个个显示出敏感神情。待刘达说完，目光都朝文件望去。韩政委挨得近，伸手先拿去看了——按主次，也该他先看。其他常委们等候一阵，便再也等不住，从两旁围上去瞧。文件就那么一份，没有复印件。政委瞟一眼众人，理解地叹口气，将文件扣儿拆散了，分成几份，散给大家传阅。刘达本想提醒一句"别弄乱了，丢喽找不回来"，又怕惹他们疑心，便在沙发上从容地坐着。他们看文件，他看他们。渐渐地，他竟从他们脸上也看出万般言语来，不亚于他们手上的文件。

这儿在座的，都是大军区的头头脑脑，久已俯览这一片天下，个个根深叶茂。

而江志留下的这份"文件"，几乎没一句整话，大都是历史的、事件的、政治军事的、人际关系的、方方面面的碎片。因此一路读就得一路猜，每人都得把自己加进去考虑一阵，再把自己拔出来再考虑一阵。把这一条与那一条联系起来统观一下，再把历史上某事儿和纸面上的某条印证一下。还得从某人身后认出某人来，从一个句子底下挖出含义来。特别重要的是，有多少涉及自己，涉及的部分，其正误利弊程度如何？读完了手上的这一份，赶紧和身边人调换另一份来看，看看不解，又拿过先前看过的那一份重新再看……累呵！

刘达足足等候了两小时，常委们还没有看完这几千字的文件，其间，也无人说一句话。他心情沉重，在他印象里，常委们似乎从来没有这么痛苦而严谨地阅读过任何一份文件，也从来没有彼此坐在一间屋子里却能够沉默这么久。他轻咳一声:"同志们,算啦算啦。"

常委们从文件上抬起头,气氛明显地颤动了一下,好像哪儿被捅破。韩政委将手中那份文件放到面前茶几上,顺手按它一下。其余常委相继走去,也将自己那份文件摆上去,再回到位置坐好。刘达指指茶几,道:"我做了件蠢事,我向党委检讨。我原以为,记下老政委病中的话,是一种对他生活和政治上的关心、负责。没有想到弄巧成拙,难以收拾。特别是,我在没有请示党委决定前,个人无权下令这么做的。事到如今,我除了向党委检讨外,还应该承担由此产生的一切后果。我恳求党委研究处理我的失误。但是我保证,我这么做,除了上述动机外,绝无其他用心。"

众人沉默不语,都在等待政委开口。韩政委淡淡地道:"刘达同志刚才说了,我认为他也把问题说清楚了,这是第一;第二么,我看,处理就不必了,有个认识就好,我们大家也可以引以为戒,吸取教训;第三,关键是如何善后,大家议一议,拿个意见出来。"

众人仍然沉默不语,目光又转向刘达。刘达料到老韩会那么说的,党委在此事上头不好处理自己,一处理不就越弄越大了么?文件上的呓语不就四海皆知了么?他苦笑一声,道:"我是肇事者,我提个意见供大家参考。两个方案,一个:烧掉;一个:上报。"

韩政委道:"究竟取哪一个方案,我的意见,要从这份材料的性质上来判断……"

众人已听出味来,政委不是说"文件",而是说"材料"。

韩政委稍停片刻,让众人将他话中的意思吃下去了,又道:"我个人比较侧重于认为,这个材料嘛,主要是江志同志在病中,在失去正常思考能力的情况下的只言片语。其中，当然有一些可信的话，比如说江志同志怀念当年的战争生活那些话，这方面就很值得我们学习嘛。但材料中更多的，是一个病人昏迷中的话，没有什么可值得保留的。同志们看看，这样分析是不是比较科学，比较有利？"常委们纷纷点头称是，一个个用自己的语言，重复了与政委同样的意思，每个人都表了态。韩政委待众人轮流说了一圈，道："材料的性质定了，处理就好办了。我同意刘达同志第一个方案：烧了。"常委们一个个都明确表示同意，无一人持不同意见。

参谋长亲自出去喊进公务员，搬来个大火盆，点上火。刘达当着众人面，将材料扔进火里，直至它化为灰烬。至此，大家开始说笑起来，似乎会议已经结束。

"等等，"韩政委示意大家安静，轻啜一口茶水，道，"好像是季墨阳同志整理这个材料的吧？……上面所有情况，都从他手里过了一遭。这事怎么办呀？"

众人又沉默了。不错，季墨阳知道得太多，而且肯定比在座的人更多。因为老政委所有的话儿，都经他记录删定。而我们所看到的，仅仅是经他记录删定后的东西……

刘达沉吟片刻，问军区政治部主任："季墨阳在你部里头，你说说他工作表现怎么样？"

主任谨慎地："不错。上届军区党委班子，议过提他当副部长。江志同志提他的名。"

刘达道："材料的事，我负责任，与季墨阳无关。我的意见，如果工作需要的话，仍然提拔他为副部长，他毕竟在老政委卧病时做了很多工作。党办秘书处方面，他介入也很多，很具体。我看他是个有贡献的干部。先提起来嘛,过一阵子,可以考虑调换他的工作岗位……怎样?"

韩政委点头同意,众人也无异议,此事就算通过了。

常委们走时,韩政委也跟着起身,走出去几步,又回来了,在会议厅地毯上来回踱步。刘达也起身舒动筋骨,在会议厅另一头来回踱着。两人踱了几分钟,韩政委噗地笑起来:"整整一个上午,就为了讨论一本子胡言乱语。看你干的好事,差点逼得我们跳河!"

刘达也大笑不止:"妈的,上午全亏了你。看他们,脸都绿了。我这人,当副手当惯了,说话容易信口开河。在北京跟小季交代他记点江志的遗言,万没想到他搬来个弹药库。看来,第一把手这位置,绝不能随便说话,我还得适应一下。"

"要不是你刘娃,我才不会相信弄材料的人会没有用心呐。咱们是不是约定一下:无论前届班子有什么过节,反正到咱们这儿一刀砍断!不听不信不议论。"

"是是,"刘达叹道,"要不没法工作呀。无论他们有什么矛盾,到我们这儿算一段,一切向前看。"刘达清清楚楚听见了,韩政委刚才叫了他声"刘娃",他略觉不快:这名是你喊的吗?……以前,只有比刘达高出半辈子的老领导,才会亲切地叫他刘娃。老韩才比他刘达大几岁呀,居然也一口一个"刘娃"起来,这就不仅是个亲切与否的问题了。

"我看啊,要找人跟季墨阳谈谈。把今天的常委决议告诉他,材料上的事,绝不能外传。其实,我也相信他不会乱说。果真传到外界去了,怕也不会是他。不过嘛,他也该动动,你说呢?"

"怎么动?让他下部队,转业干老百姓去?对了,老韩,我记起来了,多年以前,你就劝我把季墨阳处理退伍,那还是他当战士的时候吧?那时我真该听你的。"

刘达指的是十几年前的一件事。韩政委听了竟一言不发。两人又各自踱几步,下班了。

21

刘达有些悔恨,"四·二六"事件早该了结掉,第二天就该向老政委检讨。酒上头了嘛,岁数大了嘛,对当时处境不理解嘛……第二天没说,后来也该找机会表示一下。可是自己整整好几年都忽略了此事,偏偏紧跟着又在南线立下大功!这样,从外界角度看来,从事后结果看来,岂非当年的牢骚就发得有三分道理?当年军区确有人错待了自己。不错,人们会这样看的,老政委也清楚有人会这么看的,以成败论英雄么。唉,他知不知道我就没那么看!不是我高明,而是我根本不屑于那么看!我刘达或好或坏是曲是直,肯定都在那种投机者档次之上!这是头一条。再一条呐,假如当年我向他检讨了,他会不会彻底原谅此事呐?怕也难说啊。

忽然有了一缕流言:老政委是叫刘达他们气死的,临死之前还骂他呢……

刘达既不追查也不作任何解释,以免文章被人越做越大。他明白得很:那材料烧掉了但没有烧透,只要它存在了一次就永远无法除尽,总有人会将它说出去。但是流言止于智者,任何人也不敢把这类流言摆到桌面上来。流言是一种流体,只在窜动时管用,只在旮旯角落里管用,一旦被人按住不动了,它立刻失效。此外,流言还只在他政治上跌跤子时管用。只要他不跌跤子,区区流言

第三章 天意浓

挥之即去。而且呢，有若干人骂也是好事，你越骂我威望越高。像尔等些许小贼，别人还不屑于骂你呐。他只需让唧唧喳喳之声保持在无害的程度就行，绝不能愚蠢地试图去驱除它们。舌头是肉做的，不是什么大不了的物件。

此外，这些人不仅是骂我刘达，其实也是骂老政委，借着死人无法还嘴来骂，把我俩一个骂成钟馗一个骂成鬼，打翻了桌面，他们好坐庄。老政委病危中一句呓语，为什么不能作为本来意义上的一句胡话来听？老政委也是人，是人就有偶尔说说胡话的权利。偏偏就是叫你们这些人——当然也包括我们这些人，把老人说说胡话的权利都摘除掉了。

细想下去，连刘达自己也不得不承认：在他这个位子上，还真无说半句胡话的权利。你要么要这个位子，要么要这个权利。两样只能要一个。

想着，刘达就要发笑。堂堂大军区司令当下去，他发火的时候越来越少，微笑的时候越来越多。老了老了，什么都挡不住老，他想。

这天在家里吃晚饭，小三子说机关见闻，顺嘴说到一批新任部长副部长们，其中有季墨阳。冰儿猛抬头，脱口叫道："啊，墨阳当部长啦！咯咯咯……这人啊，贼棒贼棒的！咯咯咯……"欢笑地直望刘达，整个人模样一时极为鲜嫩。

刘达对女儿如此高兴既感不解，也觉不悦。暗忖着：贼棒贼棒。唔，这词儿有特点，又贼又棒……如此念动，顿觉释然。因为，女儿递过一个极轻巧的感觉，使他更妥帖地把握住季墨阳了。他淡淡地笑道："小季是副部长，你们把他弄成部长啦？"

小三子道："都说他是部长嘛。他们部没部长。"

"有一个,在住院,所以暂时由季墨阳主持工作。"刘达暗想,真是运气好,我们命令他为副部长,到了下面人口里就成了部长。"我说啊,你们该叫他季副部长喽,再不要墨阳墨阳的。"他特别盯一眼女儿。

22

刘达第一次见到季墨阳的时候,他正昂然与"赫鲁晓夫"并立。时为1967年盛夏。

季墨阳不足二十岁,精瘦颀长,腰带束得很紧,军装水似的贴在身上,气韵十足。那种精瘦,一看就知道是野战军班长所特有的精瘦,敲指一弹,叮当有声。刘达看着他,不禁想起自己办公室墙上挂着的、李贺咏马的两句诗:向前敲瘦骨,犹自带铜声。不禁用目光频频敲击他。当时,季墨阳眼内的神情,和身边那头"赫鲁晓夫"完全一样,都是警惕地注视着他们。不同的是,"赫鲁晓夫"横卧地面,而他直立面前。

"赫鲁晓夫"是一只现役军犬,据说立过三次功,据说是纯种西德狼犬,据说咬死过一头豹子……然而据谁说的,大家都不知道。可见这里生活寂寞,士兵们的想象力拿到狗身上发挥。不过,"赫鲁晓夫"确实在编,档案记名:克虏;还有一份五位数的证件编号,而当时军官证也不过就六位数。它每天伙食标准一元二角整,而士兵们大灶伙食标准每天不过四毛六分五。所以每逢周末改善伙食吃红烧肉时,士兵们都兴奋地叫:娘的,今天吃得跟狗似的棒!

"克虏"之所以被叫作"赫鲁晓夫",是因为在一次批判修

第三章 天意浓

正主义的大会上,它听到了赫鲁晓夫的名字,愤怒地吼叫起来,差点把皮套挣断,使会场霎时振奋,平添一股远古苍茫的力度。战友们钦佩地看它,不约而同地,就叫它"赫鲁晓夫"了。这硬塞给它的名儿,透着对修正主义头儿的蔑视,透着对它的喜爱,还透着两位之间的共同点——它和赫鲁晓夫都有一身胖肉。但是"克虏"并不喜欢这名字。它所受的训练,使它拒绝主人之外的任何人唤它。在会场上,它就是误以为那名的前半截是在唤它,才勃然大怒的。季墨阳禁止战友们那么叫它,说老把它惹怒,到真该用它发怒时反而会怒不起来,愤怒应该省着点用,要爱护犬的情绪等等。后来,人们就把那名字浓缩一下,叫成"赫鲁"。与"克虏"谐音,而意思都保留下来了。"克虏"自己也显然接受了这个叫法,宽恕地看着喊它的人。

刘达等二十三位军区所属的军以上高级干部,从大交通车下来,各自提着简单行李,散散落落地步入院墙大门。道路两旁已有列队,数十个士兵鼓掌欢迎他们。旁边还有仓促贴上的大标语:向老首长学习!向老首长致敬!

季墨阳和"赫鲁",昂然站立在队列尾部。当时,大部分老干部之所以会注意到他,纯粹是因为那条狗太壮观了。

这里是陆军某疗养院,坐落在风景秀丽的武夷山深处。玉女峰、九曲溪、仙弈亭……含着云霞与灵气,统统在某种意境里飘浮着,瞧上去便觉眼仁儿舒服。疗养院不大,盆景儿似的,偎在山根下头。且院墙周围有一条山溪,护城河似的把疗养院圈起来。外人得通过一座钢板吊桥,才能进疗养院。刘达等人来此,不是疗养,而是"办班",隔离审查。他们下了车,一看这碉堡般的美丽地方,个个都知道前途叵测,却仍然潇洒着或强作潇洒。彼此开着玩笑,带点检阅的神气，走过士兵们的欢迎行列。随后，他们都围绕"赫鲁"，站下，啧啧地夸它的眼，它的毛色，它的硕大"老二"。而把先期到此的、北京方面搞专案的人晾在一边。

"赫鲁"凶狠地注视他们，阔大前胸中发出低低的呼啸，鬃毛钢针般闪动，其气概犹如烈马。

后勤部宋部长大为惊诧，道："这是日本鬼子的大狼狗嘛，这东西怎么也反攻回来了？……"说着，他向专案人员伸去一只左手，手上只有四根手指，"我抗战时就被它咬掉一截手指头，你瞧你瞧，不是冒充的，更不是伪造的噢。你们怎么把鬼子狼狗也弄来了？"

老将军们闻言哈哈大笑，搞专案的人也大度地跟着笑。士兵们眼睛一霎时全盯在宋部长的残手上，再转到他身上，再转向老干部们，最后转向搞专案的。几经转递，士兵们眼神儿已经十分茫然了。

这个警卫排是从附近部队调来的，其成员全部来自农村，属于部队中最朴实的那一类兵儿。他们事前就受过有关教育。把教育中最主要精神抽出来说，就是几项任务：一、对待这些"前高级干部"，你们既要警卫，也要护理，还要尊敬；二、每人要把听到的看到的一切情况上报；三、对这里的一切要绝对保密，不但现在要保密，一辈子都要保密；四、你们之间还要互相监督，执行任何任务，在任何时候任何地方都得两人以上……

这些任务，对于年轻士兵们显然太沉重了。连刘达他们知道后，都替士兵们难受。说实在话，刘达恨这些专案组人员，就是从他们对士兵们的役使方式上开始的。

自从刘达他们入院后，疗养院霎时警备森严，附近添加了几处若隐若现的岗哨。这种森严又含而不露，外界看去，只影影绰绰觉得这所疗养院忽然具有某种规格，气氛神秘，像中央首长在此下榻。这里的老百姓们又特傻，一辈子没到过百里以外的地方，没见过豹子般的"克虏"，没见过步话机，因此都猜是要打仗了，部队把"长官部"安在这了。进而又猜测这地方离苏联很远，打么该不就是和苏联老大哥打么？老干部初和当地百姓交谈时都笑，待后来得知这一片竟是革命老区，养育过大批红军，他们才愕然无言了。

刘达等住进一幢疗养大楼。楼四周又是人工引进的溪水，又只有一座小桥与外界相连。小桥可以用钢索吊起，以防大水将桥冲垮。老干部们把它批评一顿，说疗养院窝在这像个炮楼子，当年谁叫盖的？好好的军费掖进屁眼里了。另有人直斥宋部长："老宋你怎么搞的嘛？把疗养院安在这，用雷达都照不到它，是不是想避原子弹。"

宋部长当年是负责后勤基本建设的，解释着："等打起仗来，你们就知道这位置好啦。它属于三线建设，我亲自踏勘的。跟闽北山区器材库、814弹药库、虹江档案库、116油库、闽航场站，还有五个兵站……完全配套的！我统统踏勘过。"

人说：仗没打呢，我们先来坐牢。没想到你当初辛辛苦苦的，竟是给自己盖牢房。

老宋说："早知道要把老子关这儿，那年我就该给这疗养院增拨五十万，建设好点。"

老将军们一人一小间房，带卫生间。每周有医务人员巡诊，吃饭排队进大食堂，人手一份碗筷，各领两菜一汤。米饭随便用，吃多了不管，吃剩了要挨罚……在等候饭菜出台的时候，他们就排成一路纵队站着，用右手的筷子敲着左手的碗，叮叮当，叮叮当，叮叮当叮当……口里衔着、脚下踩着这节奏乱哄哄唱。他们歌喉粗细不匀，还老忘词，常把《国际歌》中某段词儿，唱进"向前、向前"里头去了。发现错误，反而惬意得很。

将军们过起了大兵的日子。总的看，条件马马虎虎，就是心理上压抑。他们每人房门上有一扇半尺见方的、带玻璃的窥视窗，原本是监护病人用的，现在可以很方便地透过它看见屋里一切动静。尽管它后头并不总是有双眼窥视，但只要那扇东西在，感觉上自己就是被一束目光按死了。他们天天学中央文件，交代个人历史，把往事一件件撕开来搜查。不管他们说得对不对，也老有人启发你遗忘了什么，并追问为什么遗忘。因为在政治上没有"遗忘"这一说，只有隐瞒。他们天天面对面地开会，再背靠背地揭发，再面对面地核实，再背靠背地反省。材料纸一领就是一摞，没完没了地写。以往有秘书代劳，现在每个字都得亲自下笔，弄得错别字满纸乱跑，害得专案组人读了又是紧张又是好笑……安眠药控制使用，中档香烟和茶叶则保障供给。以往脑壳一落枕就打呼噜的老头，现在也改为说梦话了。清晨起来，一听隔壁人告诉自己昨夜说了梦话，吓得再三再四追问说的什么，逼得人只好说"没听清"。渐渐地，他们相互之间也不敢信任了，碰头不说话，饭堂死气沉沉。就像听到一声号令，唰地都不出声了。

老头们因治不了它"赫鲁"，便更加爱死它了。韩副主任拿这打赌：谁要能把它唤动了，输一支猎枪给谁。宋部长闻言心儿痒痒地上前去，口里叽里咕噜的，做出一种古怪姿势，向它献媚。只一天工夫，就使它消除敌意。第二天，就能抓挠它腋下——它最渴望被人抓挠的地方。第三天，便能向它下达指令，而它竟服

第三章 天意浓

从了。老宋懂一点驯犬的窍门。输掉猎枪的老韩愤愤道:"这狗东西,怎不再咬掉你一根手指,你那手真是叫狗咬的么?"

老宋说:"你看你看,头一条你就犯法。它不是狗,是犬。"

"赫鲁"静静听着,浑身呈待命状态。刘达很佩服老宋的理解。总结说:"老宋,你为那点真理付出过血的代价,自然错不了。再一条呐,赔上一根手指头之后,你对狗还没得什么仇恨,噢不!你只恨狗,反而爱上犬了……"说得众老头哈哈大笑,连老宋也不得不笑:"好你个再一条呐!"

"赫鲁"被收服后,刘达夜里也能出来走走了。这天夜里,他走到专案组长房后,隔着窗户静静地看。他早听说,"此人跟伟大领袖毛主席一样脾气,白天睡觉,晚上工作。"老韩还说:"狗屁!他配么,他只配叫昼伏夜行。夜猫子一个。"刘达早已觉得,此人露面最少,用心却最深。刘达不怕被别人当贼抓着,极想看他一看。凭什么你们随时可以从窥视窗看老子,老子不能看你?

刘达没有看见专案组长,此人被半扇窗帘挡住了,却看见老宋坐在一张小凳上,捂着脸哀哀地哭……在他对面,显然有人在念着什么,声音不清。老宋哭了一会,又朝对面那人跪下去,哭着说什么,那人只露出一条臂膀,将老宋拉起来,塞一支笔给他。老宋用那只仅有四根指头的手,抖抖地握住笔……刘达心里狂叫:"别签!"老宋已经抖抖地签了。然后,又坐回那张小凳,捂住脸哀哀地哭。这次哭法和刚才不同,双手狠狠抠进脸肉里,抠出深深的血痕。过了一会,房门开了。刘达看见季墨阳端着脸盆进来,请老宋用热水洗脸。而季墨阳在这种场面下,居然面色平静,似乎见多了。刘达恨哪——怎么能让一个小兵接受这些,怎么能够这样使用一个小兵?!老宋洗了脸,响亮地擤着鼻涕。洗罢,朝窗帘后头那人敬个礼,拧开门把走了。这时,刘达才看见那人从窗帘后面走出来,在屋内踱步。他很年轻,戴一副普通眼镜,背着手,指间拈着老宋才签过字的材料,来回走动。那材料如同一条白尾巴,垂挂在他屁股后头晃着。他踱步时的步态可比他年龄老得多,随后他走到窗前看夜色,或是望月儿……他距刘达只几步远,刘达凝视着他,却并没有被他发现。后来那年轻人将窗帘一拉,合上了。刘达轻轻走开。

在回去的路上,刘达看见紫罗兰边上有一团黑影,凭感觉是老宋。他不敢走过去,怕他——虽然能够忍受耻辱,却不能忍受被人发现了耻辱。刘达盯着那团黑影,看久了,便看出老宋怀里搂着"赫鲁",它眨动着两只绿幽幽的眼火儿。刘达等着"赫鲁"向自己扑咬,然而"赫鲁"没动窝,只静静注视他。他一直站到老宋和"赫鲁"都离去了,才拔出木木的腿,回到自己宿舍躺倒,浑身已被露水浸透。天亮之后,他还从自己衣服上嗅到浓郁的草叶味儿……

老宋不愧为久经沙场,第二天在众人面前,他还是从容着淡泊着,该干什么干什么。中午吃饭时候,甚至还哼起歌曲儿,引得其他人兴奋,也跟着开怀乱唱。只有刘达顶不住,一见老宋就心慌耳热,犯了罪似的。他悄悄地躲避着他,不忍心看他。

数天之后,为了缓解被羁将军们的情绪,院方组织他们进武夷山游览。宋部长不愿去。专案组知道,他主持后勤部工作期间,这一地区的每座山每道沟都跑过,所以也没勉强他。刘达等登车出发,把附近风景点都逛了一遍,郁闷之气稍解。返回疗养院时,已是残阳如血,漫天红透。交通车开到距疗养院还隔一座山处,车上人忽然听见"赫鲁"猖猖吠叫。刘达等不以为意,陪护他们的季墨阳却催促停车，抢先跳出车门。老头们陆续下来，举首朝吠叫声望去，都呆住了。

"赫鲁"昂立在天镜峰顶尖上，背衬着金红色的天空，一声声引颈长嗥。从来没见它跑到那么高绝的地方，发出那么凄厉的嗥叫。它完全成了一头受伤的巨狼，浸在血泊也似的天光里，长嗥不止。声浪从云端往下滚落，声声如石，把山们都敲动了。它的头靠夕阳很近，每嗥叫一声身体便一纵，头颅就一下下敲在那巨大的、铜钹般的太阳上！

季墨阳没命地往那儿跑。刘达等人沉住气朝那儿走，有人说了句："'赫鲁'出事了。"

到天镜峰下，专案组的人拦阻他们，不让上。刘达将那人推开，大伙排着队上山，循吠叫声而去。到山顶，刘达看见一块平平的石板，石板上整整齐齐、方方正正地叠着一套军装，军装上面，压着一顶军帽……刘达痛叫一声："那是老宋哇！"不要命地扑到崖头。

这是一处极深险的悬崖，山风呼呼进撞，崖边寸草不长，石沿儿都叫风咬得光溜溜的。刘达趴在崖头上，把身子伸出去很远，才隐约看见崖底。老宋在下头，人全摔裂了。院方的人在崖底收尸，一块块往麻袋里放。一个老红军，到最后竟是叫人用麻袋装走的。

其实，四周山里可自杀的地方很多，老宋为何偏到这峰尖上来？从这跳下去，人剩不了什么。刘达起身远眺，顿见万仞群峰滚滚来，人站着不动也被山势顶起来。风头如棒，一下下砸人脸上。空中夕阳未落，大得呛眼，而银白色月亮已经从另一边的天际升上来了。山涧深邃，一股股冷气从脚底往上蹿。人在这儿，只需稍稍扑身一跃，就能飞到半空中去！老宋爱山爱水，就是寻死，也挑了个极痛快的地方。

现场分析表明，老宋在崖头徘徊了许久，他知道下去后自己剩不了什么，不愿意弄污掉一身军装，便脱下来叠好，只穿衬衣、短裤，就纵身一跃……"赫鲁"跟随他上山，在他跳崖前一瞬间，"赫鲁"感觉到了，扑上去拦阻他，但只叼下一块衬衣碎片。那布片现就在"赫鲁"脚跟前。

老宋没有任何遗言。

老头们蹲在山顶上，捶胸顿足，手掌击打大地，喉头发出一种粗糙火烫的声音，有点像"赫鲁"刚才发出的长嗥，老泪纵横。"赫鲁"卧在边上，瞪着两眼望着他们，阔大的前胸急促颤抖，已不再吠叫。季墨阳和战士们，吓得缩成一堆，统统低着头，不出声地流泪。刘达铁青着脸，伫立不动。许久，他朝山下走。走出不多远，又转身回来，站到老宋遗留的军装跟前，朝拿相机拍摄现场的人说："来来来，给老子拍一张！不能忘了今天。"

老头们闻声都朝他身边聚集，拿相机的人呆掉了，不敢拍。老头们便叱咤他，狠巴巴地命令他快快快！于是，他举起相机，灯光一闪，拍下一张……很多年后，刘达成为军区司令员，才使用自己的权威追索到当年那张照片。他看见，老头们或站或蹲或半跪着，围成个半圆，都光着头，有人在哭，有人在发怔，有人咬牙切齿，有人面无表情。面前地上，摆着老宋那套叠得整整齐齐的军装。快门按动前一瞬。"赫鲁"转过头来，它那硕大的头颅进入了照片左上角，格外触目。而右上角，是铜钹似的夕阳。它和太阳，两相对映，把一堆将军夹在当中。

季墨阳当天晚上就跟领导吵起来，要回部队去，坚决不在这干了。他的哭叫声刘达他们在楼里隐约可闻。季墨阳作为当天的值勤班长，受到记大过处分。很快又被决定提前退伍。宋部长的

第三章 天意浓

事当天夜里上报北京,也不知惊动了什么人,一周之后,军委指示下来:解散学习班,撤回专案组,被羁干部返原职恢复工作。

清晨,刘达他们又乘大交通车离开疗养院。车上顺便搭载了季墨阳,他回部队办理退伍手续。车后部虽然有位置,但他不敢和将军们挤一块儿,独自坐在车门前的阶梯上。有人唤他到座位上来,唤了两次,他背对着人直摇头,大家也就由他了。他一直缩在那极难受的地方,不出声儿。车开出一段路,他忽然起身朝车外张望。刘达见状也运神望窗外,果然,他们又听到了幽长的嗥叫。

天镜峰顶尖上,昂立着"赫鲁",也即是那伟大的"克虏",伟大的犬!一位战士拼命往后拽它,它抗拒着,像人那样站直了,呼唤季墨阳。它背衬着金红色天空,每一声长嗥,头颅都朝上一抬,一下下敲在铜钹似的太阳上。一块黑色石头被它蹬落,缓缓旋转着往下掉,在崖壁上撞出一长串火星,亮极了,隔那么远望去都刺眼。石头好半天才碰及崖底,这里看不见底,只听见那儿轰然一响,石头碎了。然后是无数碎片迸起,铿锵地击打崖壁的声音。

车内的将军们统统掉泪了,就连那天没哭的刘达,这次也潸然泪下。那正是老宋跳崖的地方,现在他们要回家了,他们之间却少了一位。假如老宋不死,他们还不知要在那里关多久。就是说,他的死使他们迅速获得自由。

将军们开始骂专案组,拿那戴眼镜的起头,一个个挨着骂下去。季墨阳在骂声中越缩越小……停车休息了,众人下车小解,再发车时,季墨阳不见了。将军们也不等,因为根本没人发现他离去。刘达随眼望山景,偶尔看见车后盘山道上,远远的有个兵,背着背包,独自行走着。他才猛然觉出车上少了个人。

交通车开到东山兵站打尖休息,前面就是355号国道,直达军区。刘达他们的轿车已从二百公里外开来接他们了。轿车在路边停了长长一排,看上去不仅壮观而且痛快。刘达等人从大交通车上提出简单的行李,眼睛刚朝小轿车一望,他们各自的警卫员已从各辆小轿车里冲过来,喜悦地叫着,抢过各自首长的行李,再小心翼翼地搀扶着自己的首长步下大交通,好几个将军眼睛潮湿了。兵站领导早已迎出。他们这个兵站只是团级单位,站长和政委当了二十年兵,也还从没见过这么多将军齐齐驾到。他俩率领七八个年轻干部,苦苦地请首长们进去随便吃点便饭。要是不吃的话,他们准备的几样小菜就会浪费掉了。

于是刘达们犹疑了,虽然归心似箭,此刻想走也走不得,只好进兵站意思一下。兵站领导喜气洋洋地、侧着身体迎进首长们。一进餐厅,意料之中的丰盛酒席豁然呈现在他们面前。

吃罢饭,将军们又到会议室里坐坐,略用几样水果。会写字的,架不住兵站领导的恳求,欣然走到大台案跟前搓着手儿,轮流执笔,饱蘸浓墨,提腕运气,在裁剪好了的宣纸上,留下一幅幅墨宝:

"龙虎精神在,将士悲歌吟。"——这是抒发数月来压抑心情的。

"宁做百夫长,不当一书生。"——这是咏志的。

"山外独缺淙淙水,营中自有醇醇情。"——这是赞扬兵站官兵们的。

写罢,彼此又观摩品评,都认为虽然数月不写字,笔墨功夫却还在,意境上反而更为精进了,这都是由于逆境中磨砺的。随后,站领导又叫人抬进来数十包笋干、山楂、乌龙茶等当地土产。将军们执意不收,有的还批评他们"胡闹",站领导就叫人放进各首长的小轿车内。外头,全站官兵已经列队完毕,将军们在齐刷

第三章 天意浓

刷军礼中,与兵站领导握别。他们钻进各自的小车,小车呼呼开走。刘达心里有事,拖到最后离开,登车前还朝四处张望……蓦地,竟然真的望见了季墨阳。他不知何时已经徒步行走到这里了,正坐在对过山脚的一条小溪边上,就着那溪水啃吃馒头。每当有小车从路上驶过,他都低下身子隐藏。待小车都过完了,他背起背包,提着一只网兜,独自向另一条山路走去。

刘达叫车开过去,停住鸣笛。季墨阳从荆棘丛后头伸出半截身体,朝这里看。刘达摇落车窗,对季墨阳喊道:"你过来!"

季墨阳愣了一会,只得跑步近前,立定敬礼。

刘达问:"叫什么名字?"

"季墨阳。"

"愿不愿意退伍?"

季墨阳说不出话。因为从来没人问过他这个问题。这样的问题,也从来不由他个人决定。刘达说:"上车吧。你们单位的领导,我会跟他们说的。"

刘达把季墨阳带回军区,先放在警卫营,后来调到自己身边,继而又被老政委调到办公室工作,他迅速地成长起来。

对于刘达留用季墨阳,当时就有不少被关押过的老人提醒他:不行不行,叫他走。

老韩——也就是未来军区政委,当时只是正军职副主任,因关心刘达,则说得更深刻些:"好兵多的是嘛,干吗你要用他?他们那些兵把我们的事看得太多,不该知道的也知道得太多了,对他们自己也没好处。再说,他们已经被专案组那帮坏家伙用烂了,不可再留用。"

……

此虑颇有深意。在后来一两年里，去疗养院执行任务的战士全部被处理复员了，没留下一个。就连那所疗养院，在精减整编中也连人带器材、房产统统移交给地方部门。季墨阳能继续留在部队，纯属刘达偶一念动。当时，他说不出自己究竟看上季墨阳什么了，只模模糊糊觉得这小娃儿感情挺丰富，人也挺自尊的。而他自己就是一个感情丰富的人，不忍瞧他再走上百里山路，就用车捎他一程。直到下车时，又想起他晚上没得住，就又叫他上警卫营住去。这一住，季墨阳又成了个兵。

季墨阳最初显示的特点是：沉默寡言，埋头工作。这特点恰是基层部队顶看重的。他迅速被提拔起来。而且，后来年月里，他从没跟身边任何人谈及疗养院的事，假如他信口开河，哪怕只是露点口风儿，他也早就会被处理走了。因此，几乎无人知道，那段日子是他至关重要的人生课堂。他小小年纪就在年过半百的老将军生活中浸泡过，那生活又恰恰是将军们的非常生活。他感受过他们的愤慨、凄凉、悲怆、惶惑甚至恐惧，他见识过他们的种种言行举止，甚至种种失态与丑态。须知，将军们相互挤成一堆时，就不像在下级面前那么"注意影响"了，失去士兵们的将军挤作一堆时，自己们反倒成了兵堆儿。他们无权一身轻，言行放肆无忌。几个小兵在他们面前，简直就跟没他们人似的。但小兵仍把他们当将军看，仍然如同看天上的星辰，每发现一点动静都惊讶，都劈进自个儿心底，转化成人生营养的一部分。季墨阳以其过人的聪慧，吸取得则更多些。他扎在那异境里饱受磨砺，日里夜里，骇人的隐秘刺痛着他的知觉。在武夷山清冷的月光下，每一班夜岗他都在反思白天的事。痛楚消除后，他整个人的质量就大大强化了。他早已不是平凡的兵了，他早已偷偷地超越了兵。

他对我们这支军队的某些内里,看得比谁都多,他没有崩溃,算他命大。

当时,连季墨阳自己也没有意识到那段生活的价值。正由于他无意识,正由于他天性未泯,才拥有后来产生的价值。假如他当时就意识到的话,那他当时就要么毁掉,要么变质。

23

刘亦冰看待簇拥她身边的男子们,一般只把他们看作是军队干部,很少当个男人看,他们大部分都彼此重复着。从军人仪表到性格素质,从当官欲望到为官的方式都属于一个类型。她也不能说这个类型不可爱,只是她对这个类型太熟悉了。她还拥有这个类型中最了不起的典范——父亲刘达!她依偎在父亲身边,往外瞧他们,竟是一个个递减下去,一个不如一个。她天然地觉得,父亲是他们所有人堆积出来的人尖儿。所以呀,那些干部挨到她身边还没等开口,她先就觉得他们连怎么接近她都不会。待到他们怯怯地表达出颠三倒四的爱意时,她就有要砍人家一刀的欲望,将他们身上那多余的枝枝蔓蔓砍掉再说,让他们重新长出个人来!

刘亦冰年龄渐大,仍无确定的恋人。这使她成为大院青年干部口中一个烫嘴的话题。

刘亦冰身边的姑娘们差不多都有男朋友了,她把她们的男友也一个个审阅过,自信:要找就得找个比他们更好的。她隐隐觉得那位配得上她的男子,此刻也孤独地缩在人海里。她和他,只缺相遇。

刘亦冰有一位令她讨厌的好朋友,名叫曲莎,小名莎莎。刘亦冰几次想摆脱她，就是摆脱不掉。莎莎在，就热闹；莎莎多在一会，那个热闹肯定涨成个烦躁。因此，刘亦冰寂寞时，莎莎是朋友，待久了她犯馊冒泡，就叫刘亦冰生厌。刘亦冰想：莎莎也真是的，砍去一块脾气就刚好够是个朋友。此外，莎莎哎，身体上半截蛮漂亮，下半截就差点，主要是腿短不敢穿裙子。假如她上半截也跟下半截一样差劲的话，她也就没那么多敏感了。偏偏莎莎从腰部开始——竟是越往上越好！到了脖子、口唇、鼻梁一带，精彩纷呈。到了一双眉眼那儿，简直就是嵌了个惊叹。大眼睛灵灵动动的，眼波儿宛如直起来的浪头，一眨就扑过来了，一眨又缩回去了。莎莎生气时最美，只要稍微那么一瞪，那眼就比她整个人还大。看着爱死人。因此，莎莎有时不生气也装生气，学那孔雀开屏的精神。这么有味道的姑娘却不敢穿裙子，不由人不可惜。她下半截老是一条军裤或紧身便裤，初瞧上去挺费解，须多瞧她一会才全面。莎莎的美是由低处往高处堆上去的，就看你注视她身体哪一块了。莎莎是一根倒过来的甘蔗，越往上越甜。刘亦冰替她着想：莎莎也真是的，砍去一块就刚好够是个美人儿。

　　由于腿短，莎莎的美貌便有点立足不稳。她极重视高跟鞋的款式，最好是：后跟看上去不高其实又挺高的。再一诀窍，她把上半身的服装以及下半截的裙子做短点，衣着的格局一小，腿也就显得长了。不过这些都是外在的功夫，内在的：莎莎走路善于提髋，后臀一摆一摆，转身时，稍微用脚一踮，整个人便一半上升、一半旋转地回过来了，同时韵味也出来了，高度也出来了。莎莎提髋摆臀绝不像服装模特那么夸张，完全是莎莎自己对体型美的创造。服装模特儿的美，很大程度是为了表现身上那套时装。莎莎的美，则更加强调了衣裳所包不住的女性人体的韵致，往俗里说，干脆是递过来一连串性感。所以呀，由于腿短，又由于不甘心腿短，莎莎竟然成了一位走路的天才！任谁也不能像她那样。通过走路把自己提拔了这么多。

其实莎莎心灵也是一半对一半的。出于对那些——梦寐以求做高干家儿媳妇的"小女人们"的蔑视，她私下里跟刘亦冰说过：那叫什么高干呀，让她们看着，我非中央委员公子不嫁！……刘亦冰被她吓一跳，以为她看上自己大哥了。刘亦冰了解大哥，他一旦被莎莎看上就会烫坏，到后来不死也得剥层皮。少顷，才明白这不过是莎莎的"心劲儿"，是为了灭俗而入俗，是似俗而非俗。后来莎莎又说：南方男人太精致了，我要调到西藏去，嫁给那片天下，听说康巴藏族男人，是世上最漂亮的男人。希特勒差一点用他们跟日耳曼女人交配，创造最优秀的种族……莎莎说话时叉腰跺足，弄得身上香味四溢。她精神方面老这么一抖一抖的，爆出许多个火花儿，闪闪烁烁。刘亦冰不幸和她住一个屋，得拿出一半力气享受她，拿出另一半力气抵抗她。总之，一个日子撑得像两个日子那样爆满。"冰儿"这名，就是莎莎斗胆叫出去的。她一叫，她们都跟着叫，马上就定型了，成批推销出去。冰儿本来是家里亲人专用的、很亲切的名儿，经那么多人口里一过，就败味了。非但如此，还冒出一批仿制品，什么：莎儿，晶儿，曲曲儿，苹苹儿……几乎每个姑娘都衍生出一个带"儿"的昵名，搞得像贵族小姐商标。

莎莎大约谈过一个排的男友，练得贼灵灵的，每个男友都以为她只爱自己。直到冰儿替她急了，审她：到底和谁好？别再乱宰人了。她还说："没人！"再带上一句，"早呐。我都不急，你急什么？"一下子将刘亦冰置于别有用心的地位。

事情就是这样：莎莎既然在男性中有那么多朋友，在女性中也就会天然地四面树敌，这才摆得平。而莎莎对待男友和女敌，所取的态度又恰恰是颠倒过来。比如和男友说话，她狠声狠气的，轻嗔薄怨的，耳提面命的，就像我被你们这些狗男人谋害了。要是碰到她的女敌，她反而热乎乎地拥上去亲热地扭在一块，想得不行的样儿，什么疙瘩都化掉了，几乎要和人同使一份心肝，以致刘亦冰说她：你要是搞政治肯定是个武则天。感觉好着哪，不学都会。莎莎笑眯眯道："冰儿你真阴暗，看人先往坏处看！……如此歹毒的话，你怎么能微笑着说出来。"

　　莎莎究竟想找什么样的对象？这已经成了个大悬念。加上刘亦冰这个悬案，这屋里就有了两个大案。周围人都揩亮眼瞧，等她俩栽！而且以为：不栽才怪！万一她俩真不栽，那可就叫太多人失望了。即使冲着群众感情，她俩之间也该栽一个。万一她俩都找上了白马王子，那将可能引起公愤。再说，又是白马又是王子的，天下有那么多吗？

　　刘亦冰与许尔强定情的那一天夜里，她回到宿舍，心里扑扑跳，很想将此事告诉莎莎，听听她的欢笑与赞赏。也许她会假惺惺称羡，但即使是假话，刘亦冰也爱听。她太需要听点什么了。一进宿舍，刘亦冰就发现不对，莎莎躺在床上，面如死鬼，塞着耳机听音乐。显然是听到走廊里的脚步声之后，才赶紧做出听音乐样子的。再看，莎莎哭过，眼晕儿乌青，头发乱蓬蓬。刘亦冰最先想到的是，自己有什么地方得罪了莎莎。细想一下，没有哇；不放心再想一下，还是没有。

　　于是刘亦冰伏到莎莎床边，柔声问："你怎么啦？"

　　"哼！这下你高兴了吧？……"莎莎虽然背对着刘亦冰，竟如看见了她表情似的。

刘亦冰一呆,默然无语,退回自己床边坐着。莎莎动了下身子,可怜地叫着:"冰姐,我是说她们该高兴了,不是说你。"

"唉,你心太深了,能淹死个人!究竟出了什么事?"

"我总算认识他了!……"

"坐起来说嘛,不然我瞅着你就害怕。你不像你。"

莎莎一团身,带着仇恨从床上坐起来,怀里仍然紧紧搂住毛毯。两只大眼一眨,精神气随之贯注全身。以致刘亦冰望去,莎莎叼着那悲痛就跟叼着把刀似的。

……其实呵,莎莎的男友并不多,只是由于动静大,给外界的感觉就像多得不行。莎莎呢,也故意加强这种感觉,仿佛身后真的追随一个兵团。她这么做并无具体目的,只为心头舒服。那些男友中,有一位是莎莎真心喜爱的,名叫季墨阳。他的好处单独看还看不出来,和其他男士一比,就比出来了。"长得帅,男人气极足,层次丰富得要命,随便撂出一句话,你听了要过好一会才笑出来,句句都迷人。在他的身边,我就觉得自个儿缩得小小的,老想偎着他。在其他人身边,我可从没那感觉……"莎莎若吟若叹,全然是一副虽恨之入骨、又恨不起来的模样。刘亦冰听了才知道,上周末,季墨阳跟莎莎断了,因他发现莎莎男友太多,用情不专,天性也不专。

刘亦冰插声道:"他说得太对啦,你就是水性!"

要断而未断时,莎莎以为那是季墨阳的醋意,对此还暗中快活:也该叫你知道一下有多少人追求我。后来真的断了,莎莎又咬定牙根"晾他",不信他不来找她。她以为自己再坚持一刻季墨阳就得屈膝,以为这是爱情必有的磨难。同时,也该趁此刻叫姓季的知道她的价值，以及得到她是多么不易。她以为现在这些曲折与苦痛，将来回味起来才甜蜜呢……如果她连这最后一刻也坚持不住，将来在他面前岂不更矮一截么？再说，哪有女的向男的求爱的事？尤其是她莎莎。

看看已等到秋凉，眼见草木一天天萧瑟，每天早晨莎莎都觉得冷，快叫寒气埋了，而季墨阳就是不来。她决定找他去，只求个真真切切的"了断"。她拿上季墨阳留在这里的一本书和他以前的全部通信——只找出两封，季墨阳不喜欢写信——预备气昂昂地归还他。同时，也将她给他的信统统索取回来。要断咱们就彻底断，彼此不留遗物。她去找季墨阳的路上如同赴刑场那样视死如归，一遍遍构思着：到了他屋里，我就把信朝桌上一摔，跟他说："把我的拿来！"或者我应该平静地把东西放桌上，然后一言不发，等他把我的东西还我，我仍然一言不发地离去……在快出门那一刻，他忽然受不了，叫住我，拦住我不让走。他颤着说不出话……顿时，两人的泪水、悲伤、痛苦，破口而出。

莎莎一遍遍心历其境。

到达季墨阳宿舍门前，莎莎敲门，没人。她沮丧得差点虚脱。什么都想到了，就是没想到他竟会不在。她一转身，蓦然看见季墨阳，他正和一位姑娘远远地走来，那姑娘身材颀长，裙子下的两条腿真漂亮呵。两人若即若离，想亲昵又不敢太亲昵的样儿。莎莎迅速躲开。连怎么回来的，也不知道了。

刘亦冰诧异："这是什么时候的事？怎么我一点没听你说。"

"上周末。"

刘亦冰一想：五天了。这五天里莎莎跟没事人似的过来了，今晚才说话。一个偌大悲痛，她竟能搁五天之后才掉泪，她变得

第三章 天意浓

好厉害,看来非得痛苦才能使人深刻。刘亦冰猛然泛起一阵快意,暗道:报应!猛见莎莎眼神一闪,她自觉心虚,便热乎乎地扑上去搂莎莎,脸贴着脸儿,恨声道:"那小子,我认识。我去跟他谈谈,保证不给你掉价,只叫他说个明白……"

"不!你别去,"莎莎挣脱刘亦冰的拥抱,冷冷地,"说不定他会看上你的。"

刘亦冰惊叫:"你把我当什么人啦?"

"别生气噢,冰姐。我不是说你,是说他。他眼光可贼啦,一看到你……别的姑娘去了没事,你去他肯定动心,唉,这是跟你,要跟别人,我还不肯说呐。现在我心里乱糟糟的,什么事儿也想不下去。我怎么办啊?"

刘亦冰不敢告诉她,自己跟季墨阳已经认识多年了。她看出莎莎提防着自己,莎莎乱归乱,灵气儿一丝不乱。她沉默了。作为女人,刘亦冰素来以为莎莎比自己有魅力,而且能将魅力超水平发挥。刘亦冰并不嫉妒莎莎的魅力,但多少羡慕她那超水平施展魅力的本领。一点魅力到了莎莎身上,立刻能扩大成一堆魅力。这不是靠魅力而是靠施展。她俩在一个屋住着,由于莎莎越来越外向,刘亦冰也就给逼得越来越内向,也越来越矜持了。其实,刘亦冰自己明白,无论讲身材容貌,讲家庭背景,讲个人素质,她样样不比莎莎差,只是她甘愿把自己收藏起来,而莎莎也喜欢把自己抖搂出去。弄得每一方都像在陪衬对方:莎莎因为老把自己抖搂出去而收获着男士的崇拜;刘亦冰则因拒绝崇拜而收获着矜持。实际上,好些男士来找莎莎,其实不是找莎莎,是顶着莎莎的名儿来接近刘亦冰,是踩着莎莎当路走,好到刘亦冰身边来。这微妙处,刘亦冰从来不告诉莎莎,只轻轻地享受着某种满足。

刘亦冰呆了片刻，忽然道："莎莎，我有男朋友了，定了！"

她把自己和许尔强的关系告诉莎莎，见莎莎愕然不语，心里很兴奋。她让莎莎吃惊了。

很多年以后，莎莎才告诉刘亦冰。那天夜里她忍了好久，终究没开口，是因为她太知道许尔强是个什么东西了！这小子早就追求过自己——刘亦冰一点也不知道。当时莎莎很想把许尔强写给自己的几封怪肉麻的信，拿给刘亦冰看，让刘亦冰躲开许尔强。但是她不敢，因为刘亦冰那么兴奋地说"定了"，莎莎太知道恩爱与怨愤挨得多么近，有时近得使人错认。好些当年给小两口当过红娘月老的，穿针引线的，到后来想做个朋友都做不成，小夫妻瞧你硌眼，讨厌！再说呢，自己的事都弄成这个惨样了，怪丑的，还有什么资格宰人家？许尔强也是人呵，让人家有一条活路嘛⋯⋯那一夜，她心特软。

刘亦冰将莎莎的沉默视为默许，她决定去和季墨阳谈谈。心理上已将季墨阳拎到面前，一着一着训诲他。在训斥的过程中，心理上愈加饱满。当然，也由于她身后正倚着一个杰出的许尔强，要不她不会膨胀出那份心气儿。她太想把自己看上许尔强的事，告诉季墨阳。她要告诉他，许尔强多么了不起。让季墨阳明白，他比你强多了！

24

刘亦冰一个电话打到帅府楼党办，用近乎命令的口吻把季墨阳拎出来。叫他过十五分钟在帅府楼后花园等她。季墨阳没有问原因，也没有说来不来，只说了声"知道了"，那语气跟刘达一样,似乎他们这种人永远不会有吃惊的时候。刘亦冰晓得,尽管季墨阳在电话里寡淡,但他不敢不来,即使她约了他而自己没去,他也会准时到位。

刘亦冰没骑车,沿着松柏小径,徒步朝帅府楼走去。这条路稍远点,但是这条路有树为伴,走着顺心。她走过了许多院子,穿过许多道门岗。外来人会觉得这些院子和门岗是重复的,走着走着,就在这座巨大迷宫内走糊涂了。而她在这里面行走,却有一种拥有者的感觉。整座大院都是她家的外延,她的巢穴,她的世界。她出生时,一睁开眼下来就已在大院里了,她在这里面已行走了二十多年,仍有许多地方她至今没去过。这院子太大了,很轻松地就把她的二十多年装进去了,还有很多人一辈子装在这里头。

在军区大院内,裹着若干二院和许许多多小院。它们不仅是地理和地物范围,更主要是职能与权威上的划分。大院里有司、政、后三大部,每个大部都占据一座自己的大院;每个大部又都有本部的工作区和生活区,各叫作"二院";每个二院还衍生出各个住宿区或工作小区,叫作"小院";此外,部门首长一家一幢楼,每家小楼都划分出一个院落……所有的大院二院小院和院中院,合到一块,才组成这其大无比的军区大院。

各种院墙:矮墙、花隔墙、影壁、金属栏杆,以及冬青树、紫藤丛、花圃造型、长长的林带……它们实质上也统统是墙的演化,也起着墙的作用,只不过以装饰效果掩盖了墙的实质。这一切,使大院像个超级蜂巢。里头的人们天天忙碌,干什么都有条不紊,丝丝入扣。他们不仅在隶属关系和工作范围上越来越细致,而且在生活各方面也越活越精致了。

除了看得见的墙以外，大院里还有一些无形的墙，非走到它跟前了才一头碰上。比如，东区二院那座湖青色建筑物，很普通的老楼，连着一条很平淡的老路，路面上全无阻隔，地上连个禁止通行的标志也没画。但是散步的人们走着走着，差不多都在同一个位置止步，然后掉头返回——就跟撞到墙跟一样。就在人们止步的地方，十五年前确有一道电网，老楼当年是档案库，一般人绝对不能走近它。现在它什么也不是了，但墙的感觉已刻在人们下意识中了。人们只要撞在自己的意识障碍上，就跟撞墙一样会止步不前。

各种院落们或者翘露在外，或者匍匐于内，它们都环环相扣，如同一个个器官卧伏在大院躯体内，相互之间牵连着无数神经血脉。只要你不当心敲了一下这幢楼里的办公桌角儿，那么，远远的那座大院或者二院也能感觉到自己被敲了一下。如果这座小院着了凉，那么，远远的那座大院或者二院也会受凉打个喷嚏。这只巨大的蜂巢，簇拥着一种共同触觉，涌动着一种奇妙的生物般的天然沟通。

当然，某些方面又隔膜得要命。

刘亦冰有回到司令部情报局一处看个朋友，把那个住宅区一楼的住户几乎都打听了一遍，发现，居然没人能确切地说出本单元里各楼层住户的姓名。而且，说不出邻居们的姓名也罢了，他们对此居然也没有一点不安。至于她要找的那个朋友——她认为是一位在军界大名鼎鼎的情报技术专家，居然真没人知道他住哪儿。后来，她根据电话号码查到了他的家，敲门进去的时候，已经跟打了个战役那么累了。她跟朋友痛聊一场，又发现：他对几千公里以外国民党驻金门、马祖等岛的守军情况了如指掌，甚至

第三章 天意浓

对一个小小的连长多大岁数、月薪几何、思想倾向,有否同性恋等等都知道,却不知道自己楼上住的是谁,不知道自己部长的夫人是谁,更不知道,正在他客厅里乱窜的孩子是谁家的。他每天在大院碰面的,并与之寒暄、微笑的人,他起码有一半不认识,却只管朝他们亲切点头。

刘亦冰说他"活得都要活晕过去了"!

他说,不该我知道的事,干吗非要我去知道?那些事,应当由该管那些事的人去管。他已经习惯于吃饭有管理处管着,看病有门诊部管着,用车有车队管着,水电钱粮都有相应的部门管着……他不但给人管习惯了,更给人管得很舒服。

刘亦冰从朋友家出来的时候,深感治理这大院的人是个了不起的天才。大院本身,就是天才造物。随之,她也更加理解父亲了。父亲从他那张高背靠椅上,一直延伸到大院里每片草叶上。

这儿院儿越小权威越大,院儿越小越有气质。"小院"搁口里叫叫可以,绝没有人真敢把小院门看小下去。比如帅府楼,天下谁人不知它?

大院腹部,也就是大院肚脐眼那儿,有两幢相接的老楼。外部造型是清宫风格,内部装饰则彻底是西方别墅。它们晚清年间是太平天国英王府,后来曾是国民党军官俱乐部,再后来成为美军顾问团官邸,如今则分别是司令部办公室的一处与二处。帅府楼伫立在此足有百多年了。因为楼内发生过太多的历史事件,它已列为省级文物保护单位。后来几经装修改建,外壳却一丝一毫不许变动。所以,它现在只剩这张皮是历史文物,内里装置是国民党时代营具设备,而在里头办公的却是共产党人。因为它太老了,也因为它那富有风度和富有历史内容的"老"在人们心目中唤起的大块感觉，大院人便在心里供着它。

帅府楼内的水曲柳地板，踩上去至今不会吱吱乱响。护墙板上的花纹依然灵动可人。木质门窗因为年深日久，反而透出金属光泽，如嵌在石中的古铜。门前那个卫兵——就气质而言，肯定是二十个世纪就已站定在那儿了。而那儿也正是历史上放岗的位置：清朝的绿营，太平天国的王府亲兵，国民党的中央警卫团，美军顾问团的海军陆战队士兵，以及今天的大院警卫营三连。就卫兵的军衔数下来，最少也有：明朝五品侍卫、清朝绿营把总、太平军银带军校、湘勇的黑衣哨官、美军的海军中士、蒋军的保卫局少尉、共军的青年列兵。老楼四周，有十几株合抱粗的柏树，以天穹般气势将老楼包住，且又允许光线颤栗着游进来，楼内因而冬暖夏凉。秘书们一边办公一边呼吸着带树叶味道的空气，臀下坐着蒋介石当年坐过的椅子，打开美式老掉牙了的保险柜，苦忙于历代幕僚们的共同工作：各色文牍材料。

干部们走到帅府楼内，一般不会再穿过它往前走了，大多数公务在这里便已办掉。所以，大院里许多人至今不知道、或是知道但没有来过——老楼后头有一片迷人的园林。

园林是将自然地表稍加雕饰而成，有湖水、山坡、幽径……面积不大，由于设计得法，仍给人以走不到头的感觉。特别是，越走越发幽静，从办公室带来的许多念头可以在这里换掉。让人面对一块苍古的太湖石，或者面对一段虬根，再产生新的念头。虽然大院已有足够的幽静，但这里的幽静是浓缩着的、匍匐着的、历史性的、隐私性的，谁来到这里，这里的幽静就只属于你一个人。

现在园林已经衰败，池水死去了，太湖石歪歪斜斜，草木们透出股山野味。因为缺少管理，园林里一切都在自生自灭。一部分山水衰败了，一部分草木们因为脱离了人，又重新逃归自然，被周围的土势地脉消化掉了。园林像一只闭住的眼睛，沉落或者沉思在大院深处。

刘亦冰很小年纪就知道这地方，从卧龙山大院出来，穿过军区大院北角门，顺一条甬道朝右边一拐，经过锅炉房、花房和一个废弃的哨棚，便可以潜入园林。走这条路，带有点非法的性质，沿途荒芜冷僻，堆着一些杂物，隔墙是保卫部的军犬房，偶有动静就发出吠叫。这段路是大院躯体内的盲肠，一般无人通行。但是，也正是这非法使刘亦冰感到战栗的愉快。一脚踏入园林时，她愉快得都要疯了。这成了她自己的神秘瘾头。

园林里有寥寥无几的扁柏、银杏，它们和别处的不同。别处的林木仿佛是寄生在别人的山坡上，而这里的每株树，都生长在它们自己的山坡上。叶片尖上带着绒毛，绒毛上匍匐着光。在这枝叶和那枝叶之间，似乎并无空间，而是分明地跃动着枝叶们的势头。草们一概叫不出名来，柔软得叫人替它担心，阳光轻轻落上去，便把它们统统按倒，同时释放出迷人的气味。刘亦冰走过去，它们迅速淹没她的脚印，弄得她每次离去，浑身是草叶味儿。池水呆着不动，嫩极了，似乎搁不住一个念头。但它们又那么沉静，瞧着简直可以从水面上走过一个人去。刘亦冰在这里经常感觉着，要替它们说些什么才舒服。

很久之后她也明白了，她的许多少女隐秘悬挂在这里，她曾经用自己的念头指导这些草木生长……

刘亦冰看见，季墨阳踩着露在草叶外面的石头朝自己走过来，便道："才来！好难请噢。我一个电话打过去，你们办公室的人非要问我是谁，叫什么名字，找你有什么事。真是的，一套审人的恶习，搞那么严谨干吗？"

"这得问令尊大人。有什么样的司令，就有什么样的部队。"

"我问的是你。"

"我想，大概因为你是女士，嗓音又好听，他们借故和你多说几句。唉，你应该说你是北京军委办公厅的某秘书，镇他们一下，他们肯定相信，因为没人敢跟他们开这种玩笑。"刘亦冰抿嘴儿笑："坏！"季墨阳仍道："然后呢，你再多给我打几次电话。这样啊，我在他们眼里的位置也不一般了，肯定。"刘亦冰跺足嗔笑："坏透了！"

季墨阳望望四周："怎么又挑这个地方？……这林子里的青蛙蚊子都会打小报告。"

刘亦冰不语，只一个劲地看他。忽然恨道："你和莎莎好，不告诉我！……"

季墨阳静默片刻，说："你和许尔强定婚，告诉我了吗？"

"假如我和许尔强断掉，你能和莎莎断掉吗？"

季墨阳刹那间凝定，直视她，状如面临险情。

"别紧张，开你个玩笑。"刘亦冰笑了。

"这玩笑开得太恐怖了。"

"告诉你吧，我快结婚了，下个月就结掉算了！……我心里很乱。当然，我很喜欢许尔强。知道吧？他有些地方像你，像从你身上逃出去的人。不过你们俩绝对合不来。你呀，一辈子最多是个小军官。他将来——我简直难以估计。他是这样的人：当他说要达到某一高度时，心里其实想着是那高度的三倍。我担心他现在爱我爱得要死，将来又会不满足。尽管他现在除我以外，绝对没有其他女友，但我想他这辈子绝不会只有我就够了，这一点我很有把握！唉，我说不清楚说不清楚，我这些话你不会生气吧？……本来不想跟你说什么的，一说就叫我说乱了。告诉你，下个月我结婚——我说过没有哇？准备到西沙群岛去，到只有椰树没有人群的地方去走走……我一想到结婚就紧张，可是想到椰树海滩又高兴得要命，恨不能马上就结婚。这些事搞得我心慌慌的，干脆一闭眼结婚，迈过这些屁烦恼就没事了。你说对不对？唉，要是我跟上你了，肯定也会不满意，我俩整天吵架，互相折磨。但我们打了也是烂作一堆，跟你肯定是另一种味道。"

"你以前说过我什么，还记得吗？"

"当然记得，我说我打心眼里瞧不起你。咯咯咯……"刘亦冰俏笑，并且不管季墨阳的反应，强调着，"当时我说的是真心话。"

"我说你什么记得吗？"

"说我是一个奢侈品，"刘亦冰想想，昂然补充道，"很对！"

季墨阳看表，"我只有二十分钟时间，从这跑回办公室还需要七分钟。所以在我说话的时候不要打断我好吗？处长等我的文件——准确说，是我在等处长开完会后送文件去……"

"骚什么劲呐，我特喜欢打断你的话！什么了不起的文件。"

"冰儿，你把我弄到这来，好像只为弄双耳朵听你说话。"季墨阳拿目光劈她一下，全身其他部位仍然风度严谨。刘亦冰叹口气，替他想：二十分钟，能说什么呢？二十分钟，再减掉七分钟跑回去的时间，你还不如别来呢。兀自呆住了。

季墨阳说话了。他的口吻完全是在分析一个问题，致使刘亦冰感觉他早已将要谈的话准备好了。既然话都准备好了，岂不说明他来这之前已猜到她的目的了吗？那么，自己在他眼里岂不陈旧到毫无新意的程度了吗?……"冰儿,你我之间太熟悉,彼此都能把对方看得透透的。你要结婚了,我真替你高兴,连送你什么礼物我都考虑好了。"刘亦冰惊喜得大叫:"真的?"季墨阳根本不理她,说自己的,"刚才你的忧虑——我相信是婚前的不安,没什么大不了的。不信咱们打个赌:明天就让你和许尔强失恋,你看你痛苦不痛苦。"他赶紧做个手势,以便把刘亦冰要出口的话按回口里。"你总喜欢把自己弄得苦唧唧的,叫我看好像是弄点苦色来打扮自己似的,真要苦到痛处,苦到绝处,你又会害怕!其实人都是这样,缺什么,嚷嚷什么。嚷嚷到后来,自己也信以为真。我说,婚姻是一桩人生大事,但前提是自己的大事,与别人无关。所以你犯不着征求我的意见。"

"我偏要征求你的意见。"

"唉,我早说过,小事上多征求别人意见,大事上一声不吭自己拿主意。这就是我的意见。毛泽东打三大战役前有把握吗?没有。他怎么说的,'赌一个新中国!'多伟大的直感,咱们都学着点。太复杂的事,就叫直感来选择。"季墨阳看着刘亦冰木呆呆样儿,问,"首长是什么意见?"

刘亦冰似觉意外,愣了一会才道:"反对我和他们家成亲,我这事把爸妈搞得压抑死了……哎,你不是说不问别人意见么,干吗问我爸的看法?"

季墨阳不睬她,兀自细细品味着说:"压……抑……死……了……"

"怎么啦?"季墨阳沉思的样子叫刘亦冰害怕。

季墨阳笑笑:"许淼焱和兰柏艾可要快活死了。"

"你他妈的别阴阳怪气好不好!人家心里乱得一塌糊涂,你还……"刘亦冰骂着,刹那间有模有样地哭了。"还从人家的痛苦中找刺激。"季墨阳替她说下去。刘亦冰狠狠点下头。

季墨阳提心吊胆地看着她,生怕她一哭起来没完没了,便强按捺着掏手绢给她的欲望,因为一旦递给她一条手绢,她将哭得更带劲。他说:"我隐隐约约觉得,首长的意见是对的。"刘亦冰抬头看他:"你劝我别和许尔强结婚?"季墨阳摇头,"我没那么说,我只是说首长意见有道理。他们冷静,他们对你适合要什么,恐怕比你自己都更清楚。而你呢,往往是爸妈越反对,你越来劲。一桩没人反对的爱情,在你看来反而就没刺激了。"

刘亦冰恨恨地捶着身边的草地,叫着:"你到底想说什么呀,绕啊绕的,我不懂。"

季墨阳苦笑:"看看,这就是你我之间的差别,彼此闹不懂,还老在一起说个没完。算算,我早就讲了,你别征求任何人意见,自己决心既定,一往无前就是了。"他看表,再看看刘亦冰,踌躇着。

刘亦冰看出他想走了,就等她发话让他走,假如她不发话,他不敢硬走。她说:"你知道莎莎和我一个宿舍吗?"

"当然知道。"

"那你和她谈恋爱,谈了那么久,干吗不告诉我?起码可以向我了解一些她的情况,让我帮你参谋参谋。我和莎莎是多年老友,吃住在一起,对她我可是熟悉透了。"

季墨阳差点笑起来,一转脸忍住了,道:"是我让她别跟你说的。我不想成为你俩之间聊天的对象,没完没了地穷聊。好端端的一个我,会活生生叫你们嚼烂掉的。"

"告诉你,她爱你。"

"知道。"

刘亦冰被这句简单而自信的回答,气得愣了片刻:"那你爱她吗?"

"她会是一个好妻子。"

刘亦冰惊道:"你们决定结婚啦?……"

"是我的决定。还没问过她。"

刘亦冰呆呆的,不由地想那天夜里莎莎烦恼欲绝的样儿,手揪着身边的草儿,浆汁把她手指头都染绿了。她努力平静自己。说:"听我一句忠告吧,莎莎不配你。她心眼小极了,又爱打扮,撒娇,虚荣。比如有次我们去野游……"季墨阳打断她:"我知道!"刘亦冰默然半晌,低声道:"说完了。你走吧。"

"先送你走,我不能让你一个人坐在这儿。"

"我偏要在这儿坐一会,你走你的。别管我。"

季墨阳思索片刻,掉转头就走。刚走出几步,刘亦冰又叫住他:"还有件事。"季墨阳站住,目视刘亦冰,不语。

"我们是无话不谈的朋友,是吗?"

季墨阳点点头:"永远是。"

"有个事我不知该怎么办,又不能问任何人,只好问你了。"

"说吧。"

"你知道的,我不是处女……我不想欺骗许尔强。我准备在婚前告诉他,我曾经和一个男人发生过一次性爱关系,是谁我死都不会说的!我只是觉得,既然成了夫妻,两人之间就不该有任何秘密了,要不还算什么夫妻呐?这事儿,要坦率就该在结婚前坦率。可是,我又怕他不会原谅我。我不是怕他不跟我结婚——这我根本不怕!我怕的是,结婚后他又为此后悔,又跟别的女人做什么事，而且，坦坦然然的……我、我不知该怎么办，不知该不该告诉他。我连爸妈都不能问，只好问问你了。你比我了解男人……也了解我。"

话音刚落，季墨阳沉声回答："我认为不该告诉他，而且永远不告诉他。"

刘亦冰呆了好久，轻轻地点下头。

"我走啦？"季墨阳柔声问。刘亦冰噙着热泪，使劲不让它掉出来："你走吧。"

季墨阳真的就走了。

25

他走到一座假山后头，站定在那儿，远远盯着刘亦冰。他看见她脸伏在膝头上哭泣，哭得双肩乱抖，露出雪白的脖颈，他几乎能嗅到那片肌肤的味儿……他看见她哭够了，掏出一面小镜照了照，抹鬓，整容。之后她站起来，朝面前一丛蔷薇花乱踏乱踩，直把它们踏烂了为止。她朝前走出几步，又碰到一丛蔷薇，中间并肩盛开着两朵大碗儿似的花，格外触目。他以为她又要践踏，她却弯下腰，将那两朵并蒂花朵采摘下来，托在手掌上走。半道上，她撕开它俩，扔掉一朵，只托着一朵花，款款地走出了园林。

他独自在假山后头，思想许久，循来路回到办公室。他坐在没写完的材料前发呆，忽然门口有人走过，才急忙抓过笔继续往下写直到下班，也并没有任何处长找他。

……

当天夜里，刘亦冰与莎莎下了夜班回到宿舍，按照常规，她们聊一通才会睡。刘亦冰本不想告诉莎莎任何事,见她干枯且慵懒的样子,心内不忍,就把季墨阳要和她结婚的喜讯说给她了。莎莎顿时泪水花花流,搂着刘亦冰"冰姐冰姐"叫不休,然后,打开小柜,提出一堆巧克力、开心果等各色小吃,逼着刘亦冰把事情经过一字不差地说给她听。这下子刘亦冰困窘不堪,她吞吞吐吐地,说自己如何找到季墨阳的,跟他怎么说了;季墨阳又是如何回答的,他怎么怎么地喜爱莎莎……她一边说着一边提心吊胆,脸上还得保持些许微笑。莎莎兴奋地追问季墨阳怎样爱自己,任何一句话都死叮住不放,字字刨根寻底,刘亦冰才体会到谎话说不得,特别是在老爱说谎的莎莎面前更说不得,不小心说了一句谎话就得用更多的谎话去圆它。她累得要死,莫名地生出股恨意:"行了行了!睡吧。明天你去问他。"

莎莎生疑了,万般委屈地道:"结婚这样的事,无论如何他也该先告诉我啊,怎么能先跟别人说呢?……"刘亦冰只得装作没听见,端个盆子去盥洗室了,是呵,莎莎说的是,结婚这事连自己的未婚妻都还没说呢,怎能先跟外人讲呢?又想,他既然跟自己讲了,岂不是把自己看得比莎莎亲密么?……再想,这下子给墨阳惹祸了,待明天莎莎找他问,他怎么跟莎莎说清楚呢。管他,这小子有的是办法,准能把莎莎说得乐呵呵的……

过了半个月,刘亦冰和许尔强结婚了,接着到天涯海角蜜月旅游。等回到军区大院,就听说季墨阳和莎莎也结婚了。她进入宿舍,看见莎莎的床只剩下光光的床板,床头柜和衣柜也都空空荡荡。昔日贴在那半边墙上的画片、年历,挂在那半边窗棂上的小雪熊、洋娃娃,统统摘取一空。由于去掉了美丽的饰物,那半边的墙壁、床架、桌面儿都像残骸那样难看,以往被遮盖着的疤痕裂纹,此刻统统跳出来。莎莎没和自己打声招呼就搬走了。

门旁偎进一个十七八岁的小护士,在刘亦冰身后猛然大叫一声"嗨",刘亦冰吓一跳,转脸气哼哼地看她。她并不认识她,而她竟敢这样放肆,现在的小年轻真疯。真敢!

"你是冰姐吧?我叫凌凌,院务处让我搬这屋里来住。我一直在等你回来开门呢。结婚好玩吧?带糖来没有?……"凌凌呱唧一甩臀,坐到刘亦冰床上,掀开枕头朝底下看。

"放下,"刘亦冰跺足喊道,"你给我听好,住这可以,但是第一、不许翻我东西;第二、别叫我冰姐。今后谁都不许这么叫我了。"

刘亦冰一直暗中关心季墨阳和莎莎的婚后关系。听到他们如胶似漆,心内便怏怏的;听到他们吵过一架,又替他们提心吊胆……这种怪怪的情绪持续了好久,直到她自己坠入婚变,被更恶劣的情绪所替代掉。

一天夜里,刘亦冰从梦中惊醒,左乳房阵阵刺痛。她起来打开灯,对着镜子观看胸部,看出双乳不对称。她手伸到左乳深处慢慢揉着,揉到一个边沿清晰的硬肿块。这不是她的乳房——她怕极了。看着那从未哺育过的雪白的乳峰,暗道:我要死啦……我真不幸,什么灾难都落在我头上。人家都活得好好的,就我倒霉。我快死啦……

刘亦冰被确诊为乳腺癌,迅速送到上海进行手术治疗。癌肿并没有扩散,她被切除了一只左乳之后,不久就康复出院了。可是,在她自己和在旁人意识里,她终究是死过一次而没死透的人。她表面上看已经万念俱灰,心如枯井,往日那种骄野高傲之气尽去,一言一笑更加楚楚可人。她的衣着也在一夜之间变得庄重素雅,益发衬托出脸上一副空灵容貌。她习惯于独处与沉默，经常是若有所失，或者若有所思的样儿。她比同龄女性多出一股中年妇女的风韵，又远比中年妇女娇嫩年轻……因此，在外人，尤其在异性眼中看去，她反而具有一种说不出、品不尽、成熟而别致的魅力。她被大难摧残一番，竟然宛如重新出世，分外迷人。

刘达更加疼爱这个不幸的女儿。几次应当携夫人出席的场合，他没带吴主任，而是带上了女儿。刘亦冰在众多夫人中，行止有矩，言语不俗，很轻淡地就占了上风。

那几年过得很快。一滑，就过去了。

刘亦冰在那几年里养成一个习惯：每夜临睡前要独自出来散步。时间或长或短。有时散步散到快12点才回家。夜深人静，清风明月，林木为伴，孤影相随……她在大院内轻轻地走着，从远方的楼房那里嗅到白日里太阳留下的气息。夜风透身而过，残叶在脚底贴切地硌她一下。天一亮，这些残叶就会被卫兵扫尽，使路面干净得不像条路了。小径花圃林带，白天朗朗触目的一切，在夜色中都朦胧着，若有若无，于是整座大院就只剩下她一个人。她好喜欢这种独自拥有一座大院的感觉，好喜欢此时万众入梦唯她独醒的感觉。她常走上大院中央主干道，那是大院的主脊椎骨，两旁有合抱粗的法国梧桐，银白色树身融化在夜色里，一股一股地蔓延开，浆汁味儿水似的在树身上流淌，她一头撞进梧桐气味中，偷偷地醉去，狂浪地醉去……蓦地，一家的婴儿夜啼了，声音顿时把她钉在当地，她好难受，挪不动脚，非要等那啼哭声终止，她才慢慢离去。又有时，她听到某幢楼里小夫妻吵架，双方詈骂声刀刃般把夜撕裂、击碎，她贼似的赶紧逃走，总觉得那声音太像自己所熟悉的某个人。渐渐地，她知道了哪幢楼内哪户人家夜里躁动不安，便绕开那个住宿区走，渐渐地，她对夜中的大院有了几块心爱的地方。今夜走这块，明夜走那块。每一块地方对于她都是赴约……

回到家，如果刘达在，肯定没睡。刘亦冰就会推开父亲的门朝他笑一下，刘达抖抖手中的报纸或文件，也朝女儿微笑一下。刘亦冰关上门离去，两人这才会分别入睡。

大院的夜哨，最早知道刘司令的女儿有"夜游"的习惯。他们不敢惊动她，但是却不免窃窃议论，把她这个习惯暗暗传播开。

这天夜色如水，刘亦冰追循着一缕怪好听的草虫细鸣，走进了炮标小区。她散漫地踱着，正踱到好境界。心中块垒尽去，沿途空无一人，草木气息湿润浓郁，只见半个月亮浸在园中小池内，在细流的鼓舞下不断地跳跃，像要从水中跳出来。她好是喜欢，拿心捧着它，口舌衔着它，渐渐偎到水边上。忽听一声低呼："冰姐……"她被戳破了似的，身体一松，朝喊声那儿望去。她原以为那是一堵假山，现在才看清，是个人坐在那儿，裹着军大衣。那人体态艰难地站起来，摇晃着。"是我哎，冰姐。是莎莎。"

刘亦冰呆立片刻，才朝她走去，莎莎立刻歪倒她怀里，狠狠搂她一下，再放开，咻咻喘着，借月光细细看她。口角颤动而无言，那浓浓的情谊已使刘亦冰窘迫。刘亦冰感动地像做错了什么事似的，怯声问："莎莎，你怎么一个人坐这儿？"

"等墨阳，唉……我看见你走过两回了，没敢喊。"

"我随便走走。你等他，怎么不在家等？看多晚了，还坐在这冷石头上。"

莎莎没说话。刘亦冰看着她隆起的腹部，怔怔地问："几个月了？"莎莎呻吟道："六个多月了。"刘亦冰急忙替她把大衣裹好，扶她走到旁边杉树下,那儿有一张露天长椅,两人在长椅上坐下。莎莎似泣似笑地:"看我多傻,坐这么近,不知道边上有张椅子。"

"感觉好点了吗?"

莎莎不作声,捉住刘亦冰的手,轻轻按在自己肚子上。刘亦冰触到莎莎腹中跳动,一阵一阵地,电流般涌及她让她抑制不住地发抖,双眼湿润,身体弯曲,竟似要伏到怀里,去搂那未出世的婴儿。她喃喃地:"呀,真好,肯定是个男孩,蹬得那么厉害。"

莎莎用带抱怨的欣慰口气说:"他表面上讲男儿女儿都好,心里可是想要一个女孩。"

"为什么?"

"他说他自己就是个男的,够够的了!不想再重复自己。"

刘亦冰沉默半晌道:"太晚啦,回家吧……"

"不。家里空空荡荡,我受不了。"

"季墨阳到哪里去了?"

莎莎软软地指着前面花园中一排小楼,其中,有两幢楼还亮着幽幽的灯光:"我猜,他不是在宋部长家,就是在王顾问家。"

"唉,他没告诉你到哪儿去了么?"

莎莎默认了。耽搁一会解释道:"我也不问的。要是他知道我在冷地里等他,他会发火。在这儿我能看见他来的那条路,只要他一从那盏路灯下走过,我赶紧跑回家去……"莎莎强笑着,"他从来不知道我出门等他。冰姐,有时我想呀,不结婚可能更好。像你现在这样,想上哪就上哪,夜里都不怕,我是不行了……唉,很多事,和我们以前想的不一样。"

莎莎对于季墨阳在部里的情况知道的不多,只听说他颇受领导器重,同事赏识,办事精明稳重。就这一点情况,还是从别人那儿听来的,季墨阳自己从来不告诉她。结婚之后,他几乎是贪婪地工作着,除了吃饭睡觉,别的时间都不在家。就是星期天不得不待在家里的时候,他也是在屋里踱来踱去,或是抱着本书死看不休。时常读得兀自笑起来,也时常将书一摔,叹息连连。问他笑什么叹什么,他仍然不说。最近几天,他显然憋了一肚子忧虑,仍然不跟莎莎讲。她追问不舍,他便哈哈一笑,用几个笑话搪塞过去。莎莎从部里其他同志夫人那里得知,原来部里二处的处长位置出缺,季墨阳正在和另一位同事竞争处长职务。那位同事资历比季墨阳老,但季墨阳比他能干。部里对此取舍不定,居然将两人都报上去了。这个处长职务对于季墨阳十分重要,假如他能当上,他就在同龄干部中领先了一大截,在下一次干部调整时,又当然处于优选地位。这意味着:一步领先,就可能步步领先;而一步落后,也就可能步步落后。更何况,二处是部里的核心处,历任部长,几乎全是从二处处长升任的……听说,那位同事已将政治部党委委员家都走了一遍,到处做工作,礼品也不知送了多少。又听说,方案已大致敲定,分管干部工作的副主任,准备将那位同事上报军区,提拔当处长。

  昨天晚上,季墨阳十分绝望,突然把这一切都跟莎莎说了。发狠道:他走路子,我也走路子;他送东西,我也送东西!季墨阳将家里几样爱物——高白釉瓷器、田黄石、一幅明代仕女卷轴,以及结婚时朋友送给莎莎的玉壶……收拢到一起,分成几份,预备一份份送出去,这时候,莎莎在边上哭开了。她一面哭一面鼓励季墨阳:"你去试试吧,只管去!我一点也不心疼东西,我是看你憋成这样心里难受。你不到关键时候,不会这么做。"

  刘亦冰不禁惊叫:"疯啦,你们!"她万没想到,堂堂的季墨阳，也会为区区一个处长席屈膝。她以前怎么一点没看出来。要么是季墨阳变得厉害。

莎莎冷冷道："我们和你不同，没人敢这么逼你。我们叫人逼得不这么干不行了。"

刘亦冰忽然意识到，她要再吃惊的话，莎莎就会恨她了，于是也赞同地："是呵是呵，生活嘛……"

季墨阳提着一只公文包，包里塞进礼品，朝副主任的小楼走去。莎莎为使他安心，临行前就上床睡了。半小时后，季墨阳回来了，满面沮丧，道："我不行，我是个窝囊废。"他在副主任门后小林子里转悠许久，怎么也进不了门，终于还是回来了。

刘亦冰松口气："墨阳是个好人，做不惯那些事。"

"昨晚坐到深夜没睡，写了份转业报告。他不干了。"

刘亦冰笑了："这不可能。"

莎莎看她一眼："还是你了解他。我以为他真不干了，可天亮后，他再看一遍报告，撕了。今天夜里，没告诉我，又提着公文包走了，到现在还没有回来。我、我好害怕。为当一个小小的处长，就已经弄得人提心吊胆了，要是当上了呢？要是将来还谋着当部长呢？要是当上部长还不满足呢？……这几天他的老胃病又犯了，痛得身子乱拧。这叫什么活法嘛。"

"我比你熟悉他们，我家经常来这些人。对他们来讲，这些是事业，全部乐趣都押在上头。我们觉得受罪，他们觉得其乐无穷。墨阳早晚也会同他们一样……你看。"刘亦冰拽莎莎一下。路灯下面现出一个身影，正朝这里走来。

这时候，莎莎下意识地做了一个让刘亦冰事后想起才寒透了心的动作：

第三章 天意浓

她用力推了刘亦冰一把:"你快走吧。"显然是因为事急,她连"冰姐"二字也顾不上叫。刘亦冰后来想明白了:她内心深处——也许连她自己都不肯承认,不愿意刘亦冰和他见面。

季墨阳并没有看见她们,从不远处朝家门走去。刘亦冰朝他身影"哎"的喊了一声,喊完之后才后悔——因为莎莎正用尖利的手指,猛地制止她!

季墨阳快步赶到她们面前,黑暗中看不出他是否吃惊,只听他亲热地说:"是你啊,散步么?……"莎莎道:"扶我一把。"季墨阳连忙扶起莎莎,低嗔:"谁叫你出来的。"莎莎不语。刘亦冰道:"她在等你。"季墨阳道:"我没事,到几个朋友家看了看,完了顺便散散步。好久不见了,走吧,请家里坐坐。"

"太晚啦……"刘亦冰语意含混。

莎莎跟着邀请:"冰姐,都到家门口了,还不肯进么。我做点夜宵给你吃。"

刘亦冰这才明确地、快活地拒绝了:"等下次吧。我先走了。"他们没有留她,象征性地送出去几步,季墨阳在左,刘亦冰在右,两人将莎莎裹在中间。然后他俩在路口那么站住脚,看着她离开。

刘亦冰走出不远,又匆匆地回来,她样子似有点激动,言语变快了:"你不是胃病犯了吗?我家里有进口的雷尼替丁胶囊,是他们军区首长用的广谱型胃药,你可以拿两瓶去,试试效果,估计不会差。另外,我有几个很可信任的朋友在北京总部工作,我不敢说他们手眼通天,但是,如果正好碰上一些很关键又很微妙的事……我保证他们会乐意帮你的。再见。"

刘亦冰转身便走,步履匆匆。她感觉自己那番话说得很尽兴又很尽意,真是无比的痛快!别的不讲,光这几句话,她莎莎就一辈子也说不出来,她只能也只会苦苦地、提心吊胆地在夜地里傻等,还不敢给他知道。可自己哩?……这是她和莎莎的区别。越是关键时刻,这种质量方面的区别就越发显现出来。她要帮季墨阳,可又绝不能找父亲——那样反而更糟。

刘亦冰将今夜的事一段段品味过来,且走且叹的。她发现,刚才自己和季墨阳相处时,谁也没称呼过对方姓名,径直就说起话来,那种感受——就好像两人整天呆在一块,差不多呆腻了似的,而实际上,她和他起码一年没见了。她再想想,记起来:算上这一次,婚后才第三次见季墨阳。这一次还只是黑地里说话,根本看不清人样儿。几年了,他俩谁也没有故意回避对方,但事实上却是那么遥遥地远离着,这岂不是一种更固执、更默契的回避吗?

刘亦冰今夜散步没散够,她又从小径开头处,重新散起步来。夜极深了,残星针尖般缀在空中,夜气氤氲托人欲起,小虫鸣声如织,天地混沌却又说不出的清宁,正是极好的夜境。

26

蓦地,刘亦冰听到一缕薄薄的哭叫声,这声音搁在白天根本不会入耳,可搁在这甜滋滋的夜里,刀片似的就把夜划开了。声音再飘来时,她已经听出是莎莎。她朝85号楼底层望去,那里一片漆黑,哦,他们闭着灯吵。

刘亦冰被那缕声音拽了过去,快挨近那扇窗跟前了,她猛然意识到:这是窃听!她匆匆退开几步,感觉上已跟窃听拉开了距离,就在那屏息听。

第三章 天意浓

"你骗我……你老出去散步,她也老散步,你们在夜里头散什么鬼步!还说没见过面……寡妇门前是非多,她是什么东西?你知不知道……那双眼睛多毒呵,我比你了解她……她老子是军区司令,你不就看上这个吗……"

刘亦冰几乎晕倒,昏昏沉沉走开,身体一软,竟跌在地上。那声音断续着,有许多失落的句子。显然那失落掉的比听到的更凶狠——她感觉是这样。那声音只是莎莎一个人的,始终听不见季墨阳说话,他为什么不开口?被吓住了,还是怕惊动邻居造成丑闻?——她感觉肯定是这样。她伏在草丛上哭得喘不过气,却一丝声儿不出。虫儿啾啾狂鸣着,那是虫儿的权利,不是她的。她不恨莎莎,却恨死他了,剜心镂骨地恨!"你为什么不暴跳如雷?为什么不替我狠狠揍她?你快拿把刀杀了她,我偿命!……天哪,你干吗老不出声,你是缩头乌龟么,你怕什么怕?!"

刘亦冰回到家时,看见楼下客厅亮着灯,略微醒过神来。她估计是父亲在等她,快天亮了。她临进楼前匆匆揩脸,粗粗收拾一下衣容,然后沿过道走进小楼。路过客厅时,她依常规推开门朝里头笑笑——却看见不仅是父亲,母亲也在沙发上坐守着。她顿时笑不动了。

"月亮好么?"刘达抢在吴主任前面,朝女儿微笑着问。

刘亦冰感激地点头。刘达道:"该睡了吧?"刘亦冰说声"是",快步上楼,无声无息地扑进自己房间,扑到床上,扑进床上那片月光。身心霎时寸寸缕缕都化入月光中。

那两天,刘亦冰不知是怎么挨过来的,白天失神地工作,夜里脑子却炸开般地兴奋,只得偷服大把的安定。待挨过来了,已觉得身心被劈掉一大半了。

大约是第三天上午，刘亦冰正在科里值班，忽然有异感扑上心来，顺着那感觉朝窗外一望，竟看见莎莎从走廊上向她的屋子走来。她猛地抓起桌上的手术钳，死死握在手里，心要跳出身外。莎莎在门口停住，楚楚动人地叫着："冰姐哎……"

刘亦冰被吓得——完全是吓得，手一松，那把锃亮的手术钳掉落地上。"冰姐"莎莎常叫，但那声"哎"不常有。她真想把那声"哎"狠狠戳回她口里，并顺着口腔往她肚里戳。刘亦冰弯腰拾手术钳，待直起腰后，她脸上已看不出异样。

"哦，是你。"刘亦冰注意到莎莎腹部，行动似乎更艰难。

"冰姐，你病了么？"

"没有。"

"刚才我好一阵担心，你脸色不正常。"莎莎关切地细瞧一会。

"心里闷。有事？"

"上次你说过的，雷尼替丁……是这个药名吧？"

天哪，她还敢来要药！刘亦冰颤声道："是的，雷尼替丁胶囊。我答应过的。"

"我想替墨阳带回去，行么？"莎莎小心翼翼地问。"你等着。"刘亦冰出门，到更衣室自己的衣柜前，打开锁，拿出两瓶药，讷讷地站立片刻，长叹一声。拿着它出来了。

莎莎接过来，喜悦地看药瓶盒上的外文封皮，拿手抚摸着上面的精致商标。那一瞬间，刘亦冰也被她的喜悦神情触动。道："我看过了，季墨阳完全适合服用。"

"太谢谢你了，冰姐！多少钱？"莎莎开始打开小坤包扣儿。

"什么钱？……噢，你说它。讲什么话呀！快拿去吧。"

"不行啊，冰姐。你不收钱我们绝不能要，真的。"莎莎脸红红的。

刘亦冰在心里重复她刚才的话,"我们绝不能……"微微笑着,道:"既然你们这么说,我真不知道该怎么办。这药目前没有公开出售,我不知道价格呀。"

"你估计一下嘛。"莎莎恳求着。

"没法估计。它是军区首长的特权嘛。你怎么给特权定价?"

"那……"莎莎掏钱了,似乎早有准备。她掏出两张崭新的票子,"二十块够吗?"

"我看够了!"

莎莎把钱放桌上,明显地松了口气。少顷,又怕人看见,替刘亦冰拉开抽屉,将那两张钱塞进去。"还有个事,冰姐哎。"

"说吧。"

"你上次说的,总部有几个朋友,墨阳叫我顺便问问是谁,看能不能和他们认识一下?"

"怎么啦,处长的事还没有落实,是吗?"

莎莎老实地连连点头:"拖住了。听说是僵在那儿,不知要僵多久。"

瞧她这么可怜,刘亦冰略觉解恨。扭开脸,想了好久。终于又是一叹。道:"这样吧,名字我不写了,因为你们直接找他们不好说话。我给他们挂电话,让他们找墨阳联系。你告诉他,叫他放心好了。成不成我不知道,但他们肯定会和他联系的,甚至成为朋友。"

"真的?"莎莎满面喜色。

刘亦冰怒道:"我说话算话。"

莎莎完全看不出刘亦冰在发火,她热乎乎地拽着刘亦冰胳膊:

"冰姐,我不耽误你啦,我走啦。回家后,我就跟墨阳这么说啦?哎……冰姐你还欠我们一件事,知道不知道?"

"你还有什么事?"刘亦冰忍无可忍。

"你答应过的,到我们家来玩,老说老说老不来!到底什么时候来呀?"

刘亦冰呆呆地:"是的,我答应过……"

"这个星期天就来!"

"到时再看吧。"

"说定喽!不管你来不来,反正我把你爱吃的菜准备好,你不进门我们就死等,情愿浪费了也不下筷子。噢,对了!我会叫墨阳去找你,不管你躲哪儿去了,他总能找到你。"

莎莎走了,刘亦冰注视她臃肿的背影,方才跑光了的恨,突然又扑上心头。和先前不同的是,她在恨她的同时,也恨自己。她觉得自己这么善良,不倒霉才怪。

刘亦冰给北京拨通了电话,找到她的同学,直率地说了季墨阳目前处境,要他设法帮忙。同学哈哈笑着,使劲追问季墨阳是她什么人,似乎逼她承认是自己情人,若不承认,他就不肯罢休。"朋友,"刘亦冰道,"正直而能干的朋友。其能力——我想在这个世界上也就仅次于你吧。你们如果成了密友的话,肯定对你也有好处。不管怎样,这次太关键了,他要是得不到该得的东西,我不甘心。你就只当是帮我吧。"

同学说:"这个忙不好帮,有风险,要动动脑筋。季墨阳我认识,他所在的部门和我部有工作联系,我对他也小有了解,是个人才……"同学在电话里沉吟着,片刻后道,"我看这样吧,最近我们要组成一个重要文件的起草班子,从各军区调人。其他

第三章 天意浓

军区调的都是处长以上领导干部，你们军区嘛，我推荐他参加好了。成功的话，这几天将会指名借调他。"

刘亦冰疑惑着："这一招行么，阁下不能再明确点吗？"

"我说亦冰你怎么老也长不大呢！这个办法叫他知道喽，不乐死才怪。你细想想，我能给他们部门领导挂电话，推举谁谁当处长吗？成不成且不说，那做法本身就害了他也害了我。只要我们上头调令一下去，等于表明了他姓季的在我们上面的印象，这点非常重要。此外，情况如果真如他所说的：僵在那里了，那么这办法肯定会起大作用。如果情况不是他说的那样——你我凭什么相信他的话都是真话？——那么这办法就只是正常的工作方式了。明白了吧？季墨阳要是真的快当处长了，这一招就能帮他当上处长。要是季墨阳没被部里上报处长，却想利用我们，谋取他本来就得不到的处长位置，那么此法也帮不了大忙。"

刘亦冰钦佩极了，脱口道："你是说，能不能使他当处长，要看他讲的情况是否属实？"

同学含义丰富地笑了一声，接着和她聊起其他消息，不屑于就已经办完的事再跟她认真了。只在最后告别时，同学强调一下："不管结果如何，反正你的忙我已经帮了。"

"我明白。我欠你一份情。"

刘亦冰接着给另一个朋友打电话。那位朋友更加干脆些："别客气，欢迎指导工作。"跟着是粗豪的笑声。刘亦冰又将季墨阳的情况复述一遍，并将同学的意见也告诉他。朋友便怪她不先找自己，却先找她同学了。这说明她心里还是有缓急亲疏之别。朋友说是既然找了他，而且他已有承诺，自己就不好在他之前再插手了。朋友认为，同学的办法确实是一个办法，同学越来越狡猾，这点狡猾应该多在大事上用用。朋友也承诺，如果同学的办法不成功，那么他再出马。

星期天到了，刘亦冰没准备去季墨阳家做客，但是她在家待着没出去。正如她所料的，莎莎没挂电话，季墨阳也没来邀请她。

一个月后，刘亦冰听说季墨阳当上处长了，她由衷地替他高兴。虽然不能肯定是她的同学或者朋友起了作用，她仍然拨了电话过去，感谢他们。同学毫不讳言地承认是自己起了关键作用，但他也感谢刘亦冰，说她推荐的季墨阳确实有水平，来京突击了几天，整个文件的大架子全靠他拿下来的，而那些来帮忙的处长都不如他。他对季墨阳很震惊，很欣赏。他说，他已跟墨阳成了密友。然后就"墨阳墨阳"地聊起他来了，把姓也省略掉了。

刘亦冰预感到，从此以后，这位同学和季墨阳的关系将超过自己。她为他们双方介绍了一位朋友，付出的代价是：他们双方都抛开自己，向更有力的对方奔去。

又过了一个星期天，刘亦冰再也难以克制这种被弃的感觉，突然冲动起来，想见到季墨阳，想径直到他家去。她记起莎莎的产期快到了，便有了口实，准备了两样婴儿用品，给季墨阳挂电话。她想让他主动提出邀请。

"季处长，猜一猜我是谁？"

"冰儿，别挖苦我……"季墨阳欢叫着。

这声冰儿叫得刘亦冰激动起来，她好几年没听他这么叫了。此外，还说明莎莎现在不在家，否则他不会大声喊她昵名。她听着季墨阳款款地诉说在京时的经历，语气亲切得像一个恋人，他甚至把一些他们男人相处时的隐私也说给她听了。她听了只是傻傻地笑，身心俱醉入他的声音里，恍如偎着他似的，自己竟忘了说话。不知过了多久,季墨阳在一句没说完的话上忽地卡住,刘亦冰听到边上有动静,她想是莎莎回来了。电话"咔嗒"一声断线……

快下班时,刘亦冰看见莎莎头发有些零乱,趔趄着朝门诊部赶来。她知道是来找她的,便冷静地迎上去。她俩在门厅那儿相遇,莎莎咻咻喘个不停,眼仁儿红红,噙着泪,神情可怕地死盯着她。刘亦冰想拉她到屋里说话,刚伸过手,莎莎便尖叫:"别碰我!"周围人闻声都朝她俩看。莎莎抖抖地掏出几封信,当刘亦冰面狠狠撕,一下一下地撕……刘亦冰认出那是自己离婚后于最苦恼时写给季墨阳的信,里面不乏一些旧日私情,可它们怎么到了莎莎手里呢?……莎莎将信撕碎,劈头朝刘亦冰掷去。刘亦冰挥臂一挡,恍惚觉得身上什么东西断裂了,碎片落满她头脸,再从头脸掉地上。

刘亦冰僵立着。莎莎一手捂着大大的腹部,一手指定刘亦冰的脸,正欲痛骂,忽然噙着泪吃吃冷笑。她叫着:"刘亦冰,也不看看你是什么东西!你低头看一看吧,你那只假乳房都掉到肚脐上了!……看呀看呀,大家快看!这女人是假的呀……"

那几天很热,刘亦冰只穿丝质衬衣,戴着乳罩。刚才她用力躲闪时,左胸的乳碗扣儿断了,乳碗从衬衫里掉下去,一直掉到腹部才被腰带挡住,她竟没有察觉到。于是,她此刻呈现出非常怪诞的模样:整个胸部一边高一边低,而肚子上却凸起个拳头般的疙瘩……众人在莎莎的惊叫声中纷纷朝刘亦冰看去,都愕然瞠目。他们和她们,原本还有不少人觉得莎莎蛮横,内心正气她,此刻突被这罕见的景象击中,一时间竟失去理性和善良,只剩下率真的天性了。不少人失声笑出来,待笑声一出口,半道上赶紧刹住,这时候理性和善良又回到他们和她们身上,便恨恨地斥责莎莎。

刘亦冰看清自己的模样后,恍如遭电击,身子猛抖——几乎抖断掉,惨叫着昏倒在地。

刘亦冰被人们抬进急救室,少顷,她醒来,抓起一把大号针管就往外扑。众人跟在后头撵,到大厅处才合力拽住她。她跺足哭骂,完全失神了。昏昏沉沉中,她看见季墨阳赶来,便又朝他扑。众人以为她要杀季墨阳,更加死命拦她——却不知她只想扑进他怀里大哭,只想死在他怀里……

季墨阳衣冠齐整,虽是大热天,风纪扣儿也扣得挺好。军帽端正,镂眼凉皮鞋锃亮。他站在距刘亦冰十几步远的地方,愣住了。他发现莎莎悄悄离开家,是来追莎莎的。他看出这里已经出事了,但不知道出过什么性质、什么程度的事。因此,他也就不知道自己该怎么办。他眯着眼儿观察、判断。这时候,莎莎在大厅外,扶着一株细弱的小树从地下站起来,那树干被她沉重的身体压成一支弯弓。她一下一下喘息,无限凄清地喊:"墨阳哎!……"

季墨阳扫她一眼,没动,仍然望着歪在众人臂膀里的刘亦冰。莎莎眼泪花花地,独自朝家走。没走几步,腹痛逼她弯下腰,她捧着大肚子嘶叫:"墨阳哎……"像要小产了。季墨阳再不敢耽搁,掉头朝莎莎跑去,扶着她。莎莎一把搂住季墨阳的腰,似偎似扯的,两人快步离去……

刘亦冰的一生已经在那座门厅里碎裂掉了。之后,她又变成缕缕残骸吊在众人口舌上。

在军区大院,刘亦冰原本引人注目。但是,知道她患过乳腺癌的人并不多,更绝少人知道她切除了一只左乳,安装上一只假

第三章 天意浓

乳房。机关干部们经此事才看出，刘达女儿那么漂亮的身材，凸起的乳峰——竟是假的！人们之间好多人以前连造乳术都没听说过，这桩异闻，在他们那里比莎莎的作恶更可吃惊更可回味，也更容易流言不衰。事儿越过军区大院高墙，渐渐渗入部队。到了下头，竟变质成：刘司令女儿和一个部长乱搞，叫部长夫人按住喽，提刀追到广场上，一刀把她的乳房砍下来……

而莎莎早已被人们忘记，传播媒介连她的名字也搞丢了，却只顾将她提拔为部长夫人。

这里，仅有"刘司令女儿"是事实，其他已都是讹传。且是由善良而昏昧的人群，真诚地讹传着。因丑闻牵涉到令人敬畏的刘达，底下干部还舍不得说，非碰到信得过的人，才使舌尖儿递去这个机密——在递的同时，也意味着彼此信任。

在很长一段时间里，刘亦冰除了上班，就足不出户。因她在路上走着，所有射来的目光——有意或无意的，认识或不认识的——她都以为是盯着自己胸部。只要是目光，就足已杀了她。自尽，出国，调离，出走……她都认真考虑过，终究都没有实施，那些都太累人了。最后，她只剩下一个法子，那就是麻木。

偶尔在深夜，她也会恢复成旧日的自己，灵灵动动感情丰富的自己。她拿痛苦一寸寸把自己垫高了，俯览着季墨阳和莎莎，顺带俯览着天下苍生们。忽然发现：过去她十分瞧不起的莎莎，一个小县衙里的女子，竟比她能耐得多，强大得多！如果拿掉自己的司令父亲，拿掉与家庭背景有关的特权，个顶个与莎莎单斗，那么三个她绑一块也不是莎莎的对手。因此看来，那些不起眼的百姓们，果真就弱小么？不！他们谁也不怕她，只是害怕她所代表着的东西。比如父亲、比如权力、比如雷尼替丁……刘亦冰不禁朝那些东西靠得更紧了，也更爱父亲了。话说回来，百姓们对她所代表的东西的惧怕感情也是复杂的，这里头包括贪恋和企求，也包括对世事不平的嗤之以鼻和敢怒不敢言……尽是刘亦冰的生存空间极少给她提供这种感性认识，常识乍一被瞥见，才生出如此震撼。

季墨阳给刘亦冰打过无数次电话，每次，刘亦冰听出是他声音就挂掉了。终于有一天，季墨阳在一条小径上拦住了刘亦冰。小径只有他们两人，面对面站着。季墨阳依然军容齐整，神情肃穆，扣着风纪扣儿，道："那天的情况，后来我全知道了。我想来问问你，你希望我拿她怎么办？……随便你说。你要我怎样，我就怎样！"

刘亦冰脸上毫无表情，默然片刻，说："我只想叫你知道，你欠我一条命。"

季墨阳颔首道："是的，我知道。"

刘亦冰轻轻地："也许，将来我会要你偿还。"她越过他。兀自走开。

第四章　大院儿，人团儿

27

军区政委韩世勇，朝下头注视片刻，蓦地仰首开怀，哈哈大笑起来。其气势如黄钟大吕，身躯如巨树般哗哗摇晃，笑声驾驭着全场，几乎抓起全场冲天而上……于是，所有人霎时都抛弃了沉稳劲儿，解放面部表情，再无丝毫禁锢，纷纷追随他欢笑起来。全场为之倾斜。夏谷看呀看呀，老也看不够韩政委，醺醺然暗动感慨：韩政委的笑，绝对是天下无匹！掰下半个笑来，就够这儿人笑十多年用的。含量大哟。

据说韩世勇四十岁那年，被错误关押中，于数夜间白了头，放出来后竟然添了个昂首大笑的习惯，动不动就大笑一阵，和谁说话都是乐呵呵的，如今他渐奔老境去了，端的是头上鹤发如银，目中神采奕奕，凡笑便往大处笑，整个人笑得透透的，脸庞上红光白光交相辉映，通身金银般灿烂。夏谷和夏谷们，只消往这笑跟前一站，就觉得这位堂堂中将政委暖融融的，十分可人心儿；还觉得韩政委水平高，胸藏大器而不外露，器宇非凡，绝非那些庸庸的高官们可比。

夏谷最早见韩政委时，人还在部队。那天晚上，他在师党委会议室里，给一溜的常委们泡茶。常委们聚集在一台25英寸大彩电跟前，集体收看党的十一大重要新闻。忽听师长茶杯盖子一响，叫着："那是韩世勇吧？！……"夏谷闻声回头看荧屏，只见一排将军从镜头前缓缓掠过，没等他认清谁是韩世勇，镜头已转向主席台，再度展示党和国家领导人形象。然而师常委们却兴奋了，他们终于在荧屏上找见一个熟人，这使得党的十一大跟师党委会一样贴近他们，人人都有了参与感。而且，荧屏上既被他们认得而又认得他们的人，就只韩世勇一个，竟没看见刘达等军区其他与会者。常委们便猜测：那个镜头，是有意给他的还是无意中捎上他的？假如是有意给的，这个规格可不低，它意味着什么呢？中央委员跑不掉吧？……夏谷再次见到韩政委时，则近一些了。韩政委到师里来检查工作，并接见全师团以上干部和机关全体干部，台下的人黑压压坐了半礼堂，韩政委在台上接见大家并作指示。由于人多，韩政委实际上只是被部下们参见，而不是真的看见每个部下。夏谷坐在最后一排座，身体挺得笔直，军帽端端正正放在膝盖上，他从无数颗级别比他高的人的头颅缝隙中，注视级别最高的韩世勇，揣摩他的一言一笑一举一动，有无什么深意？观察他的气色以图参透他的心境。直至调入军区之后，夏谷才能够从更近处看见韩政委，比如在路上碰见他的车，而他又正在车里；比如给"党办"上送一份文件，而韩政委又正巧从宽大的走廊走过去……所有这些见面，其实全是他在看韩政委，韩政委可从没看见过他。所以，尽管他暗中早将韩政委视作熟人了，韩政委仍视他为陌路。

第四章 大院儿，人团儿

只在这次——季部长让他坐到办公桌对面沙发上，征询意见似地说："小夏，韩政委要亲自带一个工作组下去搞调查研究，要我部出一个人。我看你去吧。学习锻炼嘛。一个很好的机会。你的意见呢？"季部长说话可真有特点：他偏偏把一件根本无可商量的、重要而光荣的、明知你会喜出望外的任务，以商量的口气交给你。假如那是一件苦差事，那他可能就毫无商量地说声"你去"。夏谷当时稍许激动。呵，要跟韩政委出发呀，这下子我还不得跟首长朝夕相处吗？

至今日中午12时为止，夏谷在韩政委率领的工作组整整待了二十八天，跑了东南三省两市，调查了两个集团军，三个步兵师一个装甲师，外加一个省军区，团以下的单位不计。夏谷从来没在这么短的时间里跑过这么多的地方，见过这么多排着队前来的各级领导。往常想见他们中间的任何一位，都得等好几天，还不一定见得着。工作组这种"跑"法，令他觉得大气磅礴，跑得痛快淋漓，每日高质高效。就像你一步从这座山尖上迈到那座山尖上，三下五除二，就把半个欧洲那么大的地面及军营踏勘了一遍。跟着韩政委"跑"，夏谷才知道中国何其大军区何其大！跟着韩政委做事——无论做什么事，夏谷都平添三分巨人的感觉。所做的任何事也就统统不是些许小事，都具备了相当的规格和级别。

二十八天跑下来，夏谷再看韩政委，已没有往日那种神圣感，也不知是他韩政委降下来了，还是自己升上去了，反正两人挨近了好多，连玩笑都敢跟他开，连笑也敢笑在韩政委前头了，居然还敢笑得比政委响些了。夏谷对韩政委这样一方诸侯似的大军区最高领导人——假如搁在春秋战国还不得是齐恒公楚庄王一类的霸主，偷偷地产生了同事般感情，很舒服地将自己当作韩政委的一部分，很习惯地以韩政委的目光、思维去看待外界。连自己的笑，也向韩政委的笑靠拢，有点像韩政委的笑了。

最初几日，夏谷把韩政委独具特色的笑，认作是一种"威"，虎笑不就是虎啸么？韩政委笑颜一展，三分笑而七分威，听到他的笑声心头便有些凛然，觉得那笑声比咆哮还威风。后因韩政委跟他亲切接触过几次，他渐渐看出韩政委的笑，其实是一种语言，一种广阔多意的、能够以一当十的语言。比如部队领导向他汇报某事，而这事他又不能明确表态，于是就哈哈大笑一阵，笑罢便转入另一话题；再比如听到某个棘手的问题，他内心很愤慨，又不能够予之杀伐决断，他因气恨也会哈哈大笑一阵；还比如他不同意此事，又不想当即回绝，这时他也以哈哈大笑绕过去。那次视察陆军339师战史馆，在无数战争年代的照片中，竟有一幅韩世勇当排长时的现场照：他扛着缴获来的卡宾枪，右手托一顶盛满水的钢盔，边喝边笑……夏谷发现，原来韩世勇在数十年前就已经爱笑并且会笑。当时，339师副参谋长，指着台板上的一挺老式机枪，硬说是韩政委那次战斗中亲手缴获的，是如今师里最珍贵的战利品。韩政委不说是自己缴获的，也不说不是自己缴获的，他只是快活地仰天大笑，在场的人都幸福地跟着他笑了……夏谷还发现，很少有人在韩政委大笑之后还敢盯着他追问明确指示，他们只能在韩政委的笑声中自行揣摩去，韩政委给你们留有余地呐，但看你能否正确理解了。每逢此时，夏谷总觉得妙趣横生，心想："每天你要批那么多呈阅件，难道也只批上'哈哈'二字么？"

一日中午，夏谷为了某件急事，贸然进入韩政委卧室，亲眼看见了韩世勇的睡态：他仰卧在床上，两眼半睁半闭，瞳仁在眼缝里清晰可见，脸上微微笑着，不打呼噜……夏谷以为政委醒着，

第四章　大院儿，人团儿

正要报告,蓦地发现他是在熟睡。夏谷轻轻地退出来,惊诧而又莫名地感动了。他没想到,韩政委即使在梦中也还在微笑,像酝酿着一个美妙的遐想;而且,他在睡梦中还半睁着眼睛,像警惕着什么意外。——在兼蓄两者的同时,居然还能从容入梦。

韩世勇快七十岁的人了吧,但于半梦半醒之间,仍然不愧是一个孩童。因为,只有孩童,才能同时拥有这么多意境。

韩世勇踩着厚重无比的步子,朝自己的"奔驰"280座车走去,秘书已经拉开车门,侧立一旁。今日,工作组将长驱五百公里路,返回军区所在地。韩世勇一只脚已经踏上车了,就在那种姿态里沉思了片刻,然后把脚抽回来,朝工作组其他人员乘坐的面包车走来。宋副部长、吴副部长、于副秘书长、石科长……纷纷将头从车窗伸出来,目视着他,不知他将有什么指示。韩世勇走到距面包车几米处,打了个手势,意即:不必下车。随即泛泛地朝面包车挥挥手,叫道:"你们都好好坐着吧,我只有一句话。长途行车,最适合做什么?你说。"他指定宋副部长。

宋副部长不自然地笑道:"打个瞌睡呗。"韩世勇哼一声,又指定吴副部长:"你?"

"看看风景,养精蓄锐……"韩世勇又哼一声:"也是睡觉。你呐?"他越过于副秘书长和其他人,径直指定坐在车尾部的石贤汝科长。

石贤汝平静地道:"长途行车,最适合于思考问题。"

"都听见啦?"韩世勇笑哈哈地望他们。"我也是这么个习惯。车一动,脑子就停不下来。所以,我要求你们,在下车之前,一人给我拿出一个思想来!问题就是昨天小结会上我说过的那几条,你们独立思考,彼此别商量。也许在路上我就朝你们要方案了。"

韩世勇说罢，众人齐声应"是"。他点点头，回座车上去了。

面包车开动起来，缓缓驶出集团军营院大门，与前面的奔驰车保持一段距离。车内人在宋副部长率领下，纷纷躬起腰儿，向外头送行的集团军领导们挥手告别。虽然外头听不见车内声音，他们仍亲热地嚷着常规告别词，直待那树林遮没了对方，他们才扑扑地坐下身体，很累的样儿。少顷，宋副部长从面包车前座，也就是那既宽大又不颠簸的位置上，转过头来——头颅大约只转动了二分之一，眼睛绝不可能看见车后，但意思已送到后头。他笑着说："老石啊，你是不是以为，我们不知道该怎么回答韩政委的话呀？……你那一句'思考'害得我们大家都不敢放松喽。这五百公里路，心上得压着几吨重材料啊。"

宋副部长岁数比石贤汝大得多，但他一口一个"老石老石"，从工作组组成那日起就是这么叫，听起来像"老师老师"。夏谷担心地望身边的石贤汝。因夏谷在工作组内职级最低且最年轻，所以每逢乘车，他都自觉地坐到最后一排座上。石贤汝虽然够朝前坐的资格了，但是他似乎喜欢坐在后头。因此大部分时候，车后座就他们两人。仅此，也足以使他俩亲密起来。

在宋副部长那声"老石啊"刚刚出口时，石贤汝已将上身长长地凑前去，接听指示。待他最后那声"材料啊"落地，石贤汝立刻检讨道："部长哎！方才那话一脱口，我、我就后悔了，想改也改不回来。我、我们累了快一个月，何必再给自己加码？不管什么工作，回去再干吗！而且，方才那话脱口之后我也反应过来了：你们几位部长，其实都知道韩政委是什么意思，想掏我们什么话，你们故意不说。就我、我傻呵呵地不知道首长意思，才老老实实说了。"他说话有点儿口吃，经常是在"我"字上口吃。

第四章 大院儿，人团儿

每当说到那个字眼，他都像要吐出个隐私那样困难。为了避免口吃，他竭力说慢点，因此他说话时就如同有万语千言闷在肚里，眉眼口鼻甚至手脚都在用劲，加之语言精彩，所以不光叫人听着可心，看上去也十分动人。

宋副部长"噗嗤"一笑："没那么严重。你反应太快了。"

"但是方才我又一想：既然韩政委主意已定，我们说不说还不都是一样么？他是事先知道了答案才问我们问题的。要是大家都不说，韩政委肯定自己说，没准还带上点火气说。而该我们干的事，还是一项也逃不掉。所以部长哎，我、我冤枉。我只有没命地希望你——快点当上大军区政委，我们跟着你过好日子。"

宋副部长笑骂："见你的鬼！不管什么玩笑，到你嘴里就是一篇社论了。咱们这车里，将来果真有人当上了大军区政委的话，我看不是别人，就是你！"

石贤汝诚恳地："嗨……部长说我、我心坎上了。我我、我也正是这样想的。"众人哈哈大笑。石贤汝很满意地看着大家笑，将身体舒舒服服收回座位里，退出战场了。

夏谷凑在石贤汝耳边道："老石，我有句话老想问问你，一直没敢问。"

石贤汝眨着眼："你问。"

"如果话不对，你可别生气。"

石贤汝眨眼笑："那肯定是句不对的话了。不过，你只管问，我、我老石要是爱生气，十五年前就气死了。如今不还是健在么。"

"工作组里有人说你是韩政委的心腹，韩政委每次下部队都指名带你，重要的文件材料也指名叫你搞。这次，本来是秦副司令员带你去打演习的。碰上韩政委有动作，又叫你跟他了。外界看来,好像你被两个首长争来争去。对不对?"夏谷紧张地看他。

"你说呐?"

"照我看,反正韩政委挺欣赏你的。"

"唔,我、我也挺欣赏首长的。"

夏谷顿时无可奈何,想想又不甘心,亲切地诡笑着:"老石,你说话真有魅力。"

"我、我知道你意思。我说话爱结巴。"

"我不是那意思……"

"是不是那意思都不要紧。告诉你吧,我、我彻底想过这个问题,结论是:石贤汝此人结巴,但他比很多伶牙俐齿的人会说话。"石贤汝笑眯眯望着夏谷,竟使夏谷愧得无地自容,拼命点头,以示深信不疑。石贤汝仍然紧追不舍,"小夏呀,你还没说你的意思呐,叫我给打断了。你继续说。"

夏谷道:"老石啊,你说话有个口头禅,喜欢带'方才'二字,而平常人都是说'刚才'。你和别人不一样,倒是和韩政委相同。他也从不说'刚才',而是说'方才'。"

石贤汝凝视夏谷,摇摇头:"没想到你挺能观察的。你是个危险人物呐!我、我以后再也不说'方才'了。"说罢他拍拍夏谷肩,示意车内,"咱们也动点脑子吧,你看他们,已经思考起来了。"

夏谷望去,宋副部长摇摇晃晃地呈瞌睡状,吴副部长双眼直直地射向窗外,副秘书长则细细地吐出烟缕……车内各人都摆出了自己习惯的思考姿态,显然入定已深。于是夏谷也不说话了,先从昨天晚上韩政委的指示逐条想起,苦心琢磨下去。

上午10时左右,车队驶上312国道,路面平直宽阔,夏谷只觉得身下一轻,面包车已如扁舟顺流滑行,轻妙无比。就在那一刻,

第四章 大院儿，人团儿

夏谷心儿被车势腾空一举，跳出了一个思想。没等这个思想化开来，就又跳出一个思想……一串串思想如炒豆般倾巢而出，夏谷把它们按住了，排好队，组成了向韩政委汇报的方案。少顷，腹稿已就。夏谷口中默默念动一番，顿觉得胸有千军万马嘶鸣待发，那些观点分析与段落，支棱着颈子在心中乱拱。而思想们正跺着蹄子渴望奔驰。方案是结结实实的，铿锵说理的，天然浑成的，正是韩政委所喜爱的风格。夏谷恨不能趁着新鲜劲，就赶到韩政委车内去汇报，他肯定欣赏。

夏谷看看车内其他人。宋副部长等人还在旧有状态里沉思不已，那模样令夏谷疑心，他们是不是睡着了？他探头从侧面看他们脸部表情，看见宋副部长口角有一丝不易觉察的微笑，看来思考对于他是种享受，口里含块糖似的含着一个个念头；吴副部长则小心翼翼地用指头贴在大腿上默写着什么，思考对于他，便像夜兵偷袭了；而副秘书长的牙骨儿正在有力地挫动正在咀嚼不止，虽然不出声儿但夏谷感觉到声声硌耳，思考到了他这儿就成了力气活……不管怎样，他们显然都已思考到各自的巅峰境界，心神儿都已化透，整个人都成为一堆思想或是方案戳在座位上。夏谷霎时不自信了，疑心自己太嫩。要不怎能这么快就自我满足了？再扭头看石贤汝，便碰到他似乎是一直注意自己的目光。石贤汝微微一笑："考虑好啦？"

"没有没有。"夏谷说着，揪着自己心儿一抖，将那些挂在、叼在、扒在、攀援在自己心上的各种思想统统抖掉，心儿因过度轻松而突地一缩。他将自己倒空，再重新思考。这时，他有了些庆幸，又有了些后怕。他得先固定住自己，再战战兢兢进入思考。

28

　　前头的奔驰轿车轻轻一声鸣笛，朝一条岔路驶去，面包车随之跟上。宋副部长从前座转过二分之一个头，朝后面发话："里面是什么地方？"

　　石贤汝将身体长长地迎上去，回答："坦克旅的一个器材库，营的单位。"

　　"计划来这吗？"

　　"没有计划。"

　　"哦……"宋副部长挺直腰。于是车内人都随之坐直了身体，凝神注视前头的政委座车。黑色"奔驰"在崎岖山道上颠簸着，一直朝深处驶去。宋副部长低声说了一句："耽搁太久的话，今天就回不到军区喽。"没人理他。稍过片刻，车身一跳，随即驶上平坦的路面。夏谷脱口而出："好像快到了。"石贤汝好奇地问他："你怎么知道快到了，以前来过？"夏谷道："我怎么可能来过。一般来讲，军营前面几百米通路，总是要修得整齐些，而且越往前走，路面应当越好，给外来者一个好印象：这才像个军营嘛。我在下面部队工作时就知道，假如让领导沿着破破烂烂的垃圾道儿进入军营，人还没进呢，印象先就坏了。"石贤汝听了颔首不语，身体内某处已在微笑了，大约两分钟后，笑容才从脸上渗出来。

　　奔驰车进入一座可怜的营门，驶上一块小操场。奔驰车在那块巴掌大的地方里，像泥鳅那样弯过腰来，轻妙地停到一抹树阴下，使阳光晒不到车身。面包车随之跟上，驾驶员倒了两次车，才将面包车停放到与奔驰车相齐的同一条直线上。但是树阴儿只有那么一抹，已叫奔驰车占上了，阳光直射面包车顶部。待会他们离去时，车内将热得像一个蒸笼。虽然不远处有一大片绿阴，却绝不能将车驶到那里去。它必须与奔驰保持队形。打远处朝两部车望，就像一只虎乖乖地卧在一只猫身边。

韩世勇下车，在原地略站了站。前面平房里早已冲出一个上尉，军帽是匆匆戴上的，神情却是面临敌情一般紧张，跑到韩世勇跟前，闪眼看一下中将军衔，吓得咔地敬礼，用全部冲动迸出一声："报告！"接着竟说不出话。韩世勇摆摆手，示意他不要紧张，他才定下神，喊出一连串报告词："报告首长，坦克旅器材库全体同志正在点验装备。主任胡天民报告完毕，请首长指示。"

"你是这儿的领导？那个小李到哪去啦？"

"报告首长，老主任李兴已调旅部任副参谋长。我是刚刚上任的。"

"哦嗬，祝贺你喽。我们几个人，都是军区的，顺道弯到你这来看一看，马上就走。你不要报告旅里，省得他们跑来；也不要打乱工作计划，该干什么还干什么去，我们不要你陪。不喝水不吃饭，你回到你位置上去吧。"

胡上尉呆呆的，蓦然道："报告首长，我们有沙田西瓜，个顶个的好瓜，都泡在井里呢。那口井上百年啦，水质又凉又甜。沙田瓜浸里头比冰箱好吃一万倍！"

韩世勇"噗嗤"笑了："那么，就吃你两个瓜吧。"

"是，首长。"上尉欢喜无限的样儿，噔噔地朝回走，政委秘书跟上他，简单叮嘱几句什么话。石贤汝盯着上尉背影叹息："这小主任真可爱，一下子就扑进人心怀里来。"

夏谷幽幽地道："是呵，又凉又甜。叫人想起我当年了。"

"喔，你当年有这么纯朴吗？"

"我在一个山沟沟里头待了八年,没见过少校以上的官。你想能不纯朴?"

"以你今天的模样看——不像。"

韩世勇向前面短松冈望望,回头朝工作组挥挥手,两眼已如两口冷冷的井,低喝道:"我走走。"兀自朝山冈上走去。

那山冈不高,土色也不甚分明,石块半立半卧的,瞧着挺乖。数十株针叶松,树干上皮壳龟裂,一片片翻翘着。这些树状如斜斜的老人,东一株西一株,树身一律朝南倾歪,一看就知道长年叫北风吹的。沿山势下去,远处有一条正在开通的公路;如果不出意外,数月后这座小山包将被公路拿去垫底。夏谷朝平房那里看看,西瓜还没有来,见几个兵趴在窗口上偷窥这里的首长们,就他们而言,今天这场面也许在整个服役期里也难得一见。夏谷昂首挺胸,首长似的在空旷地踱了几步,意思是叫他们看看自己,也是"首长"中的一员了。然后他缩进树阴下,散散地望韩世勇,却懒得猜想他在那里踱什么。

韩世勇踩着一条若有若无的小径,东看看西看看,时而朝草丛里踢上一脚,时而停定默想。白衬衣背上有一块已汗透,银发在阳光下闪闪发亮。渐渐地,他已登上山顶,临风远眺,整个人宛如贴在蓝天上。夏谷看着眼馋,直觉得整座短松冈都被韩世勇的偌大情趣垄断掉了。他道:"好想跟上去看看。"便要动身。

"别去!"石贤汝在旁低声道。

"为什么?"夏谷看见了石贤汝的严肃神情。

"你让他一个人走走吧。为了到这里来,今天我们多绕了几十里路。"

"到底是为什么呀?"夏谷挨近石贤汝,使劲看他。

石贤汝合掌点火，叼上一支烟。那烟卷在他嘴上一翘一翘地道："好吧，我、我告诉你。但是你听了后，绝不能乱说乱用。"

"当然！"夏谷却不解：不能乱说好懂，这不能"乱用"是什么意思呐？

石贤汝眼儿瞟上蓝天，似凝神运气，牙骨儿一紧，从脑中极深远处抾来文件，一字字复述道："1948年4月22日，韩世勇率四野十纵五团两个连，在短松冈一带执行狙击任务。敌31军坦克营并一个团，大约两千人，经短松冈赴宁远镇增援。纵队首长要求韩世勇不惜代价抗击四小时，之后就算胜利。韩的两个连，在此地苦战一个半小时，阵地就被敌突破。之后，欲退不能，欲守也不能，部队大乱，班排各成为散兵死战了。又坚持了几十分钟，敌军就越过了短松冈。韩的两个加强连三百余人，阵亡一百二十七人，伤百余人，韩自己也重伤昏了过去。这是四野十纵战史上一次有名的败仗！其中，有韩在指挥上的问题，有上级部署上的问题，战后，野战军首长追查下来，谁也逃不掉。韩从营长撤为排长，那个营，连番号也改掉了……"

夏谷惊愕着，一时也忘了掩饰惊愕，怔怔地说不出话。

宋副部长走过来："谈什么呐？"

石贤汝笑道："随便聊聊。夏谷在给我吹他当年谈恋爱的事，有一大帮姑娘追求他。"

"年轻呵，"宋副部长兴致盎然，催促着，"往下说啊，我要亲自审查一下小夏恋爱史。"

夏谷吭哧吭哧地："我、我是谈过一个对象，没成。被她踢了。后、后来……行啦部长，你就别逼我现丑了。看这天热死人。"夏谷掏出手绢揩汗，编不下去。

宋副部长哈哈大笑,笑罢朝石贤汝跟前凑凑,小声问:"老石,注意到没有,政委好像有点心事?"石贤汝赶紧朝山上望望:"噢,可能,很可能。"宋副部长探究着:"你看政委在想什么呢?"石贤汝摇头:"拿不准。会不会是某某军班子的问题?"宋副部长颔首道:"我正是这么考虑的。你们聊吧,我去跟政委谈谈。可能他正需要我。"

石贤汝看着宋副部长朝山冈上走去,似乎自语道:"短松冈战斗,好多二级部长至今也不知道,战史上也没提过。"言罢看夏谷一眼。

夏谷发誓般道:"你的话烂在我心里了,绝不会说出去的。"他很为石贤汝的信任而感动,竟将那么要害的史料告诉自己,使得自己对韩政委的认识大大深入了一层。但是他也惶恐着:不明白自己何以值得石贤汝如此信任?又如何配得上他的信任?再如何报答他的信任呢?

石贤汝说:"你也不必问我是怎么知道的,反正我知道就是。韩几年前来过一次,那是他刚刚当政委的时候。再早,'文革'动荡罢官撤职时也来过,听说那次来连车也没有,警卫员也没有,只身一人走着来的。这里埋着他一百二十七个战友,是他的滑铁卢。他每逢人生关键时刻,怕都要到此来怀旧。当年他从一个营长掉到排长位子上,栽得惨呐。不过韩世勇毕竟是韩世勇,到大军过江时,他又干上教导员了。从此他就没当过军事干部,一直从政工这条线上来的。有时我也胡思乱想啊,韩政委当军事干部打的最后一仗,是一场败仗,这可是他一辈子的转折点啊。别的不说,光是念念不忘当年之耻的韧劲儿,就挺了不起,我甚至想,也许短松冈战斗不像人说的那样,也许责任不在他,他不过是蒙冤受过而已。谁知道呢？他也从来没透露过。这一次我不知道他为什么又来这儿了，会不会是公路快要把山冈子平掉了，他来告别一下？"石贤汝思索着。

夏谷远远望去，韩世勇仍然临风伫立，那模样使他扑扑动心。他看呀看呀老也看不够，一颗心也偎在那冈子上了。1948年4月22日是一个钉子，将堂堂韩世勇钉在这。而自己再怎么看也是几十年之后的眼光，要真能看懂才怪。短松冈普普通通的。天晓得竟是块圣地，埋着一百二十七个烈士，却没有什么人知道这是一块圣地。要是当年这儿打的是一场胜仗，这儿要不弄成个烈士陵园才怪……他把自己酸楚感受跟石贤汝说说，石贤汝点头道："我就晓得你别有感触。说得对呀，败了，连个碑都没有；胜了，这儿就是圣地。"

"韩政委会不会又要高升？往北京调？"

石贤汝不语，表情含蓄。

夏谷看见，宋副部长爬到半山腰，韩世勇朝他用力挥挥手，宋副部长赶紧掉头退回来了。夏谷说："时机不对。还好我没跟上去。"韩世勇又独自在那里踟蹰片刻，然后闷闷地下山。

老榆树下头，已搭开了几张行军桌，沙田西瓜被斩头去尾，切成一片片。每片都已是最好的瓤儿，无籽，鲜红，水晶晶的，摆在几只大茶盘上。远远望去，可看出瓜上空飘着蒙蒙的冷气。上尉朝这跑来，竟忘了戴军帽，因兴奋而跑得像只兔子。近了，才骤然意识到什么，放慢了步子，一步比一步更持重地走来。立正敬礼："报告，都准备好了。"

宋副部长抢先说道："小鬼，你去请一下首长。你是主人么。"

上尉便朝韩世勇跑去，在山脚那儿迎住他。韩世勇见了上尉就十分亲切,站在那儿跟他说笑,两人宛如父子。然后,两人前后挨着仅差半步,朝这里走来。宋副部长们纷纷起身,面向韩世勇站定。韩世勇伸出大手朝榆树方向一推,动作跟毛主席似的有气派:"走噢。打个歼灭战!"大家便随他走去。快到西瓜案子前了,韩世勇停步,不是看瓜,而是抬头朝老榆树上看了一阵,哈哈笑道:"又添了一窝喜鹊嘛……"这时,夏谷听见身边石贤汝轻轻地、动人地呢喃着:"喜鹊哟……"

韩世勇居首,众人围着行军桌坐下,目光顿时被瓜儿映得雪亮,面前凉甜扑鼻。韩世勇双手捧起一块瓜,朝上尉拱一拱,高叫着:"韩某多谢喽!"劈头一口咬下去。上尉欢喜得不知如何是好,只乱摆手:"请请请。"众人也不多话,各自抓过一块入眼的瓜,吭哧吭哧大嚼,不时迸出叫"好"声。这堆瓜儿显然是精选出来的,块块都熟得恰到火候,沙瓤,汁水厚,甘甜可口,入口便化,且无甚籽儿,叫人吃得口顺。

韩世勇吃了大半块,就放下不吃了,怎么劝进,他也只摇头说:"我够了。你们吃你们的。"但是他不吃,别人吃起来就不大自然了。不吃又可惜,只好象征性地吃。韩世勇瞧出大家的意思,就走到边上去,在榆树下踱步。夏谷凑到石贤汝耳畔,小声道:"瓜是好瓜,可是叫那帮兵们切坏了。他们是用菜刀切的,瓜瓤染上了菜腥味。政委怕是闻出来了。"石贤汝疑问:"你怎么知道的?"夏谷反问道:"我白在部队干那么些年吗?"石贤汝端起一块瓜细细嗅了一下,果然。方才口渴,不觉得有异味,现在饥馋已解,便嗅出了菜腥味。他一言不发,起身向伙房走去。少顷,夏谷也跟过去了。到了伙房,看见石贤汝正举着一把刀,用鼻子嗅它。"不错,是用它切的,小夏你赶紧磨磨刀,把菜腥气去掉。"夏谷上前,

第四章 大院儿，人团儿

拿过刀来，在边上那块磨刀石上蹭蹭荡几下，又抓一把细盐撒上去，再蹭蹭荡几下，使水冲净。把刀交给石贤汝道："行啦。"石贤汝不接刀，指着它道："你再切几块瓜。"夏谷抱过一只大瓜来，敲敲声，搁案上，挥刀斩头去尾，几下子就将它剖开，每块瓜瓤都像只弯月牙儿。石贤汝瞧着十分动容，凑到瓤上嗅一气，笑道："小夏你他妈真行！在伙房干过吧？"不听也没准备听夏谷的回答，就顾自用一只干净盘子装上几块瓜，端出去了。

石贤汝端着瓜儿走到韩世勇身边，用三分恳求七分命令的口吻道："政委，你再吃几块。无论如何也得尝一尝。"韩世勇正在看那棵老树，扭头盯石贤汝一眼，再看看其他人，道："好吧，再来一块！"他拿过一块瓜，随便咬了一口，品尝着，旋即眉开眼笑，很快把它吃尽，然后又主动拿过一块。边吃边说："小石啊，你要是把这棵老榆树看懂喽，你的文章会大进一步。你给我好好看看它，用心看。"

"是。"石贤妆就端着盘子，站在那儿观看起老榆树了。

这棵老树大约有二三百年了，树冠庞庞然如一座临空的山包，将漫天阳光尽行遮住，树下的土壤都带凉气。树身斑驳鼓凸，说直也不直，说歪也不歪，而是若正若斜地起伏着伸上去，观之古意盎然，叩之有铜钹声。树底下，虬根在土中隆起，隐然生有蛇背那样的花纹，似活物在土中游走不定。再远些，虬根消逝，但走势已在大地深处蔓延开，仍给人无尽感觉……石贤汝奉命用心看老树。开始，他只是用眼儿执行任务，并不动心。看看看着，意思出来了，越看越有味，不由地把树下的韩世勇也看进去，把树上的喜鹊窝也看进去，脸上显示若有所悟的样儿，状如酝酿一篇大文章。

石贤汝道:"首长,看出点意思来了,想请您指正。"

"说说看。"

"八个字:若正若斜,若斜若正!"说罢,石贤汝先被自己的话感动了,那八个字暗藏多么深刻的政治智慧啊。

韩世勇听了不说对,也不说不对,兀自仰首哈哈大笑。他以大笑代替了评价,竟也是一种若是若非的意思。但笑,却笑得无限欢喜。

夏谷却在边上冷眼相看,连韩世勇带石贤汝、连老榆树带喜鹊窝统统看在眼里。他刚才被石贤汝指挥着又是磨刀又是切瓜,虽然心甘情愿,但没想到石贤汝端起瓜后喊也没喊自己,独自就奔韩世勇去了,这岂不是撂下自己——又端着自己的一部分上贡去了吗?又见这边宋副部长等人,都讪讪地围坐在瓜案边上闲耗时间。那儿虽只他们两个,那儿却叫这儿全体人们魂牵神绕;这儿拥着大堆的人,这儿人却有点失神落魄……

夏谷恨恨地谴责自己和这儿人的心态:"失恋!"由于谴责得狠,心里也就通达得快。之后,抢在众人头里表现得平静如初了。他孤独但很纯净地微笑着,致使那脸儿挺耐看的。

再出发时,韩世勇叫宋副部长上他的轿车。宋副部长跑过来紧张地到处找:"我的皮包呢?"夏谷赶忙把他的大皮包翻出来递给他,严肃地指出道:"部长你现在是军区首长待遇了,起码应该先丢包烟下来,再抛弃我们吧。"宋副部长叹道:"小夏你不懂,首长车不好坐。在这儿我们大家能随便聊聊天,什么丑话粗话都敢说,在那车里行么?"夏谷点头附和道:"恐怕不行。"心想你在这也没说过什么丑话粗话呀!"你在那边多保重,我们大家怀念你呐。"宋副部长向面包车里的人摆摆手,迅速去了。

第四章 大院儿，人团儿

面包车前头空了个位置，而且是个好位置，吴副部长叫石贤汝到前头来坐。石贤汝摇头道："万一宋部长又回来呢？还是先空那吧，不急。"

车队开出去半个多小时的样子，前头的奔驰车靠边停下了。宋副部长从轿车里出来，仍然拎着大皮包，回到面包车上。从他脸上瞧不出尴尬，笑呵呵道："我说找我干什么呢，原来是汇报。轮流上阵。老吴该你啦。"

夏谷又翻出吴副部长的皮包递过去，吴副部长道："我不需要它。"他空着手儿，胸有成竹地去了。宋副部长因已汇报过，解脱了压力，精神头十足。他看着夏谷等人苦思冥想，便居高临下地说说笑笑，翻倍地潇洒。夏谷问他首长特别关注什么？他说："各人和各人不一样，你想怎么讲就怎么讲，不要紧张，特别是不要有取巧心理。"后一句，已是批评他了。

在往大军区的路上，奔驰车且走且停，面包车里的人，挨个去政委车里汇报，其顺序粗看是政委随意请去的，实际上已大致按照职务高低。职务一般高的，则资历老些的又靠前。汇报的时间长短不定，石贤汝在政委车里待得最久，回来时表情如故，谁也看不出名堂来。夏谷料到自己肯定是最后一个，而肚里的方案却还是七零八落。顺序越挨近他，他越是惶恐。这时，石贤汝凑到他耳畔低声说了一句："问你什么就说什么，不要多话。"

夏谷顿觉豁然。立刻想到，这淡淡一句叮咛，却是汇报的要津！心里一定，紧接着，原本枯瘠的胸腹，竟涌出无数可供汇报用的严谨语句，他稍加调理一下，脉络渐渐分明，观点呐材料呐，环环相扣喷薄欲出，他预感到自己将精彩纷呈了，神情已跃然，口唇蠕动不已……前头的奔驰车又停了，夏谷不等喊，就躬身下车。

/197/

石贤汝在他背上拍一掌:"简洁。"

夏谷钻进奔驰轿车小客厅似的车厢里,甜滋滋的冷气浸润着他。韩世勇朝他点头,示意他坐到身边座儿来,然后就垂眉闭目,小酣着或者沉思着,久久不语。夏谷看出韩世勇累了,也就不惊扰他,在旁边静静等候。此刻,他与万众瞩目的赫赫将军近在咫尺间,且能在无觉察中细细地看他。原先隔一段距离时他只能看到韩的光彩与威仪,现在靠得这么近,便看出了丝丝老态镂在他脸上,呼吸中有一股令他不适的气味,白发色泽暗淡,额间有刀痕,和皱纹混在一块……夏谷猛然地同情这个将军了,堂堂大军区政委实在不好当呵。近一个月来,他每日只能休息几小时,要看那么多文件,见那么多人,无休无止的会议。对每一份文件要写下不同批语,对每一个人,要说不同的话。他每天要说那么多的话,从无一句妙语,从无一句粗话,每句都是实实在在的,有点像《圣经》的语言风格,无论大人孩子,一听就懂。他好像故意把自己语言中光彩处统统掐掉了,故意砍去一切奇巧而只取朴拙,以求语句最大程度的平实、易懂、好记,就像掐掉枝蔓的树干儿那般醒目,光剩下重点与核心。那些说起话来伶牙俐齿、妙语不绝的家伙,在他看来恰恰是不可靠的。而那些沉默寡言、说话因紧张而词不达意的部属,往往能天然地使他信任。他每天不光说,在说的时候他也是自己语言的听众,他必须意识到自己的话产生的种种作用,要警惕自己的话哪些被执行了,哪些被人遗忘了,哪些被歪曲了。他不光说,更多地要听别人说,几乎从早到晚他身边都簇拥着各级领导,不断地跟他说这说那。在所有的话里头,只有一部分是真有价值的,其余都属于可有可无。但他兼收并蓄,面不改色。他已习惯于听废话、假话、空话、重复的话和别有用

第四章　大院儿，人团儿

心的话……他耐着性子从容不迫地听，好像那些话真值得他听似的。好多次连夏谷都听烦了，他还在以微笑鼓励对方说下去。从他身上夏谷才知道倾听是一门比说话更大的本事，这门本事最充分地体现在领导者身上。这门本事成熟的标志就是：你能否听得进废话。每天每天，他还要不尽地思考，要大笑，要看内参看《新闻联播》……这些事在别人那里可以取舍割弃，在他那里却是一种生命本能，只要他活着就不会有结束。他每天每天都具有超人的密度，整个儿是浓缩着的，高质量的，这样他才能不断把自己融化到军区每个角落里去。而自己还是自己，老也没缩小，老也没被化净。

韩世勇睁眼了。夏谷振奋精神，等待他一开口，便把自己倒给他。

"停车。"韩世勇朝驾驶员低声道。然后转脸对夏谷说，"叫石贤汝来。"

夏谷惊疑片刻，才意识到没有自己事了。他连忙打开车门下车，朝面包车奔来。石贤汝已下了面包车，在车门外迎接夏谷，关切地看着他："怎么样？""来！"

石贤汝朝奔驰车走去，步履从容不迫。钻进奔驰车后，车队继续向军区所在地进发。在剩下的几小时路程中，石贤汝一直坐在政委的奔驰车里，再没回来。

面包车里一直闷闷的，众人都在打瞌睡。夏谷有些同情车里的副部长们，他们在韩世勇心目中的地位，似乎不及军区小报的一个科长石贤汝。他们心里也许正不好受，也许习惯了许多不好受的东西因而不再感到不好受了，也许只是自己多愁善感反替人家酸楚不已……不管怎么说吧，石贤汝这家伙就是了不起！

这么了不起的人居然还只是个科长，而这些看上去没什么了不起的人却都干上部一级的领导啦。那么，究竟是谁了不起呢？

29

当天晚上，夏谷给季墨阳部长家挂电话，报告自己任务结束，返回机关了。并请示着："部长您看，需不需要我跟您汇报一下？"

季墨阳沉吟片刻，道："好吧，过十分钟，你到我办公室来。"

在季墨阳沉吟的那个片刻里，夏谷已经有些后悔了，觉得自己有点贬值。不禁疑心自己对季部长是不是太热切，太迫不及待地往上靠啦？一点事也弄得兴头头的，妄图引起季墨阳的注意，其实汇报这种事完全可以放到明天再说。他本以为季墨阳听到自己的声音后，会兴奋地邀请自己去家里坐坐，听他放开来谈韩政委工作组的所有情况——季部长难道不想尽快知道韩政委此行的精神么？自己全知道！自己在政委身边待了快一个月，而部长你在千里以外。你只有通过我，才能得知政委在下头说了些什么做了些什么，以及一万种意境与细节，以及与你有关的一些事儿。这一切，我是直接参与的，你虽然是部长但这次你只是间接介入的了。没想到部长居然沉吟了片刻。然后，居然让自己到办公室去。就连他自己，居然也多余地从家里走到办公室那儿去。

夏谷很失落，他真正想去的地方是部长家。在家庭气氛中谈话，说着说着就会染上点亲情，随意笑语，不大设防，上下级之间由于近乎了便渐渐情如手足了。再加上自己给部长带上来的几斤龙井新茶，肯定当场泡上两杯，品茗畅谈。他调军区两年了，还从没去过部长家……

第四章 大院儿，人团儿

夏谷在屋里坐了足有二十分钟才出门。估计着：加上自己走到办公楼所需的时间，部长应已在他办公室里等候自己二十分钟以上了。这个白等，是夏谷奉还他的。

隔很远，夏谷抬头望一眼部长办公室的窗户，那里面的灯光和别处办公室的不一样。别处办公室的灯光很硬很亮，部长办公室的灯光很软很柔，里头宛如卧了一轮水汪汪的月亮。大约别的干部习惯于用电不要钱，有事没事也把所有的灯全开着，以为越亮越好。而部长才知道什么叫暗中独醒，什么叫静夜幽思，不会叫光扎着自己，只让光们裹着自己。并且从光中捉出一缕，按到面前文稿上。夏谷引颈瞧三楼那扇窗片刻，瞧出一派玄迷，不禁扑扑地心动：将来我坐在那办公室里，要不要换一片窗帘呢？目前这窗帘太老气了。

一楼是水磨石地面。二楼是锃亮的木地板。三楼除了木地板外，还有一层塑胶地毯。感觉也是这样，越朝上走，人越轻盈。夏谷沿着地毯走到尽头，敲敲部长门，待想起来喊"报告"，已经晚了。看来跟韩政委个把月，把老习惯都弄丢了。

"是小夏吧？快请进来。"

季墨阳从办公桌后面站起身，捉住夏谷手将他拽入沙发里，自己却不坐，站在旁边亲切地看他："瘦了瘦了，不过，你可是越瘦越精神啊！快说说，这次跟韩政委下部队……"

夏谷矜持地笑着，斜眼朝办公桌上看看，没堆什么公务嘛。他"吱"一声拉开大皮包，摸出三包茶叶，双手递上："部长，这是您的老战友，省军区黄副司令送您的，说是一级龙井。"季墨阳叫道："黄副司令是我老首长呀，我从没给他意思一下，他却年年给我送茶尝新。不好意思，惭愧惭愧。"接了过去，仍然喟叹不止。夏谷其实知道黄副司令是部长的前辈领导,但他故意说成是部长的战友,以为这样能把部长顺便举高点。他道:"部长呵,我看您只管用他的茶,反正他也不是花钱买的。我这次下去才发现,您在下头的朋友真多呵,走到哪儿都有人问您情况,同行的部长们都羡慕您呐。要是我把他们托我的各种'意思'都带回来,我肯定提不动。黄副司令交代的我才不敢不带。"

季墨阳笑道:"谢谢你啦。不过我想没那么严重。我在下头熟人不少,但朋友屈指可数。"

夏谷又从皮包里摸出一包精美茶叶,约有二斤,忸怩着:"这是我的老部队送我的,'明前'龙井!您留下尝尝。"

季墨阳接过那包清明前采制的、可称之为极品的龙井茶,隔着包皮嗅着它,谨慎地说:"'明前'茶……你这一包,顶他们十包也不止呀!"

夏谷见季墨阳完全晓得此茶的价值,自豪地笑了。其实,这茶是他用四分之一价钱从老部队买来的,说人家送他的也并非自诩身价,其中起码有四分之三的价值是人送的嘛。倘若不是至交,谁肯这么舍得送呢?

季墨阳陶醉道:"我不抽烟不喝酒,就是爱喝天下名茶。小夏,感激不尽啊。我们现在就泡上它,边喝边谈。喝个够,也谈它个够!你看好不好?"

夏谷兴奋地起身:"早就想和您聊聊啦。部长坐,我来泡。"说着就要动手。

季墨阳拦住他:"不不,你坐,你是客!再说,叫你泡说不定还给我泡糟了呢!……"他笑眯眯地走到长条桌那儿,将桌上的几壶开水一一打开盖,试试温度,然后选中一壶提过来。又走到橱柜那里,打开柜门,取出一套宜兴茶具,挑两只紫砂杯,使滚水烫透了。拆开茶叶包,嗅一下,又笑,用手指轻轻弹出些许茶叶片,倾入两只杯中,再冲上滚水,每只杯中只冲了不足半下子,盖上盖,站边上怔怔地看着它。似乎能透过杯子,看见茶叶片在里头漂浮翻滚,能听见它们舒张滋润的声音。少顷,他又打开盖,学那"凤凰三点头"手势朝杯中加注滚水……他在做这些事的时候,始终一言不发,乐在其中,旁若无人。夏谷从打开的柜门里看见,里头有各式各样的茶叶盒子和大大小小的茶具,甚至还有成套的雀巢咖啡饮品。他怦然想:无怪乎公务员说,部长一天起码要喝掉三暖瓶水。那么他一天到晚得动多少脑子啊。

季墨阳打开杯盖,嘘着气儿嗅一嗅,呷上一小口,含在口里品品味儿,然后化入腹中。又连啜几口,叹息着,如痴如醉,朝后一倒,腿长长地伸出去,将整个身体都伸直喽,状若平躺在沙发上。而那只茶杯仍然托在掌中,稳稳地搁在肚子上,随着呼吸微微起落。夏谷从来没见过季墨阳这么不像部长,也从来没见他这么舒坦过,不禁笑了。

季墨阳目视天花板,知道夏谷为什么笑,幽然道:"我给首长当过公务员,也当过秘书,端茶倒水的功夫可是练出来啦。前后几届军区领导,谁没有喝过我泡的茶?……我跟他们学了不少哇。好啦,不谈这些。咱们言归正传,这次下去,情况怎么样?"季墨阳坐直了身体,顺手从桌上拽过笔记本子,搁到沙发扶手另一边。那里位置偏僻,交谈者将看不见本上记什么。

夏谷立刻也跟着挺胸收腹,两腿放回该放的位置,微一思索,侃侃地汇报起来。韩政委工作组一个月来大致情况,诸如有哪些人参加,跑了哪些地方,着重抓了哪些问题……这些纲纲他只用几分钟就讲完了。然后直接切入要津：详细地回忆韩政委在下头做过的各种指示，在各种场合说的各种话，某军出现了什么问题，工作组内部有何看法，等等。尽是当领导的最为关注的情况。他说话不急不缓，言简意赅，跟他参加工作组以前的说话方式相比，恍如换了一个人。其中，涉及到季墨阳这个部的情况共有三点，夏谷注意季墨阳的反应。

一是：韩政委在和夏谷散步时谈道："你们季部长好读书啊，听说《二十四史》已经通读了十七八史。另外，杂七杂八的书也看了不少，有没有这事啊？我们军区有一个书状元，就是他喽。另有一个笔状元，我看要算石贤汝，文章不错……"

季墨阳凝神不动，心里已将韩政委这话揉碎了，轻声问："你说什么没有？你怎么说的？"夏谷道："当时我不知道这话的厉害，我就随口问他了。我说：'首长啊，您看咱们军区武状元该是谁呢？'我想堂堂几十万部队，总有个武状元吧。"季墨阳脱口叫着："问得好！"夏谷道："政委当时也是这么说的，'你问得好嘛。要说武状元，那就是刘司令刘达了！……'部长您听政委这话，岂不是拿你们两人和刘司令并列么？韩政委根本不提自己是什么状元，多有风度，多有涵养。"夏谷热烈地望着季墨阳，以为自己这个信息，使他万分受用了。

季墨阳脸上竟是一片冷霜，默默地在小本上记点什么，不语。夏谷不禁骇然，低头饮茶。

季墨阳道："唔，韩政委的确目光远大。我觉得，我们应该领会首长这话的精神实质，不要死盯在一个结论上，自己瞎陶醉。我算什么状元，一个书呆子罢了。不不，一个都不到，半个书呆子而已。你再接着说。"

另一次与季墨阳部有关的情况是：工作组在某集团军检查思想教育状况时，查出一个薄弱环节。韩政委当着全体人员的面，指着夏谷道："你把我的批评带回去，告诉季墨阳，第四季度的计划要重搞。下面问题，根子在我们机关。有些同志头脑僵化，以不变应万变。这样不行……"季墨阳细问夏谷，那个薄弱环节是什么，然后禁不住笑了，只字不往本上记。夏谷暗暗纳罕：部长当众吃了偌大的一个批评，怎么还挺高兴呢？而刚才韩世勇把他夸奖成状元，他反而压抑得紧。

……汇报到后来，已近乎促膝谈心，气氛暖融融的。季墨阳且听且记，时简时繁，沿途还"噗噗"喝茶不止，一暖瓶水几乎已空。他将杯中茶渣泼去，又给自己和夏谷泡上新茶。因茶水喝得透彻，光辉便隐隐从他皮下透出来，眉眼间精神抖擞，一举手一抬足都充满力度，整个人都已跃然。夏谷独自说到现在，忽然感到已将想好的话语说尽了。只由于身心泡在这极适于交谈的气氛中，谈兴便浓浓的总也不尽，恨不能将一句话拆成几句说，将自己和部长拴定在这个美好的夜境里。

"不错，你此行收获不小，我听了也很有启发。过两天，估计韩政委会召集各部领导开会，你让我预先有了个准备，凡事对得上号了。"季墨阳若有所思，似看非看地看了夏谷一眼，"我这人毛病就是急，慢三天不如快一晨。老想赶到别人头里，多知道些事。唔……好茶哟。"

夏谷意识到，这声"好茶哟"是个暗示，自己该告辞了，便站起来："部长，不早啦……"

季墨阳惊愕地看他，伸手一把将他按回沙发："别走别走，聚一次不容易。再聊一会。说心里话，你对大机关还不了解。机关里人虽然天天碰面,但要说认真地聚一聚,只怕一年里也没得一次。"说着,神情已是十分苍凉了。

夏谷大为感动。他原以为在热热闹闹的机关大院里,只有自己这样既无根基、又无朋友的单身干部才会寂寞,每逢周末就没处去。绝对想不到,季部长整天叫那么多人围着——且还是亲亲热热、密不透风地围着,竟也有浓浓的寂寞感。这才是身在人海的寂寞了,别有一番凄楚是啵?夏谷顿时觉得部长亲切得不行,大咧咧又坐下来,松弛四肢,让沙发软软地裹着自己,叹息着,脸上是很理解并且很沉重的样子。只听季部长说:"小夏,刚才你谈了不少情况,但都是关于别人的。你还没谈谈自己呐,你个人对此行有何感受啊?"

"部长,嘿嘿嘿……此行嘛,足够我消化一阵的。闷在下头部队时,我干上小半辈子也学不到这么多东西。有时候哇,我甚至觉得,在下头干个团长师长的,也不一定有在上头当参谋干事视野开阔。到底位置高低不同啊。"夏谷感慨摇头,不急着说,先取杯啜茶。

"韩世勇给你什么印象?"季墨阳见夏谷被这个尖锐问题吓得一愣,笑了,"别怕,随便说说,这里就我们两人。一个优秀的下级,在精神上应当敢于跟任何领导摆平了。"

"他有凝聚力。谨慎。说话毫无光彩但滴水不漏。善于倾听。深明权力艺术。下头人对他又敬又畏。工作组人对他五体投地。我觉得,他在军区恐怕比刘司令更有……"夏谷不敢说了,但是季墨阳显然也听懂了他没说的话。问道:"你了解刘达吗?"夏谷摇头。季墨阳道:"那你怎么知道他比刘达更有力量呢?"夏谷脸红,嗫嚅着:"我就是那么感觉呗。"

季墨阳一叹:"只怕是群众性的感觉哟,相当有代表性……其实他们两个,一个有威,一个有智,崇尚威的人,觉得刘达了不得;崇尚智的人觉得韩世勇不得了。我觉得,两者不可比,不必比,不需比。龙和凤怎么比啊,只有拿龙和龙比,凤和凤比嘛。拿不可比的东西非要去比,一比,且不讲结论对错,先就把自己弄糊涂了。"

夏谷兴奋道:"部长,您真深刻。"

"那是因为我也糊涂过嘛。咱们好多精力,都用在把简单的问题复杂化上头了,动不动就喜欢讲复杂讲全面,我看是化神奇为腐朽。你再往下说。咱们是讨论问题,也许他们终有一比。比如,被下头人鼓噪着,逼得他们一比高低。不比竟不行!哈哈哈……"

夏谷呆呆地看着部长敢于在如此危险的话题中大笑,不由的自惭形秽。季墨阳催促他再说,他心中猛地闪过一念:要是石贤汝在这儿,季部长可就有对手了……他恼火自己的猥琐劲儿,不禁模仿部长的风度,跷起脚,也潇潇洒洒地谈起先前敬畏不已的韩政委了。

"韩世勇啊,"夏谷直呼其名,一旦这么叫开口了,胆子陡然变大,"一天最多只睡四小时,中午一小时,夜里三小时,其余时间除了吃饭,都投到工作里。比我们年轻人精力都旺盛。他每天吃得也少,小半碗面条,一壶老酒,桌上菜也完全和我们桌上的一样。而且,凡是对虾、海参一类的大荤,他还根本不下筷子。我注意观察了,平时他也不进补不吃药,甚至也不锻炼!可是精力摆在那儿,叫人不佩服不行。哈哈,权力使人年轻呵,责任更使人不敢老。部长您说对不对?像干休所那些离休部长们,一退下去,三天就白了头。"

季墨阳不置可否，只伸手从抽屉里拿出一份呈阅件，放到桌面上："你看看。你回来几个小时了，三四个小时吧？韩世勇也不过回来这么长时间。可是，我在他出发前报上去的材料，半小时前已从办公室批回来了，上面有他的批语。这说明什么？说明他一到军区，立刻进办公室处理文件了。何等的效率啊！我敢肯定，他现在还在自己办公室里呐。你再说。"

"韩世勇的笑，是一门大功夫……我可是佩服死了。"

"十年前吧，我傻乎乎地说过一句，韩世勇的笑是仿周总理的。乖乖，差点出乱子。韩世勇没生气，我们部长却念念不忘此话，说我太阴险。哈哈哈，我犯了大忌讳。唉，那时我像你这么年轻，心里有句妙语不说出来，比死都难受。噢，石贤汝这人如何？"

"嘿嘿部长，方才我心里还想到他呢。他呀，怎么说，那个那个……"夏谷苦苦捕捉一个贴切的词，面部表情都拧到一块了，那词仍没想出来。

季墨阳忍不住帮他一句，道："大巧如拙？"

"就是就是，大巧如拙。凡事，他一捏一个准儿！"

"他有没有和你说过我？"

"没有。"

"始终没有？"

"始终没有。"

季墨阳喟叹着："我们是多年的老朋友喽。"

夏谷听出，那声"老朋友"里，更多的已是"老对头"的意思。

"你坐。我去放松一下。"季墨阳起身上厕所。

夏谷望着他的背影。心想，关键时刻上厕所那也许是部长独自思考一下的方式吧。

第四章　大院儿，人团儿

季墨阳的银灰色笔记本仍放在沙发扶手上，大开大敞着。一缕细细夜风从窗外吹进来，带点轻润冰凉的夜来香味儿，一旦嗅入心怀，连夜也变得幽幽然了。猛听笔记本"咔啦"一响，一页纸竟自行翻了过去，肯定是被某个思想顶得翘起来，那本儿瞬即成为活物。夏谷先尊敬地瞟它一眼，然后投入整个目光。再后来，他的目光把他上半身都拽过去了，人就那么歪着窃读起来。致使本上字儿，一个个都成了倒着的，他却仍然看得带劲。

▲韩政委此行，一是为了调查部队师以上干部状况；二是避开总部黄某的工作组，他不在场，比在场更有作用；三是什么呢？……有何深意？不解。

▲是谁告诉韩政委我在读《二十四史》？肯定是石贤汝……我不是书呆子。至今我只看了半部《史记》，而石有意夸张事态，用心何在？让领导以为我雄心大得不得了！我要谨慎，视若无睹。找个机会跟首长解释一下……石也不是笔状元，他写的材料属于天才模拟。

▲省军区宁子岗竟然跟政委谈了两次共六小时。难道宁要调来当副主任了？那么陈部长往哪里放？有宁无他。还有吴、李、宋如何安置？……估计，下半年军区必有一次大动荡。

字句虽然个个倒立着的，而且笔划潦草思维跳跃，夏谷仍然读得惊心动魄。原来，他向季部长汇报了老半天，部长跟所有当部长的人一样记着，但是本上记的并不是夏谷的汇报内容，而是部长自己在听汇报时产生的各种思考。夏谷汇报的各种事儿，部长在听的同时就消化掉了，变成尖锐泼辣、断断续续的念头，隐藏在这里。夏谷看不大明白它们，可它们显然极有内涵。你越是不大懂，它们越迷人。

夏谷听到部长脚步声，迅速坐直身体，捧定自己那杯茶。这时，那小本子微微滑动了一下，啪地掉在地上。夏谷万分窘迫，刚才除了用目光接触以外，根本没碰过它，它怎么竟然掉下来了呐！难道是叫目光碰掉的。

季墨阳走到沙发前拾起地上小本，淡淡地一笑，声音异样："小夏，你看过它吧？"

夏谷痛苦不堪，呐呐地："啊，随便看了两行……"

季墨阳坐下，略一沉吟，将小本子递给夏谷："要是觉得有点意思，你就接着看。看完了，我们可以讨论一下嘛。看吧，只是些感想，没什么秘密。"

"部长，刚才我确实是无意的，我检讨。"

季墨阳哈哈大笑："小夏你别紧张。我是请你看呐。我觉得，你要是完整地看完它，就会理解我。要是只看一两段，我怕被你误解喽。我没别的意思，你再接着看，又不长。"

夏谷显示着很有兴致的样儿，伸出双手——其实是被迫接过小本子。此刻再读它，已无刚才窃读他人心曲时的激情，却如叫人逼着吃食般的，一星一点地硬往肚里塞。边看，边露出深有所悟的神气，张着小半个口，时时僵在小本中的纷繁思想里。

季墨阳仰坐沙发上，整个身体又几乎放平了，眼望天花板，挥动一只胳臂在夏谷前方指指戳戳，口里既似剖析也似解释。道："韩政委率领一个精干工作组，拿出这么多时间来深入基层，咱们可以从几个方面来学习理解。前两条想法小本上写了，刚才我放松一下时，脑子里又冒出一个念头。我想，韩政委是为下一步大批工作组下部队做表率呐，先行一步取得经验，摸点头绪出来，再全面铺开。你说是不是？"夏谷下意识道："是，是。"季墨阳又道："那么下一步军区总的任务是什么呐？三个字：抓基层！那么抓基层从何处下手呐？从基层领导身上着手！韩政委的做法就是这样的。你说是不是？"夏谷道："是，是。"暗中却觉得，部长从厕所里带出来的、且着力推荐的这个念头很平淡嘛。

"你翻过来。再看这一面。"

夏谷遵嘱翻过一页，听部长又道："状元问题。你知不知道韩政委最讨厌书生气，尤其是那些乱鼓噪改造军队的当代书生？你知不知道，军区领导里，毛笔字写得最漂亮的是刘司令员？赋闲在家那两年，狠临了一番颠张醉素？哦，就是张旭和怀素。可是天才不可模拟。刘司令原本是奔着草书去的，临到后来，却把草书练丢了，一手行楷倒练得蛮像样。真是种瓜不成反得豆。世上事都这样吧。小夏你发现没有，字儿好的刘司令员，却从来不用毛笔批文件。而字儿不及他的韩政委，所有的文件批语都是用毛笔写的。还有，刘司令员在青年人中没有多少私交。韩政委呐，却喜欢和年轻人在一起。相互之间多处一处，自己也就不知不觉地变得年轻了。年轻人中间玲珑可爱的，首推石贤汝喽，韩政委好多点子，其实就是石贤汝的……"季墨阳嘿嘿笑了。夏谷心中却鼓噪着狐疑着，不明白这几件事糊里糊涂地搁在一起，它们相互之间能有什么关系呢？想问，又怕露出浅薄来，便不敢问，时时听得很懂似的，一直只顾深沉地点头。

"再下头是什么？"季墨阳问他。

夏谷看一眼本子："省军区宁子岗同志调来当副主任。"

季墨阳断然道："你看错了，他才不会干副职呢，他要当就当主任。"

夏谷再看一眼，果然是自己看错了，那个"副"字已圈掉。

又说:"后面还有,下半年军区动荡什么的……"季墨阳手往下一劈:"动荡这词是我胡闹了!只能说是调整嘛。调整是大军区常规动作,每隔一阵子时间,总要上几个人下几个人。韩政委此行,多少带点搭班子的意思。嘿嘿,我又犯忌了,准确说我俩在犯忌,议论些不该我们议论的事。是不是?"

夏谷在"我俩"这句上用力点下头。道:"我俩也是研究工作嘛。其实谁不关心自己前程呢。老实说,大家心里都在想的事,往往没人肯说它。"

"小夏你想想,谁肯在工作本里写自己的内心世界?万一小本丢了呐?万一叫不该看的人看见了呐?人家又不了解前因后果,又不了解事实背景,就容易产生误解。这种事,只有我干得出来。我可不考虑这些,我想到什么就写什么,心里无鬼天地宽。我觉得,要是一天到晚提防别人的话——且不说提防得住么,首先就把自己搞得挺累的。"

"部长,我发现您人十分光明磊落。我认为:如果有人看到小本子产生胡思乱想的话,那首先就是那人不够正派。他自己心里有鬼,精神猥琐,那种人更应该受到蔑视。"夏谷愤然谴责着。待后来回到宿舍,夏谷独自反思今夜这一段小尴尬时,方才意识到他们两人合作捏造了一个对头,以使双双从尴尬中逃脱出来。一旦成功地逃脱出来了,感情上也更亲近。

季墨阳说:"再往下念。"

夏谷看一眼小本子,发现后头还有几页随想,但自己刚才只偷看到这里。他便把小本子递还季墨阳,笑道:"行啦部长,光这些就够我消化一阵子的了。不仅是结论,更重要的是您看问题的立场和角度。我学到不少东西。嘿嘿嘿……"他猛然刹住笑,怀疑自己别不是笑过头了,把应该微妙的事情笑坏了。

季墨阳接过小本子,也不说什么,仍放在沙发扶手上。两人静静地啜茶,享受着片刻安宁。刚才太累了,因而此刻的安宁竟有偷来的感觉。

30

自从跟韩政委共事月余之后,夏谷再看机关大院,目光大异往常。以往他生活在这院里,好似陪别人过日子,自己这块人疙瘩就像一份文件,不停地被递来递去的,落不定脚跟。机关干部看见他,要想老半天才含含糊糊叫出姓来:"是……小夏吧?"至于名字,通常别指望人家还能记着。而这次从韩政委身边归来,夏谷觉得整座大院都在簇拥自己,好多机关干部——也不管认得不认得打老远就热烈地喊"夏谷"或者"老夏"!感情先倾斜过来,身子再奔过来。人家多大胆,不管认识不认识先显示一副烂熟烂熟的样子再说。在这种情况下,夏谷天然地变得矜持了,淡淡应付人家的热烈,强行压制内心轰动。真没想到自己在人们视野里消失一段时间后,反而愈加新鲜愈加重要了。他明白这种光荣和增值,其实都应归功于韩政委,那次工作组是一种规格,谁整个儿去了谁只去了半截——全机关都如数家珍。经工作组出来,他想全机关都已经承认他不是"嫡系"也是个"精英"了,他从韩世勇身上蹭下老大一块魅力安在自个儿身上,人家的亲热,也许是冲着这块魅力而不是冲着他。夏谷回来后接到好几个电话,都是部队领导问候他,附带着了解上头情况。以往哪有这种性质的电话呀?如今他陪着韩政委在下头走动一遭,竟也成了上头。虽然夏谷对上头隐秘知之不多,电话里跟他们含含糊糊的,但在下头领导听来,他电话里的每一句话都暗示某些深意,都遥遥地有所指认。他绝非不知情,仅仅是知情太多不能随便说罢了。

夏谷发觉这很深刻:本是一无所知才欲言又止,然而只要你善于欲言又止——在规格上就高多了,甚至害人家敬重你一下。日子么,虽还跟以前一样稠稠的,魅力可全叫韩世勇勾兑出来了。

石贤汝给他来了个电话,约他星期日到寒舍小聚。小聚的意思就是搓一顿,但要是说"搓一顿"就如同下头连排干部请吃饭。说寒舍小聚——听起来就像个文件用语,念在口里极有涵养。有这个词在,吃什么已不大重要了,感情先饱足起来。

当时因有人在边上站着,夏谷脸上淡淡的,内心可好一阵感慨。将近两年了,这院里终于有人请他上家里吃饭去。还不是一般的人,是石贤汝。石贤汝绝对是具备大块纵深感的人物,横看成岭侧成峰。他上下有人,前后也有人。不光有人就算了,更微妙的是他"有人"的方式不同。他好像从不依赖人家而是人家依赖他,无论职务比他高或者比他低的干部都爱主动朝他身边靠,纡尊降贵地想从他那里打听点信息或者建议,争先恐后地将他视为自己的密友,言谈中常把他不慎掉出来:"我跟老石说过了,此事不能这么看,他非常同意我的意见……"等等。因此石贤汝早不再是他自己了,石贤汝意味着一个人团儿。那人团儿则称得上是军区的业余常委班子。

寒舍小聚——意味着夏谷也将进入这个著名的人团儿。而且不是自己硬拱进去的,是架不住人家请,才去聚一聚的。

星期日天没亮夏谷就叫一阵没来由的兴奋扎醒了,看看表,竟比平日还早醒了半小时。他暗暗批评自己太沉不住气,一顿饭就把人兴奋成这样。他想把自己按回梦里去，然而于朦胧之间，石贤汝已垄断了心头，率领着几个才气盎然的机关干部，觥筹交错，妙语如珠，口若悬河，争相掷出累累消息、观点、构想……那场面弄得夏谷心痒难熬，便拽过一本书乱翻。书名叫《你是一颗种子》，谈才华的培养与发挥，属于青年思想文化丛书中的一辑，作者叫：吴意，韩思。听着是两人，其实这两名儿都是石贤汝一人的笔名，这本书儿是他一人写的。夏谷特意从办公室找来看看，为着要使自己和石贤汝的小聚有很高的质量，便想偷偷地提前钻到石的心窝里去，向石的性格与才华靠拢，抢在他透视自己之前先将他烂熟于心。

夏谷早听说石贤汝共有三个笔名。他在写一些大呼隆文章时署名：吴意、韩思，让人听起来像一个规格很高的写作班子，满满的正襟危坐之气，任何一个读者面对此书都如同面对一级党组织，而且稿费分摊到两人名下大概也少缴税——夏谷替他想。石贤汝的第二个笔名叫：石磊。他在报刊上发表诗文一类作品时专用此名，这名儿意境中有一大堆石头，透出于刚强朴实之上再摞上刚强朴实的意思，念在口里鼓鼓囊囊的，逼人印象深刻。石贤汝的第三个笔名叫：贤汝——也即把姓名的一大半剖下来再作一个笔名。这是他写思想评论文章专用名，这名儿须慢慢念在口里才出味道。你听贤——汝。"贤"字应作动词解，"汝"就是"你"的意思，他要使你智慧起来哩。此名在军区小报的"警钟声""一事一议""编后赘语"等栏目中出现频率最高。其实，石贤汝还有第四个笔名，那就是根本不署名。在他起草各种各样文件时，就不能署名。但他的思想言辞文笔，代表着军区的意思仍将层层印发下去。说实在话，石贤汝三个笔名加一块也不如这个不署名的笔名更加精粹更加重要，不见名目才是大器之所藏。石贤汝是军区当代顶着天的大笔杆子，机关小笔杆们说起他来恨不能将之嚼碎掉。

　　夏谷跳着翻看《你是一颗种子》，觉得文气平平么，推理也十分可疑，估计自己能比石贤汝写得更精彩。他顺手掐下一段来，稍稍打击了一下石的立意，随即替他可惜。再掐下一段，调侃着石的谬误，竟有点愉快了。他从中认出了石居然也有着和自己相似的毛病。即：文章中有许多知识却没有什么智慧，心里头满是热情，文句上却故意冷至冰点，爱把名言打散喽变成自己的话说出去，写着写着竟然真当作是自己的东西忘情地发挥起来了……夏谷撂开《你是一颗种子》，对今日的寒舍小聚已充满自信。甚至想，一会该到办公室待着去，等他们都到齐了来电话催，我就说我正在忙一份材料，不小心忙晚了，对不起噢马上来……他吱吱溜溜地哼着一支小曲，起身，将自己关进卫生间，仔细地洗漱头面以至每一片指甲。

　　夏谷登上 29 号楼一单元五层。这是一幢标准的团职干部楼，每套三室一厅，生活设施齐全。一进楼道里，住家的气味就很浓，脚下油腻腻的，每个转弯处都挤着自行车。夏谷初进来时还有点不解，因按照石贤汝的职务资历分析，他怎么也能住一套二楼或者三楼的单元房吧，而他却住到五楼也即最高一层去了。夏谷这疑问，随着在楼道里越往上走也就越发明白，楼顶上是最安静境地，住五楼只在脚下有人，头上却是大块天空。五楼和四楼只差那么一点，感觉上就把人间尘嚣撇脚下了。五楼是树尖上的鸟巢，石贤汝喜欢独自卧伏在高处，一般人轻易打扰不到他。

　　夏谷正欲敲门，一眼看见一大串钥匙就插在门锁上。猛想起

第四章 大院儿，人团儿

在韩政委工作组时，石贤汝说过他讨厌锁门，他只要人在机关就从来不锁门，不但夜里睡觉不锁门，就连上班时也经常不锁门。谁要来找他，一推门就可以进去。夏谷试着推下门，一触门就开了，顿时他心里好佩服，石老兄处世就是潇洒，无论醒着还是睡着，都不屑于防人。大约是嫌防人本身就挺累人，防人本身就说明你自己懦弱——夏谷替他想。

"石科长在么？我是小夏呀。"夏谷双脚仍然站在门边上，探身朝空荡荡的屋里笑叫着。

里间屋传出声音："夏谷，快进来快进来。"

"我已经进来喽。你钥匙就插在门上。"

石贤汝从里屋迎出来，身着一套月白色真丝睡衣，光着脚踩在地板上，右手还握着一管笔，亲切地看着夏谷笑："久违久违，到底算把你请来了……"

夏谷也笑个不住。与石贤汝分手也不过三天么，竟如同离别好久似的，以至于看见石贤汝时，竟恍如与情人相见，半喜半窘的。他故作尴尬道："本想过了11点钟再上门的，可我独个儿在屋里呆着无聊透了，尽犯傻。所以也顾不上什么礼节，早早地就投奔你老兄来啦！……"夏谷刚进门时就看见墙上挂个大钟，时间才8点半，任何人进门来最先看到的就是它。他真有点不安了，暗想石贤汝别是个惜时如金的人吧，那大钟迎头挂着必有深意。

"小夏你说话就是绕！告诉你吧，我也是个单身汉，老婆出国半年多了。你来早了怕什么？要是你昨天晚上就来，我还更高兴哩，咱们通宵长谈，疯狂它一下。哟，看我这样子，衣冠不整，残兵败将，反正你不会计较。快请，请，随便坐噢。"

由于石贤汝没穿军装，登时就显老：秃顶，面部松弛，瘦骨嶙峋，腰背微驼，形与意两方面都如同一个遗世独立的老人。他这副身架子过去叫军装裹着军帽盖着，银徽金衔再一点缀，便丝毫不见老，反而只见成熟。再加上他言语的魅力气质的魅力，怎么看都该是年轻的高级领导而不是个超龄的报社科长。现在将包装都褪尽，人就越发往老里去，加上这身睡衣，石贤汝俨然是石贤汝的父亲。

石贤汝拽着夏谷往屋里走，道："在我这儿你一切可以随便。想不想光脚？要是想你就脱鞋，光脚才舒服呐！"石贤汝站住指着夏谷脚。夏谷慌忙谢绝邀请："不了不了。"石贤汝又拽他继续走，道："我一写东西就爱光脚，肉体直接跟地面接触，在屋里走来走去的，凉丝丝的地气儿透过脚心钻上来，心里始终保持兴奋状态。"

夏谷"哎呀"一声惊道："你在忙材料哇，我来早了来早了……"

石贤汝非常抱歉的样儿道："一篇小东西，我随便说说的。这样吧小夏，你给我十分钟行么？最多十五分钟，我先把它划拉出来，你在客厅坐坐，烟茶都是现成的，你自己先招待自己一下。行不行？"

夏谷好感动，明明是自己来早了失礼，人家却请求他宽容十到十五分钟。他因感动得过头而焦急了，脱口道："老石你要是真把我当朋友，就把我撂这儿别管，忙你的去。我到这就算是到家啦。咱们都天然随意地待着吧，不是说了嘛：儿童是人类的父亲，真情无忌。这意思妙极。"

石贤汝叫声"好"，追问这话是谁说的。

"吴意和韩思两同志说的，见《你是一颗种子》第134页。"

"哈哈嘀……我倒忘了它。"石贤汝欣慰不已,道,"你是第一次上我这来,我总怕你不适应。有你这句话在,我就放心了。你坐,我马上进入情况。"说完,跟夏谷告别似地握下手,赤足奔进书房。

"有你这句话在。"似乎名言已是夏谷的了。

在《你是一颗种子》中,冷不丁儿就能翻见些含蓄隽永的警句,儿童是人类的父亲——就是其一。这些精彩的句子嵌在文章里,几乎将文章戳破般地昂然翘立着,极醒目!很久以后,夏谷才在一本大书里又看见它,"儿童是人类的父亲"是英国诗人华兹华斯写的一句诗。他终于发现了它的出处。当时,他无限欣慰:搞半天不是石贤汝的嘛。

31

客厅内就剩下夏谷自己,他仍矜持着,状如站在主席台上并被众人注视,他先向四下里观察几眼,再有模有样地在一张沙发上坐下来。待身子落到实处,确信石贤汝在那屋里看不见自己了,才解放身心,摊开四肢。长吁一口气之后,瞬即感到无尽怅惘。

石贤汝忙得多豪迈啊,已忙到了军区领导人那份上。肯定他又是通宵未眠。忙,是被方方面面所需要的证明。自己呐,闲得多空虚!卡在这儿不里不外的,一大早就投奔人家饭桌来——也不知老石理解没有,自己实际上不是投奔饭桌而是投奔友情来的。不管理解不理解反正尴尬已经落下了。何时自己也能像他这样忙一忙啊。即使没福气天天忙,只要能忙上三两天把人忙兴奋起来再赋闲也好啊。此刻逼着做闲人,看人家忙,看人家被方方面面需要而自己瘤子般多余，真他妈的痛苦。还好没硬装成忙碌的样儿，窝进办公室等人家电话请。冒充肯定也冒充不像，学不来石贤汝那种忙得天然浑成且又滴水不漏的气派。

夏谷挪个座儿，拾起本刊物挡着脸，目光弯曲着绕过门槛注视内屋里的石贤汝，一寸一寸地研读着他。

石贤汝歪在一张老式躺椅上，慢悠悠地晃，大约闭着眼，手执一柄女士用的发梳一下下梳自己的秃顶，大约那能刺激脑皮血脉涌跃。少顷，石贤汝起身，在屋里来回踱步。再细看又不是踱步，是在重重围困之中寻觅崭新观点或者提炼什么提法。屋内的桌上、地上都铺满各式各样大红标题的文件材料，那材料一看版式字样，就知道是各集团军或者各省军区报上来的。每份材料又都是由许多份师团一级的材料熔炼而成的，每份师团一级的材料又都是由下头一群夏谷般的小手笔呕心沥血撰成。它们一级一级地浓缩提炼上报，像红军长征一样越过无数关卡险境，终于抵达军区，被贴上呈阅件的封皮，被刘达或者韩世勇圈阅或者批阅。现在竟又铺到石贤汝这样的大手笔脚下，则意味着，这满屋的文件其实又重新被赶回出发地了，再度成为原始材料，仅供他参考综合，去粗取精去伪存真，用更加战略性的观点把它们统率起来，撰成一篇代表军区意旨的文件。

石贤汝竟说是"一篇小东西"。

夏谷猜到石贤汝肩负的重任了：必然是韩世勇工作组这次下去的结晶——总结材料；必然是韩世勇在回军区的路上独自交代给石贤汝的任务。夏谷想起在工作组最后一次碰头会上，韩世勇当着全体人面说过："回去后，宋副部长吴副部长负责起草总结材料，小石你协助一下。"但现在看来，石贤汝独揽了这份重要文件，而宋副部长和吴副部长才是"协助一下"。

石贤汝叫一个念头激得猛然扑到桌跟前，不坐，一脚踏椅面上一脚独立，匆匆写下几个字。然后欲罢不能地凝定片刻，轻轻放下笔，走到外屋来。笑道："不行不行，屋里有人，我进入不了状态。"

夏谷颇为理解，道："可不是么，我也常常这样，一写东西就怕边上有人，我俩的毛病都是工作起来太投入了。老石你先忙，我出去走走，过两小时准再来。"

石贤汝笑眯眯审问似的："撇下我想、想溜？不成！你已经陷进来了，非拉我一把不可。说实话吧，我脑子已经木、木了，你脑子还是新鲜的，无论如何要借你脑子使使。"说着，拉起夏谷膀子往屋里拽。

夏谷幸福地嚷："这怎么行？你这儿的材料都是绝密的，我看都不该看啊！……"

两人拖拖拽拽进入内屋。石贤汝仍坐进躺椅，但支起颈子再不前后摇晃了。夏谷则在满地军师一级的材料中走来走去，这意境天高地远俯视万军。他走得极慢，把每一步都剖成两三步，边走边听石贤汝汇报整个文件的框架，用吃进肚里的表情不时点下头，尽量不表态。待石贤汝说毕，他还沉着地憋了半分多钟不出声。之后才蓦然开口，先盛赞几句石贤汝的构思，紧接着将自己的念头倾泻而出。由于他也跟工作组走了一路，诸种情况都了解，石贤汝稍一提及，各种问题就自动在心头化开。他表述自己观点时言语清晰，简练到无可再简练的地步，这种简练透着对对方理解力的信任。他紧紧围绕着将石贤汝绊住的那些难点展开分析，一层层剥进去，一层层设问与反问，他的思维力此刻如锥子般的尖锐，铁都挡他不住,连自己都禁不住佩服自己。他看见石贤汝僵在椅子上倾听,呼吸深且促,显然自己的话语把他血液都带动了……最后,他意犹未尽,但逼着自己谦虚道:"胡乱说说,仅供你参考。"

石贤汝拍着大腿恨道:"这些观点本来就搁我脑子里嘛,怎么我就没想到呢?"

意思似乎是自己脑子里的东西不慎被人摘走了。

夏谷将那话理解为一句极妙的赞扬,颈子一缩,害羞地笑了:"其实老石你已经把材料的路子打开了,我只不过顺着你的路子往前多走了小半步而已。就是没我,你闷着闷着,突然间也会茅塞顿开。我敢肯定!"

石贤汝沉吟:"现在有两个选择:一是小修小补;一是推翻重搞。你看?"

"有时候哇,小修小补比推翻重搞还要累人。"

石贤汝又将大腿响亮地一拍:"那就只有一个选择了,重搞,一气呵成!小夏你坐到桌跟前去,我说你记。第一个大部分:概况,全军区一年来基本脉络,内中扣紧它三个意思。一是军委19号文件精神对工作组此行的指导价值,突出我们的认识境界;二是工作组的任务和时机,强调抓重心中的重心;三是对经常性事物的超前性,大胆先行一步,关键是看人有没有认清事物的必然,发挥主观能动,敢于超前。概况尾部,加一段思考,不要用我们的话说,要用下面人的口气说出来。如:某某军宋政委的话可以和某某师刘师长的话捏一块,作为例子说出来。第二个大部分:当前的重心是什么,怎样抓?文字上应这样体现……"

夏谷扑在纸上唰唰记。他发现石贤汝一句句说出来的,已不再是自己刚才提供给他的观点的简单再现,而是经过一番熔炼之后，沉甸甸重新出炉的合金般的语句了。只消将它们念在口里过一过，便顿觉自己很有身份，很有全局观，很朴实很精当，很含蓄很大气；而且每一句都很必然地牵着下一句，写事则直扑事物精髓，状物则极富场面感，一个定义便举高了一项工作的意义，一个结论便如一声口令似的使文气大振。石贤汝叙述时竟没有一句口吃之处，也许是忘了口吃也许是顾不上。说到繁复热闹处，他连仪态方面也酷似韩世勇在作报告，行文口气也正是韩世勇所喜爱的那种风格。一段终了，搁韩世勇身上本应该戛然而止，并哈哈大笑一下的地方，石贤汝也是戛然而止，再静场片刻道："方才……"圆满地过渡到下一段。这"方才"二字虽不是"哈哈"实际上也浸透笑意。

夏谷还发现石贤汝这儿的稿纸也和机关里的不一样。机关里的常用稿纸是明格儿，又光又薄，一页写毕下一页已留下字印儿。石贤汝所用的却是某种特殊的办公纸，每一页都厚厚的，且又十分柔韧白净，像皮革那样带劲。一笔下去，纸儿竟如活物般的有感觉，就像在女士皮肤上写字，香嫩油滑，无论笔头怎么下劲，纸面自动把字印儿抚净，重新变得平展展了。用这纸撰写的材料，就是让万人传阅大约也传阅不坏。夏谷一颗身心完全卧在这纸上了，爱得不行，直觉得在这样的纸上无论写什么都是享受。

石贤汝口述毕，整个人看上去也年轻了许多。他望定空中，判断道："行了！"

"这只是个架子，你不再梳理一下么？"

"在我脑子里已经定型了，我一个晚上就能拉文稿。现在——不干了！"

石贤汝跳起来收拾地上的文件材料，一叠叠撂到一块抱怀里。

口吻中满是忧伤:"小夏你看看,下面这些人,怎么这么能写材料呢?动不动就一摞摞地报上来,毫无新意,说文字垃圾贬他们了,说是经验材料实在也够不上,有的连格式都不通。唉,专会搞一大堆无效劳动、重复行为。我理解,他们也是叫上面逼出来的。"

夏谷连连称是。他在下面时一年当中也不知要参与搞多少这样的材料,能被领导选中搞材料说明你还是机关里的佼佼者呢。他深知搞这些材料多么呕心沥血。缺乏新鲜事例,缺乏新鲜观点,缺乏新鲜词汇……就因为这样缺乏所以才更要人呕心沥血。心血淌到石贤汝这儿,只供他铺地上溜那么几眼,相互拢一拢就回炉了,炼成石贤汝式的文件。看来,假如不调到军区,他在下头充其量只是个能干的材料篓子。

他和石贤汝最大的差别在于:他只知道写经验材料,而石贤汝却是在写方针政策。他不干经验材料不行,石贤汝不干方针政策竟也不行。

命呗,不是?

还好自己已身在这个级别了,昔日俱往矣。

夏谷很智慧地笑笑:"老石呵,整个美军只能搁下一个巴顿将军。"意思是,整个军区也只摆下一个你。

"此话万分精彩!整个美军只能搁下一个巴顿。谁说的?挺耳熟。"

"老石,我发现你有很多精彩思想,但是说完就忘记了,倒便宜了我们。谁说的,还不是吴意、韩思在《才与志》那篇杂文里说的吗!你看你,想起来没?"

石贤汝笑了:"老喽,记忆力崩溃喽。"

"我看你是善于忘却,以便记住更重要的东西。"

石贤汝跺足喜道:"小夏,我早看出来,你这人不同凡响。有怪才,很值得研究。和你相处一阵,别人的精神活力也会被你激发起来。季墨阳有眼光,把你调到他部里,还要提你当副处长……"见夏谷吃惊的样子,石贤汝口吻持重,"怎么,你好像不知道情况?"

"我确实一点也不知道。"

石贤汝沉思了。他默默走进客厅,燃起一支烟,示意夏谷坐下,半晌无语。夏谷乍闻那个消息,激动得差点裂掉,但他不敢追问,因石贤汝正在那样深入地思考,他只有等待。

"他妈的!这季墨阳真有一套。"石贤汝蓦然骂道。接着望定夏谷,冷笑道,"既然你说不知道——我也不管你是真不知道还是假不知道,反正我都告诉你。机关最近要动一批人,你们部,季墨阳报了你当副处长,按你的军龄资历,副处长绝对是超前了。'上面'议了一下,打回去让你们部重新考虑。你们部,也就是季墨阳怎么应付的?谁也想不到,他又把你第二次报上来,说当副处长不合适,那就提名你当处长!而现任副处长陈子雄呢,他仍然压着不提,你看他厉害不厉害?……最后,两方面协调了一下,还是报你当副处长,主持工作。季墨阳对你如此厚爱,如此重用,你居然一点也不知道!他居然一点也不告诉你!放在任何一个部长身上,早就暗示给要被提拔的人了,以慰其情以收其心呐。季墨阳不那么干,为什么不那么干?难道是不屑于此?……嘿嘿嘿,这哪像个部长,活像个总长参谋,其志不小。"

夏谷在石贤汝的冷笑中骇然无语。以往的灵巧啊机智啊统统遗失,一脸窘迫,傻叽叽样儿,他因找不着分寸感也就找不着该说的话。呆到后来,他也下决心就这么发呆下去。

事后他反刍这一段心态时，发现自己应该狂喜才是呀，发现石贤汝并不是恨自己当处长——他档次没这么低，他是在恨季墨阳竟然如此提拔人才，并且不屑于将提拔的消息暗示给被提拔的人。呵，仅此，就足以使人生产偌大恨意。

32

石贤汝怆然坐下，抚一把稀疏的头发："我这人，粗粗一看，比季墨阳起码大十岁吧？"

夏谷嗫嚅片刻，突然喜道："别看你外表模样比实际年龄大，但你是属于这种性质的人：二十岁时看上去像四十岁了，到了六十岁时看上去还像四十岁。书上说叫'超前拖后'，拥有一种很长的、气质性的年龄段。老石你就属于这种人。"

石贤汝感激地点头道："我算被你看透了。不过，我还是喜欢实事求是。我今年39，比季墨阳还小一岁呢。你没想到吧？"

"真的？"夏谷夸张地惊叹。

"准确说比他小两岁呢，他是1952年元月出生的，我是1953年12月底出生的。档案上看只差一岁，实际上差二十三个月还多几天。连干部部门也忽略了这个问题。貌似一岁，其实是两岁。"

"唉，生在年头上人，在如今死掐年龄的年代里，比较容易讨便宜。"

"季墨阳年龄虽比我大，但他是正师，搁那个位子上就是年轻干部。我位居正团，这年龄在这个位子上就偏老喽。而且，'老'——这个概念很顽强呵，人家一旦有了你太老的印象，就再难改，你就被人家这印象吃掉了。不管后来提你当什么，人家看你还是嫌老。"

"老石,我有个感觉……"

石贤汝打断他:"听听,老石老石,老字当头!是不是?普遍习惯嘛,群体无意识嘛。"他大度地笑笑,直摆手,"我开个玩笑,你接着说。"

夏谷被他一惊,猛悟到:原来石贤汝那么讨厌人家喊他老石,而自己在一个月来愚蠢地喊了他不下于一万次老石,都喊成惯性了。这叫他忍受了多少屈辱呀,亏他有涵养,处之如静水。而韩政委怎么喊他的?小石么,多亲切……夏谷想说的话已经忘掉了,整个人处于失态状态,无可挽回地呆。石贤汝忍不住提醒他:"你方才说有个感觉。"夏谷才得救,思维立刻灵动,顺顺溜溜地往下说:"贤汝啊,我有个强烈感觉。"看石贤汝表情。

这称呼是个冒险。石贤汝仍从容着,显见是消受了。

"我到军区至今,最佩服的就是你。你的素质、能力、关系、境界,诸条件,当个二级部领导甚至当个大部领导都足够了。所欠者,不就是一纸命令呗。那算什么,该有的早晚都会有。你就比如存在银行里,到时候一取存款,不但一文不少,还得添上利息一道给你。万一,"夏谷深刻地沉吟了,字斟句酌,"非要说有什么因素妨碍你提拔的话,我倒是有这么个多余的忧虑,假如你比一个部长强出太多,反而当不上部长。事情就这么荒唐。"

"后一句话有水平。别说你,一般部长都讲不出来。"石贤汝长叹息,深情地望着夏谷,"你今年多大了?"

"快三十了。"

"唔,这年龄在机关很关键,上了团职,就是快车道。有对象没有?啊,我不该问人隐私。"

夏谷一阵小感动,看人家石贤汝的语言方式,多精致。问了又自责不该问,便连不该问的意思也一并问出来。"季部长给我介绍了一个,不算对象,一般认识认识,她叫刘亦冰。"

石贤汝仰天大笑,半晌,才以竭力忍受笑意的样儿停下:"天爷哟,我又要说句不该说的话了,这不是拿你去上贡么?"

夏谷觉得:石贤汝肯定知道自己对象的背景了,否则不会那么激烈地表态。他说:"我绝不是看在她是刘司令的女儿份上,我是看她本人还可以。"

"当然当然。你肯定是这么想的。但你知道不知道,小刘和季墨阳之间,"石贤汝欲言又止,样子很含蓄地说,"一直蛮纯洁的……"

"他们俩有感情?"夏谷面色剧变,紧张思索着,"像,像。真是不能想,越想越像。"

"那么,你夹在其中算什么角色?"

夏谷愤然道:"如果这情况成立——部长就是在污辱我了,也污辱了刘亦冰同志。"

石贤汝默然无语,大口吸烟,过了很久才说:"不管部长还是司令,都是人呗。人的感情是很复杂的东西。我们还是多多理解他们吧。我刚才那意思,绝不是针对季墨阳,他爱谁关我什么事?我是站在你的立场上看问题。我觉得,你完全可以找到比刘亦冰更美好的女子。拿你的发展情况看,越晚成家越有利。军区里好女子多得是。终生大事,总该慎之又慎吧。叫我,就把'成家立业'这四个字倒过来:立业成家。立业在前,成家在后。再者,季部长把你介绍给小刘。是为你还是为他自己?这你也要详察。"

"谢谢你告诉我这个情况,可以说是把我从泥坑里拉上来了。现在我明白了,季部长拿我当一根棍子,把爱他的人捅开,这里受伤害最大的恐怕不是我,而是刘亦冰。嘿嘿。"夏谷眼睛潮湿了,笑着,"以前我还觉得刘亦冰不怎么样,现在,我忽然觉得她非常可爱。干脆,我就接受我们部长一番美意,和刘亦冰爱下去。"

"小夏你别冲动。"

"一点也不冲动。贤汝你分析分析,季部长究竟是不爱刘亦冰,还是不敢爱刘亦冰?"

石贤汝愕然半晌,猛一拍腿:"小夏你不同凡响!"

夏谷悲痛地:"我也是堂堂男子汉呵,我爱谁就绝不缩手缩脚,偏爱出个样来,叫部长大人瞧瞧,看他失落不失落。他这样待人家刘亦冰够不道德了,换我试试。"说毕,他愤愤歪过头,用炉火也似的目光盯着墙角。

石贤汝敬佩得唏嘘不止,仰天长叹:"夏谷噢夏谷,我才认识了你!虽然季墨阳要提你当处长,可你在原则问题上仍然看得太清楚了。该感激的地方你感激他但拒绝笼络,该坚持人格的地方你丝毫不让,你百分之百是自己,谁也休想歪曲你。我要十年前就认你做朋友该多好啊,也能向你多学着点啊!……"

石贤汝说自己受不得感动,一感动话就多,而话一多就容易出娄子。说自己这些年来因挫折太多就老想糊涂点,但历史终究会逼得人清醒过来。说在整个大院内,谁也不比他更了解季墨阳其人,已经记不得多少次,季墨阳让他大吃一惊。这个人太可怕!虽然"可怕"这个词有点骇人听闻,但他实在想不出什么更贴切的词了。一般形容词,你罩不住他。

33

小夏你年轻,你自己都不知道这有多要紧!你听老朽一句话吧:再年轻,一天也别浪丢呵。

我跟别人不同。我二十五岁以前,就把自己当成五十岁的人看了,这才有紧迫感。那时我每天都顶两天用。唉。稍稍一说你肯定懂是什么意思,我最初看到你时就猜到你也有过类似的奋斗经历,凭气味我们就能沟通。大凡苦过来的人,往往脸上没苦相,反而从容,眼里却有股韧劲。你我不像季墨阳之流,成天做深刻状,不是计划内的笑,就轻易不笑。比如平均两天睡一次觉,你有过没有?……有!放下自己的东西不写,一笔一划地替那些瞎参谋烂干事抄狗屁材料,没把感觉抄坏,算咱们幸运。你有过没有?……有!半夜蒙在被窝里偷偷掉泪,一肚子委屈无处诉说,天一亮还第一个起来奋斗,你有过没有?……有!提一口袋腌肉上领导家去,竟被一本正经地撵出来,这印象领导几年消除不掉,你有过没有?……有!小三十的人了,见到女人还失态,动不动自惭形秽,回到屋里才后悔:"刚才我该这样说呀,怎会笨到那地步呢?"事后才想出一句妙语,念着它恨得不行。需要状态时偏偏没状态。这种遭遇你有过没有?……你不必出声。我理解。

所以呀,我们的质量是从屈辱中炼出来的。苦算什么?苦比起屈辱来——根本不能比!方才我说一天当作两天用,现在看讲得不准确。我们是从一天中榨出两天来,拿生命换时间换进步。胃溃疡,心律失常,神经衰弱,贫血……都习惯了不是?全靠意志顶着。

但是小夏呀,有一项你肯定没经历过。那就是被平生最好的朋友背叛，痛苦得差点神经失常。嘿嘿嘿，现在我可以轻松地笑了，因为我熬过来了，没垮，反而更强大。我还总结出一条心得：没被人背叛过，就不懂得什么叫人！嘿嘿嘿，可能粗糙点，但彻底是自己的心血结晶。你也别问我此人是谁，我发誓一辈子不说出他名字。宁可人负我，我不负人。今天激动了，多说几句，温故而知新。我只说其事，不说其人。我从来对事不对人。你听着只当没听，出门就忘掉。你不是说要善于遗忘么，大气呀。几个人敢这么说？

那时候我还在军区警卫营当班长，还是战士支委呐，蛮突出的。一天，连长请我去，说有个受过处分的兵你要不要？说你要是不敢要，别的班就更不会要了，他们就是要我也不放心。我问这兵本人什么态度。连长笑，说他本人坚决要求养猪，一直养到退伍时为止，他好像跟人待着待垮了，想单独跟猪相处。我当即表态：就冲他这句话，我要他了！

他来了，样子要多可怜有多可怜，又瘦又黑，浑身发臭，说着说着就蹲地上了，你稍使把劲就能将他踩泥里去。我说你哭什么呐？他说我没哭，我肚子疼一天了。我说找卫生员拿药去，他说不吃药，叫它疼吧，疼一会就会好。小夏你说这种人能不叫我喜欢么？但我仍然气势汹汹，走过去一把就拎他起来了，赶他上我床睡下。我把我床让给他，铺盖卷让给他，洗漱用品让给他——都是成套的，基本全新。然后亲自去给他安排病号饭………唉，这些细节我还以为早忘了，怎么说着说着又记起来了？当年我做这些事，不瞒你说还有点幸福感呐，学雷锋救世救人呐，多幼稚。从此后，他敬我像天神一般，叫他干什么就干什么，苦累脏臭全没感觉。我倒有点看不下去了。说某某，你也该有几分人气呀！……他当年就这么窝囊。

后来，直属队办新闻骨干训练班。战争年代我们最重视枪，和平时期我们最重视什么？对了，重视笔，你一点就透。文件材料头版头条，各级都死盯不放。一代人才就这样练出来的。开头也不知道谁能写，大撒网，高中以上的都网进去。我和他，打背包上路了。在训练班，我俩联名写稿，一个月里发了十七篇，命中十四篇。其中，军报三篇！你知道这多不得了，我俩就等于一个建制团一年的上稿数，还不把别人震翻了？胖科长说，十几年没出秀才了，一出竟出一对！……一到训练班结束时，我俩一人记一个三等功，而且我从胖科长话里听出来：我俩都要被提干。我把消息告诉他，他怎么说的，至今我记忆犹新。"报社只有一个名额，你去吧。我还回连队干。耍笔杆子没什么出息。"你听听，此话多阴暗。第一、他怎么晓得报社要调人，而且只调一个人？我完全蒙在鼓里；第二、他这话明明在试探我，看我是不是要和他争夺报社这个名额；第三、我凭什么要你让啊？你何必抢先做出高姿态呢？万一我真进了报社，外面舆论岂不说是你让给我的？……当时我多么希望是自己多心啊，希望是我错了而不是他。可惜，我不幸言中。当天晚上就有流言出来了，说我俩合作的稿子其实都是以他为主，我只是挂个名而已，还硬把名挂在他前头，等等，简直天方夜谭。小夏你从我今天文笔功力看，此话成立么？可笑不可笑？幼稚不幼稚？庸俗透顶！当时我多么希望流言与他无关啊，可我又错了，确实是他。因为我俩合作过程中一些细节，只有他知我知。别人编不出来。小夏呀，送你一句甘苦之言：今后不到万不得已，别和任何人合作。一时可能合作得好，但终究要付出代价！精神产品拒绝合作。再说，一个人弱小时才喜欢抱团，

第四章 大院儿，人团儿

一旦成势，立马不容。这是铁的规律。

我犹豫了好久，才去找胖科长解释一下。目的是让外界了解我。现在想来那时我也过于幼稚，解释什么？有什么好解释的？有解释的精力干吗不去用在工作上？还是不能承受屈辱嘛。要在今天，别说屈辱，就是踩躏我也笑笑地咽下去了，小小不然，伤不到我。我跟胖科长说：我相信领导，我不和任何人争，我天生不是争权夺利的人，你们一切从工作出发好了，看谁合适就调谁。至于稿子是谁写的，我都不好意思提！哪有自吹自擂的。我只说，来日方长，以后你们会从我文章里得出结论，冒充一时不能冒充一世吧。你听……我的态度即使从今天观点看也是对的，有原则性也有辩证法。做人嘛，一要有勇气二要有分寸，我谁也不伤害。我就是我。在是非问题上我20岁时就定型了，缺点就是说话时还硬一点。这种硬，恰恰是嫩的表现，甚至是太纯洁的表现。太理想主义的表现。

流言为什么不攻自破呢？因为，不到十天就下了命令，将我调报社工作。一下子泾渭分明，贤愚立断。又有人拥上来跟我说，"我们现在才明白，以前合作的稿子是以你为主呵。"等等之类，可悦耳啦。我仍然坚持是合作。我不附和他们。现在跟我说这些话的人，不就是几天前跟他说那些话的人吗？终于，他跑来向我检讨了——形势所迫，不检讨不行啊。他承认找过胖科长，说过一些不该说的话，但却是在听说我去告状以后气不过才去找的。意思岂不是：责任在我不在他，他是被迫。我笑了，你这叫检讨呢还是声讨呢？另有一条，他坚持说他不想进报社，说那里是口井太限制人。我又笑了，酸葡萄的故事我听说过。我心里把定一个原则：只要他坚持说自己不想进报社，我就不能信任他。一个人连自己梦寐以求的愿望都不敢承认,那么信任的基础在哪里呢?此外,什么叫"你去找了我才去找",你凭什么模仿我呢?你有自己没有?……那天是中秋,但没月亮,我俩在大礼堂顶台上,酒可能喝多了,说话都冲。他突然跑到栏杆边,一脚就迈出去了。我以为他一时想不开,要跳楼,吓得大叫:"你别乱来,是我错了还不行吗……"你猜他干什么去了?撒尿!站在空中掏出那货,隔几十米就尿下去了。而且,双手叉腰,临空大尿特尿,一副不可一世的样子!妈的,你说此刻的他,和先前窝窝囊囊的他是同一个人么?人怎么这样善变。他尿尿的下面是一片台阶呵,我们每天都在那排队集合,包括他。一个小细节,一下子就把人彻底暴露了。我觉得细节问题上最能看出一个人的品格。大的方面,你可以隐瞒可以伪装,但是细节绝对藏不住。所以我总把细节提到很高的高度来认识。当时我越往深处想,越觉得此人可怕,骨子里非常狂妄。

尿完之后,他哭了。说想起一个从山崖上跳下去的人。随即向我承认错误。唉,我这人啊,嘴巴硬心肠软,怕感动。一感动就忘了原则。当场就原谅他,我们又成朋友了。我是真心想和他做朋友的。但我分析,他是不愿意得罪一个比自己更有力量的人——我不是进入机关了么,才和我交朋友的。我不指望他承认这一点。书上说了,你若打不倒这个人,就跪在这个人面前。简直就是替他说的。再后来是我们的蜜月,持续了大概好几年。我们交换书籍,通报机关见闻,相互切磋人生。我利用我主持的版面,连着发他的来稿。他也很争气,把我给他的一些观点,泡得大大的,总赶在报纸宣传口径上。当时正是左倾思潮泛滥的时代,他文章无一不是那时代的产物。但发人深省的是,他写得充满感情,还得了好几次新闻奖。今天看非常荒唐，那时大显身手的人，怎么今天仍然高高在上？我们的制度保护既得利益者呀。他利用我提供的采访机会，结识了许多领导，关系畅通了，视野开阔了。而我傻傻地一心办报，不参与那些勾当。直到有一天，我猛听说他已在直属团当上股长，比我足足高出两级，才吓了一跳。这家伙为什么不告诉我呐，我可是什么事都告诉他的啊。我向他证实一下，是不是高升了。他说是。我说这么大的事，你干吗向我保密？他说，不是保密，是怕你心理不平衡，再说这没什么了不起嘛！……言下之意我想是：早讲过了，在报社干没出息，那是口井，你是属蛙的，成天卧着不动，只会干叫大道理。

那一天我觉得很耻辱，他那架势可比职务要高得多。有些人就是这样，九品官，一品的架势。要是真叫他当了最高领导呢，反而不在乎架子了，反而和群众打成一片了。我祝贺了他。他说声谢谢，我俩竟没什么话了。再后来，我俩竟然见面不说话了，无缘无故的，一冷就冷了十好几年，奇怪不奇怪？我俩之间的最后一句话是"谢谢"，寒心不寒心？

不久，我发现上面在调查我，一了解，军区老政委要找一个秘书，看上我了。立刻开始对我方方面面的考察，历史啊现实啊一点不漏，找了好多人问，其中有他。人啊，不考察都是好人，一旦借着考察把你拆得七零八碎，能找不出一丁点问题么？主席说得好，即使天天扫地，也还是会有灰尘，多辩证。那次考察，把我科长位置耽误了不说，还把我恋爱方式当成一个问题追。我和以前那个女的一切细节，也只跟他说过啊，别人怎么会知道？你说他狠不狠！可他为什么狠呢？原因很简单，后来你猜是谁当上了首长秘书？竟然是他。

34

石贤汝连连摇动双手："不说喽绝对不说喽,卑鄙的事讲太多,把自己都搞脏了。噢,猛想起我有一个同学,很有才华,在大学里偏偏选择一门古怪专业:专门研究历史上的佞臣酷吏,几年工夫下来,学术上大有成就,可自己心术也弄坏了。看人家都像獐头鼠目,习惯于往阴险处分析,一点点疑问,能被他研究出老大一堆劣根性。没办法,都因为他爱上了他那门学问,他被他的兴趣腐蚀掉了。不坏竟不行。你看,前车之鉴不是?"

夏谷见石贤汝有点累,偷偷松了口气。刚才老长一番动情述说,夏谷一直忍着,并在面上撑出副屏息静听的样儿,像被他鼓舞,也借以鼓舞石贤汝。最初因石贤汝提到"背叛"二字,他好一阵兴奋,蛮以为能听到机关大堆轶事秘闻,心里先就深刻起来。听着听着,又觉得全然不是,只不过石贤汝太爱自己了,把失意提拔到生死高度。虽然事实本身过于做作,但石贤汝的分析、推理、判断,倒真是一流的细腻。就像,词不好,曲子优美,这歌也就悦耳了。旁的,大胆糊涂过去。夏谷暗想:这种分析、推理、判断的功夫,倒要跟他学学,写材料用得上。况且首长们喜欢他,很可能尤其爱他这份内秀,其实首长们谁也不缺结论,就只缺点分析、推理、判断的功夫,石贤汝替他们把这方面补上了,用自己的内秀托举首长的结论,铸成大块文章。

"贤汝呀,我要不知高低,批评你老兄两句喽。"

石贤汝愕然片刻,道:"你放开来说,算帮我总结。"

"我不知道你说的那人是谁,咱们就暂时叫他某某吧,对事不对人,我保持纯客观。首先,你这人心太好了。有时候,竟好到了把对方看得和自己一样好的地步,这就是糊涂了。某某,我分析他属于这种人:落难时比谁都善,得志便猖狂。其实,这是他性格上的一种张力,本质是要当强者。你不同,你为人一贯的好,即使想害哪个,念头有了,腿也挪不动。这就是你,情愿为自己的善良付出代价,也不肯破坏做人准则。第二,在人人想进报社时,某某不想时,你就该警惕了,明摆着蔑视文字篓子么,不学书不学剑,学万人敌,其志远大。某某的蔑视中,也包含对甘当文字篓子的人的蔑视。他当时讲的不是假话,是真心话。咱们当假话听了,是咱们的不成熟不是?我认为,你从事文字工作,是出于一颗爱心。有这一条,全有了。不必求人家理解你,咱们理解人家就行。第三条,我觉得你过于悲观。当然,悲观往往是深刻的表现,但过于悲观就是消极了。我隐隐绰绰觉得,善有善报,只等个时机罢了,某某的前途,绝对比不上你。早早晚晚,你必然超出他。贤汝,你要有信心,从从容容的,叫人家看了摸不透你。必有一天,你猛地上去了,连自己也为变化之快大吃一惊。啊,我又犯病了,啰里啰唆废话,贤汝你其实全懂。批评错了你反批评。"

这一番"批评",石贤汝听得无限舒服,眉眼和身肢统统大幅度舒展开。忽然道:"晚上,韩政委请我喝酒,你和我一块去。"

夏谷没料到有这种级别的感谢,慌忙笑道:"那场合,我怕不适应。"

石贤汝非凡地一挥手:"韩世勇本是条粗人,只我了解他。你在部队跟大兵喝过酒没有?跟大兵们怎么喝就跟他怎么喝。一旦把他当首长,就全局限住了。"

门外传进一阵喧闹,估计是客人到了。石贤汝听着就自豪地笑了:"看你们疯的!来,我给你介绍。"

领头进来的竟是罗子建，夏谷登时有点尴尬。两人一个单元里住着，今早起身时还轰轰烈烈开玩笑呐，却谁也不说要到石贤汝这儿来吃饭，不约而同地保密。此刻猛地见面，脸面略微挂不住。罗子建抢先喜出望外，哈哈笑道："我就猜到你在这儿。太高兴了，太高兴了。"夏谷矜持道："单身汉，瞎转转，来贤汝这讨口饭吃。"石贤汝道："我有意不说破，让你俩突然兴奋一下。"

罗子建身后那位——夏谷依稀认得他是某部杨处长。记得有天在大道走着，杨处长见到石贤汝时，擦肩而过不说话的嘛，仿佛陌路人。怎么，彼此暗中竟是密友？……杨处长闷着个头，直闯进内屋，四处乱看，连大橱后也不放过，神情甚是可笑。石贤汝问他找什么呐，他才指住他道："你一个人过我不放心，代表组织上看看屋里有没有藏什么人，小兰小玉的。你老婆临走，指示我监视你……"众人哈哈大笑，夏谷觉得这表演无趣，和杨处长平时气质大为相悖，但众人笑得那么透彻，自己不笑就不配合了，于是也野笑几下。再后头两人，石贤汝替夏谷介绍了，一个是军区党办的黄秘书。黄秘书立刻向夏谷亲切笑："老黄老黄。"另一个是某某局的主任，姓朱。朱主任听后连忙低声补充一句："副的。"

石贤汝又把夏谷朝前推，介绍给他们："我的小老兄，也是我的贤师良友！"

罗子建、杨处长、黄秘书、朱副主任，纷纷脱鞋，赤着脚儿进入客厅，各拣一只沙发坐下。泡茶，点烟，东翻西翻，每有人随便说一句话，不管值不值得笑，旁人都哄哄大笑。看得出，他们之间，无遮无碍，烂熟已久。

将近11点半，又进来一位姑娘，猛一看蛮俊俏，有身段，衣

第四章 大院儿，人团儿

饰也很有档次，只是香水味不够含蓄，面容也黑得过了些，叫人替她可惜。石贤汝叫她玉兰。玉兰甜甜地朝众座一笑，给各人杯中续上水，用内地人说粤语的口音，站着说了几句话——听着就是从电视里仿下来的。仿毕，飘然进厨房。夏谷以为她是大院谁家的少妇，问过石贤汝，才知道只是做零活的小保姆，石贤汝和另外两家合用的。他很惊讶，没想到大院里一个小保姆也这么耀眼，比自己先前的对象还够风度。一时，心境有些乱。恨了一恨，才将自己锁住。

众人轻松地议论大院里各种事务，随口拈来的，都是质量很高的秘闻。夏谷听得扑朔迷离，不敢插嘴，时时乖巧地、合适地点一下头。他听出来，他们每周都要聚一聚，或在石家或在黄家，轮着来。大抵是，谁家夫人走了就去谁家。假如夫人都出差了，就集体投奔石贤汝来。石贤汝此刻仆人般的在边上站着，拿烟递水，拿这人打击那个人，貌似低微，实则高高在上。他每句话都说在节骨眼上，一个字都可拆成多种理解，雅中藏荤，妙意无穷，芝麻点情趣也闹得一波三折，掀起一个个高潮，显然是他们的核心，驾驭全场——属于他当仁不让的义务。

夏谷还感觉出来，这伙人目前都是单身汉，老婆都离家出差或者做生意去了。他们沉浸在既无家庭监督、又无后顾之忧的欢乐中，正在把失去时光找回来补充享受。比如：石贤汝的夫人长驻深圳某公司，每月收入五位数，孩子搁姥姥那儿，家里只在客厅墙上挂一幅二尺余的油画肖像，一抬头就可以见到她，肖像大概是古典什么流派，有真人头大小，眉眼间浓郁着皇后般气质，藏在暗色调中俯视众人。罗子建的老婆听说已留职停薪，替某合资公司的老板当私人秘书去了，收入也甚为可观。这一来，罗家一屋里就有了两个秘书，一个替共产党干，一个给资本家干，合到一块仍是夫妻。朱副主任的老婆随团出访日本，说日本完后还要到新加坡马来西亚去忙，据说已烦透了进出关。黄秘书的老婆在美国留学，昨夜一个越洋电话花掉五十美金，说有兴趣的话黄秘书可去陪读……他们此刻吸的烟都是夫人们带进来的，烟把上套金箍。因星期天强调穿便衣，他们身上和脚上，都有那么一件两件的进口货，穿太多不好，太多反而落俗，再说机关大院忌讳招摇。尽管夫人们都那么出息，他们谈起夫人时的口吻仍透出些不屑，自信自己一旦扒下军装，比她们不知强哪去了。他们只是以静待动而已。

夏谷还看出来，他们在机关里均不大得意。在座各人，都有四十上下，仍在团职位置上搁着，并且已搁了一些年头，不屑于再有不平之气，从语言到心态都老咔咔的，擅长于议论别人功过是非。假如从说话口吻中判断，个个都是军以上级别。领导不提拔那是领导短视，他们早把自己的感觉提拔上去了。他们窝在这间十几平方米的小客厅里，酝酿着积累着才华，分析着敲打着各类见闻，调侃甚至把玩着天下。凡此种种，其实都是暗暗砥砺自己，有待日后出山。他们的潇洒与放浪都是不得已而求其次，其实每人都按定一颗治军救世的大心，等候某权威人物慧眼相中自己，便把自己一鸣惊人地扔出去。

35

一阵脆生生俏笑，玉兰踩着罗子建一段荤话的末尾几个字眼进来了。那笑话女士不适合听，老罗有点窘，玉兰却盯着他追问：

"你才说什么掉下来啦?快告诉人家嘛。快点。"

夏谷问她:"既没听清,那你笑什么呢?"

"咦,笑笑都不行啦!许你们笑,不许人家笑呀。"

"找机会让老罗单独给你解释一下。"

"不嘛!要你当众说给我听。"

众人哄堂大笑,眼神一跳一跳,贼溜溜的目光把玉兰和夏谷拴在一起。

石贤汝连忙道:"菜好了么?我们等不及喽。"

玉兰这才正色道:"都齐全了,摆上了。不过我还要弄一道沙拉,料也备好了,就是忘了汁该怎么调,想给许姐挂个电话问问清楚。"

老罗道:"不必那么麻烦啦,咱们什么都能吃,只要你端上来就行。"

"不行嘛!人家头一回做沙拉,想好好试试。"

石贤汝无奈道:"行啦,到书房挂去吧。"等小吴走开,解释性地叹着,"犟哎。"

夏谷注意听,玉兰在书房里拨了一长串号码,凭感觉是个长途。夏谷暗惊:石贤汝卧室里的电话竟然可以直拨长途,这可是军区二级部长规格,想一想又觉得当然应该如此。玉兰喊着:"喂,北京么?……您是某某老家里么?……我是某某军区玉兰啊。麻烦您给我找许姐说话。"夏谷更吃惊了,这位"某某老",是解放军第一批授衔的上将呵,夏谷上小学的时候就在课本里读过他的战斗故事。目前"某某老"也是中顾委要员,国内外万众皆知的人物,平时深居简出。小小一个玉兰,怎敢将电话挂到他家去,且只为了一道沙拉。听得玉兰在屋里道:"许姐呀,听出我是谁了么？我是某某军区玉兰，咯咯咯。你好吧？我有个急事要问问你，上次你到这来，教我一道沙拉，对。那油是烧熟了再放还是放进去再烧啊？……噢，先搁糖，再搁……等下，我记记。噢，土豆、鸡蛋、奶油、火腿丁……"

玉兰这通电话打了足有二十多分钟，又说又笑的，完了拿个小纸片出来，脸儿因兴奋渗出一抹细汗，竟如出浴似的好看。到了客厅，向石贤汝汇报："都齐了。许姐问你好呐。我说你天天打仗一样忙，从不注意身体。还有，你得说说军区管电话的小姐，什么人呀，妖里妖气的，线断了也不说声对不起，害我们大家等。"批评一阵，将身段摆起，款款地去了。

此时，夏谷们见识再多，也个个瞠目结舌了。石贤汝连忙解释："什么许姐，某某老家的小保姆呗！我说过的，一个长途，一分钟就是好几块钱军费，她不听，看我明天辞了她！"

罗子建道："最好的办法，赶紧替她找个人嫁了。"

石贤汝叹道："也是，用了她，就得替她负责。可找谁呀？志愿兵、职工，她根本看不上。对外她从不说自己是保姆，说是我家姨表亲，规格不低呐。自以为模样过得去，其志不小，男朋友一大串，天天在楼下吹口哨打暗号。我估计，她不找个上尉军官不罢休。"

夏谷正是上尉，脸红了，别过去，感觉上已被玉兰污辱了一下。这破烂凭什么把自己放得比刘亦冰还高？又觉得世道真他妈天翻地覆了，凡屁股上插根花翎的都是凤凰。他默然不语，偷偷地想刘亦冰，寸寸缕缕地想，越想越深入，越想越心疼：看她叫人逼的，真正是别有一番凄楚，这苦处不就是她动人之处么……

朱副主任笑得深沉："贤汝啊，一个年轻女孩子，放太近不好。

我知道你，别人不一定知道你。到后来，本无风流事，枉担风流名，多冤。还不如真有点事。"

夏谷想：此话倒像暗示，叫石贤汝大胆出事，因为不出白不出。反正舆论不饶你。

朱副主任沉声道："这样吧贤汝，机关里谁跟你有仇，你就设法把她嫁给谁。"

众人哄哄笑了，都说深刻，说这才是正解。玉兰在厨房里叫着："哎，石叔请客人过来吧。"

石贤汝领头起身，没必要说请，众人就抢在他头里过去了。小餐厅里摆起一张四尺饭桌，桌上有转盘，六样冷碟，六样大菜，两种酒，一色甜食一道汤……不分先后全上来了。桌面上满登登的，罗子建等人侧身小心挨进座位，以免将酒盅撞翻了。坐下看看菜肴，略一嗅油香味儿，都齐声叫好。面前确实五光十色，细致丰盛，两样荤菜是川味做法，两样海鲜是粤味做法，还有两样冷盘大概是从军区宾馆仿来的，一看就知道，这玉兰烹调技艺不凡，绝非寻常保姆可比。玉兰抿着口儿笑："比不上你们在大酒馆，今天时间紧，先给各位道个歉，我四只手也来不及弄，多多包涵。吃不好就骂我几句吧，吃好了下次再来。一定来呵。石叔，你们先用着，我还得到胡家忙去。有事挂电话叫我。"

罗子建拦住她："这怎么行！你忙半天，连饭也不吃一口就走。来来，我们集体敬你一杯。"

玉兰巴掌使劲一拍，尖声惊叫："我累半天了，你们还不饶我啊！"

众人都呼应，无论如何喝一杯再走，否则大家过意不去。

玉兰却不喝，脸儿微红了，道："什么大家呀，有一位首长不吭气，看不起玉兰。"

夏谷猛醒，是自己无任何表示，竟给她注意到了。他急忙从脸上拱出双倍的热情，一迭声叫"请"。玉兰这才顺手拿过只酒盅——恰巧是夏谷的，由着罗子建给斟满，在众人急切的劝饮声中，抿入口里半盅的样子，将半盅残酒放回夏谷面前。"好啦，玉兰肚里热烘烘了。"脸儿透彻地红了。罗子建夸张地嫉妒着，指那酒盅道："这么多杯子，你凭什么偏用这只而不用我那只，不行。说出个道理来才放你走。"玉兰抓过他的筷子，夹块海蜇入口，再将筷子放回他面前："这下行了吧？"罗子建哈哈笑："行了行了。"玉兰的眼风儿极有韵致地向周遭儿一转，落在夏谷脸上，烫他一下，再款款地离去。

夏谷面对眼前半盅残酒窝囊着，喝了它恶心，泼了它似乎也不好，而且迟疑太久也显得小题大作。他看看周围人没注意此事，便在一片"干、干"声中，硬着头皮灌进口了。待放下杯子，罗子建才铁证如山地指着他大笑："小夏，祝贺你干了一盅交杯酒！味儿怎么样？人家玉兰是美酒赠知己呀！……"原来，刚才他是佯作不见，留待事后发难。众人笑，夏谷也窘迫地笑笑，暗下恨透了罗子建，没想到此人一向兄长风度，年龄也是这里人中最大的，都快更年期了，骨子里却如此低级趣味。

石贤汝号召，大家集体连干三杯，然后彼此随意。夏谷早饿了，最初几筷子菜吃得仍不失分寸，后见别人不说话埋头大嚼，也就放开食欲，先吃进一个半饱，再从容不迫地品尝。间或举杯应酬一下，思考自己在这场合该说些什么，怎样说才有自己特点，又出效果。想定了，心内按住一个话题，为礼貌故——又等别人先开口。渐渐地，众人话多起来。罗子建作深沉状，道："贤汝啊，我看你近来态势不错。"

石贤汝望着众人道："老罗刚吃进一只鸡屁股，我就猜他要开口说话了。你说说，我哪有什么态势呀？"

"上面如何器重你，大家都知道的，我就不啰唆了。就说这碟大对虾吧，敢说没来历么，比机关过节供应的大一倍。哪来的？我知道，最近军区管理局专为首长从海军基地弄来一车，你这儿怎么也有一份？要是态势坏了，你吃得到它么。"说着端起酒杯朝石贤汝伸过来，"要是没讲错，这杯酒你敢不喝？"

石贤汝笑了："不错，这虾确实是常委级的。"爽快地同他碰一下，仰面饮尽。

此话提醒了夏谷，禁不住审视桌上的菜肴。迅速察觉出，岂止对虾，面前各色鸡鸭肉鱼，几乎样样有来历。罐焖鸡，像军区宾馆小餐厅保留节目，八成是那儿谁送来的，否则就是将玉兰打死她也做不出这等鲜与嫩；午餐肉片，来自午餐肉罐头，而这种罐头属于内部专有战备干粮。能吃到——就算是象征性价拨吧，也说明他在军区后勤什么部有人；鲜蘑菇农场里有得卖，但谁能买到这么大个的呀？还有罐装青岛啤酒，市面上根本不见，要追究下去不是又拎出一串密友？或者谁谁孝敬的。石贤汝吸的烟，是白皮包的红塔山，叫简装红塔山，烟卷质量比盒装的不敢说更好起码也是一丝不差，而价钱也仅仅是象征性价钱，属于内部之内部……

夏谷赞叹："贤汝，我看你这每一盘菜，都是一分人事关系档案。"

众人哄然叫绝，纷纷用筷子指点石贤汝，说你小子逃不过我们眼睛吧，你在军区这块地面上，除了不能将死刑办成无罪释放

醉太平

之外，其他都能办到。石贤汝则自豪地谦虚着："嘿嘿，一些俗事罢了，成天忙忙碌碌，叫你们还不屑为之呢。"这时，朱副主任淡然一笑："小夏，你要老是这么深刻，叫人怎么活下去哟？你又怎么活下去哟？"

此语一出，众人恍如一下子给冻住。半响，神情都深刻着，品味话中深意，竟无语应对。老朱是拿小夏当石头，砸别人呐。

夏谷才觉出这伙人当中，朱副主任最是深不可测。因为到目前为止，他面色最淡，话最少，吃得最多，观察得最透。他好像既是这里所有人的朋友，又和这里所有人保持距离。

36

石贤汝默默无言地朝朱副主任伸过酒杯，朱副主任也默默无言地举起杯来，两人单独碰了一下，再默默无言地一饮而尽……他们以这种从容的默契，将场上气氛告一段落。

石贤汝叹息道："咱们别绕了，谈点要害的东西。听说没有，军委有动向了。各大军区第一二把手，可能有一番大调动。目前传来的消息是，韩政委肯定会升，调北京总部去主持工作。刘达可能会退，从外面调一个司令进来。是谁呢？"

夏谷注意到，石贤汝说起韩世勇时称之为韩政委，而说起刘达时则直呼刘达。接下来，这两个有微妙区别的称谓，竟十分自然地被众人所接受，话语中都沿用它了。

朱副主任作耳语状，几乎是对自己酒盅儿倾诉心曲般："刘达的退，有两种退法。一是只身而下，什么也不挂。二是大名后头挂一个'拖斗'，人大副委员长政协副主席之类。挂两年，再拿掉……"罗子建插嘴："还有一个退法，得癌。"只有石贤汝出于礼貌笑了下，其他人对此完全不屑于动容，仍注目于朱副主任，无言地催他往下说。"看来退是没问题了，年龄卡在那儿，逃不掉。不过要是一点过渡不给，只身而下，对刘达这个资历的老红军就太残酷了，日后只能在什么钓鱼协会挂个名誉会长，参加参加什么剪彩仪式。而且，对他一手提拔起来的圈里人呢，也是个打击。所以，总得有个'拖斗'叫他挂一挂，对大局有利。我关心的是，"朱副主任瞟下周围，换了说法，"我们关心的是，谁继任他的位置。内部消息：有三人排在那儿，一是从大西北来一位副司令；二是我们军区宋副司令；三是总部来一个副总长。究竟是谁暂且不定。但是有个情况值得注意，这三位都是'二野'的人……我估计，事情拖着拖着，拖得人心都淡了，突然就动作，突然就下命令，不给一点缓冲……"

朱副主任独自举杯，一饮而尽。酒瓶就在面前，他兀自举目四顾，夏谷距他最远，连忙知趣地隔着大圆桌弯过腰来，给他杯中斟满酒。手势甚是轻巧，点滴不洒。朱副主任只微微颔首。

罗子建断然道："我听说，如果不出意外，就是宋副司令当司令了。"他告诉众人：上月28日下午4点，在军委大红楼二层内厅，宋副司令被召见谈话。在场的有谁有谁，谁是怎么传达某人意旨的，谁又是怎么补充的，谈话谈到晚上6点半，连秘书也不给进。罗子建绘声绘色，似乎当时他也在场。末了强调说："当然，这不算实质性的谈话。可本月3号，在大红楼顶层小会议室，军委两位负责人又找宋谈了一次，问了三个问题，给了三个字：不变了！这又怎么解释？"

石贤汝问："你是听他秘书说的吧？"

"小王那人胆小如鼠,能告诉我?再说,两次谈话,他连门也没进去。"

夏谷道:"那就只剩一种可能了,宋副司令亲口告诉你的。"

"嘿嘿嘿,你说呢?……"罗子建以反问代替回答,言辞闪烁,几种笑容一起涌在脸上。昂着脸儿让大家看他,并也似看非看地看着大家。

朱副主任拿筷子指罗子建:"你是听军委办公厅人说的。估计是某某的徐秘书说的,呃?"众人齐声"噢"了一下,乱哄哄道:早该想到的嘛。定了,就是他。

石贤汝万分持重地沉吟:"其实,问题才刚刚提出来。新的军区班子上任,各部领导又站在同一起跑线上了,都存在与上头重新理解与被理解,重新协调与被协调的问题了。紧接着要动一批人,理想一点,参谋长提起来当副司令,从下头调一个军长当参谋长;政治部方面,黄主任不动的话就再不会动了——年龄摆在那,估计会动,接替韩政委,金、宁两副主任中,出一个主任,我意是金!谁当副主任呢?竞争者一大把人,季墨阳早按捺不住了,算他一个;干部部陈部长两年前就是候选,报上去搁浅的,这次又是机会;组织部唐部长,嫩一点,换种说法是朝气蓬勃,上去了整个班子的平均年龄就会降下来,对全局有利……这方案理想么?我意不理想。我意:两个副主任都换掉,从下面部队提一个上来,从机关产生一个,这才均衡。机关里谁呢?季、陈、唐其实都不大合适。提任何一个都不免严重伤害另外两个,应该把三人都调出去另作安排,把许秘书长提到政治部位置上,空出四个部一级的位子,大胆选拔新人,从未来机关五年的发展出发,考虑今天的部长人选。如果这么办了,机关素质就会上两个档次,一改陈规陋习，给干部创造更多的机会。未来五年呵，其变化是我们今天根本不能想见的，要提前适应它。别等到形势逼得我们改变……"

石贤汝说得很随意，其实句句都是深思熟虑。夏谷看见其他人眼内一派兴奋，而面部表情又在掩饰这种兴奋。空出四个部长位子——石贤汝可真敢想。不过要是细细探究，他的设想竟也不无道理，军区机关快五年没动了——这从在座人的搁浅能得到印证。通常，小动作只在军区班子不变的情况下发生，军区班子一动，下面就得大动。石贤汝嗅觉是超前的，他不说没来由的话，即使大有背景的话他也只说三分，剩下七分得由你自个儿机动，猜出来了印象岂不更深刻。猜不出来你心境也已乱纷纷了，则是你没用或者你不堪用。再说，他的预见其实也是一个号召一个诱惑，在座各位谁没有当部长的能力？不定是谁不定在某场合，毫不费力地就将一种可能性、一种前景参照系、一种可供选择的方案推送到决策层那里去了，就像水渗透到巨树的根部那样，润物无声，待到新枝绿叶轰轰烈烈了，反应迟钝的人才被世道吓一跳，连叫误了误了！就算空不出四个部长位子，减一半空两个，落到在座人头上再减一半，剩一个，他们之中也能出一个部长啊。其意义岂止是谁当上部长，往小里说也是一个先例，意味着他们这一伙人——庄严点讲这一代人开始出山了。而后，坚冰既已打开就什么也挡不住他们了。你不承认不行，包括你每天走向那陈旧的办公楼时，也暗暗渴望着今天突然有个料不到的变化，再糟糕的变化也比毫无变化好。每天都抱着一点隐隐约约盼着出事的希望去上班，太阳下山时再揣着一颗老透了的心回来，胳膊下夹着《周末》和《报刊文摘》等等有俗趣的东西，顺道买上点菜，拐到大院偏门那儿接上孩子，路过告示牌时看一眼有什么供应，明天停不停水电，今天过得和昨天差不多，感觉上好像没怎么过就过去了，过了等于没过，过不过没实质性区别……夏谷替他们想。

此时，在罗子建的带动下，他们已经在为石贤汝设计当部长之后的施政方针了，仿佛只有石贤汝一人想上去，他们用推出别人的方式把自己隐藏起来，天下没打下来先分江山，口吻像开玩笑但暗藏大严肃，所出的主意，竟也件件可行，分寸恰到好处。

"最初几个月，动作别太大，部里不要有人事变动。一头扎进部队去，司令员对下面熟悉到什么程度，你也要熟悉到什么程度，细节方面要比他还要熟悉。工作计划，领先半步就可以了，不要多，千万不要多……"

"和部里的几个处长，都保持相当的距离，不能太亲密。提醒你一下，尤其是过去的朋友，关系最难处理，比政敌还难处理。和政敌的关系单纯，和旧友就复杂了……"

"要注意提高部里秘书的权威，要有一个绝对靠得住的小秘书。你不在时，部里情况全靠他掌握。他的职务不能高，一高处长们就难受了。谁管谁呀？职务一高，前途也成问题，往后再怎么晋职晋衔？最好只是个上尉，年轻能干，使他除了依靠你，别人他谁也依靠不上。这才是忠于你的前提。"

夏谷感到自己在这儿是个废物。别人随嘴说说，就说出那么珍贵的内部要闻，件件都事关全局，扣着上层筋脉。自己干坐着，吃人家的，听人家的，从精神到物质两方面都在享受人家的营养，却没有什么够规格的消息值得说给他们听听，在这场面，没有消息也就没有自己……人们酒盅一空，夏谷便立即拿瓶儿给人家斟酒，即使隔得远，绕半个场子也去。开始，人家还客气，拿手在案头叩两下,道声谢。后来习惯了,便端坐着连动也不动,自顾说话。当然,在人家那里这反而意味着亲切,彼此不拘礼,拿你当自己人看,而夏谷却觉得自己给逼成跑堂的店小二了。从入席到现在,他只有一次成为酒席的核心:饮那半盅交杯酒儿——还是仰仗小保姆玉兰多情,才使他成为核心的。

夏谷脸上保持从容,脑中奋力寻找能够一鸣惊人的话题。突然,他感觉到自己有了!心胸顿时充实,稳稳地坐定,不给他们斟酒了,等待一个时机,就将自己的消息掷出去。他脸上作出忧愁的样子,勾引人家来问:"咦,小夏怎么啦,想什么呢?……"

果然,石贤汝最先发现情况,关切地探过身来:"小夏怎么啦,想什么呢?……"

夏谷等他问了两声,才蓦然醒过神来,抱歉地看着大家:"没事没事。刚才我忽然想起我们季部长。唉……你们说的关于军区变动的情况,他的小本里都有哇。"

满座的人都吃惊地望着夏谷。只朱副主任没动,眼儿眯小了,兀自微微颔首,似乎早预料到:季墨阳应该知道这一切。

"我和贤汝从韩政委工作组刚回来那天晚上,已经8点多了,季部长还把我请到家去。啊,错了。不是上家,想起来了是上办公室去。"夏谷有意记错了,以便把下面几句话夹在情况里,"都知道吧?季部长夜里经常睡办公室,文件柜里塞着一套被褥,他和妻子关系紧张……"罗子建兴奋地:"新情况新情况,已经恶化到这个程度啦!"没人理他,夏谷仍然按照自己的思路说:"我去了,预料到他会了解工作组情况。开头也正是这样,但是后来,他不知怎么兴奋起来了,给我看了他一个小本子,里面全是他对军区上层情况的一些思考。包括司令员、政委的前景动向,继任者是谁,什么时候动作,他都有判断……"夏谷脸已红透,外界看他是激动,实际上是因不安与羞愧所致。他竭力回忆依稀记得的本子里的字句。按照他此时的——在众人消息启发下带来新理解,一半是复述一半是发展,将本子中的内容说给他们听。

众人几乎是屏息凝定,一个字也不曾惊扰他。夏谷说得兴起,举杯一饮而尽,旁边的人立刻殷勤地给他斟酒,用目光鼓励他继续说。夏谷说到后来,自己也分不清哪些是季墨阳本子里的,哪些是他自己的分析,都乱在口舌里。好在他的素质在那,几年来孤寂的机关生活已使他沉思与参透了许多隐秘,在自尊和自卑中养成了对大局极灵敏的感觉。这儿,只石贤汝一人知道其实他并不比任何人差。即使他模仿一个部长思考、沉吟,听上去甚至比真部长还要精当。最后,他用动人的、充满感情色彩的感叹结束叙述:"我想,并不是我有什么了不起,而是季部长太孤独了,那天晚上极需要一双有质量的耳朵来听听他的心声,正好找上我了。我——怎么说吧,竟有点同情他呢,他太苦了……"

夏谷末尾这番话十分真诚,自己也忽地被自己感动了,立刻觉得他基本对得起部长了。

朱副主任道:"小夏你可能还不知道。以前,季墨阳也常坐在你现在的椅子上,和我们一起借酒浇愁,胡说八道,大概每个月都要聚几次吧,他的好多决心决策都是在这产生的。后来此公当了部长,再不来了,不屑于与我们为伍。我们理解他,位子不同嘛,再和我们混一块,弊大于利,关系复杂,对外影响也不好……贤汝你给我听清楚,我话先说下放这块:将来你要是上去了,别把我们拒之门外!为什么呢?因为,那样做你是要付出代价的。"

石贤汝一言不发,只深深地点头,举杯向周围拱了一圈,一口饮尽,将盅儿重重地敲在桌面上。仿佛立刻要上刑场就义,叫人看了不能不感动。

37

众人到客厅小坐,石贤汝摆出雀巢咖啡和龙井茶,大家歪在沙发上,身体都涨大了许多,各捧着精致的茶盅噗噗地喝,口鼻间呼吸粗烈,每个人都在偷偷享受自己腹内酒肉的晃动。此时正是满足与倦怠交至的时刻,浑身如暖水袋子那样发烫,谈兴因腹间太饱涨都给噎住了,头脑昏昏强打精神,但脸模样儿接近于幸福。没一个人提出来告辞,都知道,稍微缓一缓之后,会有第二次交流与切磋的高潮。

夏谷自觉地进厨房里收拾残肴剩菜,把一大堆油腻腻的碗儿盘儿放进水槽里,看看自己手,恶心得要吐。犹豫好久,才下定决心,卷起袖子干这脏活。石贤汝冲出来扯他:"小夏你这是骂我嘛!扔那儿别管,让玉兰料理。"

夏谷笑道:"你赶紧陪他们说话去。我这人就这毛病,看着脏东西心里不舒服,非洗干净它才安心。干这些活,让它们一样样锃亮起来,在我是个享受。你别过意不去,我眨眼工夫就完。"

石贤汝硬扯一阵子扯不动,开始相信他是真心,不禁感激他了,道:"你小夏,在我那么多朋友里,只你最不一样。说实在话,你气质上把他们那帮人撂远远的。"

"有那么严重?……哈哈哈。"夏谷欢笑着,心头猛一颤,强烈的悲凉之感差点使他掉泪,"你去去!待这我不自在。"

石贤汝偏站着不动,感慨地望他,思索着什么。夏谷端起两盘满满的鱼肉："剩这么多菜，给你放冰箱吧？足够你两天吃的。"石贤汝这才反应过来："噢……倒了它吧，上面都是那些人的唾沫星子，我可不敢吃。"夏谷心里叫声可惜，迟疑着，朝簸箕里倒。石贤汝连忙上前拦住他："别倒簸箕里，端出门叫人看见不大好。给我吧。"他端过剩菜，走进卫生间，倒进抽水马桶，再放水轰轰冲下去。他做这些事十分自然，一点也不在乎被夏谷看见。回来后却敏感地问："我太过分了吧？"

"是的。"夏谷也很坦率。

"唉，我也是苦孩子出身。小时候讨过饭，当过偷儿，平均半年才能吃饱一次肚子。现在，唉，变喽。从吃饱肚子开始变，生活把人变得连自己都不敢认。"石贤汝自嘲着。

"我看，就因为你有那些过去，现在你才报复性地生活。"

外头传来咚咚擂门板的声音，很粗野。不等石贤汝反应，擂门的人已经沉重地走进来了，站到他们面前。夏谷看了一惊：陈子雄，满脸火气，才宰过人似的。陈子雄沙哑道："老石，有个急事非找你聊聊不可。小夏也在呀……还洗碗？哈哈，在自己家吃饭，到人家这洗碗。你真行嘛。看不透。"

夏谷尴尬不已："我也在这才吃过，顺手弄弄……"心里愤怒地想：肯定是当处长的事他知道了。

石贤汝笑呵呵地上前拉陈子雄："老兄又怎么啦，和嫂子吵架了？动手没？我才听见你们楼下动静不对，桌椅板凳哐啷哐啷的，想下去看看，正好你就上来了。到底什么事？好好，先不说事，吃饭没有？肯定没吃，那么嫂子和孩子也没吃！你看你过的什么日子。"转脸吩咐夏谷，"老陈和我多年邻居，也是你领导。我走不开，小夏你下去看看出了什么事，把嫂夫人请上来一道吃饭。"

陈子雄吼道:"不要去,饿死她们!"

石贤汝一面拉着陈子雄朝客厅走,一面回头叮嘱夏谷:"门后有午餐肉罐头,冰箱大概还有烧鸡和香肠,都拿上,快给嫂子她们送去。说老陈在我这吃了,我过一阵再去看她们。"

夏谷依照石贤汝说的,从门后头,冰箱里头,拿出了他储存的各种吃食,用一只塑料袋装上,提着往楼下去。沿途,飞快地估量事态性质和各种可能的后果。你别说,石贤汝这家伙确实善于收拾人心,处处都想得这么细。刚才站在这块发呆,我说干什么了,原来是听见楼下动静了。那么,我们在楼上闹闹哄哄,他楼下会不会听见我们动静呢?假如听见会不会说我们搞小动作呢?……其实就算让老陈看见我在石贤汝这儿,也没什么可怕的,反正早晚他也会知道,只要他清楚一条就行,我和石贤汝的关系远超出你和石贤汝的关系,你愤怒也是白愤怒。我夺了处长位子,那是部长的决心,你又敢怎样?可怜一个四十多岁的人了,还仅仅是个副处!副处还不称职!有什么资格胡闹哇。其实你越这么闹,就越是糊涂,原本同情你的人也不敢同情你了。最后一点提拔的可能性也叫你闹掉了……

记不清谁说的,陈子雄本是条龙,硬捉来养在瓦罐里,闷着闷着,给闷成条癞皮蛇了。夏谷以为悲剧还不仅在于此,是蛇么你就像条蛇也好哇,偏偏不忘当年称龙的威风,仍然那么张牙舞爪的。你说龙的气势安在一条光秃秃的小蛇身上,看着能不可笑么?……陈子雄来自前沿某英雄四团,30岁就干上营长了,年年是典型,到处作报告。他文化不高,但有一肚子朴实厚拙的大兵式语言疙瘩,落地能砸出坑来,句句都命中人的心灵要害,有他在场,气氛往往是历史性的气氛,肯定催情催泪。听了他说话之后再听机关秀才们那些精雕细琢的语言：简直就是群虎皮鹦鹉嘛，根本没他那种生命力。此外，他的行为方式和带兵方式，也都招首长喜欢。顿时发现他是棵苗子，立马调进军区机关来。首长原意，是用这样的干部当酵母，深入改造一下大机关的工作作风，把机关变成一个生龙活虎的超级连队才好。陈子雄并不晓得他的伟大使命，仍保持连队干部本色，用叱咤士兵的语言指挥机关干事们，以为越粗鲁才越亲切，以为不狠就不是爱。全机关没人能像他那样：走路非走出一条直线，军容风纪永远挺括，即使干活两个衣袖也要挽得一般高……但是机关业务他一窍不通，至今连呈阅件和通报的格式也分不清，部门之间的复杂关系更是要他命。久了，他不仅没把机关改造半分，自己却被机关特性烤蔫了。这时他才醒悟什么叫机关。顾名思义，"机关"这两个字原本就扣着窍门、计谋、智慧、心眼等等意思。机关里人谁不是从部队千里挑一上来的佼佼者，当年谁不曾叱咤一方天下？团长政委到这当个大干事的多啦。明明是只虎却随时随地能缩成一只猫的多啦。敢扣下你副团干部不叫走的小兵多啦。机关里只要是个人则肯定是人精儿，这儿密度太大空间太小样样都炼成绕指柔，其力度统统含蓄着。此时调他来的首长自己也给调走了，陈子雄一旦失去忠诚对象，立刻成了孤儿，并且猛地发现自己年龄大了——是大龄孤儿，窝在这里绝对没发展了，甚至没安全。他曾想重新回到部队工作，哪怕在基层也行。老婆打死也不同意，哪有进了大城市再拔起户口返小镇的，孩子刚考入重点中学，自己这辈子荒芜掉没啥，但绝不能贴上下一代吧？……陈子雄最幸福的时候就是跟领导下部队蹲点，只要进入到老环境，叫百年军营的气氛一熏，在兵堆里一滚，他所有的才华与雄心又都跟刺猬般张开了。他样样烂熟于心，营房、菜地、枪架、噢噢叫的猪圈……都在喊他呐。他一抬脚就能跨进士兵节奏里去。他从富有弹性的操场上走过，每根骨骼都不禁在肌肉里嘎嘎作响，动不动就冒出兴奋的臭汗。他随便一眼瞟去，下面干部为应付工作组精心构置的鬼名堂小动作没一件瞒得过他，看见这些他就跟年轻时闹恋爱一样又喜欢又激动，顿时也就跟年轻人似的抖擞起身段儿，批！训！……"不能叫你们既败坏部队又骗了荣誉去！"过瘾呵。领导也爱带他下部队，一是碰到酒席，他是虎将海量，敢于打遍天下保护领导。二是熟悉连队，句句说在点子上，眼神能从针鼻里穿过去逮住问题，分析力能把一座山抬起二尺。在这，连队干部常把他误认作军师级领导，而把真正的领导看成是他的随从——这误会多使他舒心啊。他越到山旮旯里越是占尽优势独揽风骚，就像个挂军衔说粗话的上帝。每次下部队归来，别人都瘦，而他却因酒宴充沛更因着宣泄得透彻而胖出一圈，胖出来的肉，免不了要在机关压抑生活中消缩掉。然后，他再等候机会下部队蹲点，再胖起来。

夏谷一调进机关就在陈子雄的处，没正处长，陈子雄象征性地以副代正。实际上处里工作由夏谷和另一主办干事负责抓，陈子雄只能溜边儿，干些上传下达的事，像通讯员在部长与干事之间两头跑。因职务在年龄在，夏谷还尊重他。况且，他虽然无能偏偏具备机关人最缺乏的优点：老实厚道。和他相处别指望他能帮你什么，首先是他不会害你，这最要紧。万一你误掉什么事，还可以朝他身上一推，谁叫他是副处长呢，他只有兜下。部长习惯性地准相信是他给误了，一般不再追究。久之，同志们练出一种默契，绕开他工作，反而提高工作效率。然而再久些，随着自己的职务上升，他就天然地挡道了：不迈过他你就升不上去。只要将他提起来，你才能坐他的位置。万幸碰到季墨阳部长，敢于毫无顾忌提携青年，很残酷地让他馊在那儿。夏谷站在他心态上想一想，也觉得世道无情人心绝望。活着已死去大半个了。回到自己心态上再想一想，又觉得历史规律无可阻挡，自己所得均是该得的，决非强占人家的。再站到部长位子上想一想，此一番举动绝对令其他部门刮目相看，大振季墨阳恩威。季部长如何待部下的？你们部长又是如何待部下的？一比较，部长和部长之间，档次就拉开了。陈子雄呢，徒唤奈何而已。事后，拿几条道理抚慰他一下也是很容易的。

夏谷敲四楼陈家的门，怎么敲也不开，但他听见里面分明有人。他想叫嫂子名字，却忘了。想叫陈子雄女儿名字，喊出半截猛意识到喊的竟是季部长女儿的名字。于是，他含糊着："哎……是我啊，我小夏啊！"

门开了，陈子雄爱人于慧勉强道："夏干事呀，有事？"

夏谷感觉解释起来很艰难，便把两大包东西高高提到显要处："楼上老石叫我送来的。"不等她推辞，硬挤进门去。

于慧脸色好看些了。刚好看些就呜呜地哭了。她拽定夏谷，指着屋里被砸烂的盘儿碗儿："夏干事你是好人，你看看这叫什么家？你马上带我找你们季部长，我要往上反映，处分他，开除他！部长管不了，我找军区，军区管不了，我找军委主席。我知道你们不怕我，就怕上面点名，说不定主席就在我的信上批上几句，军区不被动么？不怕被上面抓个典型么？……"

夏谷吃惊了，这女人看上去毫无特点嘛，居然也精明得骇人，还知道军区怕什么，比陈子雄厉害多了。他竭力安慰她，马上发现安慰没用，只好坐下硬着头皮听。不多会便觉悟了：听，才是对她最好的安慰。他脸上一副既诚挚又同情的样子鼓舞了于慧，连茶也忘了给他泡就从结婚前的经历倾诉起，好不容易说到生孩子，说到调军区的委屈，看看快要说到今天的事了，夏谷心急，催问了一句，不料于慧接过话题，又从结婚前的经历倾诉起了……夏谷又痛苦地觉悟了一次：听女人说话千万不能追问，一追问就永远没头了。

夏谷印象中，每月末部里发工资时，于慧都亲自来部里领陈子雄薪金袋，包括机关干部每月的福利、发放的物资、供应，也都是她蹬着车来取。说明陈子雄这个家，里外都归她管。她在军区药厂做工，总是一身干干净净的蓝布工装服，孩子则穿着由工装服改小的套装……关于这个家其余方面，夏谷想不出什么事来了。在听累了时，他朝屋里四处乱看，第一感觉就是朴素得不能再朴素了。家具基本是公家的营具，桌椅、立橱、双人床，都打着椭圆形火烙印儿，烫有"军用"两个黑乎乎的字。台灯、暖瓶、水杯、烟灰缸……看着眼熟，原来也是从办公室拿来的，再刮掉了上面编号。怪不得处里公物总是短少，竟是老陈捎家里来了。夏谷不敢再朝细处看，说不定门后头床底下还有什么。因为这太不像陈子雄的为人了。于慧说到动情处，学陈子雄刚才拍桌子发火的样子叫夏谷看，也朝饭桌上一拍，震得盘子当当跳，半碟粉肠扣翻了——看来吵架时他们还没吃午饭。桌上除了粉肠、豆腐，还有半条鱼，却不见一根鱼骨头，显然是昨天吃掉上半条准备今天再吃下半条。而石贤汝从下水道冲掉的菜肴也远比这丰盛几倍。于慧说，正对门住的是机关管理处长，斜对门住的是干部部的，他们三天两头有人送礼，鸡鱼蛋肉烟酒……成筐成筐的，总在天黑时来。他们有权呀，人家得求他们办事啊。老陈有什么？只得关了门骂。这不说，还老有人敲门，提着大包小包进来了，孩子看到礼物刚要高兴，来人问问不是某某处长家，掉头又出去了。你说恨不恨？这种事每周有两三次，你说他们送东西怎么也能送迷了路？显然送礼的人太稠。彼此还得避开，机关楼门脸儿都一样，一马虎就出错。每星期错到咱家两三次，你说没送错的还该有多少次？还有呐，上星期二天一亮，出门就见一纸箱宰好的冻鸡搁在楼梯口，搁在正当中。显然是夜里送来的，不敢再敲门，撂下就走。正对门的和斜对门的也闹不清这鸡是送给谁的，都不好意思搬家去，还不好意思相互问一问，那鸡就在楼梯口搁到发臭为止。你说恨不恨？你说老陈比他们差什么，不就是多一个副字吗？老陈在部队当领导时，什么时候缺过鸡鸭鱼肉，什么时候缺过好烟好茶？老陈手底下光连队就有十几个呀，每个连队送一次，还不排着队送？全叫我赶出门！我们坚决抵制不健康的东西。没想调进大机关，反而掉进鬼窝里……

渐渐地，夏谷终于听到于慧开始说今天的事。

今天早晨，陈子雄按照于慧昨晚的叮嘱：星期天了，怎么也该买只鸡改善一下，孩子快大考了，给她补补。鸡要二斤左右才好，太小的没力气。陈子雄接过钱去了。在服务中心排队时，猛听见前头有人议论部里内情。才听几个字，他就猜到季墨阳决心提青年人当处长，迈过他去，报告已经递上去了……他脑中轰轰大乱，联想起部里最近一些隐秘，越想越像，一言不发地回家，闷头抽烟不说话。于慧见没买回鸡，兜里只有半斤豆干，就追问究竟。陈子雄一下子火了，劈头骂她，言语中带出来，部长的干儿子想当处长，部里全是阴谋诡计，有人暗地整他，这个部不像部，家不成家。于慧已经把豆干下锅里炒了,发觉味不对,铲起来闻闻,馊的!便把半熟的豆干从锅里盛出来倒进一只塑料袋里,让老陈拎着去找卖菜的讨回公道。陈子雄大怒,有什么公道?要有——咱们还过这种鸟日子!于慧实事求是跟他说,今天只半条鱼,一家人怎么吃。老陈说你们吃吧,我不吃了。于慧说,你军装左边口袋里还叠着好多会议餐券,要不你还到招待所餐厅吃去,二十元的标准,比家好多了。其实这事正是陈子雄的短,每次军区宾馆开大会,他都设法多攒几张会议餐券。原则上,会议结束餐券就该作废或者上交,但宾馆餐厅只认餐券不认人,陈子雄凭着餐券仍可以随时去补充一下油水,只别让熟人看见。陈子雄暴怒,你又翻我口袋啦,妈的咱家成贼窝啦!摔桌子砸板凳,狂发野疯,从没那么狂。

夏谷满腹同情但不敢说出口,他估计她不知道谁是"部长的干儿子",含混地支吾几句,意思是替她转达给部长。扭头看见老陈女儿哀怨地依定了门口,急忙起身道:"大姐,你们该弄饭吃。大人好说,不能叫孩子受委屈。是不是?"

"别走,一块吃!"

"我吃过了来的。"

"还能把你撑着呐?到桌边上不吃饭,没这种事,一定吃了再走。"

"大姐我用党性向您保证,确实有事,待下次吧。我非尝尝您手艺不可。"

"你这么说,我就不敢耽搁夏干事的工作了。等下子。"于慧进里屋,少顷,捧出半塑料袋子小米,"这是咱老家辽河小米子,早年前是贡米呐,如今中央首长也定期吃它。我知道你们大鱼大肉腻歪了。我也不送你鱼肉。你拿些回去熬粥，看香不香！"

夏谷使劲推辞。于慧坚持要给。夏谷再度推辞。于慧便倒回去一半，将剩下的一半塞夏谷怀里，说这总该拿上了吧。夏谷终于接过来，看着金灿灿的小米确实无限可爱，感动地直谢她，并且恨自己到现在为止还想不起她的名字，谢也谢不完整，很愧，几乎是缩着身子离去。夏谷先朝楼下走出几步，见于慧门关死了，才又上来，越过四楼，重新登上五楼，推开石贤汝房门。先小心地在过道里站着，不出声，感觉一下情况。

罗子建等人早走了，石贤汝正在陪陈子雄吃第二次午饭，大约在喝酒，陈子雄壮怀激烈地说话："……我操季墨阳他姑奶！什么东西嘛，专会笼络人心，任用亲信。部里上月抓的基层现场评议，一大半是假的。某军都告上来了，他压着不上报。还有，经济方面也不清楚，每年业务费才七月份就用光了，查过没有？谁敢查他？他越过军区领导，直接跟总部打交道，他在总部有人，把军区问题捅到上边去。"石贤汝小声惊叫着："这方面要绝对慎重，一个字不许错，你有根据没有？""有，有的是……不瞒你说，我早就想去找韩政委了，反映一下。怕有人议论我巴结，才没去。其实我跟首长是关系深呵，韩政委是吉林双辽县卧虎屯人，我也是！那村里一共就两姓。他韩族住河东，我们陈族河东河西都有，两边互相嫁娶，吃一条河水，家家都串亲。抠细点，我三表叔是韩世勇他外公的堂孙，韩世勇长我半辈，在村里，我得叫他叔！你说这么多年，我跟我叔挨这么近，我去认过他这门亲戚没有？我为什么不去？"石贤汝："你真跟韩政委一个村？"陈子雄："这还用问吗？他哥叫韩世义，他弟叫韩世贤，他家河沿上有两幢老屋，三棵枣，家里目前只剩一个残废大伯，其余人都出来革命了。去年,县里给老屋重建了一下……你查我档案去。"石贤汝:"啊呀!政委多年来就想回老家看看,一直不能如愿以偿。要是知道你和他同村,那他真要亲切死了。老陈,你别走了,今晚政委请我喝酒,你跟我一块去。和政委聊聊故乡老屋什么的,其他话慢慢再说。"陈子雄道:"我家里还有辽河小米,前些天老家人才捎来的……"石贤汝:"带上带上!有多少,统统带上!……"

夏谷蹑手蹑脚地离开,掩上门,直奔楼下。韩政委今晚的酒,看来没他的份了,改换陈子雄去。他跑到楼外找了个电话,拨通石贤汝号码,请他即刻下来一趟。

石贤汝来了。夏谷面容严肃,低声告诉他,刚才给他送小米进去,顺便听到老陈几句话。他觉得有责任向石贤汝提个醒:陈子雄祖籍不是双辽县,而是四平一带人。万一首长问穿了怎办?岂不把石贤汝也搭进去了。关键是他对石贤汝不诚恳,欺骗!

石贤汝沉吟道:"那小米我看见了,总不会是假的吧?"

"估计他老婆才是卧虎屯人,小米是她老家送来的。他硬往老婆家乡上靠。"

石贤汝笑了:"问题不大,能说得过去。这样吧小夏,今晚我还是带他见首长,你就算了,下次我一定给你补回来。"

"我不是那意思。"

"知道知道,你和他不在一个档次。另外,你还得帮我个忙呢。我想,今晚去见首长时,就把文件弄出来带上,当面交他。可我现在又没时间,你看?"

"行,交给我吧,我立刻弄。"

"太感谢你喽。晚上 6 点整,还是这地方,你把文件交给我辛苦一下，抓紧弄。我会跟首长说，这文件一大半是你的功劳。"

夏谷立即去办公室，直接在打字机上撰写文件。第一行文字出来，熟悉的感觉就到位了，观点与事例源源而至，在原先基础上更加精当。他像面对面地跟韩世勇倾诉，思维也换成韩世勇型的。他知道，最成功的文件，就是让韩世勇看了好像是他自己亲自动笔写的文件。才气在这里并不重要，重要的是和首长彻底沟通。他热情奔放地工作着，直至6点差一刻，才打印出来，整整齐齐装订好，塞进大信封，飞跑到老地方。石贤汝刚出楼道口，夏谷就一言不发地把大信封递到他面前。石贤汝惊异地看他一眼，不说话，径直抽出打印稿，迅速阅读起来。他把纸页翻得哗哗响，一遍看完，又翻回来，挑重点段落再看一遍。最后只说一句："我算服你了。"

夏谷道："再见。"快步离去。断定自己表现出的效率和简洁都是一流。

他看见韩世勇的奔驰车正朝这里开来，看见陈子雄提着一只皮包也出了楼道口，并且和石贤汝一起上了"奔驰"。他心内酸酸的，浑身骨节都突然发痛，他太累太累了。他一面走，一面仍然习惯地思考着。走，不过是思考的外在形式，甚至是包装。他百思不解：石贤汝明知道老陈不是韩政委真正老乡，为什么还敢带他去认乡亲？这岂不是骗首长吗？按照石贤汝惯常的严谨，不干这种有隐患的事，风险太大。他替石贤汝担忧，别把自己在首长那里的地位都失掉了。步入小径，进入林木之间那幽深境界时，他忽然跳到石贤汝立场上，问自己：假如我是他，我会怎么处理呢？

顿时，夏谷自自然然地想：我会让陈子雄把部里隐情说个够，让他称自己是卧虎屯人，让他大谈老屋和枣什么的……事后，私下里再告诉首长，陈子雄同志并不完全是卧虎屯人——祖籍确是那一带的，老婆家则几代都是卧虎屯，他随他老婆在那里生活了很久，差不多已成为家乡了。但是他说的机关某些情况，我很吃惊，恐怕值得领导重视一下。陈子雄这个同志朴实呵，说话直来直去，毫无顾忌，我了解他……

石贤汝肯定会这样说的。否则，他就连我都不如了。

38

夏谷沿着大院围墙外面的小径，孤独地跋进壮阔的山林。

从踏入林荫开始，气温陡然比外头降低几度，人如同走进一条河里，顿时精灵灵清爽开来。这条小径紧贴大院墙根，弧形地神秘地朝山上弯曲，前后两人只要拉开几十步，彼此就看不见，人就成为一小片氤氲融化在林木气势里了。山林属于这个城市的自然保护区，罕有人迹。无数叫不出名来的树木以逃命那样的冲动疯长着，草木植物叠在木本植物身上，木本植物拥挤着呈爆炸状，稍微巨大点的树则霸王般地裹挟着大团枝藤灌木冲天而去，一株就是一个兵团。大院围墙在这里连接上明朝古城墙，于是便从现代型的细巧，猛然变成远古式的粗莽浩大，它由五米高陡然增至约五层楼高，墙头厚度足可行驶一辆卡车。古城墙依山势而建，以惊人的固执屹立着。城墙里的每块墙砖都近乎一张办公桌大，它们都是用明朝的火明朝的土烧铸而成，由于历经数百年风雨因而块块都无比凝练。最底层的巨砖大约已给压成了铁，看它一眼都替它心寒。这一带城墙上的数百万巨砖，每一块都细密地刻明来历，砖身上烧铸数行小字：吉安府提调官刘然国县丞韩淳敬制总甲郭七道甲首龙池寺小甲郭道升窑匠傅进武造砖人夫刘叟刘石刘义正品高五尺三分阔三尺腹厚一尺二分明洪武十八年仲秋……

每块砖身上均挤满这样一篇文章。站墙根下展眼望去，铺天盖地都是隐隐约约密密麻麻的人名，其密度，让你想再在砖上敲颗钉子敲弯了也敲不进去。无数个提调、县丞、总甲、甲首、小甲、窑匠、造砖人夫……垒成了巨大城墙。夏谷很惊叹也很欣赏：有这些东西在城墙就永远活生生的，朝廷让每个小民都与城墙万古长存，于是小民造砖就如同造自个儿的纪念碑，他们叫名声激着敢不尽心竭力造好每块砖么？再说偷工减料了，朱洪武立马可以从砖身上剔出你来砍头——巨大荣誉总跟巨大危险连在一块。所以明朝城墙拥有历代古城无可比拟的质量，换当代语言说，就是人家不知什么叫精神但精神思想到位了，不知什么叫政治但把政治工作落到了实处，将你灵魂深处爱什么怕什么狠狠地咂摸透彻喽。

夕阳如泼，一股股地在城墙上滚动。城墙化为一条紫气磅礴的光的大河。墙头细草在晚风中庄严地卧伏下去，叶片如同金属，一旦弯到那个程度它就凝在那个程度里不动了，要等到明晨的水汽才使它们重新伸展。细草毕生在此因而已具备城墙性灵，早不是随随便便什么草了。风从这里经过，撞墙之后再反弹回来，染上幽幽古气退入山林，然后在那里游走不定，发出从这里扯去的凄鸣。网状古藤罩在城墙身上，深深嵌进去，巨型章鱼似的，一卧就是上百年。它们靠吃这城墙为生，先吃去最表面的小民们的姓名，再吃砖吃石。然而这幢古城墙已有内力，能够自行愈合身上的创口，甚至能把攀援在墙上的草木嚼进墙腹。它们双方以一种固执的、很美的姿态搂死不放，分不清爱极还是恨极，使之永远吞噬着对方。

老墙巨大而坚硬，走出一遭才觉出它的柔软。它像浪头一样弯曲着。凌晨时，墙头也悬挂露珠——和花瓣上的露珠一样晶莹。它的色泽难以形容，是那类很多色彩摞到一块后产生的色泽，像片带浆汁的叶子。老墙一旦摄入镜头，色泽就死去。它拒绝模拟。

走着，小径矮下去，人恍如走入地缝，踩在山灵裸露的脊椎骨上。头顶，城墙与林木夹着一线天。这种坠落似的矮，霎时令人感到轻微恐怖，并因这轻微恐怖而颤颤地享受巨大魅力。

走着，小径一个波浪般凸起，人又走的与远处城墙一般高了，这时便产生狂妄感，令人几欲顺手抄起半截城墙揣裤兜里去。一丛白花，嫩透了地卧在墙头，盯住了它看，便有一粘团热闹缩在自个儿心窝。它又可怜又可爱，恨不能将它含进口里。

走着，城墙中段忽然冒出一株古老的银杏树，树冠憧憧如车盖，在天上倾斜地捂住小径。它是从城砖中拱出来的，粗约合抱，撑破了城墙，鼓凸出一个骇人的大包，裸露一道道巨大的缝。粗壮的根系宛如龙爪，从缝隙里威严地伸展出来，顶翻的砖石危若累卵，但却被树根牵着，悬在半空中不掉。看上去惊心动魄。数百年来，这段城墙经历过无数战争，但造成的创伤却没有像一株银杏那么壮观。

夏谷走入惨烈景致中仰面望它。每次每次，他都感动地想：要是这时它掉下来，就刚好砸到我……敢保证所有人都跟我一样有这想法，可它就是不掉。

忽地，他觉得有一束目光跟手指头那样突兀地捅他一下。望去，看见季墨阳就在前方。他控制不住地一抖，向季墨阳走过去，思考自己该说的话。在此之前，他一直是个孤独的恋人醉入山林，心中低吟浅唱，足下踩着诗意行走，身子被大自然的情致化掉半边，虚怀若谷豁达得不行……只要看见季部长，他便天然地回归成一个处长候补者，心机、感觉、理智，统统缩进一位机关干部的躯壳里，就像一只遇险的蚌。其实，他原本就是现在的他，只不过刚才叫大自然良辰美景扰乱了片刻。就是没见季墨阳，一进大院他也能回收掉自己。

几天前同石贤汝等人喝酒时，他得知季墨阳喜欢独自一人到这条小径散步，这个信息当即深深扎进他心里。此后一连几天，他吃罢晚饭就直奔院外小径，暗暗渴望与季墨阳巧遇。虽然，他没有计划好巧遇之后说什么。但他知道，在办公室不会有什么带感情色彩的机会，只有在这，两人忽然发现对方都眷念这片山林，一下子觅到知音，就容易沟通啦。他能够天真无忌地、纯情浪漫地偎进季部长境界中去。前几次都没见到季部长。今天很实在，自己没打算看见他，而是无意中被他发现自己的。

夏谷微笑着走近季墨阳，看出部长很快活，脸上有一种在办公室罕见的兴奋。他说部长怎么你也在这？季墨阳笑道，这里暗藏一片好地方，我没事常到这来走走，过滤过滤自己。来来来一道走，你常来这散步么？夏谷忸怩着，不，这几天天热才来。季墨阳说，其实这里一年四季都有好看的，可惜机关人从不来这，也不知道他们忙什么，吃完饭就闷家里，几个破电视剧有什么好看的？夏谷深有同感，说就是。说这里紧挨大院，但我在这从来没碰见过机关人，除了今天碰见你。他们真是与大自然隔膜死了，对真正优美的东西一点没感觉，机关秉性把人天性窒息住了。季墨阳道，也不完全是这样，他们年轻时谈恋爱，也喜欢到这来找点风花雪月，一结婚才不再来了。忙于经营自己的小日子，把这

第四章 大院儿，人团儿

里忘得干干净净。夏谷道，是呵是呵，如今人们都太现实了。季墨阳回忆，刘达被免职的那几年，常独自来这里闷头散步。他摸清刘达的习惯以后，也到这来散步，想制造一个巧遇，抓机会接近他。但是刘达不愿意说话。他和刘达两人就一前一后走，相隔百米，天天如此，沉默着走了有小半年之久，谁也不说话……

夏谷不安地："季部长，你和刘司令患难之交啊。"

季墨阳仍自顾回忆：后来呢，他有几天没来，刘达就挂电话问他，你怎么失踪了？当天傍晚，他又陪刘达散步到这里。刘达一反常态，什么都肯说了。个人历史，战争轶事，机关秘闻……源源不断，又笑又骂，与先前判若两人。不知何故，他突然就信任他了。那段时间里，他从刘达那里知道好多内部隐情，视野大开，这大大助长他在军区机关的生存能力，他至今怀念那些夕阳下的诉说。一日，刘达说，你给我找些书看，越多越好。我想通了，一辈子没看什么书，现在有时间看书了。季墨阳遵照刘达意旨，给他送去全套《史记》《资治通鉴》《鲁迅全集》《金瓶梅》……刘达大喜，说这些大厚本足够看到死为止。从今以后不干别的了，读书。省得给人家惹麻烦。几天不到，刘达将书突然退还他，一本没看。再过几天，刘达就上前线打仗去了。战后成了军区司令员，更不可能再提看书的事了。这倒便宜了季墨阳，将它们通通看完了。须知，当年那些书属于控制使用，如非刘达想看，别人是拿不到的。

夏谷一直等待季部长主动说自己当副处长的事，等得心焦，但他一直不提只有忍着。他发现季部长今天话异常多，便猜想季部长又有什么喜事呢？言语那么自信，是不是又要升职了？……他蓦地心慌，害怕起前些天跟石贤汝聚会的事了，万一让季部长知道怎办？即使暂时不知道，早晚他也会知道。瞧他目前态势多好，石贤汝之流根本与他不匹配嘛。

夏谷表情肃穆："季部长，有个事我早就想向你报告，一直找不到合适的机会。是这样，上个星期天，石贤汝把我拽他家去，几个人一块聚了聚。他们叫酒一灌，有些话不够光明磊落……"

刚说到此，季墨阳打断："知道知道。五个人聚会，小保姆烧菜。后来插进来个陈子雄。不瞒你说，当天晚上，你们五人中的一个，就打电话告诉我了。所以，你不必重复。这种事很正常，我还不理解吗。你那天只有一句话失实，说我办公室橱子里搁一套铺盖，并以此推论我和爱人关系如何如何，过分！那儿只有一条毛毯，是我中午小休用的。好啦好啦，我说了此事不必再提。我的习惯是：第一次，理解；第二次，谅解；第三次，三倍的还击！你还有一次失误的机会嘛，来日方长，我们彼此更了解啦不是？哈哈哈……下次他再请你，你给我照去不误。同志之间嘛，来而不往非礼也。说说笑笑，人之常情。谁也不必为此太紧张。很多事都是人为复杂。再说，你替石贤汝写的总结材料，我也看到了，很不错，比他笔头子尖锐，读了新风扑面。以后，部里的文字工作，我可要你多辛苦一下喽。"

夏谷惶恐至极，满面羞惭。他一句也不敢解释，还不敢检讨。他突然明白，任何事都休想瞒过季部长，他毕竟从当战士起就在大院，一级级升上来，直至干到部长，几十年了，神经末梢铺满每个角落，大院里每样物体都与他息息相通。就是在忌恨他的人中间，也有一个两个因怕他而偷偷地向他献媚。自己是什么东西，竟想同时偎在两个阵营城墙头上，左右渔利。太傻啦，傻得不能再傻！人一傻就狂妄。应当牢牢忠于一个，死活都跟定一个，将自己无保留地交出去，好赖都是他了，以前不也是这样打算的么，怎么一碰到诱惑就沉不住气呢？这下砸了，连人格也丢了。在季部长心目中造成的损失，不知要什么时候才能补回来。说不定，副处长也泡汤了。

"部长，我知道此事的严重性了。我绝不饶过自己这次失足，你今后看吧！"

夏谷很激动。季墨阳却更加轻淡地道："不必。人哪，还是听其自然，想怎样就怎样的好。硬拧也拧不过来。当然，不是那性质的人，硬拧也拧不过去。至于陈子雄么，我想他自己也不知道自己说的什么，纯粹是失态。还到首长那里告我刁状。这种做法，伤己远远超出伤人，害我忙了几天。唉，小夏呀，你还是蛮有才气的，我感觉，你特别适合在军区大院这种环境里生活。你的长处证明了这一点，你的短处更证明这一点。哈哈哈。"季墨阳大笑前行。

两人逶迤着走上高处，雄伟的城墙里面，军区大院显露出来：办公楼、宿舍区、大操场、服务中心……一直连绵至天边暮霭中。两人静静看着不说话。在这距离，他们看不到任何一个具体的机关人，人都融入一团混沌里，或者说融入大院气势里。这片天下就是他们，雄伟城墙将与世相隔，人们世世代代凝聚于此，枕戈待旦，许多少年许多青年许多老年，一层层摞上去，几乎碰到天辰星座。极远处是闹市，灯火隐隐，繁复喧嚣，与这里的寂静恰成映照。因此这里就有了种含蓄欲扑的意味。显得沉郁、苍凉、孤傲、遗世而独立。他们俩嗅到大院漫过来的气息，如同两颗岸上的水滴嗅着大海。夕阳贴在头上，晚风在脚下卷动。

夏谷想，他们不会意识到有两个人冷静地在注视他们。

季墨阳说："你看城墙上的光，跳得多厉害！夕阳照上去和朝阳照上去不一样，虽然很相像，细看能看出不一样。那些小草最知道区别。"夏谷说"是的"。

"这段城墙始于明朝洪武年间，清朝中叶又加固了一下，太平天国这里是天朝大营，国民革命时北伐军在此打过恶仗，后来又成为国民党军总部，现在是我们驻扎着……前年，一个朋友邀我脱军装，跟他一道办企业。我说你那个企业有多大。他说三百多人，五百多万资产。我一句话把他顶回去了。我说：你的企业太小，恐怕装不下我，世上没有比军队更大的企业了，三百万人，每年资金两千个亿。我还是在大企业干吧。"夏谷不禁恐惧了，说"是的"。

"再说，即使转业又当如何？你看，军区大院往西，就是省委大院，再过去是省政府大院，再往下进十几个厅局院子，面对市政府大院；东面，以前没有院子，现在搞成开发区，做的第一件事就是围个大院，把属于自己的土地都围进去。再往东，工厂，公司，校园，哪个没大院？就连街道办事处，也有个院围着，大小不管，性质一样。你跳出军区大院转业到地方工作，还不是从一个大院走进另一个大院吗？大大小小的院子，是我们国家基本形态。哦，那还在冒烟。"季墨阳指城墙里头一缕青烟叫夏谷看，"去过那地方没有？那里有一座机关专用的焚烧炉，就在司令部东围墙边上。每天，各部公务员把各部需要销毁的文件材料，装进大麻袋里，蹬个小车送到那里焚烧，有一个保密员专门负责监督，要烧得片纸不留。烧掉的，都是我们辛辛苦苦写出来的东西和下面报上来的东西。每天一上班，那里就冒烟。一直到机关人全下班了，那里还余烟未尽。"

第四章 大院儿，人团儿

"变质的才华啊……"夏谷大为动容，觉得自己无论如何够不上与季部长对话的档次，说出半句，就恭敬地沉默着。

"不知道你和石贤汝搞的材料，会不会也送那里去……哦，他们那几个，我越想越有意思。有一点很明显：他们自己在部队干，他们老婆都出国了对吧？这叫一家两制。他们屋里不敢富丽堂皇但存款大大的，对吧？如果有一天，这里变成香港，大陆变成台湾，我断定他们仍然能生活得很好，什么都不缺。他们虽然人在这里，一只脚早伸进下个世纪去了。叫作以备不测，中国怎么变，他们都有好日子过。而我不行，我在军队这棵树上吊得太死了，一辈子摆脱不掉。将来果真变成他们预料的那样，我认命，我受穷，我孤家寡人好啦。无福战死疆场，了不起暴毙路边吧，还能把我怎样？……"季墨阳眼睛湿润，声音沙哑，无限悲凉。

但是这情绪只维持了几秒钟就被他控制住了。他看看手表，道："走，跟我一块去个地方，反正你也来了。"

夏谷不问去什么地方，匆匆跟着季墨阳行走。两人沿小径穿出山林，踏上一条笔直的柏油马路。这条路面不宽，仅容一辆小车行驶，两边栽种整齐的水杉，一看就充满军人味儿。他们进入一座藏在山腹里的、不甚豪华但很森严的门楼，向岗哨出示证件。夏谷暗惊，他从来没到过此处，居然连季部长也要验证。季墨阳低声告知：这是军区内部一个接待处，专门接待上面来的首长，你要记住这个地方，今后会再来的。

他们走进院子，在弯曲花径上东绕西绕，季墨阳显然熟悉这里。尽头处，有一幢小楼，他们推开大玻璃门，走了进去。

韩世勇政委坐在客厅内，边上是石贤汝，他正在说什么，激得韩世勇开怀大笑。看见季墨阳,韩世勇坐着伸手招呼,石贤汝却连忙起身。季墨阳向韩世勇敬礼:"政委,我晚了几步,还带了个助手来。"

夏谷慌了一下,立刻恢复镇静。万没想到能在这里碰上韩世勇和石贤汝。韩世勇见夏谷,豪迈地笑:"小夏嘛,我们一道出去的,老熟人啦。好好好,都坐。"

三人团团围定韩世勇落座,接受指示。原来,军区新华社那帮人,以韩世勇名义写了个谈新时期军队政治工作的文章,要在报刊上发,北京那里的版面都留下了。韩世勇对文章不满意。召来季墨阳和石贤汝,要他俩连夜修改。他指示道:"要谦虚,要以商量的口吻,要和中央在这个问题上的立场保持一致……"季墨阳先取过文章翻看,石贤汝偎在他身后,从侧面协助似地看文章。两人读罢,季墨阳客气地请石贤汝先说,石贤汝坚定地请季部长先说。季墨阳昂然道:"我的意见,这篇文章除了韩世勇三字可用,其余的都不可用。"石贤汝接着道:"我同意季部长的意见。"

韩世勇满意地点头:"我也是这个意思。宁肯不发,也不能降低要求。你们就照我们刚才议的,先起个草,文章不能长,控制在两千字以内。小夏做你们助手,什么时候搞完什么时候回去。我还有个会,不能和你们一道弄了。需要什么,找我秘书,他在隔壁等候。"

韩世勇离去,季墨阳和石贤汝亲密凑到一起,双方都抢着说了几句关切对方的话。然后坐定,你一句我一句,结构起文章来。从对各观点的理解与沟通情况看,他俩就像一个人那样默契,客厅里温情融融。夏谷拿笔坐旁边担任记录,对季墨阳与石贤汝所表现出来的兄弟般醇情,和两人珠联璧合之妙,感到一阵阵心惧。他埋头记录他们的口述,渐渐地,他被文章所征服,他还从来没有写过这么高质量的东西。于是,他就把自己像标点符号那样捺到文章中去了。

第五章　醉太平

39

军区少将参谋长，将胖乎乎的身体束在闪闪发亮的戎装内，握紧两只戴白手套的拳头，向刘达司令员跑来。他跑得跟一个少尉那样精神，而且离刘达越近就越精神。他在距刘达三米处站定。立正敬礼："报告司令员，各部队全部准备完毕，请指示。"

刘达伫立不动，也不举手还礼，兀自注视前方。少将把报告词重复一遍，刘达仍无任何表示。这使少将参谋长在庄严场面下感到尴尬，他那只举在额头边上的手不能放下，于是他就保持敬礼的姿态，纹丝不动地等待司令员指示。时间炙人地流逝着，刘达根本不看他一眼，固执地沉默。他面前有一张行军桌，金属支架插进土里。桌面上铺着一比五万军用地图，各种红蓝铅笔标注的符号如小兽嵌在地貌上，它们都象征敌我双方师、旅、团战斗集群。桌子太小，两个校级军官在他面前弯着腰，用手掌平托着地图让刘达审阅。刚才他发现了一个标图失误：战场设定的与标定的不一致，参谋竟将一个炮兵阵地画到湖泊中去了。这个失误

第五章 醉太平

是如此低级,却发生在如此高级的司令部,气得他朝错讹处重击一掌,那气势已将画在图上的战役集群们震到半空中。少将参谋长跑来报告,两个校官知趣地退开,以便让刘达处于视野中心。他们站在很近的地方目击司令员没费一点劲儿,就公然使军区一人之下万人之上的参谋长骇然僵立,下不了台。而且是在万众目睹之中,在总攻击即将发起之际。这事件给两位校官以镂骨难消的震撼,他们后半辈子都会对此事津津乐道,并作为军人生涯中的一种资历炫耀。

此刻348.7高地上,聚集的将军比树还多,校以下军官比草还多。整座山头的上半截都搭起了简易观礼台,观礼台前两排坐满来自全国全军各地的将军们。初秋下午3时的阳光,已不太灼热但亮度极佳,照在他们的帽徽军衔上,搞得整个山头都金灿灿的,即使在三公里以外,用肉眼也能看见这座山头上宝石般隐隐毫光。他们面前长条桌上都铺着雪白的台布,军区为他们每人都准备了一架八倍军用望远镜和一副浅色墨镜。他们戴上墨镜看面前的战役说明,再摘下墨镜举起望远镜观察远方战场。后几排是地方党政官员,除了墨镜和望远镜外每人还有一罐饮料,他们是客人,应当比军人多一点礼遇。将军们要是坐在战场边上喝椰奶,那就太儿戏了。邀请地方领导来此"指导",是为使他们更了解军队,以赢得父母官们的支持、亲情和军费。地方领导们表现出超常的兴奋,放不下那只望远镜。能坐在这里,被军队当贵宾,目击一场既火爆又安全的厮杀,不花钱便买到一次战争恐吓,使他们感到无上光荣。当少将参谋长朝刘达跑去时,所有人都意识到攻击即将开始,大幕即将拉开,所有目光都注视他俩,盯着他们的口型猜想那一句最动人的军语。他们看见了那尴尬场面,霎时一片静默。整个山头闷进水里。

少将参谋长仍然举定那只敬礼的手,纹丝不动。体内的血几乎涨破皮肤,满面紫红,汗水从额头滚滚而下。在这把年纪和这种场合,让他跟士兵似的高举手臂不动,这非常累人。就是对士兵来讲,一动不动也比搬炮弹还累,因为这是将活人锁死在某个固定状态里。比肉体酸累更要他命的是难堪。他早已不光是承受而是在一分一秒地忍受着。他不明白司令员为什么迟迟不予答复,他不敢询问,场合与素养也不允许他询问。他只能用目光一遍遍捅司令员:时间快到啦!这么多人都看着我们呐!别出洋相啊!……刘达阴沉地凝视远方,固执地沉默着。

这次战役演习由于政治和形势多方面原因,被延迟数年之久,直到春天军委才批准。凭感觉,刘达知道这是他军人生涯中最后一次大动作,从开始筹备就暗含悲凉,以至于对每个细节都充满爱意。在表面上他显得更加强硬和更加严谨,像头一次干这种活计似的。在实施过程中,他召见过那么多军长师长旅长——谁也不知道其中隐藏告别的意思,他亲自将他们安排到战役各波次当中去,相隔千里也栩栩如生地感觉到他们替他开展战役动作。在他这一级指挥位置,任何一个战争都最少要进行两次:一次在图版里脑海里,一次在现地实施。这两次永远不会一致,而两次之间的差异,就是指挥员独享的苦难,是指挥员预见性与创造力的伸展,正是这些东西造成将帅的神秘。他从这一意图扑到下一意图,像狼扑自己的影子,其扑跃的幅度越大他也就越伟大。在他半个世纪以来的军人生涯中,却没有哪一次战役像这次这样被惨遭歪曲,他推进这次战役如同在水里推进纸船,前进的同时也给融化掉了。他只想在没化尽之前到达彼岸。演

第五章 醉太平

习不过是战争躯壳。而这场战役连躯壳也够不上,刚出生就成了残骸……

火炮一出城就遗失了路,虽地图上有路,但这些路早被山民瓜分殆尽,他们不错眼地盯着炮轮,一见压着他承包的青苗,就吵吵嚷嚷甚至满心窃喜地涌上来,要求赔偿,把一整年的收成都算在你一个辙印里。他们知道你不是国民党也没有真敌情,所以根本不怕你。政府不让摩托化部队白天通过城镇,以免堵塞交通。给予做靶场的旷野又么么小,逼你的坦克大炮萎缩成钥匙链上的挂件,逼你把战役像叠手帕那样,折叠成"迷你"式"便携"式自娱玩物。轰隆隆的声音不再引起人们的兴奋而只令人讨厌,在码头弄不到泊位,铁路方面调不出车皮,后勤采购不上给养,炸翻一棵小树要赔几十元,碰断一根电杆——那官司非打到师部不可。总之,每行进一步,都必须拿钱垫在车轮底下,否则整支大军都会打滑。地方官员劝说军队:别闹啦,规模越小越好,最好待在军营里别出来,现在是什么年月?要跟上改革形势嘛!……师团长们被他们说的"年月"碾磨得那么琐屑,原本可怜的军事才华纷纷变质,指挥员堕落成管理员式的行政动物。这些,还只是愤慨不是悲哀。悲哀的是,师团长们渐渐适应了这种堕落,越来越熟练、越来越精明地应付各种琐屑纠纷了。像狼犬变成玲珑的哈巴狗,灵灵动动地从原先不可能钻过去的项圈里钻过去。甚至随随便便就替以前的狼犬喊出个价格,拍卖掉阉割掉,暗中为以前自己的丑样害臊……这些,还只是悲哀而不是最悲哀的,最悲哀的是睁眼看着却万般无奈,是你以为他悲凉了,他却满足得不行……

整整一个山头坐满了来看戏的人,都是省军级要员。山谷间停满高级轿车，挤得山都窄小了。竟然还有带老伴儿媳一道来观摩的，脖子上挂个照相机，合家出动，欣欣然如踏春野游，他们怎么不把尿罐子一块带来呢。刘达认出一位退下去多年的老战友，刚刚寒暄两句，老战友就抓紧时间告诉他，自己腰不行了心脏也老出问题，要他帮忙在军区总院安排一个套间，让老伴和自己一道住进去治治……刘达立刻叫"来人呐"，对老战友说："你现在就下山，马上住院去。"在进入指挥部的路上，救护队匆匆抬下两个人，都是因爬小山坡爬得太冲动了，旧病发作昏倒。一个是地方高级领导，这刘达不管；而另一个竟然是司令部某部副部长，不到四十五岁，竟也如此不堪，叫刘达恼火透顶。两人被抬进直升飞机里。那飞机是专门运送战场伤亡人员的，仗没打，就送了两个可有可无的家伙下去，搞得一团晦气。

　　昨夜下了一阵大雨，指挥部山脚土径成了泥潭。不知哪个充满诗意的指挥员为使贵宾脚不沾泥，下令部队采来无数松枝铺路，从停车场一直铺到二百米外山根。这样，贵宾们刚迈出车门，就踏在松软的、香喷喷的、沾着晶莹露水的新鲜松叶上，从一条别致的地毯上走向未来战争。两旁，担任警卫的士兵却站在泥泞里，头戴钢盔，臂套红袖箍，背手挺胸面向贵宾伫立，行注目礼，那姿势如同站在某外国使馆门前的、联邦海军陆战队，勾引得贵宾们一边走一边赞叹不已：到底是军队呵，一举一动都有气派，样样想得这么细……每个从松枝上走过的人，都踏入一种温馨情境，被这条油嫩地毯、被所看到的一切迷住了。刘达一见之下，心头轰然大怒，面如铁青：妈的献媚！妈的军人献起媚来比谁都气派。你们来打仗还是来谈恋爱？心思都用到哪去了？全是舞台，全是演戏！初时他隐忍不发，想留待事后跟他们算账。可当他发现：设计此举的是一个他十分欣赏的优秀军事干部，完成这项任务的是他钟爱的老部队时，忽然浑身乏力，他为他们有着如此丰富的素质而深深地无奈……

刘达站在指挥台上，身后是层峦叠嶂的观礼台。军区新闻中心干部们全体上阵了，电视摄像机、各种型号的照相机、大大小小的闪光灯照明灯散布在四面八方，他们要把这次演习通过各种传播媒介宣传出去，扩大影响。至于军事记者们，稿子提前都写好了，只待炮声一响，就通过传真发到北京报刊上去。他们这么做也是由于政治需要，他们自己也跟打仗一样辛苦。刘达无权阻止这一切，他想到自己这张脸要跟歌星、笑星、化妆品一道，在电视画面上出现，先就难受死了。他忍受着大片蹂躏，唯一的安慰就是在这铺天盖地的蹂躏中，掩藏着他所爱的一小块战场。为此他才不惜像根针那样坚挺而又孤独。

少将参谋长终于放下手臂小心翼翼地挨近刘达，低语："司令员，时间……"

攻击时间定在下午3点整。参战的数万官兵都死攥着这个时刻。向军委和总部呈报的也是这个时刻。因此这个时刻逼近时，就是军令如山倒。少将参谋长伸过来的手表，显示现在已是2点58分。刘达仍伫立着，毫无反应。秒针嗒嗒，参谋长伸到他面前的手，竟控制不住地颤动起来。2点59分……2点59分30秒……3点整……3点01分……这时，参谋长的手反而不颤动了，随后他把手臂收回，立正站在刘达面前，神情绝望。刘达仍然无反应。观礼台死一般静。突然，将军们和贵宾们意识到时间已过，漾起一阵轻微嘈杂声。

在将军席前排中央，显著地坐着一位总部来的中将。他眼内有着铁一样的沉着,他还不到五十岁,面色白中透红,永远晒不黑的样子,也永远保持着一缕笑意。在他两旁,如双翼伸展般排开许多比他年高半个辈份的将军们,而他坐在他们当中十分从容。上个月,中将率总部工作组来军区考查师以上干部情况。刘达没到机场去接他。按照常规,去了一位副司令和一位副政委,代表军区党委迎候。然而飞机落地前两小时,韩世勇亲自来他办公室,郑重地说中将此行很有背景呵,建议两人一块去机场迎接他。刘达完全是出于对韩世勇的尊重,便跟他去机场了。消息飞快传出来,当他们到达机场不久,参谋长、主任、军区空军司令和政委……都纷纷赶来迎接,休息室里的领导之多,足够开军区三军联合会议。不料这时有人向他报告,说中将通知军区不要迎接,他的飞机将直飞下一个城市,并在另一机场降落,然后直接去部队……刘达朝韩世勇笑道:"说变就变,我们跟都跟不上。"韩世勇平静地道:"他也是为我们着想,不愿耽误我们时间。算啦算啦,我们走人。"刘达道:"不能算。"刘达当即叫空军司令过来,命令他和飞机上的人联系,就说"刘达韩世勇在原机场迎候"。空军司令亲自去了。此时飞机已飞抵下一个城市上空了,接到地面发话立刻掉头飞回来。当飞机钻出天际轰轰下滑时,众人起身出休息室,却再也找不到刘达。原来,他得知飞机已掉头,就谁也不说一声,登车返回军区去了。当晚军区设宴,常委以上领导按例全到。中将从顶楼一直跑到宾馆大门口迎候刘达,两人亲切说笑着走进大厅,谁也不提今天机场的事。这一不提,也就永远不会再提,也仿佛是永远遗忘。

刘达只在前年才同这位中将见过一面,对他那光光的、女人般的下巴留下深刻印象。中将能说会道,见谁都推心置腹,对人

第五章 醉太平

毫无防备，从容而自信……这大概是少壮派共同特征吧。在那次见面之前，刘达根本没听说过此人。最早说起此人的好像是季墨阳。他闲谈中告诉刘达，某某被调军委工作了，他是当前新一代军人的代表性人物，才气纵横，思想敏锐，颇受上面重视。估计下一步，会到某某军区当司令员。刘达说："他五几年才穿军装，打过什么仗，当司令？当鬼去吧。"他觉得这种军人没经过战场锤炼，全是靠沙盘孵化出来的，跟肉鸡一样，中看不中吃。季墨阳却有一套新观念，敢说，"首长啊，你不要老讲人家没打过仗，我认为，没打过仗的人能当上将军，反而证明他更厉害。为什么？就因为他没打过仗。你们九死一生才当上司令，人家身上一颗弹孔也没有，不也当上了。你说谁比谁厉害？"当时刘达哈哈大笑，以为小季这玩笑开得既恶毒又精彩，轻飘飘地就替他把军队里那些歪门邪道打击得够呛。不料今天，小季的玩笑一句句到位：这个一仗没打过的人先给提拔军职，后又成为兵团级，现已是与自己并肩的军队高级将领了！那么回过头来想，季墨阳就可疑了，说不定他那时就跟这位中将暗通气息，起码是精神方面已经倒向他了……

中将在酒宴上以汇报口吻向刘达介绍了自己的任务：来学习的，顺带做一点干部考察，重点是师军级领导……他的随行人员只有四人，是历来总部工作组人数最少的——这一点也体现出他和其他总部领导不一样，他多精干多谦虚呀，只带这么少的人，说明他不准备依靠随员汇报，而必须亲自进行考察。但是，他要求军区提供熟悉情况的人作协助，起一个引路的作用。刘达说，你要谁给谁，要什么给什么。这次刘达预料对了，中将提出要两个人，而其中之一就是季墨阳。刘达的思维穿透中将所说出来的一切表面言辞，揣想他以及他上面人究竟是什么目的，他想信任此人但信任不起来。于是他把场面交给韩世勇，起身去见等候在隔壁的军长们了。他知道没有他在，宴会气氛会更融洽。他指示季墨阳负责安排中将在军区内的一切活动，每天向他汇报一次情况。他要知道中将去过哪些部队，找谁谈过话，谈些什么话……他对中将的深入程度感到吃惊。所以他想：这家伙正在熟悉一切，也许真要接替我当这个大军区司令了……

3点05分……少将参谋长仍然站在刘达面前等候。刘达在众目睽睽下仍然无动于衷。所有人都紧张万分，出了什么事？司令员怎么啦？难道他突然丧失了理智……不是没这种先例：一个高级将领骨子里已经老了，但在责任压迫下强行工作，于是上一分钟还好好的，下一分钟就突然不能动了，紧接着跟雪堆那样垮掉，垮掉的同时，自己的躯体还压断了自己的腿骨。刘达要制造出一桩丑闻来啦。可是，没有任何人敢上前问他。他目光冰冷骇人，逼视远方。

战役演习半年前就发出预先号令，经过一百七十九天零八小时、三万四千余人的不懈准备，现在它已成熟到这个程度：就像一块万吨巨石凌空悬在山崖上，只需要两个字的震动就能将它震落："攻击。"今天凌晨4时起进入无线电静默，半小时有线电也进入静默状态，天空已为刘达的口令腾出空间。步兵、炮兵、装甲兵、工程兵、航空兵……十七个兵种全部到位，一线部队已潜入冲击前沿，炮弹上了引信填入炮膛，排以上指挥员都在看表，班长则死盯着最近那一道堑壕……此外，军区机关还组成了方面军总部，率两个集团军进行带通讯分队的图版作业。一个大兵团战役行动只要开始起步，就获得了它自身惯性，

第五章 醉太平

突然之间想把它刹住，那难度就如同用缰绳勒住一列火车。山下百余平方公里内，有数万人匍匐在待机地域，3点整将爆炸般跃起。刘达偏偏不下令，偏偏将人们硬揿在爆炸前那一瞬！……这非常危险，万一有哪一门火炮走火，有任何一挺机枪射击了，四周部队都会以为攻击开始了，就群起而攻之，整个演习将报废，悬在空中的巨石就因为几个小石子下坠，就失去依托掉下来。战场上出现的只是乱糟糟一团狂动，你甚至看不出那是战役还是儿戏。

刘达能够将数万人控制在"引而不发跃如也"的极致中么？

天空传来一阵尖啸，十几秒钟后，对面山坡上炸起一朵蘑菇状烟云。一门大口径火炮走火了。也许是炮膛被太阳照射太久，弹丸忍无可忍。也许是炮手再也控制不住自己，下意识地将击发机一按。刘达这时才动了一下，转脸看看炮弹炸点，仍然无语。通讯联络已打破静默状态，来自下面的声音密密麻麻地传到指挥部："212请示攻击时间……""114紧急呼叫……""前指问迟误原因……"军区副参谋长冲着一大群通讯军官连声下令："待命！待命！待命！……"同时紧张地朝刘达窥视。刘达仍然无语，死盯着前方，盯着好一片只有他自己才知道的东西。时钟嗒嗒行进，3点9分50秒……3点10分。刘达确信不会再有走火的了，战役被各级指挥员、被他牢牢控制住了。这时他慢慢平伸出戴着白手套的右手，低吼："攻击！"

战役终于发起，它被刘达延误了整整十分钟。

年轻的中将在观礼台上，像身经百战的老红军那样，朝旁边人呵呵笑道："还是四野的脾气呀。"他这话可以理解为赞赏。当年，以林彪为首的第四野战军百万人马，从长白山一直打到海南岛，战功布满全国，四野的将领个个傲视天下，杀伐决断不容异议。天老大，我老二。枪一响，老子今天就死在这！……当然，中将的话也可另作理解，他的蕴涵要丰富得多。

刘达不作任何解释。他径直朝将军席前排那位中将走去，中将连忙站起身，而刘达却朝中将身后的季墨阳交代："好好照顾他，我下部队了。"说罢，掉头而去。

40

季墨阳强忍着，才没有笑出声来。敬佩不已地目送刘达远去……

季墨阳揣测：刘达刚才不是失误，而是故意冒犯天下之大忌。

刚才，当所有人都紧张万分地死盯刘达时，季墨阳却饶有兴致地观察他们，并为他们如此失态而大吃一惊。哦，这些人被一个刘达弄得多难堪啊！端坐在白台布前的将军们，个个呆若木鸡表情硬硬的，胸脯笔挺，屏息静气一言不发，竟没有一个人敢于上前质问刘达。偌大一个群体，众多九死一生的将军们，统统萎缩在小凳上，忍受隐痛般的，忍受着刘达的肆意妄为。其中有些人，资历比刘达还老，也默然无奈。他们为刘达的举动而集体羞愧起来，刘达却仍傲然伫立着。于是，他们那模样便使人认为：出错的不是刘达而正是他们。唉，面前不就是一个刘达么，就使这么多将军惶恐不安了。假如是军委领导人发火，他们又当如何呢？假如是中央总书记，或者是毛泽东从水晶棺里跳出来发火了，他们更当如何呢？……地方党政官员还以为这是演习的一部分呐，饶有兴致地观赏，后来看看不对，伸头

第五章 醉太平

探脑乱问。军人们一概不予回答。他们才晓得出事了,寒森森地窃议:"谁死啦?……打死几个?……"他们一方面不安着,另一方面却表现出更大的兴奋。

季墨阳心中大笑:这娄子捅得真他妈伟大。放眼全军,谁敢像刘达这样大发脾气?谁敢置身份、场合、任务于不顾,恣意张扬起自己的个性来?六十多岁的人,还有如此锋芒,居然还敢有如此锋芒,了不起!他终于大怒了,在万众注目之中砸翻掉战场。他在恨谁呢?……

刘达砸场——季墨阳估计此事不会见诸任何文字报告,它将被严格封闭起来,就像战史上许多不为人知的事物一样眠放着。同时,仿佛作为保密的补充形式,它也将水似的泄露出去,通过无数隐秘渠道,渗入军营轶事秘闻中,近乎永远地流传不歇。它的魅力,每经过一人之口就大出一圈,被歪曲着放大着,供军人们痛快。甚至,刘达在战争年月的任何一场战役,也不及这次影响巨大。

中将注视演习地域,少顷,转过头来征求季墨阳意见:"还看么?"

中将原计划是看到演习结束,然后乘装甲运兵车驶过整个战场,到前沿的"铁一团"一营一连一排一班视察一下。季墨阳听见问话,立即递给他一个理由,道:"下面都是按计划进行的,没什么变化了,都可以想象得到……"

"那我们就不重复了,"中将起身,看着指挥台上的军区参谋长,"你去跟他说一下,我们先走一步。就说有急事。注意,别让他过来告别。我在车内等你。"

季墨阳竭力不引人注目地走过去,报告了中将的意思。之后从另一条路下山,径直奔向一辆银灰色轿车,坐进前座。中将说"开车",又拍拍身边:"坐后面来吧。"驾驶员正欲起动,听到后面一句话,手便按在电门上不动。季墨阳打开车门,和秘书换了位置,坐到中将身边。驾驶员谨慎地驾车前行,这条急造通路已被无数军车压烂了。轿车小心翼翼地绕过一个个坑洼,竭力不使车内感到震动。中将朝季墨阳使个眼神,低声道:"韩政委问我几次,有什么事啊,需要什么东西啊。我说,什么都不需要。想想又不甘心,就冒昧提了一句。我说:'韩政委呀,我大胆跟你开个口,要你一个人呀,你可别舍不得。'……你猜我跟他要谁?"中将亲切地望着季墨阳。

季墨阳心脏骤然狂跳,终于要听到中将亲口许诺了,现在,他距埋藏多年的愿望靠得这么近,甚至是确定无疑地实现了。他一时竟不知道说什么好,感激之类的言辞在这里太庸俗。出于多年形成的习惯,他沉着地微笑了,按例回答:"不知道。"

中将下巴颏朝驾驶员一抬,欣慰地:"小刘,我要带他回北京,老韩同意给我了!……你说,这半个月来,小刘开口说过一句话没有?没有。但是车开得多好,他整个人都跟这车连为一体,车上每个部件都同他有感觉,我就喜欢这样的小鬼。讲老实话,我们后半辈子,少说有四分之一的时间待在车上吧,也就是命交在驾驶员手里,我又是个不安分的人,好动,没个过得硬的驾驶员怎么行?我还没征求小刘本人意见,也不知道他愿意不愿意……"

季墨阳已恢复平静,听到中将那么谦虚地说话,想笑但不敢笑:"跟上首长,他一辈子都有依靠了,什么问题都不难解决,高兴还来不及呢,哪里会有什么不愿意。"

"不能这么说。跟我很苦哟,经常弄得连饭都吃不上。不瞒你说,我已经累垮两个驾驶员了。此外,还出车祸一次,撞车两次,人还好。唉,饶幸平安。"

季墨阳顺着中将意思,饶有兴致地聊起行车方面种种趣事,弄得中将精神很旺。然后他插空随便提了句:"我大概三年没去过北京啦,听说亚运会以后,那里变化非常大。"

中将却道:"我也听说了,但自己却一点没注意。视若无睹哎。"

"忙!"季墨阳替他下个结论。

"主要是,人的精力太有限了。"中将喟叹。他眼睛一直瞟窗外,忽然动容,"停车。"驾驶员减速,轿车靠边停在一小块平坦路面上,中将示意外面,"风景多好,干坐着对不住它。下去走走怎样?……方秘书,你们俩把车开到前面路口等我们。我们走着过去。"中将一步迈下车门,踩着地便高兴地道,"你看,就这么一小块干地方,正好叫我踩着了。怎样,我说小刘不错吧。多细!"猛看见季墨阳脚踩在泥泞里,大笑着,"对不起噢,谁让我官比你大呢。"

季墨阳佯作苦恼:"哪里哪里,我掉泥坑也是应该的嘛。"两人又大笑一通。季墨阳见中将真的很愉快,自己也就愉快了。他陪中将步上绿油油的小山坡,准备翻越它抵达路口。空中忽然传来一阵弹啸,季墨阳站住:"首长,前面是演习区域,我们不能再往前走。"

中将仍然朝前走,头也不回地顶他一句:"那我们来这干吗?"

季墨阳抢到中将前面,坚决地拦住他,道:"我有责任。首长,请回去吧。"

此刻，弹啸越发密集，感觉上已是伸手可及。山下也传来步兵冲锋的扑跃声，兵器铿锵撞击也隐约入耳。中将入神地听着看着，片刻后道："好吧，我们俩彼此妥协一下，也不进，也不退，就在此地看看。行不行？"

"五分钟。"

"二十分钟。"

"十分钟。"

"十五分钟……好啦，再不变了。"中将寻块石板坐下，"从这个角度看，咱们就能看到比观礼台上更多的东西。观礼台那边是看戏，参加演习的部队一跑进我们视野就表现得生龙活虎，没进入咱视野前谁知道怎样？在那里，我看到的都是他们想让我看到的东西。其中有多少真实的啊？嘿嘿，现在让我们从背后偷看他们一眼，你觉得如何？"中将话里，隐含着对观礼台那边的批评意味。季墨阳不敢作声只得陪他观看。现在他才明白中将下车走走的用意。山坡下面，几辆坦克高速驶过，步兵分队沿着被履带扯开的通道低姿前进，无后坐力炮在近处轰响，机枪发射声已密不透风……中将心驰神往："唔，不错嘛，动作像在敌火下运动，不过那个排长不行，太胖了！当排长的没权利这么胖……"中将看得十分过瘾，时时评价一二，目光锐利言语精当。季墨阳突然有感：中将喜爱这次演习，此刻他的感情太像刘达了。不同的是，刘达此刻会表现得粗豪热烈，中将却冰冷细致。刘达几乎公开地讨厌中将，中将却佯作不知，表面笨拙实质巧妙地，将刘达的锋芒化入无形。

"哦，当心。他们发现我们了。不好不好，快走。否则刘达知道了会派人来捉贼。"中将大笑而起，快步下山。两人来到一条野草丛生的小径，中将的步履渐渐变慢，面有思考者的独特微笑。"季部长，后天一早我就要离开军区了，估计明天大家都很忙，所以再不谈谈，就没时间谈了。"

季墨阳谨慎道："是。"

"我们认识几年了，三年多了吧？"

"五年半。"

"我们这次来，最忙最累的人，是你。又要陪我，又要参与调查，每天还要抽时间单独向军区领导汇报……你不必谦虚，我都清楚。你给我们留下很深印象。啊，一、思想敏锐；二、善于学习，理论水平高；三、才气足，包括精神朝气，都很足的；四、对军队现实情况有独到见解，话不多，言必有物；五、还很善于处理方方面面的关系，轻重缓急都到位……"中将跟毛泽东那样一根根搬动着自己手指头，以自语的口吻对季墨阳说话。"说个例子你听。啊，我也从人家那里听来的。去年夏天，你随军区一个副司令下部队，这个副司令不大会说话。在团以上科技干部会上，讲中央的科技干部政策，讲得乱七八糟，自己还信心十足，讲个没完。当时你就在边上，很认真地听，拿小本记，领导指示么，你不记不行。之后，你上去了，讲你个人对首长指示的理解，讲如何贯彻首长的指示'精神'，妙就妙在'精神'这两个字上，它是虚的。有人借此能化腐朽为神奇，也有人能借此化神奇为腐朽。你不是讲首长指示而是专讲指示'精神'，这一讲，就把中央对科技干部的政策一条条都讲透彻了。听说，你用的还是副司令说过的话，你把他的话打散了，加以取舍，重新组装起来，把党的政策化进去，一二三四……头头是道。同样的话叫你再度说出来，下面听着不一样了，都觉得首长有水平，就连那个副司令自己，也觉得他挺有水平的。哈哈哈……季部长哎，我很受启发哎。我熟悉这种窘迫，有时候哇，最难过的就是自己某方面水平比上头高，又不好明目张胆地超过上头，还得为上头补拙。补了之后，威望还得搁回首长头上，还不能叫人看出来。不容易不容易，这是一种胸怀，更是一种才华。"

"首长，都是过去的事了，你不说我早忘了。他们怎么连这事也向你汇报？"

"因为这种事最生动嘛，大家看它像看戏。"中将兴致勃勃，索性站住脚，放开来说，"这次考察干部，我顺带着也考察了你一下，总的看，无论上头下头，对你看法还是不错的，挺佩服，说很难找出像模像样的毛病来。你觉得怎么样？……我觉得找不出毛病这本身就不正常。再举个例子：某人告诉我，'季墨阳唯一不像部长的地方，就是他从来不失误。'讲得多有意思？你有何感想没有？"

"挖苦到家了，杀人不见血。"

"哈哈哈……他们是说你城府太深，办事滴水不漏。同时呐，蔫巴巴的，多少有点无可奈何的意思。哈哈哈，猜是谁说的。"中将很愉快。

季墨阳按例回答："不知道。"

"应该知道！"

季墨阳心里低吼一声，石贤汝！随即承认："是的，我知道是谁。"

"这才对嘛。"中将也不问是谁，散漫地朝前走，似乎被四周景致迷住了。他顺手指一处布满野花的山崖，"瞧那地方多好看，要搁在北京，还不成了情人窝子，最起码也得开门票卖钱。在这，

第五章 醉太平

随随便便都是,看都没人看。好地方哟。"他微笑了。

刚才从观礼台下来时,中将不是这样微笑的。当时,他的微笑是一种节制着的愤怒,是一种终究要宰了你的自信。韩世勇光彩在于大笑,中将的光彩在于微笑。

在陪同中将的二十余天里,季墨阳亲眼见到许多军长师长对中将毕恭毕敬,汇报时,如履薄冰的样子。饮食太精美了,怕他说奢侈;太一般了,更怕怠慢。他们像应付一个灾难那样小心翼翼地应付他,当然更像应付一个巨大希望那样迎候他。确实,中将回总部一句话,就能够影响他们前程。就连季墨阳,也因为伴随中将,所以也大大提高了身份。好些职务比他高的领导,见了他主动打敬礼,还不觉得这样做有什么不自然。一有机会,他们就拱到季墨阳身边,打听中将说过什么话,对自己有何看法?高明一点的,不直接问,而是万般亲热地偎上来,说些让人感动的话,期待季墨阳主动流露内情。其中,好些人以前颇为季墨阳所敬重,仅此一刻,也带上生硬的技巧感,硌得季墨阳难受。他反视以往,不禁连以前的敬重也丧失了。季墨阳因看得太多,闹得心酸不已,心内百味交集,常想刘达:只他一个,遥遥地、仿佛天生对头般地跟中将过不去,甚至不惜过分。韩政委呢,也许内心跟刘达一样,也许为了工作为了下级们的前程,才软软和和的,水似的裹着中将。他考虑问题之细,连中将坐什么车,派谁做驾驶员,卧室里摆什么装饰,早餐桌上搁几样糕点……都一一过问。可真应了韩政委一句老话:政治工作就是保障。

已经望见路口了,中将的银灰色轿车停在树阴下,头戴钢盔的调整哨笔挺地站在路心。季墨阳估计进入人群之后,谈话就该结束了,他略觉遗憾,扫尾般的表示:"每次见首长,对我都是一次深刻教育，很多东西平时感受不到……"中将打断他："行喽，你我之间不必说这些。我问你，你对观礼台上发生的事怎么看？"

季墨阳微怔，中将面无表情。季墨阳意识到这问题的严重性，丝毫不敢大意，沉吟片刻："我个人看法，刘司令员是有意为之。"中将"唔"一下："为什么？"季墨阳艰难地："他可能对一些事不满意……"中将又"唔"一下："什么事？"季墨阳再也无法回答了。中将道："你对你们司令还不够了解哟，我看他是针对我来的，我清楚得很。另外，你刚才说的也对，刘司令对很多事不满意，老喽，动不动就怒气冲冲。哈哈，给他挑了个发火的好地方。三万余人的大演习，整整延误了十分半钟。不应该嘛，不够严肃嘛，态度也不对头嘛！……"

季墨阳默默倾听，一言不发，似是深有同感。

"季部长，你能不能把事情经过写个材料？不带任何观点，客观地写一写，只讲事实。写完了，交给我。啊！"中将以商量的语气说。

季墨阳刚要踌躇，就马上意识到此事绝不允许踌躇，立刻应道："是。"话音脱口后，他心内就充满绝望……中将点点头，亲切地笑，谈起自己去年下部队，在藏北冰川行车遇险的情况：他们差不多已驶出冰川了，却碰上几头野牦牛发疯般冲过来，几乎将他们的越野车撞翻，挡风玻璃也被撞碎。然而结果是，当天晚餐他们就吃上牦牛肉了。中将语气轻快，夹叙夹议，季墨阳对这个并不危险的故事大赞几声。并出于礼貌，还假装好奇地问一下："那肉咬动咬不动？"脸上木然地笑着，两人且走且谈，直至进入轿车。

第五章 醉太平

41

中将刚迈进军区天虹宾馆大厅，季墨阳就有意迟缓几步，让中将独自走在桃红地毯上，不再与他并肩前行。服务台那边的几位小姐，见中将出现了，霎时如沐春风，亭亭起立，含笑目视，那仪容举止很到位，一看便知受过训练。中将柔和地朝她们摆摆手，向左边电梯走去。沿途偶有军人相遇，也都敬礼立定，待中将过去之后再走自己的路。那座电梯在中将轿车开到门楼时，就已被人控制住，此刻只供中将及随员使用。电梯轻盈直上，抵达十九楼，中将在此下榻。季墨阳敬个礼，道："首长如果没其他需要，我就告辞了。"

"有什么急事么，要是没有，我再耽误你一下。刚才说的那个材料，现在就弄出来吧，不要长。行么？"中将掉头指示方秘书，"把我房门打开，让季部长用。我们几个都到会议室去……"

季墨阳一言不发，轻轻点头。待中将离去，他还在原地站立片刻，然后只身进入顶头那阔大的套间。

空调器微微送风，套间满是秋意。人乍一入内，就像走进空谷林海，空气水似的清润。窗前，耸立一株近两米高、卧龙般的五针松，灿烂的绿，如同大云朵浮在空中，光那只瓷质松盆也大如澡盆，上头临摹仿古字画。不知是谁送中将的，这礼物送得可真有气派！它肯定上不了飞机的机舱，也进不去火车的包厢，那么只有一个法子了：派专车运送到北京。季墨阳瞥它一眼就直奔盥洗室，他站在那面大镜子前，用审视的目光看自己。看了足有好几分钟，才缓缓拧开水龙头，用冷水洗脸。之后踱出来细细欣赏那株名贵的五针松，他估计，这棵松的树龄已有三百年了，无数寒暑都融进它肌理里,观之使人平心静气,思绪悠远……

　　中将轻描淡写地使他陷入某种绝境,即使不叫绝境吧,也是无一寸伸缩余地。二十多年来,类似的情况他经历过不少,每一次都圆满地回避了或者化解掉了。没有种下祸根。这一次,他无法再回避。因为,回避本身就会招致更大的不幸,比如说中将不再信任他了。再比如说刘达知道此事后——无论他写了还是没写,也都会对他存疑。他将在心里吊着但嘴上不问:为什么他不找别人非找你呐?……"不带任何观点,客观地写一写。"唉,话说得无懈可击,但这可能吗?假如真是纯客观地写出来了,关键还得看怎么使用这材料了,由谁使用,在什么场合下使用。使用它的目的是什么……越是无观点的东西,就越容易被各种各样观点的人所任意使用。有观点就是有价之物,无观点才是无价之物,它发挥起来没边的。总之,它肯定对刘达不利。何况,它出自军区一个部长之手,光是它的出处,足已令上头不能小视。唉,为什么非要找我写呢?只能理解为:这本身就是个检验,检验自己对中将是否忠诚,是否值得他信任。也许,连怎么写都不重要,重要的是你敢不敢愿不愿写它。证明你究竟是站在刘达那边,还是站在中将这边……季墨阳回忆起当时边上没有其他人,空旷山野中一对一的谈话,将来万一有事,无人可为你旁证。不知内情的人,完全可以认为是你主动写它的。季墨阳决定:写。不过写之前打电话向刘达报告此事。走到电话机跟前时他又犹豫了:这样做会不会扩大两首长之间的矛盾呢?刘达会不会相信自己呢?中将会不会辗转知道自己曾挂过这个电话呢?万一他俩之间亲密沟通了,恐怕又会一致地把自己视作投机小人,甚至是中将本人亲手将这份材料交给刘达呢?……高层的变化难以预料。此外,在不知道

第五章　醉太平

回答之前，就不要去请示——这也是季墨阳多年谨慎遵守的原则。他反复犹豫着，到后来，竟恨起自己这股子丢人的犹豫劲了。人都是在犹犹豫豫之中，才变得胸无大器的，越是犹豫越没机遇。太复杂的事，恰恰只能用最简单的办法去处理：凭直感决定。两害在握取其轻，当官当到他目前的程度，才华已不是决定性要素了，再想上升，关键是看你在高层有无背景。他决定写，立刻就写。他还考虑到单写此事显得太突兀，应该放入演习的总体情况中去写，看上去才自然……

他一旦进入构思，立刻头脑活跃，苦恼全消。少顷，便腹稿立就。他坐到那张双人床般大的写字台前，凝神挥笔。

42

天虹宾馆大餐厅里灯火辉煌，十几张圆餐桌成两路纵队排开，恰好烘托出顶头那张主宾席。各餐桌上均是灿烂夺目，按照某种造型优美地摆投着花色冷盘、大小酒杯和三种以上的瓶酒饮料。当中则是用多道水果拼置成的一只五彩凤凰，凤首昂然耸立，很一致地望北，即朝往主宾席方向。灯光映射在水晶玻璃器皿上，缩成珍珠也似的小光点，将怀中酒浆变成液体琥珀。厚厚的餐巾折叠成不同形状，散发出淡淡果香，服务员亭亭地伫立在餐厅两旁，宾馆总经理则站在门口——可通视厅内厅外，表情丰富：兴奋紧张自信疲乏……统统含蓄在永不消失的微笑里。忽然他身体一动，与站在对面的副经理同时伸手，各拉开一扇玻璃大门。刘达和韩世勇把中将夹在当中，三人并排走了进来，后面跟着军区领导、政府官员和参加演习的军师职干部。韩世勇哈哈大笑，同总经理等人握手。刘达眯着小眼，很满意地瞟几下大厅，一挥手："把那洋腔子调调给我关掉，听得人烦。"他是指大厅音响中正播放的女歌星歌曲。副经理意识到失误，应声匆匆去了。少顷，大厅里响起了刘达爱听的民歌曲调。中将连连请刘达、韩世勇先行，刘达也不推辞，前头走了。韩世勇与中将随行，大群领导跟在后面，即使在无意之中，仍是职务高的走得靠前，职务低的自行靠后。

大约用了十几分钟时间，全体人员才纷纷坐定。熟人与老友们，不断地寒暄。

季墨阳在大厅最末的餐桌上，和一群年轻的军、师长们同席。他不时注意观察刘达，发现他今天真的很快活。季墨阳明白他为什么快活。首先，战役演习圆满结束，虽有不如意处，但成效还是显著的，尤其在各兵种协同方面，比预想的还好，这太难得了；再者，中将明天就要离开军区，应该热热闹闹送一送。今天上午的党委会上，中将汇报了此次考察干部的总体情况，是拿着那份准备上报军委的报告边念边说的。出乎季墨阳预料，他对军区高级干部队伍的评价相当高，对这次战役演习的评价也相当高。这使常委们喜气洋洋。

因此今晚是一个节庆，许多干戈化玉帛，方方面面的人都紧张得太久了，正需要陶醉一下。主宾席台面上的欢悦，有极大的感染力，能够在一瞬间弥漫全场。然后，全场的欢悦，又浪头般反馈到主宾那里去，彼此交融，壮阔不已……虽然尚未举杯，人人已有些许醉意。季墨阳看着那一大片灿烂笑脸，悚然心寒。

刘达率先起身致辞，他举着银闪闪的酒杯，笑叫："大家辛苦啦，来来，一起干一杯！"说罢，自己一饮而尽，把空杯亮给

第五章 醉太平

全场人看,然后认真地催逼左右照样饮干,他在这种场合不会说话。韩世勇也举着一只装满矿泉水的大杯起立——他从去年开始遵医嘱戒酒,即使在今晚这种场合也不肯破例。他笑眯眯地讲了几条:演习结束了,大家要把经验教训带回去好好总结。军委工作组比我们更辛苦,我们集体敬某某同志一杯!……该说的都说到了,韩世勇很豪迈地高抬双臂,一气将矿泉水饮下半杯。接着,中将举着杯子直走到场心来,这个位置和四面八方的人都靠得比较近。他声音不高但气韵饱满,目光明亮地看看这一片人,又看看那一片人,同时让全场人都能够看见自己。他说起他为什么要到军区来,来了之后学到哪些东西,印象最深的几点是什么。他说在短短的时间里他已和同志们建立了深厚感情,他舍不得离开大家,他感谢军区的支持,感谢今天晚上的服务人员。他特意提到了此刻仍站在门边的宾馆总经理姓名——引得全场都朝他望去,总经理近乎幸福地深深弯腰致意;最后,中将祝全体同志们身体健康工作顺利……

雷鸣般的掌声,长达几分钟。掌声不仅是对中将表示敬意,而且是军官们自身热情的肆意宣泄,并包括故意对今晚气氛的推波助澜,甚至,还带点"终于说完啦,可以开始吃喝了"的庆祝心理。接下来,除了主宾席那里仍轻谈慢啜之外,其余各桌都攻击般的豪饮开来。

季墨阳朝那儿一坐,立刻成为同桌军师长们的交谈中心。他们一面灌他酒,一面设法掏他话。季墨阳也佯嗔薄怒,弄得大家欢喜不尽。这时,刘达一手执杯一手执瓶,来给各桌军人们敬酒了。他先从最远的桌开始,于是走到了季墨阳他们面前。满桌人轰轰烈烈起立,一齐向司令员举杯。刘达看清这一圈人,不由地笑道:"喝!全是少壮派,军队的宝贝蛋子,我就知道你们会窝到一块。不错不错,这次演习,你们干得都不错。酒都斟满没有?……好,我有一句丑话送你们,给我好好听着:在军队工作,前头不能翘鸡巴,后头不能翘尾巴……"少壮派乱哄哄笑,一迭声叫"是"。刘达带笑的小眼睛,有意无意扫过季墨阳,"都听清了吧,谁翘,我砍谁。翘什么,我砍什么!哈哈哈……到此为止,我的话不许出这张桌。干了,干!"刘达一口饮尽,自己用带来的酒瓶给自己斟满酒,又朝下一张桌面走去。下一桌的人也已经轰轰烈烈站起来了。

此时,季墨阳这桌的人才松口气,一个副军长低语:"乖乖,老头子还是这么厉害呀。"

刘达以玩笑口吻说出的那句粗野话,其实是对他们这群仕途灿烂的人的一种警告。要他们别闹离婚,别狂妄自大。近些年,这类事发生得太多了,令刘达很是烦厌……这句话季墨阳以前也听说过,还曾有人将刘达此话概括为"两巴主义"。今天,刘达当着众人面,借着酒劲又把此话摔到他面前。他心头一颤:难道司令员对我有什么误会?……

一个服务员走到门厅,跟总经理说了几句话。总经理点点头,又带着那话儿走到刘达身边,低声向他报告。季墨阳从口型判断,大概是请刘达接电话。刘达正在敬酒,立刻放下杯子走出大厅。季墨阳被众人裹胁着,又身不由己地举杯,几杯热酒下肚,心头忧郁也渐渐消除。再过一会,他也顺势忘却一切,索性求个痛快,一醉方休。不知过了多久,同桌的人忽然动容,目光统统望定一个地方。季墨阳叫着:"你们犯什么傻?喝呀……"猛觉得肩头被人一拍,杯中酒都洒了。他回头看,刘达阴森森地站在

第五章　醉太平

面前："请你接电话。"说罢，掉头就走。

同桌人顿时惊诧不已，随即开玩笑：这个电话规格太高啦，刘司令亲自来请……

季墨阳窘迫地朝他们笑笑，想幽默几句再走，因心乱如麻，一时又想不出半句妙语，只好无言离去。途中，他着意使步履从容不迫，走到了服务台前，从湖蓝色大理石台面上拿起那只话筒："我是季墨阳啊。请问你是哪里？"

耳机里沉默着，过了好一会，才有个颤动的声音说："你猜……"

季墨阳立刻知道她是谁了，镇定地："你好。有什么事吧？"

"我在你的房间，1812号，对吗？"

"刚才是你给司令员挂电话？"

"是的，但爸爸不知道我在宾馆，还以为我在家里。"

"我马上来。"季墨阳放下电话，坐在大厅沙发上沉思。刘亦冰打破他俩旧日的默契，终于来找自己了。这是一时冲动还是出了不可预料的事？假如是出了事，那会是什么事呢？她声音里好像有莫大隐情，这时走上去见她，将给自己带来什么后果呢？假如不见，会不会造成更严重的后果呢？……此时已经不便再回到宴会厅去了，刘达的眼睛会远远盯着自己，等候自己上前汇报电话内容。当然也不会询问，他只会若有若无地掠来一眼。

季墨阳透过玻璃大门，注视灯火辉煌的宴会厅，那里面正沸腾灿烂的光，人影绰动不止，声浪却一点也传不出来，看来宴会渐至高潮，已到了那种忘却官大官小、不再顾忌言行身份、个个肆意开怀的时刻。同时，也是对杯中那一星酒底儿有无饮尽而争执不休的时刻，他们摇摇晃晃又锱铢必较，许多真情实感和妙不可言的稚拙，以至可爱的丑态也都将在此时爆裂出来，以至全大厅的人似乎都摞成一堆了。季墨阳忽然感到刘亦冰很可怜，当她形单影只地从喧闹边上悄悄走过时，会是什么样的心情，她是怎么避开宾馆里这么多认识她的人的？……他走向电梯，碰一下感应键，门开了。他走进电梯间。在门关紧前一瞬间，他警惕地朝大厅扫视一眼，只看见服务台小姐津津有味地读一本画册，那专注程度，如同一株匍匐着的植物。

43

刘亦冰在客房软床上坐了片刻，感到不舒服，这种床设计得不适合坐而诱人躺倒。她坐到沙发上去，检视脚下的鞋、连裤袜、月白色套裙，并将裙裾抚弄几下使它看上去自然一些。之后，她又疑心自己是不是太拘谨了，坐也坐得跟在公众场合一样。于是她又把裙裾再度弄乱些，皱褶潦草些，使自己看上去并不在意衣饰打扮。季墨阳电话里的声音一直钉在她耳朵里，那声音充满吃惊而不是惊喜，所以，她有点临战前的激动。所以，她努力做出坦然自若的样子。当他进门时，她将一言不发地坐着不动，听他如何把吃惊偷换成惊喜。她要看一看由于自己乍然降临，他究竟会不会将她视作一个灾难……她想了一下，竟想不起有多久没见季墨阳了。这么说，她早就成功地抛开他了，她顿时为此产生欣慰。想待会问问他，看他是否还记得上次见面是什么时候——其实，等于曲折地告诉他我都快把你忘啦！他肯定能当即说出那个日子，侧脸一笑，明白这询问其实是个拷问。

近几个月来，刘亦冰有了新的交际生活，她和另外一些离婚或未婚的女士们组成沙龙，自称"单身女子俱乐部"。这些女士个个很有身份：大夫、经理、记者、作家、研究员、市政机关干部……大都三十余岁，正处于女性风韵巅峰时期，一举一动都流露成熟的魅力，婚姻生活的不幸使她们洗尽早先的媚态和幻想，在独身中自寻欢乐，尽量把失去的青春补回来，办法是加倍地活着。她们常常聚到一起，做几样爱吃的东西；评议世上的蠢男人，从笑骂他们中得到许多满足。她们的孩子大都交给父母亲带着，工作之余，也常常进入市里最昂贵的歌舞厅，旁若无人地高唱卡拉OK。她们一般不跟男士跳舞，而是两个女伴搂着一起跳。常有不相识的男人在边上看得眼热，主动上来相邀，那她们也接受邀请，微笑地、雍容地偎入他臂膀，很协调地把自己搁进他感觉里去。男人们认为跟她们跳舞十分陶醉，她们不像未婚小丫头那样没自己，那些小丫头只稍一搂，要么水珠似的化掉了，要么跟泥鳅般乱动，根本没有跟他们相拥时的那种温馨幻境。但不知怎的，跳舞跳得再投入，也无人敢借机对她们稍施轻薄。她们只需略显机锋，就足以使得那男人自惭形秽。然后，她们往往又呵护受伤的他一下，使他不至于太窘。刘亦冰刚进入这个圈子，就准备一辈子待在这圈子里了。她认为这是俗世上的尼姑庙，内中又有精神净土，又有人生欢乐，而且特别引人注目。尽管她们并不想引人注目，可事实上就是有那么多人仰望嘛。刘亦冰似乎又回到以前状态——习惯于被目光簇拥，并且在被目光簇拥时特别出魅力。她是她们当中的佼佼者。另一个佼佼者是于萍，戏校的舞蹈编导。她们两人天然地成为这个圈子的核心。有一天，刘亦冰在公园认识了一位风度翩翩的中年人，后来知道他是台湾银行家，已有三个孩子。他一见刘亦冰就迷恋上了，很悲壮地苦苦追求她。刘亦冰觉得此事太有趣了，父亲跟国民党打了半辈子仗，自己竟要嫁给国民党丈夫。她并不爱他，只觉得他同刚上市的鱼儿那样新鲜，同内地人大不一样，起码不令她讨厌。同时她也扼不住那种类似探险的情致，便欲进欲退地和他建立了交往。于萍得知此事，以为刘亦冰真爱上那个狗男人了，伤心得扑到床上大哭。刘亦冰很为朋友真情所感动，便搂起于萍那滚烫的身体。于萍呻吟着，把手伸进她衣服里去，接着痴痴地吻她面颊，气息若兰。当时，一种从未有过的奇异感受电击刘亦冰身心，每根神经都在体内昂立，她差点炸掉，随之晕眩如泥……后来她衣衫零乱，几乎烧焦了地跑到外屋大哭。于萍跟出来，跪在她面前，久久沉默，脸上的样子是神圣的绝望，却没有道歉也没有解释，两眼深如寒井。这件事只能像没有发生过似的结束了。刘亦冰从此退出那个圈子，脖颈上带着于萍在狂迷中咬出的齿痕……

小妹第一个发现冰姐脖子上那爱的印记，吃吃笑，装作什么也没看见的样子，暗中为她高兴。她偷偷地将此事告诉妈妈，她以为那是一位男士的作品，弄得一家人都悬望不已，想看见那男人是谁，是否配得上刘亦冰。那两天，刘亦冰竭力躲避家人，她在镜前盯着脖子，蓦地升腾阵阵恨意。她恨季墨阳……好几次，她都感到身体从痕迹那儿裂掉了。一半坐在这，一半掷向季墨阳。恨过之后，便觉异样畅快。小妹有一个还在哺乳期的婴儿，两口子整天幸福而混乱地围着那只襁褓转。平时刘亦冰很少过去照料她，似乎那是一个上了发条乱叫不止的玩具。但小妹两口子不在家时，她就进入那间卧室，抱起她来，舒舒服服地摇晃着，亲吻她小小的躯体。婴儿那阵阵奶香，那水汪儿似的茸毛和那扑扑乱

第五章 醉太平

动的枣儿似的手足,深深地陶醉刘亦冰。有一回婴儿的小舌头竟舔到她脸,弄得她半边身子都麻酥酥的。还有一次婴儿饿了,在她怀里乱拱,竟然隔着她的衬衫觅到那只健康的乳房,一口叼住不放。刘亦冰当即僵立,不敢动,眼泪夺眶而出……小妹回来,她回避开了,怕在她面前失态。刘亦冰掩藏着将婴儿据为己有的欲望,她不得不回避。

于是,刘亦冰想到一个可怕的问题:她在这个家里像演戏,她是个被钟爱的贼。家人们竭力使她快乐,她为了使家人快乐也装作快乐,因此大家都没有快乐。她必须离开。她开始认真考虑嫁给那个台湾银行家的事了。考虑最多的,不是在何时结婚、在何处生活等等,而是如何减少此事给父母造成的伤害,怎么跟爸爸说。毫无疑问,他们会受不了的。唯一的办法就是一痛而绝。爸爸问:"你怎么会嫁给那种家伙?"她就说:"除了那种家伙,谁肯要我呢?……"

一天下午,那银行家从加拿大打来越洋电话,那里只是午夜时分,也许他醉了,也许他正处在孤独之中。银行家用夹杂着汉语、英语的广东口吻倾诉了好久:他想念她。他确信没有她不行,这些日子他已经失魂落魄了,他和几个儿子说过此事,他们都欢迎她进入家庭。他刚刚在桑斯湖边看中了一幢房子,估价四十五万美金,他想征得她同意之后将房产买下,并且送给她,作为他们两人婚后住所。这一切均由她决定。因此,希望她先飞到加拿大来看看房子。哦,他们会在这所房子里创造出一个非常可爱的娃儿……没等他说完,刘亦冰摔掉电话,屈辱和愤怒充溢胸腹。她想:这家伙凭什么敢这样自信?凭什么把房子、娃儿都安排好了。这忿怒跟刀一样锋利,一下子就把他从自己身上劈掉了。

当天夜里，刘亦冰从梦中被一阵刺痛戳醒，睁开眼见全身尽是冷汗。她感到不妙，手顺着乳房摸上去，一寸寸触诊，很快在腋下摸到了一串肿块，接着在颈部皮下也摸出异物。那是敏感的淋巴腺，在异常病理中产生了结块。原先它们像面条那样柔软，此刻却硬成一颗颗弹丸。她意识到：乳腺癌转移了！她打开灯，在穿衣镜前赤裸胸部，观察那仅存的一只乳房，也看出它和以往不同，乳根部位出现不祥凹陷。无可怀疑了，她无需到医院里做CT扫描和生理活检，她的病史和医学知识就能确定病因。她看着自己的躯体，白嫩皮肤在灯光下放射珠母般的光泽，没有一星瘢痣，光滑如缎。她轻轻抚摸它们，想象自己小时候野丫头样儿，想象它们不久之后将变成一具木乃伊那样。她狠狠拧它们一下，痛得几乎失声。她没把此事告诉任何人，继发性恶性肿瘤多处转移，是不治之症，一般只有两个选择，死得快些和死得慢些。几年前她从肿瘤医院出来，好不容易获得像正常人那样的生活权利，现在她只愿把这权利维持得久一些，别再使自己在旁人眼中显得可怖，他们眼睛每时每刻都在说你快死了，同时竭力不让怜悯之情漫出来。她照常去上班、出诊、为患者写下一份份医嘱，这些工作在于她忽然变得无限珍贵，真正感受到：做一次就少一次，也许明天她就永不再来了。每天下班离去，她都暗含告别的情怀。看见一个个熟悉的面孔，也暗暗说声再见。有次她为一位肿瘤患者复查，那人的癌肿也转移了，虽然没告诉他但是他料到了，病人总这样敏感。他很绝望，刘亦冰谆谆地鼓励他，竟把他说得浑身充满希望，自信他体内能产生奇迹。那一瞬间，刘亦冰也被自己感动，她发现：在绝症下平静从容地工作，并不是什么难以承受的事，远比她以前预想的容易得多。而且，怀有一种可怕的隐秘，不跟任何人说，将自己融进人海里，默默走完剩下的路，这使她很觉得自豪。

刘亦冰这样度过了一个半月——时间也比她预计得要长，这时体内隐痛越来越烈，人也明显憔悴下去。同事怀疑她病了，催促她做检查。她笑着答应了，但拖延不去。最后那天，她跟同事们说回家休息几日，自己的私人物品一样没拿，就离开了门诊部，好像她很快会回来。实际上她明白：她在这幢长长的二层楼房工作了十六年零三个月，此一去永远不会再来。

她回到家中，关上门，给自己注射了私藏的盐酸吗啡，痛楚骤减。按照计划，她取出了全部存款，收拾好各种必需物品，换上刚买的最新时装，在脸庞敷上一层薄薄的淡妆，佩戴项链和钻戒，对着镜子看了又看，呵，从来没有这么好看过。然后，她又恋恋不舍地将面妆擦掉，看上去才觉得习惯点。接着又狠狠心，重敷一层更薄的淡妆，仔细将脂粉化入皮肉里，使它们看上去若有若无。先锋音响正低低地播放喜多郎的《敦煌》，造成远古戈壁的氛围。她提着箱子离开时，没有关闭音响电源。假如无人进她的屋子，音响会把那张激光唱盘反复播放下去，几天，几个月，几年……直到机件自毁为止。她准备只身去安徽黄山旅游，登上天都峰，饱览名山大川。待走不动了，就静悄悄地钻进某个松崖下，独自死去。那处松崖将是一个人迹罕至的地方，也许直到她化入尘土也不会被人觅见。她没在屋里留下遗书，她觉得写那种东西太做作。再说，她也怕父亲看到遗书后，会在她还没来得及结束自己生命之前就找到她了。根据父亲的性情和权力判断，这是完全可能的。她只想登上火车前给父亲挂个电话，告诉他，她想外出两天看望朋友。当父亲发现她外出后失踪时，慢慢会从她话里分析出永诀的意思。此外，她还想临行前见父亲一面，最好是在远远的、不被他发现的情况下看看他。她有半个多月没见到父亲面了。她知道今晚父亲就能结束战役演习返回家中，但是一旦面对面，她怕被父亲瞧出异常或者自己控制不住情感。她已经坚持了那么久了，一步步地走向人生崖头，绝不能在纵身一跃时给人拦腰捉住。她把小皮箱夹在自行车后架上，蹬车来到了天虹宾馆。进入大厅后，便透过高大的玻璃门看见宴会厅，看见季墨阳坐在近处那张圆桌上，笑得泰然自若。

在此之前，她一直成功地控制自己不去想他。现在，她突然决定要和他说几句话。他欠她许多东西。比如爱，比如处女之贞，比如那场当众身受的大屈辱，比如为他打通任职关节……所以她有权痛斥他，有权把他从堂堂仪表中、从远大前途里剥出来。同时，她也有权听他说点什么，随便什么。否则，她死不甘心。

她向服务台问明季部长的房号，乘电梯上楼。

44

季墨阳走到自己房门跟前，轻轻敲两下，里面寂静无声。他等候片刻，确信刘亦冰不会过来开门了，这才拧动门把进屋。刘亦冰亭亭起立，微一领首，便又坐下。季墨阳有些激动："你真叫我大吃一惊。出了什么事？"

刘亦冰沙哑地说："没有任何事。你放心，我坐一坐就走。"

"哦，我不是那个意思……冰儿，见到你真高兴，真的。你不知道，刚才你父亲叫我接电话时的可怕，他朝我肩一拍，恶狠狠地说'请你接电话'！差点把我吓死。你怎么敢叫他做这种事？

第五章 醉太平

弄得全桌人都以为国防部长给我来电话了。"季墨阳夸张模仿刘达的表情，只引来刘亦冰冷冷一笑。季墨阳登时不作声了，寸寸缕缕地看她。他从来没见过冰儿打扮得这么出众：一套很有气质的新式裙服。刚换了发型，戴上项链和钻戒，衣饰俏丽可人，再加上脸含隐隐怨愤，更显出一种孤高凛然之美。只是那美，多少有点摇摇欲坠的感觉，使他既动情又担忧。他坐到她身边，双手扳动她肩，强硬地将她扳向自己。凑近她脸，低声道："你看你瘦得多厉害，你好像在发烧？……是不是发病了？冰儿，赶快告诉我！"他在下令。

季墨阳的焦急感动了刘亦冰，忍了一会，再也克制不住，剧烈啜泣着。季墨阳伸手把她搂住，她呻吟起来，全身都缩进他怀抱里，闭着眼，就这样沉浸了许久。她嗅着季墨阳身上热乎乎的男性的气息，朦朦胧胧地想到小妹屋里那个婴儿，肉枣似的浑身都冒着又甜又香的气味，一霎时她把自己跟那个婴儿混在一块了，久久地痴醉如泥，内心乞求永远不醒。季墨阳抚摸她的身体，渐渐触到她颈部肿块，如遭电击，手一抖，就停在那儿了。但是他不说话。然后继续抚摸别处。最后他紧紧地搂住她，吻她的脸颊和脖颈。刘亦冰如同一汪烧化的铜汁，又烫又软。她剧烈呻吟着，被他的胡茬扎得麻痒极了，忍不住一口咬住他胸肌，狠狠地咬！季墨阳疼得猛力一搂，将她搂得喘不上气来，她挣动着，季墨阳一松手，她一下软倒在他腿上了，长发垂及地毯。她仰面张着口儿，闭着眼喘息不止。少顷，她抬手找到季墨阳胸部那块月牙状的、深深的齿痕，快活地笑道："看我多疯！"

季墨阳提一下衣领，刚好能遮住它。强作镇定："是那个病吧，有多久了？"

"你别怕它。它是我的一份命，绝不会传染任何人……"

"冰儿，它究竟发展到什么程度了，说实话。"

"你看见了：多处转移，无可救治。所以，最好的办法就是随它去，就当它不存在。"

"不能这样偏激，我们马上去医院。你还记得司令部老参谋长吧，那人得肺癌都八年了，现在还活得好好的，烟照抽不误。所以这种病在很多情况下是能治的，关键是要快。"

刘亦冰不得不跟他讲点医学知识。陈老多大岁数？都快八十了。在那个年龄人的生理机能大大衰退，癌细胞也同样增殖缓慢，转移率也较低。相反，癌细胞在年轻人体内增殖得更快，因为你生理上的发展带动癌细胞发展。再说陈老是什么医疗条件呀，他能活到今日全靠昂贵药物维持着。她清楚自己的病状，属于继发性晚期多处转移，治疗已无多大意义了，治疗本身会带来比病症更大的痛苦。说实话她很怕疼，甚至看见化疗患者的惨样也受不了。你愿意看见我脖子肿得比身体还粗吗？你愿意看见我掉光了头发浑身插满塑胶管子吗？……太多太多的患者充满希望地忍受着这些，正是人类天性弱点：渴望明天一早出现奇迹——其实是在渴望侥幸。假如她不是医生，也许会接受治疗。既然她是，既然她熟知一切后果，那么最好的办法就是在死亡到来之前活个痛快！在她平静地说出自己的选择时，季墨阳好几次盯着那只小皮箱。

"你猜对了。那里面有八千块钱，是我工作二十年的积蓄，还有一架照相机和衣服。我都准备好了，我要到名山大川去走走，先到黄山，下来以后再去九华山、太平湖。等走到走不动的时候……就不走了。我好疯吧?"刘亦冰自豪地道。

季墨阳垂首沉默着,忽而悲凉一叹:"可惜我不能陪你去……"

刘亦冰想不到他说出这种话来,自己并没有要求他一块去呀。猛地,她意识到:这正是她的梦想呀!自从产生出走念头以来,她一直隐隐约约地期盼点什么,半边身子都像被那点欲望牵着,走也走不全。她一直在有意无意地回避那点欲望,就像把火种埋到灰烬里,就像她刚才说的患者渴望侥幸。包括今天懵懵懂懂跑到这来,其实就是想听见季墨阳大喊一声"我陪你去"。现在倒是由季墨阳戳醒了她。心儿猛烈地踢腾她。这是怎么啦?她受够了屈辱才幡然要求正义,她做足了奉献才明白自己有权索取回报。即使得不到回报,也不能以为索取是罪过、是强人所难,因而清高地放弃了索取的权利。哦,还没等她说出口呢,甚至还没等她看清自己的愿望,他倒先看清了。他已经给吓得拒绝她了,拒绝那个还在她心里萌动的愿望。他真是饱览世事阅尽沧桑呵,能够站在今天拒绝明天,能够把目光弯曲着戳到人心背后。他说不定以为:她来到这里是进行情感绑架,想哀婉动人地将他绑了去。

"还记得你答应过我的话吗?"

"记得。我欠你一条命。"

刘亦冰切齿道:"现在我要求你归还,我要求你陪我一块去!"

"冰儿,我们都理智点。以你目前情况看,外出就是自杀。"

"害怕了吧。咯咯咯……你除了自杀之外还能看到什么?其实,当年我说'你欠我一条命'时我就想过:这有点矫情,虽然听起来很动人,但是失真。所以那时我就有预感,到了我真向你要点什么的时候,可能什么都要不到。"

季墨阳道:"你想,我们怎么可能避开旁人眼睛走出去?你身体状况能坚持住吗?走到一半昏倒怎办?出去后怎么吃怎么住?万一你受不了,后悔了怎办?这是完全可能的,说实话一旦成行,打退堂鼓的将是你,而绝不会是我!还有,总部工作组刚走,演习也刚结束,一大堆扫尾工作,好几拨人等着我,别说几天,我失踪两小时就会有人知道。再有,躲得过刘司令吗,他一声令下,哪里没部队?翻江倒海也能把你我找出来。也可能为避免丑闻扩散,他不会动用部队罢了,派几个保卫干部就够了,正好拿你我练兵……"

"考虑得真细致,还'丑闻'……去你的吧!你的理想是进入权力核心,干一番大事业!你千辛万苦爬到这个位置上很不容易了,哪里肯陪一个快死的女人去游山玩水,偷偷摸摸的,擅离职守,姘头不像姘头情人不像情人。别说提拔了,部长都保不住,一失足成千古恨。事实上你怕刘司令怕得要命,他随便来两下你就毁了。所以你只有忍痛牺牲,完全是不得已,心里的难受不下于生个肿瘤呐……你们这种家伙,总以为旁人永远不能理解,你们做什么都头头是道,保持着自己的政治贞节。你干的那活有贞节吗?狗屁,只有头头是道!好了,我只有一个要求:你别管我。"

"冰儿,你发火时真好看……"季墨阳凝望着刘亦冰。他真正想说的是:你骂得很精彩,干吗不把这些话骂给你父亲听听?要知道你痛骂的东西,也正是你几十年来享受的东西。包括你颈子上挂的这条项链,甚至包括你白嫩的颈子,也都是从那些东西里生出来的。这可好,又痛骂了,又享受了,精神物质都不丢,两方面都占着精品柜台。而且,越是痛骂,享受起来也越是理直气壮，看别人也就越是渺小。尽管如此，你仍然浑身不舒服，你有意识地反抗了一点点，又无意识地将那套东西发展到家了。你确实是个奢侈品。看见一只苍蝇讨厌，顺手就能拿贵重物品砸下去。痛快，大异常人，要的就是这个劲。

刘亦冰低头哭泣。季墨阳又轻轻搂她。她象征性挣脱一下，随后更深地偎进了他怀抱。他叹道："冰儿，我不是医生，但我觉得，要是这几年你精神健康的话，那个病不至于死灰复燃……"刘亦冰哭得更厉害了。季墨阳自知言重，喃喃地："冰儿，我爱你。"

他说这个话时，远不如说理时那么自然。

刘亦冰哭道："那你领我去！"

"你父亲知道你的病情吗？"

刘亦冰摇头："千万别告诉他。你要是说出去了，就是出卖我。他们会把我捆在病床上。"

电话铃响。季墨阳不动。电话铃固执地响个不停，似乎电话那头人确信这屋里有人。季墨阳还是不动。刘亦冰道："接吧。"季墨阳过去拿过话机，听了一会，回答："就来。"放下电话后，跟刘亦冰说："我去取一份传真，就在底楼，等我五分钟好吗？"

"我该走啦……"

"别走。我们还没谈完，相信我，一定能找到解决办法。"

季墨阳取一块毛毯盖到刘亦冰身上，说："五分钟。"随后拿起文件包出门。他到底楼签字领取了传真电报，又回到宴会厅门口，让仍然站在那里的经理进去，将刘达请出来。他向刘达报告了刘亦冰的情况。刘达一言不发地听着，面色阴沉。听完后锐利地盯季墨阳一眼："好。这个事到此为止，从今以后，你不要介入了。"

刘亦冰朦胧地觉得身边坐了个沉重的人，压得沙发吱地一颤，她闭着眼呢喃："搂着我……"身边就再无动静了。她把脸从毛毯中探出来看，刘达很近地注视着她，脸庞上的皱纹丝丝可见，带有一种凄楚的陌生感，眼内浑浊潮湿。她猛一抖："哦，爸呀。你吓我一跳。"随后她才意识到发生了什么事，清醒地向父亲微笑着。

"冰儿，情况我全知道了，你不要害怕，一点都不要怕。爸向你保证，就是翻天覆地也要把你病治好！见鬼，我还活得好好的呐，哪能让你死到我前头。拿出信心来，没做不到的事。等把病治好以后，我亲自陪你外出，你想上哪我们就上哪，就咱们两个……"

刘亦冰轻声道："季墨阳躲哪去了？"

"我不知道。唉，冰儿。你有事应该直接告诉我啊，跟他说有什么用，我是你父亲，他只是个部长！懂了吧？爸为你会不惜一切，他会不会呀？……你以为他真爱你么？特别是，他值不值得你爱？"刘达嗓音沙哑，激动得说不下去了。

"别说了，爸。让我再歪一会儿。"刘亦冰合上双目，在父亲怀里歇息片刻，睁开眼切齿道，"我跟你回去。不过，爸要答应我：绝不能放过季墨阳，这人自私透顶，狼心狗肺！你替我罢他官，撤他职。要不然……爸，你也会被他利用，关键时刻出卖你，终有一天你也会后悔的……"

电梯门开了，天虹宾馆大厅内的人惊愕地看到：一位满头白发的将军，小心翼翼地搀扶着一位少妇走出来。他们对周围的人的目光视若无睹，从人们让开的长条地毯上缓缓走过。季墨阳坐在大厅远角注视他们,当他们走至正前方时,他面对他们起立,垂首无语。刘亦冰瞟见他,朝那方向恨恨地"呸"一下。季墨阳听见了,含着泪抬头看她。刘达稍微转脸,说"谢谢"!刘亦冰面如死灰,靠在父亲臂弯里,勉强走出门厅,登上停在车道上的黑色轿车。

韩世勇和几个人追上去送,站在那儿目视轿车远去。然后,韩世勇招手示意季墨阳到自己这来。待季墨阳走到他旁边,他又习惯地把双手背到身后,沉吟着:"这件事你处理得对头。啊,老有老的脾气,小有小的脾气,对此你不要有顾虑。我们做具体事情的人,多理解领导嘛,受点委屈没什么大不了的……"话题一转,他说起今晚必须完成的几项工作。指示季墨阳先做什么再做什么。

季墨阳带着受领的新任务,回到自己房间,瘫坐到沙发上。立刻觉出沙发还是热的,保留着刘亦冰体温。他记起来:她还在发烧。他茫然四顾,一眼望见沙发边上那只小皮箱,便呆了。然后提到腿上抚摸几下,嘣地按开弹簧锁,掀起箱盖,一股淡淡芬芳扑面。盥洗用具、化妆盒、麂皮钱包、一双崭新的旅游鞋、几件女人衣物……他把一条长长的、湖蓝色围巾抓在手里发呆,感受到一个男人无法保护一个所爱女人时的耻辱。

他听到刘达的声音:"谢谢!"

45

连续十几天季墨阳非常忙碌:开会、下部队、检查工作、领导召见……有时甚至还得将几样性质不同的事撂到一块,包成饺子,一锅儿煮掉。部里的几个处都被他支使得团团转,年轻干事听到他从走廊里走过就赶紧关门,以免被他逮住后又压上什么任务。每时每刻,都有一排小车停在办公楼门外的白色停车线上,有的是来办事的,有的是待命出动。其他部的干部看看那些不同车牌,就知道这个部忙翻天了。与季墨阳部相邻的两个部,却正处于工作淡季,楼前只停一辆值班车,处长带着干事们,工间休息时就出来打羽毛球,而部长和副部长则在打台球。在机关,忙人看见闲人那么闲,以及闲人看见忙人那么忙,双方都觉得很正常,绝不会乱了心态。待到下班铃一响,自行车流从各部小道涌上机关大道,再一块驶向办公区大门,这时的精神状态,忙人和闲人没什么不同。他们骑到白色下车线,跳下来给警卫敬个礼,推着车走几步,到另一道白线那儿再骑上车,朝自己家驶去。每天早晚两次,干部们在那窄窄的两条白线之间,把自己换掉。

　　季墨阳再也无暇去老墙根那儿散步了,有时他透过办公室落地窗,远远地朝那里望望,取点感觉过来,稍稍把自己换一换。这时刘亦冰会尖锐地刺穿他脑海,那天的事一遍遍重复地冒出来,同时还有由此事波及扩大的各种后果:非议,谣传,领导的看法,对今后的影响,等等。他都得考虑到。尽管考虑之后可能还是按兵不动——跟不考虑一样,但他还是要考虑,这是他的习惯。他面对远方雾霭中的山岭,山脚就是大院老墙,虽然看不见它,但是肉眼看不见的东西恰可以更贴近地感觉它。他就这样感觉着刘亦冰,暗想:冰儿这次恐怕真的不行了,直到她死,也难以见面……好消息偏偏在这时候纷沓而至,总部的朋友打电话告诉他:中将返京之后,在一次内部会议提到了季墨阳,足足讲了两分半钟,记录稿上占了一百八十八个字。接着另一个朋友也打电话告诉他:

第五章 醉太平

他的名字出现在某份名单上了,那名单正在往纵深进展,如果不出意外,他年内就可能调到北京,关键只在于是平调还是升任……季墨阳哈哈笑着说些动听的话,在那些话里,肝脑涂地和大气磅礴两个意境都有,像李太白"生不用封万户侯,但愿一识韩荆州"那样,将马屁拍得才气横溢、壮阔不已。早年季墨阳读《古文观止》,读到李白这篇乞求宠遇的宏文就感动过:姓韩的不过是个师职干部嘛,李白为了当官竟把他捧那么高,献媚献得无比辉煌。今天看来,这臭事一点没影响李白的伟大,关键是什么人拍马屁,只要是李白,连马屁文章也能成为传世之作。那韩某人要不是李白拍马屁时提到名字,世上谁知道他是谁……放下电话,季墨阳已做好精神准备:不但去不成北京,而且给发配到下面部队里去。凡事,越快成功时越危险,难道不是历史规律吗?

这些日子里,季墨阳已感觉到军区领导对他的冷淡了。这种冷淡并不是将他抛置一边不睬,而是在频繁使用他的同时待之冷淡。他三天两头和韩世勇相见,其密度超出以往任何时期。机会那么多,场合那么有利,但是韩世勇说什么有深意的话呢,一句没有,光谈工作——两人距离就拉开了。还有刘达前天到古峰口五处视察,那个处是季墨阳下属单位,竟没通知季墨阳陪同,这在以往是不能想象的。刘达在五处所作的指示,一字一句地由那个处长报告上来。当时处长和季墨阳都感到难堪:一个下级向上级传达领导指示,说着说着感觉就跑歪了,变得像下级直接指示上级。季墨阳分析,自己被冷淡有多种原因。最突出的,一是刘亦冰的事惹怒了刘达,韩世勇为尊重刘达而不得不疏远自己;二是自己要上调的消息传出去了,韩世勇深为不满,一个那么能干的人不愿追随自己,偷偷摸摸往上爬,很伤感情的事;

三是小人因共同利害聚成堆了，矛头齐齐指向自己……所以最佳选择就是调离，假如此时再不走，接下去只能是漫漫困境，长期搁浅。

哦，她快死了，再也不能见面了。刘达像母老虎那样守卫她，不让我"介入"。癌——这死法对她来讲太不幸啦，她一辈子都想叫人吃惊，即使死也想死得瞩目些。她怕平淡甚于怕死。她一直没真正长大过，直接从少年进入老年。对她，别人只能远远地欣赏，谁爱她谁就是冒险……

季墨阳下班回家，办公区已空无一人。他出了营门，沿着那条远些的路回家。半道上想起来：大概快一个月没进家门了。他走到米黄色部长楼前，看见屋里灯亮了，突然不想进去，犹豫片刻，给对面的宋部长夫人看见，向他打招呼。他应付一句，只得进家了。莎莎正在厨房里炒菜，他朝热气中的莎莎背影说声："我吃过了。"就走进客厅，略站站，提防莎莎提着铲子追过来。看看没有，他推开内屋门，再走进自己卧室。

卧室的空气仍是一个月前的空气，在他离开的日子里，这屋子连窗帘也没扯开过。他感觉这个家比办公室还要寂静，连气管里的呼吸也听得清清楚楚，像是耳朵在呼吸似的。蚊子从走廊里飞过，站在这竟能听到嗡嗡细鸣。他很不舒服，便回到客厅打开电视机，让另一个世界的声浪涌入，才觉得家中略有活力。他敏锐地感觉到，电视机一开，厨房里的莎莎也添了点生机，锅勺之声比刚才响些了。顿时，他多么希望她走来跟自己说点什么呀。

季墨阳与莎莎处于分居状态已快两年了，各有各的卧室。莎莎带女儿睡南屋大床，季墨阳独自睡北屋小床。同事们来访，即

第五章 醉太平

使看见这种格局,也误以为夫妻俩同睡一大间房,女儿睡另一小间。季墨阳和莎莎要说话时,两人就到当中客厅来说,话题几乎全部是关于女儿的。这个家之所以能够维持,全因为有个三岁的女儿。莎莎经常拿女儿当大人一样说件什么事,其实那事是说给季墨阳听的,尽管季墨阳就在边上,但要直接说就说不出来。反之,季墨阳要跟莎莎说话,也常拿女儿当邮筒。现在女儿叫莎莎母亲接走了,两人一下子没有依托,不约而同地相互回避。两年来,季墨阳和莎莎已经懒得争吵,双双都习惯了客气而平淡地生活。至于将来怎么办,季墨阳没精力考虑,只等莎莎先提方案。反正他又没外遇,在家时间又少,不急着分手。再说,离婚会破坏自己的公众形象,招致军区领导不满,引起机关大院口舌沸腾,被小人利用。因此要离也要等莎莎提,而且不是威胁威胁就算了,是寻死觅活地闹离婚。那时,季墨阳才会无可奈何地同她分手,仿佛是被她抛弃了……季墨阳到莎莎跟前走走,主动说起自己这两天多忙,想勾引莎莎开口,也许能说出点刘亦冰的情况。他知道莎莎和刘亦冰同在一个医院,莎莎在门诊做血检,刘亦冰在三病区接受治疗。季墨阳断断续续地独白了好久,莎莎却不理睬,旁若无人地吃她那碗水饺。季墨阳登时觉得女人残酷起来比谁都绝,一点余地不留。她明明知道自己想了解什么,却死都不说。他衔恨离去。

季墨阳回到客厅,看见电视剧里的那个少妇正在婀娜多姿地脱内衣,他盯着她等待下文,担心镜头切换成蓝天大海之类。果然,少妇淡出,摇出一片无聊透顶的礁石……季墨阳伸手关掉电视。要是继续面对这种拙劣,就是在接受污辱了。他回想起,自己刚才就像电视剧里的那样,假惺惺的。于是,他再次走到莎莎面前,决定把真实情况告诉她。

"前几天,刘亦冰突然来到天虹宾馆,我才知道她乳腺癌转移了。当时她很激动,想离家出走,到黄山去。走到走不动时,就死在野外。虽然她没说,但我猜想,她希望我陪她一块去……"季墨阳看见莎莎凝神倾听,便继续说,"这是我们今年第一次见面,我们没有其他任何秘密。那天我没有答应她,我立刻把情况报告了她父亲。后来我听说,他把她送进医院去了。我不知道刘亦冰现在怎样了。你知道她的情况吗?"

"你自己为什么不去看看她?"

"刘达不许我介入。"

莎莎沉默一会,含泪道:"希望不大了。不能进行手术。准备给她体内埋管放疗。这很痛苦……昨天,她试图跑掉,被人抓回来了。我去看她时,她正在输液,手术前强化她的体质。"

"你去看过她?"季墨阳很意外。

"她是我最好的朋友!我不去看她谁去看她?今天我一整天都待在她床边。"莎莎终于落泪,剧烈啜泣着,"虽然我们吵过架,可那是叫谁害的?为了谁才吵?……说实话,我恨不能把我命换给她。我欠她的太多太多了,一辈子还不清。可你呐?"莎莎猛抬头瞪着季墨阳吼道:"胆小鬼,伪君子,你干吗不陪她出走?她想去哪儿就陪她去哪儿!"

季墨阳惊愕地说不出话,他完全看不透莎莎了。

"她快死了,懂吧!反正你从来不是这个家的人……看着她受罪,只有你这种东西才会假装正经。你胆小如鼠,为保住自己的官位,还出卖她,真他妈干得出来!"莎莎恨骂不止。

季墨阳冷静地:"刘亦冰告诉你的?"

第五章 醉太平

"她什么也没说。知道的人多啦。你以为你纯洁,告诉你吧,你早就臭烘烘啦!"

"我也料到这件事会传出去,但没想到传得这么快。我不能陪她去,我只能把她交给刘司令员……不过莎莎,你今天晚上骂得我很感动,真的。对不起,我想出去散散步。"季墨阳说完,强作镇定,昂首走出部长楼。他四边望望,再慢慢踱进黑暗之中。

第三天下午2点整,离医院规定的探视时间还差一小时,季墨阳走进那个最偏僻的病区。他估计,这时候碰见刘亦冰家人的可能性小些。他是从角门进去的,看门老头睐眼瞄瞄他的军衔,便连问也不问。季墨阳登上三楼,走向尽头处那间单人病房,心里剧跳着,推开乳白色房门。他看见一个军人站在病床前,背向他,床头竖立着输液架。那军人听到动静,转过身,两人都大吃一惊。是夏谷。

"你在这啊……"季墨阳冷冷地点头致意。

夏谷脸红了,呐呐地向部长问好。随即把站立的位置让开,使季墨阳走近病床。刘亦冰身体覆盖在一层毛毯里,显得很窈窕。她听见熟悉的声音,立刻紧闭双眼,呼吸急促。季墨阳仔细注视她,见她眼睫直颤,显然在控制自己。季墨阳呆立片刻,艰难地说:"亦冰同志,我来看你。"

刘亦冰发出一个声音,像冷笑,面有不屑,眼闭得更紧。季墨阳低下身,附到她面前:"冰儿……"刘亦冰身体猛一缩,钻进毯中:"你滚开!"

季墨阳沉默,过了一会,仍坚持问:"冰儿,现在感觉怎么样?疼不疼?"

刘亦冰不语。夏谷等了一会,主动替她回答:"烧退下去了,感觉也比以前好多了,拔了针就能下床走动,和健康人一样呢。"夏谷有意说得乐观些。

"夜里呢?"

"就是睡眠稍差点,因为对环境还不太习惯,住住也会好的……"

他俩进入了一种很奇怪的状态:季墨阳问刘亦冰的话,句句都是由夏谷代替回答。从夏谷的话中可以听出来,他常来看望刘亦冰,所以才能够讲述种种细节。季墨阳强笑着,心内无限酸楚:他肯定爱上她了……季墨阳正视着夏谷,低声说:"我想单独跟她说几句话,行吗?"

夏谷表情不自然,垂首离去。刚走开几步,刘亦冰叫着:"你别走,就待在这!……"夏谷闻声又回过身,尴尬地看着季墨阳。季墨阳面色大变,热辣辣注视刘亦冰。刘亦冰在他目光射来时,又紧紧闭住眼。季墨阳等待着,等待着……刘亦冰就是不睁开双眼。他微微一叹,只好当着夏谷的面,言语明晰地说话了。

"冰儿,病区北面有个小门,专供医院内部人员出入的,每天晚上 10 时 30 分以后才关闭。啊,你在这工作过,那座门你肯定知道。我想告诉你的是,今天晚上 10 点整,小门外会有一部白色轿车等你。软卧票我已经准备好了,晚上 11 点 57 分发车,那趟车开往江西赣北。我想,我们不应该去黄山,那里人太多,不是属于我们的地方。我们应该有自己的地方。在我当兵的时候,驻地不远有一个半月湖,湖边是原始森林,几十米高的阔叶林。四周风景非常美,至今没被开发。所以,外界没人知道那儿……那里有我的老部队,有我许多好兄弟。我们那里还有一幢小竹楼,走进去就能闻到竹叶香味。哦,我想那里已经想了整整十年!不是没机会去,是我自己舍不得去。哦,准确说是舍不得一个人去。我一直梦想:和一个女人悄悄地去……"

季墨阳忽然觉得嗓子阻塞,再也说不下去,挣扎出一句:"晚上 10 点!"快步走出病房。

刘亦冰紧闭的眼里涌出滚滚泪水,睁开眼时,已看不见季墨阳,她猛地坐起望门外,扎进手臂上的塑胶管脱落了,扯得输液架也差点倒掉。只见夏谷满脸窘迫站在一边,呐呐地解释:"我、我什么也没听见……你们放心……我什么也没听见。"

刘亦冰朝他喊:"你站这干什么?你快走!"

46

事后刘亦冰问过他,你怎么突然改变主意了,什么时候下的决心?他说:在大厅,你和刘达从我面前走过,样子就像绑架你。你还记得当时他对我说了一句什么话吗?刘亦冰说,我不记得他说过话,我只记得我好像呸了你一口。季墨阳说:他说了!他说"谢谢"……那腔调那架势我终身难忘。从他说"谢谢"开始,我突然发现自己犯了个大错误。难道你对我会没一点预感?要知道,你那小皮箱还留在我房间里呐,为什么一直没人给你送去?

"我有预感,我老是害怕。你一进门,我就晓得要出事了。我闭着眼都听见你心跳。我怕得要命。"

列车在第二天傍晚抵达赣北某站。季墨阳和刘亦冰在车上共处了将近一天一夜,他俩除了喝点饮料之外,没吃其他东西,丝毫不觉得饿。季墨阳不只买两张车票而是四张,等于把这个包厢全买下来了。他跟列车员讲,这里有一个身患绝症的病人,列车员装模作样地问了声传染不传染,接过一条三五烟,立刻就变得非常理解了。在整个行车期间,无人打扰他们。刘亦冰蜷曲在面对列车前进方向的下铺,随着车轮震颤,身肢水波也似的微晃。季墨阳靠坐在她身边,两人已说不清是谁偎着谁。由于深深的陶醉,由于意识到世界上只有他俩,由于拥有多得奢侈的时光……所以语言已是多余的。两人很少出声,也没有疯狂拥抱,只是像牛犊儿那样互相蹭着,互相挨挨擦擦。每时每刻,双方的身体总有某处靠在一起,或是手,或是膝盖,或是面颊。刘亦冰很喜欢用一根小指头在季墨阳皮肤上轻轻地画,无意识但绵绵不绝。尽管她此刻拥有一整个季墨阳,肉体方面却仍是若即若离,很珍惜很克制,这样心头才老是满满的。她用指甲在季墨阳臂上划出一条短短的白道。季墨阳闭眼感觉着她指甲划动,觉得臂上的白道足有他四十年生命那么长。他把手伸到她怀里,卧在她那切除的乳房边上,一动不动。而那个地方,原本是刘亦冰最忌讳之处,比她的女性部位还要忌讳。但是季墨阳的手使她无限惬意,久了,连刘亦冰也以为那只手才是自己真正的乳房,它从来没被切除过。他们身心彻底松弛,沉浸在那种幸福得无法言说的蒙眬状态中。一个人似睡非睡地睡去时,另一个则微笑地观看他的睡态,偷偷地分享他的睡意……列车进站时,他们经过一天亲密,眼中已是神采奕奕。季墨阳从窗口朝外看看,笑了:"冰儿,我只通知了一个战友,让他一个人来接站。但是你看着,我们要受围剿喽。当年红军,就在这一带遭受国民党四次大'围剿'。"

刘亦冰笑嘻嘻往外看:这个车站太小了,其长度还不及列车的一半。站台上统共只有十几个人，却有好几位军人，兴奋地朝车上看。他们站的位置很精确——当列车停稳时，软卧车厢的门就正好位于他们面前。季墨阳提起两只皮箱，鼓励地盯刘亦冰一眼："到家了。"

季墨阳刚刚在门梯出现，车下就有人欢叫："季部长在这！"手上的皮箱随即被人夺去了。接着拥上来四个军人，前头两个军衔一样，都是上校。但左边那个上校站在那儿的姿势气度，显然是右边那个上校的领导。右边这个上校，是季墨阳二十年前的战友，919军械库的洪主任。左边那个，季墨阳虽然不认识，却仍朝他伸过手去："是分部的徐政委吧？"他迅速地想起来军区最近有一串任命，其中二十八分部新上任了一个徐力副政委，估计就是这个胖子。徐副政委慌忙向季墨阳敬礼，然后双手握住季墨阳的手，久久不放，非常感慨："季部长呀，总算和你见面喽。我没到任以前，就听说你是咱们919出去的。想不到咱们这个小地方能飞出你这样的人物，我还到你当兵时的班里看了看。告诉你，你当年用过的枪还在哩……"

"我也想念这里。919是我的老家，现在我回家来啦。"季墨阳想把手抽回，略一动，徐副政委握得更紧了，他还没说完："季部长，你可能不记得我了，我可是久仰你呀。其实我们接触过。第一次是五年前，我俩在一张任命报告上，政令字86（024）号，你当副部长，我当分部副主任；第二次是前年舟山开会，我晚到了一步，你先走了，我俩只差十分钟没见上面；第三次是去年许昌会议，你晚到一步，我先走了，又没见上面。不过你在会上的报告我听传达了，学习了好几遍。很有水平噢。"徐副政委手指戳戳天空，仿佛季墨阳在天上似的。"现在，我们总算见上面了，好事多磨哟。"

季墨阳趁他指天空时把手抽了回来,和老战友洪新紧紧握手。两人只是笑着相互看,顾不上说什么。因徐副政委仍在旁边说话,季墨阳只好再和他说几句:"在军区就听说了,分部工作很出色,党委齐心。十年无事故,这次可能要上报总部呐。"

徐副政委大喜:"听季部长表扬,比听刘达司令表扬还过瘾!为什么,因你是内行,从基层出去的……啊哟,夫人也来啦,好好好!我信了你,你是回来探家。"他更高兴了。他从刘亦冰站在那儿的气质,就认定她是季墨阳夫人。

刘亦冰抿口儿笑,刚下车时她还有点紧张,巴不得他们别注意自己。后听他们说个不休,那些话使她感到野趣横生,这儿人怎么都这么朴直啊。即使巴结季墨阳,也一点技巧不讲,直捅捅地就巴结上了。还"夫人"呢!她大方地朝他们伸过手:"你好,我叫刘亦冰。"却不说和季墨阳是什么关系。那难题是季墨阳的事。她看他一眼,他似乎默认她是夫人。

一行人上了面包车,洪新把季墨阳两人安排在舒适的前座,自己亲自开车。出了小镇,便进了丛山,两边松林夹道,从枝叶里窜来的清风,带着松叶醇厚的苦香。路畔有条小溪,一会在左边,一会就跑到右边去了。季墨阳告诉她,这条小溪很厉害,雨季时水涨到车顶那么高,半吨重的石头也能冲走。忽然示意窗外,刘亦冰望去,在最后的夕阳中,她看见了几只攀援枝头的小猴。她兴奋地叫起来,欲把手中的蟠桃丢给它们。徐副政委凑近:"夫人喜欢猴,好办。走时候带两只回去。"刘亦冰当真了:"不不,我不敢带,我爸常说我就是个猴子。再和它们混一块,非打起来不可。"洪新道:"墨阳讨厌猴,因为这种动物太像人。现在墨阳你怎么爱上猴啦？成一家人了。"季墨阳笑而不语，刘亦冰暗中狠拧季墨阳一下。天黑前，面包车开进一座营门，里面是宽大院落，夹在群山之中，隐约听见水流哗哗声，却看不见河在哪里。徐副政委跳下车："到家了，先吃饭先吃饭，老洪都给你们准备好了。野鸡、金鲤、麂子肉……季部长好久没吃野味了吧？"

季墨阳忽然变得毫无笑容，正声道："政委、老洪，我有个想法，能不能慢几分钟吃饭？请你们把所有在家的常委都找到会议室，我有几句简单的话要跟大家说明白。"

洪新叫着："老季来什么劲，搞得跟打仗似的。吃了饭再说不行？"

"不行。也许我话说完之后，你们就会撵我们走，那就连饭也吃不成。"

众人瞠目惊立。徐力一挥手，断然道："照季部长指示办，老洪你马上找人去！"

919军械库的正副主任、正副政委、总军械师……以及二十八分部的徐力，分坐会议桌两旁。除徐力之外，他们都是季墨阳的多年战友。对于季墨阳在仕途上的成功，他们之中有几人曾经羡妒不已。后来，季墨阳成为大军区扶摇直上的、晨星那样的部长，也就越出了嫉妒的弹道，他们改为崇拜他了。季墨阳在这里，不仅享有情缘和威望，还拥有他们的自豪感。甚至可说拥有他们的忠诚。他们突然被召至这里，怀着莫大兴奋。他们在山沟过得太久，日子都过疲掉了，难得被人惊动。所以，他们表面上自给自足地生活着，什么都不缺，内心可真是渴望被惊动一下。他们目光灼灼地盯着季墨阳。间或盯一下刘亦冰。按道理，她不是党委的人，不应该坐在这里。出于对季墨阳的尊重，大家佯作没意识到这个问题。

季墨阳位居会议桌首席，刘亦冰在他侧后方。他微笑着等大家全部坐定，沉声道："我请大家来，不是以部长身份做指示，而是以这里一个老兵的身份，向常委们汇报情况。重复一遍：不是对你们作指示，是向你们汇报。先介绍一下，这位是刘亦冰同志，她不是我妻子，我也不是她丈夫。但我们相爱，我们两人的关系——就是你们现在心里正在想的那种关系！她已身患绝症……其他我不必多说，你们理解到什么程度，就算是什么程度吧。我们到这来纯粹游山玩水，过几天蜜月。我俩希望吃住都在一起，不要把我们分开。我们最多只在这里住一个星期，不会麻烦你们太久。此期间一切食宿费用，均由我们自理。另外还有个情况，我也如实相告：我这次来，属于私自外出，军区可能追查。万一查下来了，我个人负全部责任，绝不连累你们。如允许我们留下，希望按照我们的要求予以安排。如果不同意我们留下，或者不能照我愿望予以安排，那我们马上离开，而且不怪你们。刚才我说了，我是向常委们如实汇报情况。现在请你们决定吧。怎么决定都行，只是希望人人都说实话，不要有所保留。为了便于你们研究，我们在外面等。"

季墨阳起身，挽着刘亦冰退出会议室。刚刚走进松林，刘亦冰就扑上去吻他："我的天，你说得太棒了！他们一个个都听呆掉……我爱死你了。告诉你，刚才在车站，我以为你后悔了。我又在想：你是可怜我才陪我来的，你身上部长那一部分又钻出来了，我讨厌那一部分的你！啊，你会原谅我吧？我太爱你了，管你原谅不原谅。"

季墨阳自我欣赏着:"嘿,冰儿,我把情人私奔之类的丑事,说得大气磅礴吧?"

"不要脸。"刘亦冰吱吱笑,"不过,这里确实太美了,墨阳,我不想被他们撵走。"

"放心吧,不会撵我们走。不但不会撵,还会把我们照顾得无微不至。我是这里的第一代士兵,又是高高在上的部长。现在我落难了,他们肯定两肋插刀。"

47

小竹楼依山傍水,以一条花岗岩铺地的甬道与军械库相连。竹楼外头有个晒台,栏杆是湘妃竹的,站在晒台上,直接就可以往湖中垂钓。但是竹楼里面已被改造成现代化宾馆那样的卧房了:地毯、席梦思、丝绒面料的沙发、宽大的写字台,甚至还有一座齐胸高的壁炉。几年前,919库的头儿到沿海特区走了一圈,发现他们这只蚌壳里含着一颗珍珠,不能老被埋没喽。他们利用总后领导来检查的机会,弄到一笔款子,把小竹楼翻建成919库的总统套房,以备上面来人小住。不久前,一个摄制组被吸引到这,以竹楼为内景拍了一部神秘色彩浓郁的打斗片。片子虽不佳,但竹楼却被世外发现,于是又有几个电影电视摄制组预约到此拍片。洪新半喜半忧地告诉季墨阳,以后这里变成旅游胜地,可就糟啦……

太阳比山外出现得晚,阳光却无比明净。它经过无数山峰与枝头的挽留,才照射到这里。稍有一点动静,山间就涌出芬芳的回响。空气凉凉的,人呼吸它的同时也似被它融化掉了。刘亦冰万没想到这里竟有如此奇妙，看到一样就惊叫一声，虽然带点夸张，但那惊叫声使洪新和季墨阳大为舒畅。刘亦冰从林中采来许多野花，把几个屋里的笔筒、茶杯都插满了。然后，又觉得满登登的太俗，万分不舍地剔掉一些，另弄出些疏朗奇丽的感觉，忙个不休。她的双手都沾染浆汁，突然伸到季墨阳鼻端，咯咯笑着："你闻闻，你闻闻呀……"

洪新赶紧转开头，兀自羞得难受。他不明白，堂堂季墨阳怎么会变得这么儿女情长。他和他多年不见了，真想聊他个三天三夜。此刻，他伤感地发觉自己多余，季墨阳已整个被这女人掠走。他站起来告辞，季墨阳也没挽留他，送出几步就止步了，伫立在那儿想事。

刘亦冰疯够了，开始从皮包里往外拿东西：化妆品、卫生纸、盥洗用具、衣架、大大小小药瓶……季墨阳惊讶，那皮包看看不大嘛，她竟能在里面塞进那么多东西，且不说他还另替她提来一只皮箱呐。而他自己带来的全部物品，只消一个办公包就够装了。刘亦冰细细整理着，只有把这种活儿当享受的人才肯这么慢。然后她进了卫生间，用酒精棉把浴池、脸盆、口杯……甚至抽水马桶全部擦洗消毒。棉球扔了一地。季墨阳说了句："这里空气新鲜，没病菌，牛奶搁三天都不会坏。"刘亦冰不听，仍忙碌着。他插不上手，他知道，刘亦冰仍然是一个活得很仔细的高干女儿。只要生活给她们一点机会，她们就故态复萌。刘亦冰终于忙完了，已累得气喘吁吁。季墨阳连忙上前扶住她，她闭着眼靠在他怀里，呢喃着："要是有个孩子在这，多好……"

季墨阳笑了，你真贪心。

刘亦冰不肯上床躺下，任何床对她都预示不祥。她吞服了几

第五章 醉太平

颗药片，执拗地走上晒台。两人各靠着一张躺椅，散淡地看远远近近的山林，谛听身下的竹子在风中吱吱响，回忆很久以前的日子。许多早以为忘却的往事，自个儿就从嘴里爬出来了。阳光在他们身上跳动，不一会就把身子暖透了。他们就把头搁进阴凉里，脱掉一两件外衣，身子仍交回给阳光。山林里阳光是甜津津的，即使盛夏也不会发烫。此刻是初秋，更有股野果味儿。季墨阳很担心，几年以后，这里将被砍伐殆尽，到处是水泥建筑，人们吵吵嚷嚷挤成团儿，太阳也锈掉了。刘亦冰说："那我们就是最后一拨看见它原始面貌的人，我们陪伴它们一起被人毁掉……"她习惯于从自身经历里延伸出一些不凡意义，这样能把自己举得更高。他俩几乎说了一整天话，间或到林间漫步。季墨阳指给她看那些胳膊粗的野藤，说它们比巨树还要古老。巨树死去之后，它们会爬到另一棵树上去……四周枝干藤蔓密如蛛网，脚下是上个世纪留下的腐叶，踩上去会冒出古怪的气泡。他们走进七八米就再难深入了。刘亦冰说："知道吧，我属兔。"

　　夜里冷，他们在壁炉里燃起松柴，噼噼叭叭爆响，满室异香。他们躺在那张巨大的楠木软床上，裸身相抱，肆情贪爱，弄得屋里轰隆隆响……刘亦冰时常失声尖叫，故意表现出疯狂，以此鼓舞季墨阳，同时也是炫耀自己的野性。满足之后，他们尽量把身体伸展开，一直伸到水似的月光里，感受那种让肉体闪闪发光并且一丝不挂的快意。两具赤裸裸的躯体，很像是两瓣张开的贝壳，只有两根小手指头勾在一起。这根小指头在和另一根小指头窃窃私语……季墨阳即使闭着眼，也能看见刘亦冰眼儿如同猫眼溢动波浪。他问，你看什么呐？她说，我在看你，你看什么呐？他闭着眼说，我也在看你。屋外吹过一阵风，铁皮房顶叮叮作响，那是松枝上的露珠掉落下来。响过之后,他们感觉到露珠在房顶上流动,还有叶片滑过的窸窣声。窗棂透进来一缕夜声,那是黑暗与大地摩擦的声音。这时刘亦冰吟叹着:

"哦,要是让莎莎看见我们的这副样子,那该多好啊!"

季墨阳随口应了一下,然后才明白此话的可怕内涵,他想起她们两人之间纠缠多年的友情与仇恨,想起莎莎那天晚上痛斥他:"她要去哪儿你就陪她去哪儿!"他突然有些恐惧,便紧搂住刘亦冰,"别说了。"刘亦冰却越发动情,追问莎莎身体的细节,乳房丰满吗?大腿够长吗?做爱时叫不叫?一周几次?……非要季墨阳说说:她和莎莎比,到底谁更好……季墨阳只好用猛力拥抱制止她的口舌,待她昏昏睡去时才敢松手,心想:她都是叫那病害的。黎明,刘亦冰被疼痛戳醒,忍不住哭起来,说我不想那么快就死。季墨阳竭力安慰她。她赤足奔下床翻药包,一连吞下几片药片,仓促得连水也不用。季墨阳问她那是什么药。她不说,季墨阳去拿药瓶。她拦住他,"药用吗啡,镇痛的。"半个月来,她一直偷服这种强效药品,而且已经上瘾。它使她感觉奇特,身轻意渺,从来没这么快活过。她说她反正活不长,就是饮鸩止渴也不怕。她要浑身是劲地跟季墨阳待在一块。季墨阳要求她别这么做,她像母亲那样抚摸季墨阳的脸:"没事的,它是综合剂,我是医生。"但是,这一夜已使季墨阳感到危机四伏。

翌日,刘亦冰果然活泼可爱了,要季墨阳带她去林中打鸟。她说:"爸爸也喜欢猎枪。"待进入山林,她又不准季墨阳打那一对漂亮野鸡了。她不说为什么,只是不准。季墨阳只好在林中放了几下空枪。回来路上,刘亦冰面色沉闷,又说了一句:"爸爸也喜欢猎枪……他有一支英国双筒猎枪。"季墨阳道:"你想家了?"刘亦冰茫然地看着他:"什么……"这天夜里,刘亦冰一直让季墨阳搂着她,她几乎把自己嵌在季墨阳体内,嵌进季墨阳生命中去。他俩在那张大床上缩得很小,谛听露珠掉在房顶上的声音,铁皮窗棂被风吹得嗡嗡响,那种锋利的颤抖一直颤进他们体内去。凌晨,季墨阳猛醒,发现刘亦冰不在屋里,药箱敞着盖。他赶出去寻找,最后找到919值班室。刘亦冰软软地依在藤椅里,怀中搁着一部电话机。看见季墨阳进来,她胆怯地说:"我、我给爸爸挂过电话了……"

季墨阳苦笑一下:"昨天我就该告诉你,这个电话即使打,也最好由我来打。"刘亦冰痛哭着,求他原谅。季墨阳轻轻扶起她,两人回到竹楼。

半小时后,刘亦冰开始发烧,时睡时醒。她断断续续说着呓语:我不要死,不要不要不要……啊,原谅我。说啊,原谅我……季墨阳不知道她是求自己原谅她?还是求父亲原谅她?有几次,他看见刘亦冰梦中伸出手乱摸,他由于不知道她是在摸自己还是摸刘达,就犹疑着没过去。他盯着床上的刘亦冰,想她的从前:她从前也是这样任意摔打自己的,靠得太近人难免碰伤。

她的才华,卓越地体现在评价他人的缺点时。你的任何一点毛病,她都能一语中的将你贯穿。她的刻薄,要过一会才使你觉出疼来。那时人们不解:她什么都有,为什么还那么刻薄呢?季墨阳知道:那是一种隐秘的自恋。年轻的机关干部得不到她,便故作冷淡,是那种渴望引起注意的冷淡。以为对她冷淡了等于抬高自己,得不到就显示不屑于得到的样子。季墨阳多年来畏畏缩缩地爱她,直到这次才整个儿爱她,包括她身上一切讨厌的东西、包括那坚硬的肿块也一道爱。爱之前可以选择,一旦爱上也就是失去了选择。啊，只是时间太短太短了。冰儿曾经那么悲壮地要求他陪她来，他胆怯地拒绝了。然而来了才三天，她就要缩回去了。他不是没这预感，只是被预感到的东西来得太快了。所以他痛苦地想，也许她不真爱我，只想拥有我……

下午3点50分——听到声音时，季墨阳正在把刘亦冰的手表摘下来，替她拭汗。天空传来直升机引擎声。季墨阳大吃一惊，他原以为刘达从千里之外赶来，非得到明天不可，没想到他竟然乘飞机赶来了。他知道，军委为保证高级领导人的安全，严格限制刘达他们乘机出发。刘达敢这么做，可以想象他已经愤怒到何种程度了。

直升机在919大院中心缓缓下降，徐副政委第一个跑上去，看见刘达从舱门钻出，立刻立定、敬礼。刘达满面寒气："你是谁？"

"报告：二十八分部副政委徐力。"

"我不认识你！"刘达大步走开。

徐力呆在原地，进退不得。半晌，才大着胆子尾随刘达而来。万一刘达要找这里领导而找不着，就更惨了。他很想告诉刘达：上个月在军区开会，首长还接见过我们呐，还请我们下面来的同志吃过一顿饭……

季墨阳站在竹楼前，目视着刘达。他没有像以前那样主动迎上去，而是等刘达走近自己。刘达走到他面前，猛一挥臂，狠狠打了他一耳光："她在哪里？"

季墨阳侧身，示意身后的竹楼，仍然一言不发。刘达快步去了。

季墨阳没有跟上去，脸上血液沸腾，强使自己站稳。这时，他惊愕地痛苦地愤恨地看见：石贤汝从直升机那儿昂首挺胸地走来了,手里拎着个文件包……事后他才得知,石贤汝原拟到二十八分部出差,突然听说有架飞机去那儿,刘达也亲自去,他就通过韩世勇的秘书跟刘达秘书联系了一下,登上这架直升机。不但快捷,而且是个接近刘达的机会。

石贤汝走到季墨阳面前,低声但毫无顾忌地说:"这不是季部长嘛,季墨阳嘛,哼。刘司令员早警告过你:前不翘鸡巴,后不翘尾巴。你呐,两头都翘……"话音未落,季墨阳已经一掌挥去,打在他脸上。石贤汝踉跄着退两步,并没有失态,他抚摸一下脸,将歪开的军帽戴正,咬牙切齿地:"整个机关都传遍阁下的丑事啦!知道人家怎么说?'避孕套里的部长!'哈哈哈……"看见刘达从竹楼里出来,他不说了,神色严肃地伫立一旁。

刘达半扶半抱着刘亦冰,从他们面前走过。刘亦冰昏昏沉沉,头脑歪在刘达肩上。刘达没有叫人上前,因此谁也不敢上前扶持。刘达在下台阶时,身子一扭,周围人清晰地听见他体内发出一声脆响,像是什么断了。他仰面朝天,摇摇欲坠……季墨阳冲上去扶住刘亦冰,石贤汝同时冲上去扶住刘达——他俩仍配合得那样默契。四人相持着到了直升机前。刘亦冰被轰轰巨响惊醒了,拉住季墨阳手,嘴唇翕动,但听不清说什么。刘达闭了一会眼,再睁开时,朝已经上飞机的季墨阳大吼:"你,滚下去!……自己走回军区。"

季墨阳退下飞机,并且走出旋翼以外。直升机引擎骤然加速,然后徐徐离开地面。

直到直升机在天边消失,季墨阳才收回目光。这时,他看见919库的人都离他而去,空阔的大院中只剩他自己。他笑了一下,独自走回竹楼,去取他简单的行李。

洪新叼着烟坐在沙发里，看见季墨阳进来，不起身，歪着眼盯他："好好好！现在，你该认我这兄弟了吧？你该有空和我好好聊聊了吧。坐坐坐！罪行已经犯下，好好享受几天再说，管他妈的……"

"给你们惹了大麻烦。对不起。"

洪新亲切地凑到季墨阳脸边上："真了不起。刘司令一下飞机，我才明白，你把他的千金拐上了，哈哈哈……就冲这一点，老子也佩服你！全军区人谁敢像你？佩服佩服。再说，你才四十几，部长也干上了，能力也天下公认，还想怎么样？还野心勃勃想当总长？做官做到你这份上，可以歇歇啦。罢官撤职又怎样？反正已经痛快过了，没白活。回老单位来吧，老子好吃好喝管你一辈子……"他竭力以他的逻辑宽慰季墨阳，手掌也一下一下地拍在他膝盖上。

季墨阳含泪举首，透过窗户望外面山林。道，"老洪，开一坛三骨酒吧，我想大醉一场。"

很多年以前，919库打着了一只华南虎，在上送孝敬军区领导的时候，季墨阳和洪新偷偷截取了几根虎骨，配上其他几味药材，酿下了三坛美酒，胡乱叫它"三骨酒"。两人商定：结婚时共饮一坛；退休的时候再共饮一坛；最后一坛，属于那个后死的人。不过，他得把酒搬到先死者灵前，祭奠上些许，再开怀痛饮。至今，还有两坛酒在洪新床下埋着，已经埋了二十年了。洪新曾经说：那酒所埋的位置，接着天台山的山根地脉，气旺。差一丝一毫都不行！

第五章 醉太平

48

刘亦冰在弥留状态中坚持了很久，忽然她微微睁动一下眼睛，余光扫过周围人，像在寻找谁，接着又合上了，心跳随即消失……时为第二年4月1日凌晨3点15分。

在楼上一间病房内，几乎是同时，许淼焱也因病去世了。

几天后，军区机关举行了两个悼念仪式：一个是隆重的"无产阶级忠诚战士许淼焱同志追悼会"；一个是凄清的"刘亦冰同志追悼会"。季墨阳接到暗示，只能参加前一个追悼会，不许参加后一个追悼会。季墨阳知道暗示来自何种背景，他不睬，仍然去参加冰儿的追悼会了。只不过，他没能进入会场，而是独自站在礼堂外面，站在空阔的水泥地中央，面对灵堂垂首伫立。假如他进了会场，也许人们不会注意到他。但由于他远离人群、遗世独立，仿佛独自开一个追悼会似的，人们就都注意到他了。男女军人从他身边走过，吃惊地看他。刘达经过他身边，一言不发地过去了。只有刘达的夫人吴紫华站住和他握手……

当年秋天，季墨阳向军区党委递交了退休报告。他才四十五岁，就以健康原因为由，请求提前离职休息。此举在军区引起巨大震撼。

……

一个年轻干事推开夏谷办公室的门，恭敬地道："夏处长，季部长请你到他那里去一下。"

夏谷"唔"一声，年轻干事把头缩回去。夏谷拿上圆珠笔和小本子，沉稳地走上三楼。他敲一敲部长房门，然后推开进入。季墨阳一笑，从办公桌后面起身，只说一个字：

"来。"

夏谷快步赶到他桌前。季墨阳指指桌上一大堆书："你亲自把它们送到党办,交给刘司令的黄秘书,他在等着。"

夏谷看了看书目:《史记》《资治通鉴》《鲁迅全集》《金瓶梅》……他抬头看部长,两人会心地笑起来。刘达又要离职休息啦。两人对此都不再发表意见。夏谷沉吟不已,满脸忧心忡忡。季墨阳道:"别这样。想说就说,不想说就不要愁眉苦脸。"

"部长啊,我才得到一个消息,你那个休息报告……总部已经知道了。恐怕,不但批不下来,还会叫你写检讨。部长你要有个准备呀。"

"我也得到个消息:我就要被免职了。他们说,我身上不健康的情绪太多,关键时刻不可信任。很多老账,此时也要一块跟我算了……知道谁来顶替我吗?"季墨阳注视惶恐不安的夏谷,"不是你,是石贤汝。"

夏谷点头,语意不明:"可以预料的。"

"我曾经希望,有一天你来坐这个位子……虽然你也有些'不健康的情绪',但你可能会比我更高明一点。你毕竟年轻嘛,没吃过人血馒头,见也见过一些。而且,你等得起,年龄优势在那摆着,完全可以再等两届。哈哈……送书去吧。"

夏谷要了个车,抵达黄秘书那里,送上书,顺带又找了两个熟人,了解最近军区党委的内情。探到消息之后,匆匆赶回来。他心情有些激动:这次,季部长的消息不可靠,而他搜索到的才是最可靠消息。他回到部里,季墨阳已经下班了。他又找到季家,莎莎告诉他:季墨阳换上便衣出去了。他走到大院主干道上,问一问路边那修自行车的师傅——尽管许多人不认识这个老头,但

第五章 醉太平

夏谷知道，这个老头认识大院里所有的人。包括许多已死去的人。老头说："季部长嘛，出太平门啦。"夏谷突然明白季墨阳为什么出太平门……他斟酌片刻，也踱出大院北面的太平门。然后，沿着太平湖小径，登上太平山，越过太平寺，进入那幢由庙宇改建的"太平酒家"。

在酒家露天平台上，他看见一群将醉而未醉的人，他们摇摇晃晃的，喜笑颜开的，窃窃私语的，愁眉苦脸的……沉浸在各自境界中。透过他们头顶，他又远远地眺望到军区大院。此刻阳光明丽，大院如同巨大盆景儿铺展在天边，成为这群又似浑噩又似幸福的酒客们的映衬。太平山上春色撩人，各种花卉竞相开放，花的芬芳合着人的腥味儿远远近近地袭来。他笑了一下，登上顶楼。估计季墨阳正在独自痛饮，已醉得半死不活。他知道他今天为什么非要大醉一场。他想赶在季墨阳还没有醉得失去理智之前告诉他，刘达等军区常委们，在最后一次党委会上决定了：驳回他的休息报告，往事不予追究。但是，先前原拟提拔和调动的事也撤销了，他还当他的部长，仍然是并且只能是部长。刘达原话是：这个同志还是放一放吧……他说的这个"放"，是指不许去职，要继续使用的意思。此外，石贤汝提为副部长的报告也没通过。反对此事的竟是韩世勇，他没说具体原因，只淡淡表了个态，原话竟也是：这个同志还是放一放吧。而韩说的这个"放"，则是不予提拔暂不使用的意思。

夏谷想象着季墨阳听到这个消息之后的表情，不禁有点自得，季部长判断错误。另外，稍稍有点担心，假如季墨阳已经醉倒，满口胡言乱语，就在关键时刻又闹出个丑闻来了，不值。

夏谷走近顶楼那间雅室，推开花格门儿，看见季墨阳正临几凭窗，坐在那里凝望太平湖水……季墨阳感觉有人，转过头来望定夏谷道："你知道今天是什么日子吧？"

夏谷低语："刘亦冰周年忌日。"

季墨阳道："今天是4月1日。在西方是愚人节，在我们这里却正是百花盛开，令人陶醉。我们一年到头有那么多节日，为什么就没有一个类似愚人节的日子呢！要知道那是一个多么聪明的节日啊，让你公开地说说假话，过一过相互愚弄的瘾，把肮脏本性宣泄掉一些。这样，在一年中其他日子里，人可能真诚得多了……"

夏谷看见，季墨阳台桌上无酒，空荡荡的台面上只搁了一只茶盅和一只紫砂壶。他说罢那句话，又兀自凝望山下的太平湖。他一只手前伸着，静静抚定了那壶茶。

1992年于南京太平门